Ambrosio Schor

Wie eine Nacht ohne Sterne

Roman

Ambrosio Schor

Wie eine Nacht ohne Sterne

Roman

Bibliografische Information der Deutschen Bibliothek:
Die Deutsche Bibliothek verzeichnet diese Publikation in der
Deutschen Nationalbibliografie; detaillierte bibliografische
Daten sind im Internet unter *http://dnb.ddb.de* abrufbar.

Impressum
© 2016 Ambrosio Schor
Satz, Layout und Umschlaggestaltung:
    Keysselitz Deutschland GmbH, München
Umschlagfoto:
    Ambrosio Schor
Autorenfoto:
    Ambrosio Schor
Herstellung und Verlag:
    BoD - Books on Demand, Norderstedt
ISBN: 978-3-7412-5455-0

Kapitel 1

Bedrückender Alltag

1

Die Mädchen saßen um den runden Holztisch des Straßencafés und genossen den lauen Septemberabend. Heute begann mit dem ersten Schultag wieder der Ernst des Lebens, denn die Sommerferien waren vorüber. Man hatte sich in den letzten Wochen kaum gesehen und es gab viel zu erzählen.

Susanne verbrachte den Urlaub mit ihrer Familie auf der Nordseeinsel Amrum. Zum ersten Mal erlebte sie das Spiel der Gezeiten; fand es lustig, wenn bei Ebbe die Schiffe sich zwar im Meer befanden und trotzdem im Trockenen lagen. Aufregend hingegen waren beim Segeln die Minuten nach der Sturmwarnung und noch aufregender die Abende in der Disco ...

Sarah hatte einen Badeurlaub an der Adria hinter sich. Faul am Strand liegen, ab und zu ins Wasser und danach wieder in die Sonne. Am Abend natürlich tanzen. Und diese italienischen Männer ...

Emine flog zu ihrer Schwester nach London. Von früh bis spät erkundeten sie mit U-Bahn und Doppeldecker-Bus die bekannten Sehenswürdigkeiten der Stadt. Fantastisch war das und durchaus anstrengend. Aber es hielt sie nicht davon ab, an den Abenden berühmte Musikclubs und Tanzlokale aufzusuchen ...

Ausführlich berichteten die Mädchen von ihren Ferienerlebnissen und lachten über manch lustige Episoden. Nur Serap fasste sich kurz. Beim Baden an der Isar sei sie manchmal gewesen, zwei Bücher habe sie gelesen, viel im Internet gesurft. Dass sie dies nicht für optimale Ferien hielt, konnte man daran erkennen, wie sie sich ausdrückte und wie ihre Stimme klang. Auch sie wäre gern weggefahren, am liebsten an einen Badestrand im Ausland. Aber den Eltern fehlte dafür das Geld. Doch das behielt sie für sich, ging niemanden etwas an.

Sie beneidete ihre Freundinnen, die voller Begeisterung erzählten; hatte irgendwann versucht einfach wegzuhören, weil dieses fröhliche Lachen rundum schmerzte. Sie konzentrierte sich deshalb immer wieder auf den hellen, monotonen Gesang über ihrem Kopf, der sie mehr und mehr in den Bann zog. Ihr schien, als wisperten die bunten Blätter hoch oben in der Linde eine sanfte Melodie, wenn der Wind durch die Äste des Baumes fuhr, um sie zu streicheln, und man konnte den Eindruck gewinnen, als ob den Blättern dieses verführerische Spiel gefiel. Viele ließen sich zu einem ausgelassenen Tanz hinreißen; verloren irgendwann den Halt, wurden von ihrem Zweig losgerissen und wirbelten in die Tiefe, um regungslos auf den Steinplatten der Caféterrasse liegen zu bleiben.

Inzwischen huschte der Kellner von einem Tisch zum anderen und zündete die Kerzen an, deren Flammen von gläsernen Windlichtern geschützt wurden. Auf der gegenüberliegenden Seite der Straße wurde in den Schaufenstern die Beleuchtung eingeschaltet.

Nun war Yasemin an der Reihe. Sie verbrachte ihren Urlaub mit den Eltern in der Türkei. Dort wohnten sie bei den Großeltern in Izmir und besuchten ab und zu Verwandte auf dem Land. Der Vater gab sich alle Mühe, dass sie sich in seiner Heimat wohl fühlte. Die Ausflüge zu verschiedenen historischen Sehenswürdigkeiten fand sie recht interessant, auch wenn sie mit den berühmten Steinen in Troja nicht viel anfangen konnte. Doch sie ließ sich das nicht anmerken, um die Eltern nicht zu enttäuschen. Baden im Meer und Flanieren auf den Boulevards bereiteten ihr großen Spaß. Aber vier Wochen Türkei waren einfach zu viel. Die Großeltern gingen ihr mehr und mehr auf die Nerven, weil sie ständig etwas an ihrem Verhalten zu kritisieren hatten und sich anmaßten, ihr als Mädchen Grenzen zu setzen, die sie in Deutschland nicht gewohnt war. Beispielsweise sollte sie öfter mal einen Rock oder ein Kleid tragen und nicht immer in Jeans herumlaufen. Es war schön, wieder in München zu sein.

Yasemins Freundinnen, die hier beisammen saßen, waren allesamt Schulkameradinnen. Deshalb unterhielten sie sich am ersten Schultag nach den Sommerferien auch über die Schule.

Man startete in das neue Schuljahr und war nun in der neunten Klasse. Damit begann eine Phase, die den Eintritt ins Berufsleben wesentlich mitbestimmt. Konkret heißt das, einen Ausbildungsplatz zu finden; für Hauptschüler, besonders für Migranten wahrlich kein einfaches Vorhaben. Daher war es für die Mädchen wichtig, die qualifizierende Abschlussprüfung zu bestehen. Aber es gab noch etwas zu besprechen: Man hatte einen neuen jungen Lehrer bekommen und eben das reizte sie.

»Schaut er nicht super aus?«, fragte Julia und keine in der Runde widersprach.

»Bin gespannt, wer von uns es als erste schafft, ihn um den Finger zu wickeln!«, meinte Claudia in flapsigem Ton.

»Was heißt hier wickeln, verführen werd' ich ihn«, tat Susanne großspurig kund und löste damit Gelächter aus. Nur Serap fand diese Formulierung nicht lustig, ließ sich das aber nicht anmerken.

»Ich glaube, er heißt Robert. Morgen werde ich ihn vor der Klasse mit seinem Vornamen ansprechen. Mal sehen, wie er darauf reagiert«, erklärte Eva und wiederum lachten die meisten Mädchen am Tisch.

Zahlreichen Gästen im Straßencafé blieb die heitere Runde nicht verborgen. Deshalb sahen sie immer wieder amüsiert zum Tisch unter der Linde, und einige von ihnen hielten es für angebracht, das Kichern und Kreischen der jungen Damen gebührend zu kommentieren.

***

In der Kandinskystraße tauchten seit ein paar Minuten immer mehr Jungen und Mädchen auf. Sie stiegen aus der U-Bahn-Station herauf und aus den Bussen, die meisten jedoch kamen zu Fuß vom Karl-Marx-Ring herüber und zogen lärmend in Richtung Fußgängerampel. Autos hupten und Fahrradbremsen quietschten, weil mehrere Jugendliche zu früh die Straße überquerten. Kurze Zeit später waren alle an ihrem Ziel angelangt. Ein Ziel, das nur wenige von ihnen freiwillig angesteuert hatten. Man musste in dieses Gebäude, der Staat schrieb das vor. Für Schüler und Lehrer begann wieder der Schulalltag. Auch für Robert Lochner.

Seit Beginn des neuen Schuljahres arbeitete er an einer Brennpunktschule, wie sie vor allem in Wohngettos von Großstädten mit mangelhafter sozialer Infrastruktur anzutreffen ist. Er hatte es mit Jugendlichen zu tun, die mit ihren Alltagsproblemen nicht zurechtkamen und den Frust in der Schule auslebten. Oft waren Eltern damit überfordert, ihren Kindern Halt zu geben und Vorbild zu sein, weil sie selbst große Schwierigkeiten hatten, ihr Leben auf die Reihe zu bringen. Gerade diese Schüler brauchten die Hilfe ihrer Lehrer. Das kostete viel Verständnis, viel Kraft und beinhaltete auch manche Enttäuschung. Aber es gab dazu keine Alternative.

Der offizielle Unterrichtsbeginn war 8 Uhr. Diesen Termin ignorierten einige Schüler auch in der 9b immer wieder und schwänzten die Schule. Andere nahmen den Termin nicht sonderlich ernst und brachten ihr Desinteresse dadurch zum Ausdruck, dass sie ständig zu spät erschienen. Robert trug die fehlenden Schüler zwar aus schulrechtlichen Gründen täglich ins Klassenbuch ein, pädagogisch bewirkte er damit jedoch nichts. Das frustrierte ihn und er kam zu der Erkenntnis, dass man dieser Null-Bock-Haltung nur wenig entgegensetzen konnte.

Die Fächer Erdkunde und Geschichte standen zunächst an, und im Großen und Ganzen herrschte in diesen ersten zwei Stunden ein recht akzeptables Arbeitsklima. Danach galt es sich mit der Mathematik auseinanderzusetzen. Das Thema Weg-Zeit-Geschwindigkeit war bei Hauptschülern nicht sonderlich beliebt, aber es gehörte zum Stoff der Abschlussprüfung. Lochner hielt es für sinnvoll, ab und zu eine derartige Aufgabe gemeinsam mit der Klasse zu bearbeiten. Ein Teil der Schüler war durchaus bereit, sich auf diesen Lernprozess einzulassen, sodass sich ein recht fruchtbares Unterrichtsgespräch entwickelte. Zunächst waren die mathematischen Probleme offenzulegen. Dann musste man die Wege zu deren Lösung finden. Serap meldete sich und erklärte, dass man ein Koordinatensystem brauche.

»Richtig«, stellte der Lehrer fest und forderte die Schülerin auf, an die Tafel zu kommen und ein Koordinatensystem zu erstellen.

Das Mädchen begann mit Lineal und Kreide die x- und die y-Achse an die Tafel zu zeichnen. Ein Teil der Schüler und der Lehrer schauten ihr dabei interessiert zu. Josy fühlte sich einen Moment unbeobachtet und wollte diese Chance nutzen. Doch der Lehrer hatte sein Vorhaben bemerkt und wies ihn zurecht:

»Heb' den Radiergummi auf, den du gerade durch die Gegend geworfen hast!... Du sollst ihn aufheben und nicht darauf treten... Said, wir haben ausgemacht, dass du im Klassenzimmer deine Mütze abnimmst... Danke!«

Serap erklärte anschließend der Klasse, was sie an der Tafel getan hatte.

»Dursun, nicht schlafen. Setz dich bitte normal auf den Stuhl. Dein Kopf hat auf dem Tisch nichts zu suchen.«

»Bei denen zu Hause im Jemen schläft man so.«

»Josy, lass deine dämlichen Kommentare... Sabine, in der Aufgabe finden wir Angaben über Uhrzeiten. Was kannst du damit anfangen?«, fragte der Lehrer.

»Ehrlich gesagt: Nichts.«

»Wer kann Sabine helfen?«

Murat meldete sich, klärte den Zusammenhang und markierte den Rechenweg.

»Dein Vorschlag ist gut, Murat. Halten wir uns daran. Jeder beschäftigt sich nochmals mit der Aufgabe und rechnet dann still für sich!«

Lochner ging in Gedanken die Reihen seiner Schüler durch: Sabine, Serap und Susanne zeigten zufriedenstellende Leistungen. Sarah und Derya taten erheblich zu wenig für die Schule, charakterlich aber waren sie in Ordnung. Zahira erschien ihm noch recht unsicher. Verständlich, war sie doch erst vor wenigen Monaten mit ihrer Familie aus Syrien nach Deutschland gekommen.

Hinter ihr Peter. Er führte seit Wochen mit ihm, seinem Lehrer, Krieg. Robert kannte den Grund nicht genau, warum dieser Schüler ständig Widerstand leistete. Der Klassensprecher meinte, weil sein Bruder eine Gefängnisstrafe abbüßen müsse und das mache ihn fertig. Schon mehrmals hatte er den Vater in die Sprechstunde gebeten, doch der reagierte nicht. An der Wandseite saßen Benny, Kaim und Günther. Benny wirkte fast immer übermüdet und Kaim nervte mit seiner Fäkaliensprache. Aber damit war er nicht allein, wenn es zum Streit kam. Günther benutzte dann sehr schnell seine Fäuste.

In der Klasse wurde es unruhig. Einige hatten ihren Stift beiseite gelegt und beschäftigten sich mit privaten Dingen, andere unterhielten sich. Das war ein untrügliches Zeichen dafür, dass die Schüler ihre Arbeit für erledigt betrachteten. Zwar standen ihnen offiziell noch fünf Minuten zur Verfügung, doch Lochner brach die Stillarbeit vorzeitig ab, weil sich nur noch wenige Schüler mit der Mathe-Aufgabe beschäftigten. Nun bat er Necla, ihren Lösungsweg vorzutragen; freute sich, dass sie endlich einmal zur Mitarbeit bereit war. Er wollte sie aufrufen, sah aber, dass Fatih inzwischen unbemerkt den Anorak angezogen hatte und die Mütze auf dem Kopf trug. Einfach so, obwohl die Heizung normal funktionierte und es angenehm warm war im Raum. Der Iraker versuchte immer sein Spiel mit dem Lehrer. Ein Außenstehender hätte es diesem Jungen gar nicht zugetraut, so klein wie der war und mit diesem Milchgesicht, obwohl doch schon siebzehn Jahre alt.

»Fatih, benimm dich«, sagte Lochner, »und zieh deine Sachen wieder aus!«

»Herr Lochner, es ist wegen meiner Lunge. Die hat vorhin eine große Entzündung abgekriegt.«

Einige kicherten und er sah ihnen an, dass sie auf seine Reaktion gespannt waren. So leicht ließ er sich nicht provozieren. Jetzt ein Machtwort oder gar ein Wutausbruch – nein, diesen Gefallen tat er ihnen nicht. Mit Recht hätten sie das als Schwäche ausgelegt. Gelassenheit und ein Schuss Ironie schien ihm jetzt angezeigt. Deshalb sagte er:

»Fatih, du hast immer noch keinen Lehrvertrag, weißt nicht einmal, welchen Beruf du wählen willst. Wie wär's denn mit Clown? Beweist uns doch ständig, dass hier deine Begabungen liegen.«

Diese Sätze des Lehrers lösten Gelächter aus. Fatih war einen Moment irritiert, stand kurz danach auf und trug schmunzelnd Mütze und Anorak zur Garderobe. Sie hatten ihren Spaß gehabt, aber nun sollte wieder gearbeitet werden. Lochner erinnerte sich: Necla wollte ihre Arbeitsweise vortragen und deshalb kam er auf sie zurück.

»Also s bedeutet Strecke, und aus den Angaben im Text ergibt sich, dass die Familie L 435 km zurücklegen muss. Das ist die Differenz von 633 km und 198 km. Jetzt muss man ...«

»Peter, nimm deine Füße vom Tisch! Wir hatten doch schon unser Theaterstück.«

»Warum soll ich das machen?«, entgegnete der Jugendliche grinsend.

»Weil es sich nicht gehört. Das zeugt von schlechtem Benehmen.«

»Versteh ich nicht. Ist doch bequem.«

»Nimm sie bitte vom Tisch! Das ist doch nicht lustig.«

»Dauernd müssen Sie mir befehlen. Tu das! Mach das nicht!«

»Bleib sachlich und nimm deine Füße vom Tisch! Du bist nicht daheim in deinem Zimmer, sondern in der Schule.«

»Ich mag aber nicht. Scheiß Schule!«

»Zum letzten Mal: Nimm die Füße runter!«

»Ja, später vielleicht.«

»Pass mal auf! Du gehst nach der Stunde zum Kollegen Schnabel und erklärst ihm, warum im Unterricht die Füße nicht auf den Tisch gehören.«

Wie an zahlreichen anderen Hauptschulen in München gab es auch hier Sozialpädagogen, die mit Schülern in Einzelgesprächen gravierende soziale Konflikte an der Schule pädagogisch aufarbeiteten. Peter zählte zu den Stammgästen.

»Immer gehen Sie auf mich los. Ich bin immer der Böse. Gar nichts darf ich bei Ihnen machen.«

Die Stimme des Schülers war inzwischen deutlich lauter geworden. Ruckartig stand er auf und wollte gehen.

»Jetzt nicht. Du bleibst hier!«, befahl der Lehrer und auch sein Ton hatte sich erheblich verändert.

»Ich bleib nicht. Ich geh' jetzt sofort zum Schnabel.«

Er stürmte nach vorne, riss die Tür auf und blieb aber dann im Gang stehen.

»Geh auf deinen Platz! Nach der Stunde sollst du zum Erziehungstraining. Um diese Zeit ist der Kollege nicht in seinem Zimmer.«

»Das ist mir egal. Ich geh' jetzt.«

»Mein Herr, ich warne dich. Du bekommst für eine Woche einen Schulausschluss, wenn du weiterhin so provozierst.«

»Wollen Sie das? Natürlich, das wollen Sie doch!«, schrie er den Lehrer an.

Dieser legte entrüstet die Kreide am Tafelbord ab und ging auf den Jugendlichen zu.

»Das ist jetzt mein letztes Wort: Beruhige dich und geh' auf deinen Platz zurück!«, forderte Lochner den Schüler auf.

»Einen Scheiß werd' ich. Ich geh' gleich …«

»Mann, führ' dich nicht so auf und geh' endlich auf deinen Platz! ... Hör auf! ... Setz dich halt wieder hin, Peter!«, riefen einige Klassenkameraden. Lehrer Lochner bemühte sich, die Fassung zu wahren. Dann sagte er:

»Gut, geh! Aber geh nach Hause, denn ich will dich heute nicht mehr sehen.«

Lochner war froh, dass kurz danach der Pausengong ertönte. Er suchte die Grünanlage neben dem Schulgelände auf und wollte den Vorfall noch einmal überdenken. Warum verhielt sich der junge Mann ihm gegenüber so aufsässig? Und es gab auch andere, die das Klima in der Klasse ständig negativ beeinträchtigten. Ohne die Unterstützung der Eltern hatte er kaum eine Chance, diese Probleme zu lösen. Doch die ließen ihn hängen. Auf seine Briefe gab es sehr selten eine Rückmeldung, und was nützte ein Elternabend, wenn die Väter und Mütter, auf die er wartete, nicht erschienen. Trotzdem durfte er nicht aufgeben.

2

Eigentlich hätte sie um 10 Uhr die Vorlesung besuchen müssen. Professor Gablonz wollte heute noch einmal die französischen Impressionisten behandeln. Clarissa zog jedoch Shopping der Kunstgeschichte vor, weil sie glaubte, ausreichend informiert zu sein. Während der Fahrt in die Innenstadt setzte sie sich wieder einmal kritisch mit ihrem bisherigen Studium auseinander. Gegen Kunstgeschichte gab es an sich wenig einzuwenden. Doch in den Uni-Veranstaltungen lief ihrer Meinung nach alles viel zu theoretisch ab und vor allem erheblich zu wissenschaftlich. Sie interessierte sich schließlich auch für die Gefühle der Maler, während sie arbeiteten. Kunst war doch wohl in erster Linie eine Angelegenheit der Praxis und nicht dazu da, zerredet zu werden. Leider fehlte ihr die nötige Begabung zum künstlerischen Schaffen.

Dem Zweitfach Theaterwissenschaft stand Clarissa inzwischen noch distanzierter gegenüber. Die akademischen Fragen und Themenfelder dieser Disziplin langweilten sie immer mehr. Das Hauptseminar von Brückner hatte sie nur deshalb ausgesucht, weil sie den Schein brauchte. Doch das traf ja jetzt nicht mehr zu. Warum also sollte sie das demnächst fällige Referat überhaupt noch ausarbeiten?

Begonnen hatte sie mit Anglistik und Romanistik, warf am Ende des ersten Semesters hin, weil sie eine Klausur nicht bestand und ihr Stolz es nicht zuließ, noch einmal zu dieser Prüfung anzutreten. Danach belegte sie Kunstgeschichte wie ihre Freundin Karin. Die hatte als zweites Fach Germanistik gewählt. Einmal war sie ihr zulieb in ein Rilke-Seminar mitgegangen und dabei blieb es denn auch. Beim besten Willen konnte sie nicht nachvollziehen, dass die Freundin Rilkes Gedichte liebte, wie sie sagte und ihr vorschwärmte, dieser Dichter sei der deutsche Lyriker schlechthin.

Karin hatte von Anfang an genau gewusst, was sie wollte. Sie selbst brauchte eben etwas länger. Jetzt hatte sie mit der Ausbildung zur Schauspielerin bestimmt das Richtige gefunden. Wie Robert wohl reagieren werde? Wahrscheinlich hielt er wieder einen Vortrag über ihre Psyche und warf ihr Sprunghaftigkeit vor.

Robert. »Lieb ich ihn? Lieb ich ihn nicht?«, flüsterte sie beim Autofahren vor sich hin und lächelte. Gab es wirklich Zweifel, wenn es um die Liebe ging? Ihr gefiel, dass er sensibel und tolerant war. Er ließ sich nicht so leicht aus der Ruhe bringen und war wahrlich kein Macho-Typ. Wenn er sie in den Arm nahm, fühlte sie sich geborgen. Was sie störte, war sein pädagogisches Sendungsbewusstsein; dass er stets vernünftig war und sich weigerte, einmal irgendetwas Verrücktes zu tun. Insgesamt aber mochte sie ihn schon. Zumindest meistens. Oder nur oft? Reichte das, was sie ihm gegenüber empfand aber wirklich für eine gemeinsame Zukunft aus?

Sie verdrängte diese lästigen Gedanken, stellte ihren Mini im Parkhaus in der Nähe des Justizpalastes ab und brach zum Marienplatz auf. Ihre Freundin Karin, die seit dem Abschluss ihres Studiums dort in einem renommierten Büchergeschäft arbeitete, hatte vorgeschlagen, die Mittagspause eine Stunde vorzuverlegen und sie beim Kauf eines Kleides zu beraten. Um elf Uhr wollte man sich an der Mariensäule treffen.

Mit der Zeit kam Clarissa augenblicklich recht gut hin. Auf dem Marienplatz drängten sich wie stets um diese Uhrzeit viele Touristen, um dem Schauspiel beizuwohnen, das in allen Reiseführern angepriesen wurde. Endlich schlug die Turmuhr des Alten Peter. Oben über dem Rathausbalkon setzte das Glockenspiel ein und die bunten Schäfflerfiguren begannen mit ihrem Tanz. Sie schob sich an den Zuschauern mit ihren klickenden Kameras vorbei und begrüßte die Freundin. Bis zur Theatinerstraße mit ihren exquisiten Boutiquen war es nur ein Katzensprung. Zuerst versuchten sie es bei Dolce & Gabana. Man begutachtete kritisch die neueste Mode, sortierte Kleider und wählte aus. Clarissa probierte an, trat vor den Spiegel; zog sich wieder um. Erneut der Spiegel. Doch die junge Frau blieb unschlüssig.

Endlich hatte sie im nächsten Geschäft zwei Armani-Kleider gefunden, die ihr gut gefielen.

»Welches steht mir besser, das rote oder das blaue?«, wollte sie von Karin wissen.

»Eigentlich stehen dir beide gut«, erhielt sie zur Antwort.

»Dann nehme ich eben beide.«

Karin hatte das so ähnlich erwartet. Trotz der horrenden Preise. Peanuts, wenn der Vater bezahlte, ein Fabrikant, der in einem Palast in Starnberg residierte. Sie schmunzelte und schüttelte unmerklich den Kopf. Wollte fragen, was sie wohl täte, wenn sie ihr Geld selbst verdienen müsste. Doch sie schwieg, denn es ging sie nichts an.

Karin hatte noch Zeit für eine Tasse Kaffee. Dabei erfuhr sie, dass Clarissa erneut das Studium abzubrechen beabsichtigte und im Frühjahr auf die Schauspielschule gehen wolle. Doch gebe es dabei ein Problem: Robert. Ausflippen werde er und ihr wie in letzter Zeit häufig Charakterschwäche vorwerfen.

»Clarissa, das kann ich durchaus nachvollziehen; versetz dich doch einmal in seine Lage! ›Heute so, morgen so‹, wird er denken. Und das nicht zu Unrecht. Ich glaube, dir geht es einfach zu gut. Nable dich endlich von deinem schwerreichen Vater ab und stell dich auf deine eigenen Füße!«

»Ich tue das doch jetzt.«

»Das hast du schon oft gesagt.«

»Karin, glaub' mir, diesmal habe ich das Richtige gefunden. Aber ich brauche deine Hilfe, um Robert zu überzeugen. Du weißt, dass er sehr viel von dir hält.«

»Ja, weiß ich, aber das kann ich nicht, weil ich selbst nicht davon überzeugt bin.«

»Dann leiste mir wenigstens psychologischen Beistand. Bitte!«

»Na gut, wenn du meinst. Aber unmöglich bist du trotzdem.«

Sie verabschiedeten sich, denn Karins Mittagspause war vorbei. Clarissa überlegte, ob sie noch etwas unternehmen solle, fuhr aber dann nach Hause.

Wider Erwarten traf sie dort Robert an, der in der Küche abspülte. Normalerweise hatte er heute Nachmittagsunterricht bis um 16 Uhr. Doch die letzten Stunden fielen aus, weil nur ein paar Schüler zum Sport erschienen waren.

»Clarissa, wenigstens das Frühstücksgeschirr hättest du wegräumen können.«

Sie versuchte seine schlechte Laune durch einen Kuss zu vertreiben. Robert wandte sich aber von ihr ab. Clarissa erzählte, sie sei mit Karin zusammen gewesen und werde ihm gleich ihre neuen Kleider präsentieren. Danach war dem Freund jetzt keineswegs zumute. Vielmehr holte er den Staubsauger aus der Kammer und machte sich an die Arbeit. Die junge Frau zog den Stecker aus der Dose, unterdrückte aber ihre Enttäuschung.

»Was hältst du davon, wenn wir heute Abend zum Essen gehen, zusammen mit Karin?«

»Hab' keine Zeit, ich muss meinen Unterricht für morgen vorbereiten.«

»Dass ich nicht lache! Du brauchst doch keine Vorbereitung. Was deine Schüler von dir lernen sollen, schaffst du bei deren Niveau doch aus dem Stand. Die meisten von ihnen sind eh halbe Analphabeten.«

»Schrecklich, wie du über junge Menschen redest. Zugegeben, so mancher von ihnen hat seine Probleme mit dem Lernen. Aber das hat verschiedene Ursachen. Jedenfalls muss ich ihnen als Lehrer in kleinen, anschaulichen Schritten den Stoff vermitteln. Das ist nicht so einfach und braucht schon seine Vorbereitung.«

»Meinetwegen. Aber seitdem du an der neuen Schule bist, geht es doch nur mehr um deine doofen Jugendlichen. Die sind dir mittlerweile wichtiger als ich.«

»Jetzt hör mal gut zu: Erstens übertreibst du wieder einmal maßlos und zweitens sind meine Schüler nicht doof. Außerdem übersiehst du leider oft, dass ich einen Beruf habe.«

»Aber was du tust, ist einfach nicht normal. Für dich existieren nur noch deine behinderten Ausländer-Schüler. O.K., das mit dem ›behindert‹ nehm ich zurück, weil du dich sonst gleich wieder aufregst. Aber irgendwie bist du ein seltsamer Lehrer: Einmal schimpfst du über sie, dann verteidigst du sie wieder; erklärst, dass dir der eine und die andere leidtun.«

»Darin geb ich dir Recht. Sie kosten viel Kraft, und wenn ich nach Hause komme, muss ich halt manchmal Dampf ablassen, brauche jemand, der mir zuhört …«

»Und dafür suchst du also mich aus. Endlich weiß ich, was ich dir bedeute.«

»Ach Clarissa, verstehst du denn nicht, dass ich …«

»Da gibt es nichts zu verstehen. Ist doch ganz simpel: Wenn dein Unterricht zu Ende ist, musst du einen Schlussstrich ziehen. Vergiss dann einfach deine Schüler bis zum nächsten Morgen! Wir beide haben wahrlich Besseres zu tun, als uns mit diesen … Du weißt genau, was ich meine.«

»So einfach ist das nicht, wie du glaubst. Kein Lehrer arbeitet mit Stechuhr wie in der Fabrik. Als Lehrer hat man Verantwortung für seine Schüler, und zwar immer, nicht nur von früh um acht bis Mittag um eins.«

»Oh Mann, bleib auf dem Teppich, das sind doch Phrasen.«

»Für mich keineswegs. Du solltest endlich mal kapieren, dass ich es mit Jugendlichen zu tun habe, die besonders auf die Hilfe ihres Lehrers angewiesen sind.«

Clarissa lachte hämisch und entgegnete:

»Und du, Robert, solltest endlich mal einen Psychiater aufsuchen und dich von deinem ›Mutter-Teresa-Wahn‹ befreien lassen.«

Abrupt drehte sie sich um und ging ins Schlafzimmer. Robert war aufgebracht, zwang sich aber dazu, nicht auf diese Bemerkung zu reagieren. Er machte sich bewusst, dass es so nicht weitergehen konnte. Sie waren einfach zu verschieden.

***

In den folgenden zwei Wochen herrschte ein recht gutes Arbeitsklima in der Klasse 9b. Dann aber gab es wieder so einen Tag, der Robert sehr zusetzte. Kurz vor 8 Uhr stiegen die Schüler aus der U-Bahn und den Bussen, kamen mit dem Fahrrad oder gingen zu Fuß in der Absicht, ihre tägliche Schulpflicht zu erfüllen. Lehrer Lochner und seine Kollegen machten sich in ihre Klassenzimmer zum Unterricht auf, wie sie das jeden Tag taten.

»Leute, ihr habt doch soeben den Gong gehört. Geht jetzt bitte auf eure Plätze!«

Gerangel. Anmache. Schimpfworte. Heute wurde die Sitzordnung wieder einmal zum ersten Kampfthema. Robert war darauf bedacht, wenigstens ein Mindestmaß an Schuldisziplin aufrecht zu erhalten:

»Jeder von euch hat doch einen festen Platz ... Na also, es geht doch. Ich wünsche euch einen guten Morgen.«

Ein paar Mädchen grüßten zurück, die meisten der Schüler nahmen den Lehrer jedoch zunächst nicht zur Kenntnis.

»Steht bitte mal auf! ... Aufstehen! Ich bitte euch darum ... Aufstehen habe ich gesagt!«

Seine Stimme war jetzt merklich lauter geworden. Es dauerte recht lang, bis sich die Jugendlichen widerwillig von ihren Plätzen erhoben, nochmals wie gefordert zum Gruß ansetzten und sich wieder unter Zwischenrufen niederließen.

Die ersten drei Unterrichtsstunden liefen einigermaßen normal ab. Nach der Pause stand Sozialkunde auf dem Stundenplan. Der Lehrer legte als stummen Impuls eine Karikatur in den Tageslichtprojektor. Die Klasse reagierte. Viele Finger schnellten in die Höhe und Lehrer Lochner rief alle Schüler auf, die sich meldeten.

»Das ist die Kanzlerin.«
»Frau Merkel wünscht sich, dass es mit der EU vorwärts geht.«
»Wir wollen auch in die EU.«
»Nein, ihr Türken gehört nicht zu uns.«
»Sei doch du still!«, rief ein Mädchen dazwischen.

»Was verrät euch die Mimik der Bundeskanzlerin?«, fragte der Lehrer. »Seht genau hin!«

»Sie schaut ernst drein.«

»Sie macht sich vielleicht Sorgen.«

»Hat Angst, dass es mit der EU den Bach runterläuft …«

Plötzlich sauste ein Papierflieger durch die Luft und traf ein Mädchen am Kopf. Der Werfer musste dafür eine recht ordinäre Bemerkung einstecken, die eine laute Diskussion auslöste.

»Leute, es reicht.«

Einigen Schülern reichte das keineswegs.

»Haltet endlich den Mund!«

Es nützte nichts. Robert brüllte:

»Ruhe! Jetzt ist hier Ruhe!«

»Flori, du bist eine Sau.«

Er hatte vorne am Pult die Stimme sofort erkannt und konnte den Zwischenruf nicht übergehen:

»Eva, musst du deinen Klassenkameraden so titulieren?«

»Herr Lochner, er grabscht mir ständig am Busen herum.«

»Florian, was hast du dazu zu sagen?«, wollte der Lehrer wissen.

»Was soll ich denn tun, wenn die mich dauernd sexuell anmacht?«

»Wirklich nicht. Hast ja noch Eierschalen hinter den Ohren.«

»Na warte, du Schlampe!«

Die Klasse tobte, und es dauerte seine Zeit, bis wieder gearbeitet werden konnte. Doch das hielt nicht lange an.

»Scheiß-Ägypter, du kannst mich mal!«

»Geh zurück in deinen Urwald, Negerhäuptling!«

Robert wäre am liebsten davongelaufen, irgendwohin, wo man einen kultivierten Umgangston pflegte. Nein, er konnte und wollte sich nicht an ein derartig aggressives Benehmen gewöhnen. Doch er musste da durch, das gehörte zu seinem Job. Überlegte, wie jetzt am sinnvollsten zu reagieren sei. Wog ab, zögerte, weil er die Ursache des Streits nicht kannte. Er zögerte zu lange, denn jetzt gingen sie mit den Fäusten aufeinander los und die Situation drohte zu eskalieren.

Spontan griff der Lehrer nach dem Zeigestab und knallte ihn auf einen Tisch, der nicht besetzt war. Die Schüler zuckten erschreckt zusammen und setzten sich wieder auf ihren Platz. Auf einmal lag eine beklemmende Stille im Raum und diese Stille blieb bis zum Ende der Stunde.

Danach betreute der Fachlehrer für Kunsterziehung die Klasse und Lochner hatte für heute sein Soll in der Schule erfüllt. Er mied das Lehrerzimmer und machte sich sofort auf den Weg zu seinem Wagen, wollte endlich allein sein, weil er diesen Krieg der Jugendlichen noch immer mit sich herumtrug.

Warum führten sich einige seiner Schüler immer wieder so auf? Es waren stets dieselben, die in regelmäßigen Abständen ausflippten. Häufig ließen sich dann andere anstecken. Selbstverständlich war eine Brennpunktschule kein Mädcheninternat. Immer wieder machte er sich das bewusst. Und auch er war als Schüler fürwahr kein Engel gewesen. In seiner Klasse fehlte manchen jedoch so etwas wie ein innerer Kompass. Sie spürten einfach nicht, wie weit sie gehen konnten.

Inzwischen hatte sich Robert beruhigt und wollte mit jemandem über diesen Vorfall reden. Er brauchte jetzt einen Menschen, der Verständnis für ihn aufbrachte und bei dem er seinen Schulfrust abladen konnte. Clarissa kam dafür nicht infrage, aber Harun, sein Freund. Er war Türke und lebte seit der Geburt in München.

Harun und Robert besuchten mehrere Jahre dieselbe Klasse im Gymnasium. Sie hatten auch während ihres Studiums Kontakt zueinander, denn beide studierten unter anderem Politikwissenschaft. Robert im Rahmen seiner Lehrerausbildung, Haruns Ziel war es, Journalist zu werden. Seine Eltern waren in den 1970er Jahren nach München gezogen. Der Vater hatte sich als Anwalt auf die Rechtsprobleme von Ausländern in Deutschland spezialisiert, die Mutter, ehemals in einem Istanbuler Krankenhaus tätig, war in der Nähe des Stachus als Frauenärztin in eine Gemeinschaftspraxis eingestiegen.

Robert kannte diese türkische Familie sehr gut, weil Harun ihn häufig mit nach Hause nahm. Bei den Tükelis handelte es sich um Menschen mit einer liberalen und toleranten Grundhaltung und sie waren sehr gut in die deutsche Gesellschaft integriert. Ihre türkische Kultur bedeutete ihnen zwar viel, aber dass man sich als sogenannte Ausländer auch an die Einheimischen anpassen musste, war für sie allesamt selbstverständlich.

Robert griff zum Handy und erreichte Harun auf dem Weg zu einer Vorlesung. Doch die erwähnte Harun gegenwärtig nicht. Sie musste heute ausfallen. Der Student stimmte sofort einem Treffen zu, nachdem er die Äußerungen des frustrierten Freundes vernommen hatte.

Harun machte sich bewusst, dass Robert seit dem neuen Schuljahr mit enormen beruflichen Problemen zu kämpfen hatte. Im September war er an eine andere Schule versetzt worden, wo man ihm eine neunte Jahrgangsklasse mit einem sehr hohen Ausländeranteil zuwies. Regelmäßig legten sich ein paar seiner Schüler mit ihm an, und er fragte sich, was heute Vormittag im Klassenzimmer wieder los gewesen war. Kurze Zeit später begrüßten sich beide am Brunnen vor dem Uni-Hauptgebäude.

»Komm, gehen wir ein Stück im Englischen Garten spazieren«, schlug Robert vor. Zunächst schwieg er eine Weile, schien zu überlegen, wie er am besten begann, um dann mit Bestimmtheit festzustellen:

»Du kennst doch meine Alltagsprobleme in der Schule.«

»Meinst sicher wieder deine türkischen Schüler.«

»Ja, es sind auch Türken; deine Landsleute, die mich oft zur Verzweiflung bringen. Aber Harun, das muss dir doch nicht peinlich sein. Schau, diese Jugendlichen haben nun einmal nicht das Glück, in einem derart optimalen Elternhaus aufzuwachsen wie du. Kapier das endlich! Übrigens waren es diesmal keine Türken, die mich genervt haben.«

Dann erzählte der junge Lehrer, was sich heute in seiner Klasse ereignet hatte. Erklärte, dass ein derartiger Zwischenfall keineswegs eine Ausnahme darstelle. Verglich sich mit dem antiken Sisyphus, der sich vergeblich abmühte, den schweren Stein auf die Spitze des Berges zu befördern, weil er immer wieder an den Ausgangspunkt zurückrollte. Auch er mühe sich in der Schule ab und müsse vor allem in Fragen der Erziehung fast jeden Morgen ganz von vorne beginnen.

Harun hielt den Vergleich für unangebracht, weil er sehr wohl auch Erfolge verbuchen könne. Robert wiegelte ab und stellte seine Arbeit infrage, beklagte, dass er immer nur geben müsse und selbst dabei auf der Strecke bliebe; dass man stets nur von ihm etwas erwarte und er täglich Verständnis für andere aufzubringen habe.

Harun spürte, wie der Freund gegenwärtig unter seinem Beruf litt und ermunterte ihn, dennoch durchzuhalten, vor allem, weil seine Schüler ihn bräuchten. Davon sei er überzeugt. Plötzlich hatte er eine Idee:

»Hör mal, ich werde nach dem Wintersemester meine Großmutter in der Türkei besuchen – so um Ostern herum. Da hast du doch Ferien. Komm einfach mit! Es tut dir bestimmt gut, wenn du einmal etwas ganz anderes als deinen Alltag erlebst. Was hältst du davon?«

Robert dankte und versprach, sich den Vorschlag durch den Kopf gehen zu lassen. Als er am Abend nach Hause kam, fand er einen Zettel mit Clarissas Handschrift auf dem Tisch:

»Hallo, Schatz, ich hatte heute Ärger in der Uni, weil ich dem Prof mitgeteilt habe, dass ich mein Referat nächste Woche nicht halten werde. Schließlich steige ich aus dem Studium aus. Er hat mich daraufhin vor allen im Seminar fertiggemacht; dies sei rücksichtslos gegenüber den anderen. Genau das waren seine Worte. Der kann mich mal! Muss jetzt dringend einige Tage auf Madeira ausspannen. Mein Flugzeug geht kurz nach 16 Uhr. Gruß und Kuss, C.«

Robert musste schmunzeln. Typisch Clarissa! Fast zwei Jahre war er inzwischen mit ihr zusammen und er fragte nicht zum erstenmal nach dem Warum. Jetzt stand sein Entschluss, sich von ihr zu trennen, endgültig fest.

Ausspannen, das war in der Tat eine gute Idee. Er würde Haruns Einladung annehmen. Ihn nervte dieser Alltag, fand ihn nur noch bedrückend. Stress im Beruf und Stress im Privatleben. Er musste unbedingt davon Abstand gewinnen und zwei Wochen weg von hier, möglichst weit weg. Und das in Begleitung eines Menschen, mit dem er gerne zusammen war.

Kapitel 2

Ferien in der Türkei

1

Sie flogen nach Istanbul, nahmen am Flughafen ein Taxi und machten sich auf den Weg in die Stadt zu Haruns Verwandten. Die Metropole am Bosporus war für die zwei aus Deutschland nur eine Zwischenstation. Die Großmutter, der der eigentliche Besuch galt, wohnte in Maryanik, einem abgelegenen Bergdorf in Ostanatolien. Wenn sie nach ungefähr zehn Tagen hierher zurückkehrten, wollte Harun dem Freund seine Märchenstadt zeigen, bevor sie wieder den Flieger bestiegen.

Wie vereinbart lieh Onkel Ahmet den beiden Besuchern aus München seinen Wagen für die anstrengende Reise quer durch das Land. Das warme Bettzeug sollten sie mitnehmen, das man für Oma gekauft hatte. Dazu einen Fernsehapparat, Geschirr, Bügeleisen und andere Haushaltsgeräte. Schließlich verfügte man im Dorf seit Oktober über Strom, und das glich einer Revolution. Bis zu diesem Zeitpunkt nämlich musste sich die Dorfgemeinschaft mit ein paar Generatoren zufriedengeben, die abwechselnd den einzelnen Haushalten zur Verfügung standen.

Nachdem der Kofferraum und die hinteren Sitze im Auto beladen waren, machten sich die beiden Gäste gegen Abend auf den Weg. Der Onkel riet ihnen, Schneeketten mitzunehmen, weil sich vor ein paar Tagen der Winter in den Bergen Anatoliens wieder eingestellt hatte.

Sie verließen den Ortsteil Okmeydani und bald befanden sie sich auf der Bosporus-Brücke, die Europa mit Asien verbindet, fuhren an Moda vorbei, eines der vornehmsten Viertel Istanbuls, genossen kurze Zeit den fantastischen Sonnenuntergang, ehe sie dann der Autobahn in Richtung Osten folgten.

Allmählich brach die Dunkelheit herein. Die beiden hatten genügend Gesprächsstoff für die lange Nacht: Onkel Ahmets Familie, seine politische Position und das Juwel Istanbul ... Irgendwann wurde Robert müde und schlief ein. Der Freund schaltete das Autoradio an, achtete auf eine angemessene Lautstärke, damit der andere nicht aufwachte, und konzentrierte sich auf den Verkehr. Nach ein paar Stunden erreichte man Bolu, dann Amasya.

Bei Tagesanbruch wechselten sie sich mit dem Fahren ab und Harun konnte schlafen. Dann verließen sie die Autobahn und nahmen die Staatsstraße. Immer wieder legten sie eine kurze Pause ein, tranken Tee und aßen Simit, also Sesamkringel, die ihnen die Tante mitgegeben hatte. Eine Ewigkeit zog sich die monotone Fahrt quer durch das weiträumige Land hin. Sie passierten Erzincan und Erzurum. Irgendwann ging es dann in die Berge auf schmäleren und immer schlechteren Straßen, die stetig höher hinaufführten.

Wieder Schlafen im Auto; jetzt im Mantel, weil die Nacht kalt geworden war. Überall Schnee, obwohl der Kalender doch schon Ende März anzeigte. Harun holte inzwischen regelmäßig die Autokarte heraus, da er sich hier in der Prärie, wie er sagte, nicht auskannte. Wenn sie die Verwandten in Ostanatolien besuchten, flogen sie in der Regel bis Erzurum und nahmen dort ein Taxi, das sie in das Dorf brachte. Im Übrigen zeigte sich hier im Sommer die Landschaft ganz anders.

Immer höher mussten sie hinauf. Sie sahen Lastwagen, die umgekippt am Straßenrand lagen, zockelten längere Zeit hinter einem Bus her und benötigten für eine Weile die Schneeketten. Enger wurden nun die Fahrbahnen und gefährlicher die Kurven.

Endlich waren sie in Burcali angelangt, einer kleinen Provinzstadt, wo die Behörden saßen, die Onkel Hüsnü ab und zu aufsuchte, wo es ein Krankenhaus und weiterführende Schulen gab und wo man einkaufen konnte. Völlig erschöpft ruhten sie sich in einem Teehaus aus. Sie erfuhren, dass die Straße hinauf nach Maryanik wegen eines Lawinenabgangs nicht passierbar sei. Das Dorf könne man zurzeit nur zu Fuß erreichen. Der schmale Weg sei aber verweht, eine Todesfalle vor allem für Fremde.

Harun und Robert suchten eine Pension und taten sich damit nicht schwer. »Bos bir odaniz var mi?« Natürlich hatte die Wirtin ein freies Zimmer. Wer wollte denn schon bei so einem Wetter in diese Gegend?

Am nächsten Morgen machten sich die beiden mit einem Einheimischen und dessen zwei Mulis auf in das Dorf, bepackt mit allen Geschenken. Sie durchquerten zunächst eine enge Klamm, stiegen dann einen steilen, schmalen Pfad hinauf und erreichten nach etwa zwei Stunden eine Hochebene. Mit einem Mal wurden sie von einem kräftigen Wind erfasst, gegen den sie mächtig anzukämpfen hatten. Sie hielten kurze Zeit an, um zu verschnaufen. Rundum war kein Lebewesen zu sehen, nur die schroffen Felswände der Berge, deren Gipfel sich hinter dem neblig grauen Dunst des Himmels verbargen.

Langsam stapften sie hintereinander durch den tiefen Schnee und erreichten nach einer weiteren Stunde eine ausgetretene Spur. Plötzlich wurden sie von dumpfen Klängen aufgeschreckt, die sich fortan im gleichmäßigen Rhythmus und fast ohne Pause wiederholten. Die Töne hörten sich an wie die Schläge einer Trommel, die den Tod eines Menschen zu beklagen schien. Und je weiter die drei schritten, desto lauter waren sie zu vernehmen.

Hinter einem Felsvorsprung tauchte unerwartet das Dorf auf und deshalb blieben die Wanderer erstaunt stehen. Harun war von diesem Anblick völlig überrascht. Er und seine Familie besuchten die Großeltern stets im Sommer und jetzt hatte der Winter die abgelegene Siedlung in den Bergen fest im Griff. Wie Nester von Mehlschwalben schienen die erdgeschossigen Häuser an einer schützenden Felswand zu kleben. Hoch oben über ihnen nichts als Schnee. Dicht gedrängt standen sie am steilen Berghang, als wollten sie sich gegenseitig wärmen. Ihre kleinen Fenster wirkten aus der Ferne beinahe wie Schießscharten. Fremd und ein wenig abweisend erschien Harun jetzt diese Gegend. Das sagte er auch zu Robert und der antwortete ihm:

»Mich fasziniert dieser Anblick. Doch das alles kommt mir irgendwie unwirklich vor. Hab' so was noch nie gesehen.«

Noch immer ließ sich das schrille Pfeifen des eisigen Windes vernehmen, begleitet von jenem geheimnisvollen Taktschlag, dessen Lautstärke stetig anschwoll. Kurze Zeit später waren sie am Dorf angekommen. Die Häuschen bestanden aus graublauen Natursteinen, die an der Außenseite ohne Mörtel miteinander verbunden, jedoch der alt überlieferten Trockenbauweise gemäß präzise aufeinander gereiht und seitlich verzahnt waren. Mädchen spitzten durch Türspalten und verschwanden sofort wieder mit ängstlichem Blick, während andere hinter milchigen Glasfenstern die Ankömmlinge neugierig musterten.

Ein alter Mann kam ihnen auf schmalem Weg entgegen, und sie wichen im letzten Moment seitlich aus, um nicht umgerissen zu werden. Er hatte sie nicht bemerkt, weil seine Augen auf den Boden gerichtet waren, ein Reisigbündel auf tief gebeugtem Rücken und in der Hand einen Stock. Wie die meisten Männer hier im Ort trug er ein schwarz-weiß gestreiftes Kopftuch, das er zu einem Turban zusammengebunden hatte.

Vor einem Haus hackte eine Frau Holz. Als das Beil das Holzstück erfolgreich gespalten hatte, flog einer der Späne ein gutes Stück weit durch die Luft und erschreckte ein paar Hühner, die unter aufgeregtem Gegackere davonliefen.

Mit einem Mal wurde das Geheimnis des monotonen Schlagtons gelüftet. Es handelte sich keineswegs um eine Trommel, sondern um eine Art Mörser. Ein Mädchen hielt einen Holzknüppel in seinen Händen. Dieser war etwa einen Meter lang, verbreiterte sich an seinem unteren Ende halbkugelförmig und war zum Boden hin abgeflacht. Mit diesem Schlegel zerschlug die junge Türkin Getreidekörner, die vor ihren Füßen auf einer Steinplatte lagen, und zermalmte sie zu Mehl.

Nun führte der Weg die Fremden durch enge Häusergassen und über abgebrochene, vereiste Treppenstufen, argwöhnisch beobachtet von Männern, die gelangweilt die Perlen ihrer Spielkette mit den Fingern weiterschoben. Dann standen sie vor dem Haus der Verwandten. Der Besuch musste sich inzwischen im Dorf herumgesprochen haben, denn die Großmutter und Tante Pelin waren bereits im Hof, um Harun und Robert zu begrüßen.

Onkel Hüsnü und die Buben verbrächten, so berichteten sie, ein paar Tage bei einem Vetter in einem abgelegenen Tal, um ihm beim Schafescheren zu helfen. Nur gut, dass dort schon fast der Frühling eingezogen sei, sonst würden die armen Tiere erfrieren.

Die Frauen wussten über den Alman, den Deutschen, längst Bescheid. Harun hatte es ihnen geschrieben, nur den genauen Zeitpunkt der Ankunft konnte er nicht voraussagen. Und Robert hatte während der Reise das Wesentliche über Haruns Verwandte in Ostanatolien erfahren: Tante Pelin und ihr Mann Hüsnü, ein Bruder von Haruns Mutter, hatten acht Jahre in Dortmund gelebt. Als der Großvater plötzlich vor einem guten halben Jahr starb, blieb ihnen nichts anderes übrig, als nach Maryanik zurückzukehren. Sie konnten doch die alte Frau nicht allein lassen, die oft krank und mit der kräfteraubenden Bauernarbeit hier in den Bergen völlig überfordert war.

Die beiden Männer packten die Geschenke aus Istanbul und München aus, nachdem sie ihren Begleiter mit seinen Lasteseln verabschiedet hatten. Jedes einzelne Stück wurde von den Frauen, besonders der Großmutter, begutachtet und gepriesen. Obwohl Robert kein Wort verstand, war die Freude über die Präsente doch offenkundig. Nach dem Essen redete man über Beruf und Arbeit, vor allem aber über Familienangelegenheiten. Pelin sprach zwar passabel deutsch und Harun übersetzte immer wieder, aber der Großteil des Gesprächs lief der Oma zuliebe auf Türkisch ab. Robert machte das nichts aus, denn er schaute sich in der Zwischenzeit im Zimmer um.

Im Haus gab es nur einen einzigen großen Raum, dessen Wände weiß gekalkt waren. Den Fußboden bedeckten mehrere Teppiche und unmittelbar hinter dem Tisch stand ein runder Eisenofen. Zwei kleine Fenster ließen ein wenig Licht in den dämmrigen Raum, der später von einer Petroleumlampe erhellt wurde. Man brauchte diese alten Lampen immer wieder, weil regelmäßig im Dorf der Strom ausfiel. Unter den Fenstern bildeten mehrere auf dem Boden aneinander gereihte Kissen eine Art Sitzbank, über die ein buntes Tuch ausgebreitet war. Schränke besaßen die Hausbewohner nicht. In einem einfachen Holzregal bewahrte man Teller, Schüsseln, Tassen und Essbestecke auf, für die Töpfe und anderes Kochgeschirr waren Haken an der Zimmerdecke angebracht. An der Wand neben der Tür wurden an Nägeln die Kleider aufgehängt.

Die Gäste bekamen die gegenwärtig verwaiste Schlafecke der Buben hinter einer halbhohen Bretterwand zugewiesen. Der mühsame Aufstieg ins Dorf und die wohlige Wärme, die der Ofen verbreitete, ließen sie schnell einschlafen. Doch wurden sie schon in aller Frühe von den Hähnen geweckt.

Harun erfuhr beim Frühstück, dass Oma die Lungenentzündung gut überstanden hatte. Sie war glänzend aufgelegt und erzählte Episoden aus ihrer Kindheit. Dass sie im Sommer von Früh bis in die Nacht Schafe hütete und deshalb nur im Winter die Schule besuchte, wie alle Mädchen im Dorf, und dass sie damals jeden Morgen Holzscheite für den Ofen im Klassenraum mitnahm. Dann ging es um die Kühe, genauer um deren Mist, den sie als Mädchen auf der Straße mit Eimer und Schaufel einsammelte, wenn die Tiere am Abend von der Weide nach Hause zum Melken getrieben wurden. Schnell musste man sein, schneller als die anderen, damit man möglichst viele dieser wertvollen Mistfladen bekam, die dann zu Hause geknetet und anschließend an die Mauer geklebt wurden, um zu trocknen. Sie wurden bis zum Winter im Haus neben dem Schafstall aufgeschichtet und als Heizmaterial benutzt, war doch Holz in den recht kargen Bergen eher Mangelware.

Harun fragte ab und zu anstandshalber nach, denn diese Sache mit dem Mist hatte er schon tausendmal von der Großmutter gehört, auch die Geschichte von ihrer Lieblingskuh, der sie als Zwölfjährige allein in der Nacht beim Kalben geholfen hatte:

»Alle in der Familie lagen im Bett und schliefen fest, nur ich habe im Stall Wache gehalten. Und als die Beine zu sehen waren, musste ich nur ziehen und das Kälbchen kam raus...«

Harun wollte für Robert übersetzen, doch die Tante blockte ab, versicherte ihm, dass die Großmutter glücklich sei, ihren Enkel einmal ganz allein um sich zu haben. Robert und sie würden nur stören. Sie trat mit ihm vor die Haustür und schnorrte eine dieser herrlichen Lord-Zigaretten. Die Schwiegermutter mochte es nicht, wenn sie rauchte. Für Frauen gehörte sich das nicht.

Der Deutsche und die Türkin kamen ins Gespräch. Pelin war froh, endlich einmal Dampf ablassen zu können, ohne jemanden unmittelbar dadurch zu verletzen. Robert war ein dankbarer Zuhörer, als sie erzählte.

Ein paar Wochen in Ostanatolien hatten gereicht, um zu spüren, dass dieses Dorf nicht mehr ihr Zuhause war. Kaum etwas hatte sich in den letzten acht Jahren verändert. Der Alltag war nach wie vor hart und das Leben für Frauen oft brutal wie eh und je. Deutschland sei wahrlich kein Paradies, aber in diesem Land konnte sie als Frau durchaus erleben, was Freiheit bedeutet, auch wenn sie sich manchmal einsam fühlte. Sie vermisste jetzt die Zentralheizung der Dortmunder Wohnung, ihre Möbel, das Badezimmer und die Waschmaschine... Am liebsten ginge sie dorthin zurück, wie sich das auch ihre Kinder wünschten. Aber sie hatte sich damit abgefunden, zu bleiben, der Großmutter wegen und dem Ehemann zuliebe, der wieder alles ganz allein entschied, die frühere anatolische Unterwürfigkeit von ihr einforderte und sie wie sein Eigentum behandelte, seitdem sie zurückgekehrt waren. Wohl, um von den Männern im Dorf akzeptiert zu werden.

Harun gesellte sich dazu, machte eine lustige Bemerkung über Omas Erzählkunst und unterhielt sich mit der Tante, die inzwischen das Thema gewechselt hatte. Sie verabschiedete sich nach einer Weile, denn im Haus wartete Arbeit auf sie. Die beiden Münchner wollten sich ein bisschen im Dorf umschauen.

Es hatte die ganze Nacht geschneit. Deshalb schaufelten die Männer die Schneemassen von den Flachdächern ihrer Häuser. Anschließend wurden diese Dächer von den Kindern in Besitz genommen. Sie hielten sich dort oben sehr gerne auf, weil die erhöhte Position einen guten Überblick über das Geschehen im Dorf ermöglichte. Wenn man an den Händen fror, steckte man sie einfach in den warmen Rauch, der aus der Dachluke emporstieg. Diese Flachdächer nutzten die Kinder auch zum Spielen, gab es doch für sie aufgrund der extremen Hanglage der Siedlung keine geeigneten natürlichen Spielplätze. Robert musste über ihren Einfallsreichtum schmunzeln. Während die einen Fußball spielten, standen die anderen in gleichmäßigem Abstand am Rande des Daches und mühten sich, dass der Ball nicht in die Tiefe fiel.

Harun entdeckte Fatma, die vor der Stalltür eine Kuh striegelte. Sie trug wie die anderen Frauen im Dorf über einer Pluderhose ein buntes langes Kleid. Das einfarbige Kopftuch, dessen Enden über den Schultern hin und her baumelten, bildete dazu einen deutlichen Kontrast. Er kannte die junge Frau seit Jahren und suchte sie und ihre Schwester stets auf, wenn er hier mit seiner Familie den Urlaub verbrachte. Eigentlich waren sie so etwas wie Freunde. Deshalb lief er zu ihr hinüber.

»Hast ja heute schulfrei und kannst deiner Mutter helfen, weil der Bus nach Burcali noch nicht fährt.«

Fatma reagierte sehr verhalten. Überhaupt war sie ungewöhnlich wortkarg und wirkte traurig. Unter einem Vorwand verabschiedete sie sich recht schnell von ihm, verschwand im Haus und ließ Harun irritiert zurück. Normalerweise begrüßte ihn Fatma herzlich, wenn er im Dorf ankam und ließ ihn auch nicht so bald weiterziehen. Harun fragte sich, was ihr augenblickliches Verhalten ihm gegenüber zu bedeuten habe. Vielleicht verunsicherte es sie, dass ein fremder Mann ihn begleitete. Oder gab es einen anderen Grund? Nachdenklich ging er weiter.

Vor dem Nachbarhaus beluden zwei Männer ihre Mulis, führten sie anschließend am Zügel bergauf und verschwanden dann hinter einem Felsvorsprung. Robert und Harun beobachteten, wie mehrere Bauern geschickt ihre mit Heu beladenen Schlitten den Berg herab in Richtung einer Schafherde lenkten. Die hungrigen Tiere drängten unter lautem Blöken zum Gatter, um möglichst schnell an das Futter zu gelangen.

Inzwischen hatte wieder starker Wind eingesetzt. Heulend fegte er über die Hochebene, wirbelte eine Wolke aus Schnee auf und fiel dann über die kahlen Pappeln unten am Bachlauf her. Plötzlich kehrte wieder Stille ein. Die beiden blieben stehen und blickten sich um.

»Das ist Natur pur, eine wunderschöne Berglandschaft! Kann mir sehr gut vorstellen, in dieser Gegend öfter Urlaub zu machen. Doch für immer hier leben ... Wie hält man das aus?«, fragte Robert seinen Begleiter.

»Es ist ihre Heimat.«

»Was tun die Leute, wenn sie ihre Arbeit erledigt haben?«

»Sie warten auf den Frühling, und der scheint sich Zeit zu lassen.«

2

Die herrische Art, wie er die Tür öffnete und anschließend zuschlug, machte jedem im Raum bewusst, dass nichts Gutes bevorstand. Der Vater wollte mit Fatma allein sein. Seine Worte ließen keinen Zweifel aufkommen: Dies war ein Befehl und keineswegs ein Wunsch. Die Ehefrau und die jüngere Tochter suchten deshalb umgehend das Nebenzimmer auf, während die Söhne das Haus verließen. Fatma wagte nicht, ihm ins Gesicht zu schauen, sondern erwartete mit gesenktem Blick eine Strafpredigt. Irgendetwas war passiert. Wusste er etwa Bescheid?

Zunächst lief der Vater schweigend im Zimmer hin und her und blieb plötzlich direkt vor ihr stehen. Dieses Verhalten verunsicherte das Mädchen. Deshalb hob es den Kopf und zuckte zusammen. Die unnatürlich aufrechte Körperhaltung und diesen eiskalten Gesichtsausdruck sah sie bei ihm äußerst selten. Aber wenn er sich vor jemandem derart aufbaute wie jetzt, konnte man sicher sein, dass er zornig und kaum mehr Herr seiner selbst war. Dann fing er an zu toben. Einmal hatte er sie sogar geschlagen, als er vom Teehaus zurückkehrte und dann mit ihr stritt.

Fatma schloss die Augen und war bereit, erneut eine solche Züchtigung über sich ergehen zu lassen. Doch es geschah nichts. Weder schrie sie der Vater an, noch schlug er auf sie ein, sagte nur, dass sie sich mit Männern herumtreibe. Er sagte es in einem gekünstelten Ton, den sie bisher nicht kannte und der sie erschaudern ließ.

Fatma gab zu, dass sie einen jungen Mann aus Burcali kannte und ihn zwei- oder dreimal in der Stadt eher zufällig getroffen habe.

»Du hast ihn sogar auf der Straße geküsst. Man hat dich gesehen.«

»Es ging von ihm aus. Er hat mich einfach an sich gezogen. Ich habe mich dagegen gewehrt.«

»Sein Freund hat mir das genau umgekehrt beschrieben, hat gesagt, dass du noch viel mehr von ihm wolltest.«

Schrecklich, wie sich das anhörte. Diese Anschuldigung war schlimmer als Schläge mit dem Stock. Sie wusste nicht, wie sie darauf reagieren sollte und schwieg. Doch er bestand auf einer Antwort.

»Vater, ich schwöre beim Bart des Propheten, dass das nicht stimmt.«

»Und dein Liebhaber schwört, dass du ihn im Wald verführt hast.«

»Oh, nein! Bitte hör auf, ich kann das nicht ertragen. Peitsche mich lieber aus, aber rede nicht so mit mir.«

»Im Teehaus hat er dich als Hure bezeichnet. Hat vor allen damit geprahlt, dass er das Schäferstündchen mit dir im Wald genossen hat. Du weißt, was das bedeutet.«

Fatma wusste es. Mit dieser unverschämten Behauptung vor aller Ohren war ein Brandpfeil gegen ihre Familie abgeschossen worden. Sein Feuer verbrannte die Ehre. Vor allem die des Vaters und der Brüder.

Wenn er wüsste, was damals wirklich passiert ist, ging es ihr durch den Kopf, doch ich kann ihm das nicht sagen, ich will es ihm nicht sagen. Selbst wenn ich es ihm sage, ist das doch ohne jede Bedeutung für ihn. Nie mehr entkomme ich dieser Schlinge.

Der Vater sprach nicht weiter, schien ebenfalls nachzudenken. Fatma sammelte all ihren Mut und stammelte:

»Ich wollte im Wald Holz ...«

»Schweig!«, schrie er sie an. »Ich will es nicht wissen. Kein Wort, kein einziges Wort will ich von dir darüber hören.«

Der Vater sah, wie die Tochter mit den Tränen kämpfte, und sie merkte nicht, dass es ihm ebenso ging. Er nahm sich zusammen und klagte sie mit kalter Stimme an:

»Du bist schuld, dass es so weit gekommen ist. Serkan fragte mich, ob er dich heiraten könne, und ich war einverstanden.

Doch du hast nur auf Zeit gespielt und ihn mit Ausreden hingehalten. Hattest niemals wirklich vor, seine Frau zu werden.«

»Aber Vater, du weißt genau, dass eine Heirat für mich noch kein Thema ist. Ich will doch in diesem Jahr die Schule in Burcali mit guten Noten abschließen und dann studieren.«

»Genau das ist der Punkt! Großvater hatte darauf gedrängt, dass ihr Mädchen diese Schule besucht. Damals hätte ich auf keinen Fall nachgeben dürfen. Es stimmt schon, was die Männer im Dorf sagen: Wenn schon Oberschule, dann nur für die Söhne und nicht für die Töchter. Die Lehrer dort haben dich zu dem gemacht, was du jetzt bist: eine ungehorsame, eingebildete Frau. Du hältst dich ja für was Besseres. Vor allem begegnest du den Männern nicht mit dem nötigen Respekt. Ständig muss ich mir anhören, dass ich meine Töchter – und damit bist in erster Linie du gemeint – nicht richtig erzogen habe. Und dennoch hatte Serkan die Absicht, dich zu heiraten. Warum nur habe ich dich nicht aus der verfluchten Oberschule genommen und dich zur Heirat gezwungen!«

»Ich wollte halt noch keinen Mann.«

»Tochter, von jetzt an brauchst du keinen Mann mehr wollen und dich will auch keiner mehr; denn du hast Schande über mich und mein Haus gebracht.«

Seine Worte klangen mit einem Mal deprimiert und ohne jeglichen Vorwurf. Sie schienen lediglich eine Tatsache auszudrücken, die nicht mehr zu ändern und deshalb zu akzeptieren sei.

Von diesem Augenblick an blickte er seiner Tochter nicht mehr ins Gesicht. Das verlangte die Tradition. Im Dorf seiner Kindheit hieß es, dass derjenige, der einem befleckten Menschen ins Gesicht schaut, dadurch selbst befleckt wird. Er wandte ihr den Rücken zu und sprach:

»Ich habe dich gelehrt, dass dein Körper der Hort der Familienehre ist. Doch du warst zur Sünde bereit.«

»Nein Vater ...«

»Schweig!«, schrie er sie an. Von nun an richtete er auch nie mehr das Wort an seine Tochter. Auch das verlangte das alte ungeschriebene Gesetz. Abrupt drehte er sich um, ging hinaus und ließ eine verzweifelte Frau zurück.

Fatma spürte, wie die Angst sie umschlang und würgte; wollte schreien, doch es gelang ihr nicht. Vielleicht gab es für sie doch noch einen Ausweg. Plötzlich ging die Tür auf und die Mutter trat ein. Ihr trauriger Blick verriet der Tochter, dass sie Bescheid wusste, doch hüllte sie sich in Schweigen. Eine bedrückende Stille lag im Raum. Fatma versuchte sich davon zu befreien, indem sie zu reden begann:

»Inzwischen hat es sich bestimmt im Dorf herumgesprochen. Gebranntmarkt bin ich. Von nun an werden sie alle über mich sprechen, aber niemand mehr mit mir. Sie schließen mich von der Dorfgemeinschaft aus, isolieren mich, sondern mich jetzt aus. So wie man den Hammel von der Herde trennt, der vorher mit Farbe gekennzeichnet worden war. Übrig bleibt nur der Tod.«

Wieder trat Stille ein und sie dauerte an, denn die Mutter sagte erneut kein einziges Wort. Fatma wurde von Panik erfasst; sie rannte in die Mädchenkammer und sperrte sich ein. Schweißgebadet warf sie sich aufs Bett und mühte sich um einen klaren Kopf: Sie musste fliehen, nur weg von hier! Spontan sprang sie auf, holte Wäsche aus dem Regal, suchte den Rucksack, erkannte aber schnell, dass eine Flucht unrealistisch war. Die Straße nach Burcali war immer noch vom Schnee verschüttet, zu Fuß durch die Schlucht war sinnlos, weil die Männer sie schnell wieder einfangen würden. Und überhaupt, wohin sollte sie gehen ohne Geld? Sie hatte nicht die geringste Chance, zu entkommen. Ihr Schicksal war besiegelt. Fatma wurde von Weinkrämpfen überwältigt und sank zu Boden.

Ihr Vater hatte inzwischen das Haus verlassen. Er zitterte vor Erregung, überlegte, was er tun könne, um sich abzulenken; blickte sich um und beschloss, die kleine Hütte neben dem Baum aufzusuchen, die als Toilette, Badezimmer und Werkstatt diente. Der Futterschlitten musste repariert werden. Er schloss die Holztür hinter sich, schimpfte verzweifelt vor sich hin, ergriff einen Hammer, donnerte ihn mehrmals auf das Dengeleisen und setzte sich danach auf den Hackstock.

Er wollte doch den demolierten Schlitten herrichten! An der rechten Kufe waren mehrere Schrauben ausgerissen und deshalb stand das Gleiteisen einen guten Zentimeter vom Holz ab. Die Löcher für die Schrauben mussten neu gebohrt werden. Aber er fand den geeigneten Bohrer nicht. Wahrscheinlich hatte ihn einer der Söhne verschlampt oder verlegt. Nevzat durchsuchte vergeblich mehrere Schachteln, tastete mit den Augen die Werkzeughalterungen an der Wand ab und fand endlich das benötigte Eisen.

Doch die Hände zitterten, waren gegenwärtig nicht in der Lage, eine derart akkurate Arbeit auszuführen, weil der Handwerker sich nicht auf Bohrer und Holzkufe konzentrieren konnte, schleppte er doch ein Problem mit sich herum, das ihn zu erdrücken schien; suchte Erleichterung für seine Seele, indem er die Gedanken in ein Selbstgespräch münden ließ:

»Die eigene Frau und die Töchter können deine Würde und deinen Stolz in den Schmutz ziehen. Fatma hat das getan. Sie hat mich vor der Dorfgemeinschaft erniedrigt. Dann stehst du vor der Wahl: Was ist dir wichtiger, die Ehre oder die Tochter, die man liebt. Du musst dich entscheiden. Wer tötet schon leichten Herzens einen Menschen mit demselben Blut. Doch da sind die Traditionen und die Männer im Dorf, die dich drängen und jagen. Ich muss sie töten und damit meine Ehre zurückholen, sonst kann ich im Teehaus niemandem mehr in die Augen schauen. Ohne meine Ehre bin ich kein richtiger Mann.«

Nevzat Makal war verzweifelt. Draußen war es inzwischen dunkel geworden, aber er konnte noch nicht ins Haus zurückkehren. Oben in den Bergen heulte ein Wolf, doch er erhielt keine Antwort; war wohl von seinem Rudel verstoßen worden und streifte nun als Einzelgänger durch die Wildnis. Wie dieser Wolf kam sich Nevzat auf einmal vor, verstoßen und einsam, ein Mann ohne Ehre. Er stapfte durch den Schnee in Richtung des Wäldchens und grübelte.

3

Gegen Mittag hatte es aufgehört zu schneien und auch der Wind ließ nach. Deshalb beschlossen die Gäste, die Umgebung des Dorfes ein wenig zu erkunden. Pelin schlug vor, sich bei diesem Tiefschnee Mulis von den Nachbarn auszuleihen. In Wahrheit ging es ihr darum, dass sie den Mädchen begegneten.

Sie war froh über den Besuch aus München, war überzeugt, dass nur Auswärtige den Mord abwenden konnten, den Nevzat seiner Tochter indirekt vor Tagen angekündigt hatte. Unmittelbar nach ihrer Ankunft wollte sie beide einweihen, doch ihr kamen Bedenken. Was Harun betraf, hatte sie keinen Zweifel. Er kannte Sevim und Fatma seit vielen Jahren und nach ihrer Überzeugung verstanden sie sich gut. Das lag vor allem daran, dass sich ihr Neffe aus München Frauen gegenüber ganz anders benahm als die türkischen Männer im Dorf. Fatma brauchte dringend Trost und Unterstützung und dafür war Harun genau der Richtige. Und er war auch der Richtige, wenn es darum ging, Fatma zu retten.

Doch sie zögerte, ihn sofort ins Vertrauen zu ziehen, denn da gab es noch seinen Freund, diesen Robert, den sie vorgestern zum ersten Mal sah. Wie würde er reagieren, wenn er alles erfuhr? Inzwischen war ihr bewusst: Sie konnte sich auch auf diesen Deutschen verlassen. Beide würden alles versuchen, das Leben des Mädchens zu retten. Aber sie wollte die Männer nicht direkt darauf ansprechen, weil die Großmutter das strikt ablehnte. Sie sollten selbst herausfinden, was sich gegenwärtig dort abspielte. Deshalb hatte sie den Vorwand gewählt, sich von drüben Mulis auszuleihen. Die Gelegenheit erschien Pelin recht günstig, da Fatmas Vater und ihre Brüder in aller Frühe auf die Jagd gegangen waren.

Harun klopfte und rief die Namen der Frauen. Doch niemand öffnete die Tür. Nach kurzem Zögern betrat er das Haus und Robert folgte ihm. Schon bei der Begrüßung stellte Harun fest, dass hier etwas nicht stimmte. Das bestätigte nur den Eindruck, den er gestern gewonnen hatte. Die zwei Schwestern hielten sich auffällig zurück und wirkten niedergeschlagen. Sevim, die Jüngere, war recht einsilbig und Fatma schwieg. Das passte überhaupt nicht zu ihr. Sie schien geweint zu haben, denn ihre Augen waren verschwollen.

Ein schönes Mädchen, war Roberts erster Gedanke, als er sie sah. Fatma löste sich von der Gruppe, drehte sich um und wischte die Tränen aus dem Gesicht. Schlurfte bedrückt durch den Raum und ließ sich schluchzend in der Ecke zu Boden sinken.

»Um Himmels Willen, Fatma was ist denn los?«, fragte Harun.

»Bir kaza oldu«, antwortet Sevim. »Es ist ein Unglück passiert.«

Sie lief zur Schwester, streichelte ihr Haar und sprach:

»Für mich bist du wertvoll!«

Harun wollte wissen, was das zu bedeuten habe; was denn passiert sei.

»Sie hat nichts Schlimmes getan.«

»So rede doch!«, entgegnete Harun erregt.

»Sie planen einen Ehrenmord. Fatma soll sterben. Vater hat ihr das unmissverständlich deutlich gemacht. Und seitdem behandelt er sie entsprechend; tut so, als existiere sie schon nicht mehr für ihn.«

Harun war entsetzt. Er ging zu Fatma, die noch immer am Boden kauerte und am ganzen Leib zitterte, zog sie behutsam hoch, versuchte, der jungen Frau Mut zuzusprechen, erklärte, dass die Regierung diesbezüglich ein neues Gesetz erlassen habe, damit die Türkei irgendwann einmal der EU beitreten könne.

»Wer kümmert sich bei uns schon um die Gesetze aus Ankara?«, entgegnete Sevim resigniert. Doch Harun gab nicht auf, versprach, mit ihren Männern zu reden, sobald sich eine günstige Gelegenheit bot. Und er wollte den Grund für die Mordabsicht des Vaters wissen.

»Im Teehaus wurde ihm unter die Nase gerieben, dass seine Tochter Fatma eine …«

Sevim hörte plötzlich auf zu sprechen, weil die Mutter hereinkam und den Mädchen mit barschen Worten auftrug, ihr endlich bei der Arbeit zu helfen. Mit einer solchen Diskussion sei doch niemandem gedient.

Harun überraschte diese ungewöhnliche Reaktion, verabschiedete sich zusammen mit Robert und berichtete ihm, was er von Sevim erfahren hatte. Der glaubte das zunächst nicht, weil er fest davon überzeugt war, dass man solche fürchterlichen Geschichten nur in Deutschland erzählte. Sie wurden von bestimmten Leuten verbreitet, um dem Ruf der Türken zu schaden. Das waren Horrorgeschichten von früher. Doch Harun belehrte ihn eines Besseren:

»Die wollen tatsächlich das Mädchen töten. Die eigenen Familienangehörigen!«

Sie hatten beide keine Lust mehr auf Ausflüge, mussten unbedingt die Meinung ihrer Hausleute erfahren. Doch die Großmutter schwieg beharrlich und auch die Tante zögerte einen Moment; sagte dann nur, dass Fatma in der Falle sitze wegen eines Mannes … Als die Großmutter sie barsch aufforderte, die Sache ruhen zu lassen, brach sie mitten im Satz ab.

Harun war entschlossen, bei den Nachbarn einzugreifen. Das sei er Fatma schuldig. Schnell wiegelte die Großmutter ab:

»Halte dich da raus, das ist zu riskant! Ich möchte nicht, dass dir auch noch was passiert.«

Ihr Enkel wollte Tante Pelins Meinung dazu einholen, doch die hatte den Raum verlassen.

***

In der Männerecke neben dem Ofen war an Einschlafen nicht zu denken, weil beide Fatmas Situation beschäftigte. Robert fiel es schwer, sie richtig einzuschätzen. Handelte es sich bei dieser

Sache eher um ein surrealistisches Theaterstück, das man hier in der Gegend spielte, um die alten Traditionen nicht in Vergessenheit geraten zu lassen? Oder war wirklich das Leben des Mädchens bedroht? Er bat Harun um eine klare Aussage und wunderte sich, dass dieser recht einsilbig darauf reagierte, suchte Ablenkung, indem er sich auf das Pfeifen des Windes und das Bellen der Hunde konzentrierte.

»Warum kläffen diese Köter eigentlich die ganze Zeit?«, fragte er Harun unwirsch.

»Sie schlagen an. Wahrscheinlich sind Wölfe von den Bergen heruntergekommen und nähern sich dem Dorf.«

»Und ...?«

»Keine Angst, die Hunde werden sie vertreiben.«

Harun war sich dessen ganz sicher, denn sein Großvater hatte ihn viel über das Verhalten von Wölfen gelehrt. Wenn man sein ganzes Leben in den ostanatolischen Bergen verbrachte, wusste man über Wölfe Bescheid. Aber man wusste auch, was mit Frauen geschah, die die Ehre der Familie zerstört hatten. Sevim lebte seit ihrer Kindheit in diesem Dorf, und was sie vor ein paar Stunden geäußert hatte, musste man ernst nehmen. Fatma war in Lebensgefahr!

Harun wurde unruhig. Er hielt es im Bett nicht mehr aus, und als er feststellte, dass Robert schlief, stand er auf, schlich sich hinaus in die eiskalte Nacht und vergewisserte sich mit einem Blick durch das Fenster, dass er niemanden aufgeweckt hatte. Die Haustür quietschte jämmerlich wie immer, obwohl er sie vorsichtig geöffnet und wieder geschlossen hatte.

Der fahle Halbmond stand über dem Berg auf der anderen Seite der Schlucht, und auch heute leuchteten die Sterne hier in Ostanatolien viel heller als in München. Harun rieb sich die kalten Hände und ließ den Blick über die hügeligen Wiesen schweifen, die friedlich, aber ganz ohne Leben dalagen, so als wären die Gräser und Käfer des Sommers gegenwärtig mit einem weißen Totentuch abgedeckt. Er stapfte durch den tiefen Schnee, der kristallen um ihn herum glitzerte, stampfte mit den Füßen auf den Boden, mehr aus Verzweiflung und Zorn, als dass er fror, und entdeckte das flackernde Licht hinter einem Fenster des Nebenhauses. Sofort war es ihm aufgefallen, denn nirgendwo sonst schien noch irgendwer wach zu sein. Kein Wunder, es ging auf drei Uhr zu und in ein paar Stunden musste das Vieh wieder versorgt werden.

Harun trat näher an das Haus heran, kletterte auf eine Mauer und sah im Schein einer Kerze die Männer rund um den Holztisch stehen. Hasan, der Jüngste am Eck, Gürgün der Erstgeborene, dazwischen die beiden anderen, deren Namen ihm nicht einfielen. Der Vater führte das Wort und die Söhne hörten ihm zu. Harun vermutete, dass sie zur nächtlichen Stunde ihren tödlichen Plan aushecken. Doch es drang kein Wort nach draußen. Ihm pochte das Herz ob dieser gespenstischen Runde.

Vorsichtig glitt er von der Mauer und drückte sich an die Hauswand unmittelbar unter dem Fenster, vernahm die flüsternde Stimme des Alten, konnte jedoch auch hier nichts verstehen. Aber er ahnte, dass Gefahr in Verzug war und versuchte, sich in Fatmas augenblickliche Lage zu versetzen, die möglicherweise ein paar Meter daneben wach lag und Todesängste ausstand.

Die Polizei! Er kannte die Nummer, schließlich war er auf der Station, bevor sie ins Dorf aufstiegen. Doch er verwarf schnell diesen Plan. Die Polizisten waren zu weit weg, um Fatma zu beschützen. Das konnten nur er und Robert. Deshalb beschloss er, Wache zu halten, um sofort eingreifen zu können, wenn er die Hilfeschreie des Mädchens hörte. Merkte sogleich, dass das ein sinnloses Vorhaben war – er gegen fünf Männer. Trotzdem holte er sich vorsichtshalber die Eisenstange, die er neben der Stalltür entdeckt hatte und blieb noch eine Zeit lang vor dem Haus, weil er sich hier besser fühlte als im warmen Bett. Dann erlosch das Licht. Harun kauerte angespannt neben der Haustür. Nichts rührte sich im Inneren. Er wartete ungefähr eine halbe Stunde, dann legte er sich schlafen.

Am Morgen begann das Wetter umzuschlagen, und man brauchte keine Pelzmütze mehr, wenn man hinaus ins Freie trat. Wolken zogen auf und ein heftiger Wind fegte wieder über die Hochebene. Die beiden Besucher erfuhren von der Tante, dass alle Männer von nebenan mit dem Schlitten losgezogen seien, um von der Berghütte Heu für das Vieh zu holen. Da sie vor Abend nicht zurück sein konnten, war Fatma vorübergehend in Sicherheit. Das eigene Grundstück aber durfte sie nach wie vor nicht verlassen. Dafür sorgte die Mutter.

Robert bestand darauf, nochmals kurz bei den Mädchen vorbeizuschauen. Fatma schien es besser zu gehen. Jedenfalls weinte sie heute nicht. Harun versicherte, dass er mit seinem Freund auf sie aufpassen werde. Kurz darauf verließen beide das Haus, weil der Mutter diese Besuche nicht gefielen. Jedenfalls nicht in diesen schweren Tagen, wie es Sevim formulierte.

Inzwischen schien die Sonne, und deshalb beschloss Pelin, Wäsche zu waschen. Da aber ihr Mann gegenwärtig bei seinem Vetter unten im Tal die Schafe scherte, blieb auch die Stallarbeit an ihr hängen. Eine Person allein konnte das alles schwerlich leisten. Deshalb bat sie die Besucher um Hilfe, die bereitwillig ausmisteten und Heu aus dem Schuppen holten, während die Frau ihre Kühe molk und striegelte. Danach durften die Tiere den dunklen Raum verlassen.

Sie schienen ihre Freiheit zu genießen, waren sie doch jetzt nicht mehr eng nebeneinander stehend mit einer Kette an einen festen Standort gefesselt. Vor allem die Kälber tobten sich im weichen Tiefschnee aus. Nachdem sie sich wieder beruhigt hatten, trieben sie Harun und Robert den Hügel hinauf in ihren Pferch. Über ihnen kreisten Bergdohlen, die von den Windböen in die Tiefe gedrückt wurden. Vergeblich kämpften sie gegen die gewaltigen Kräfte der Natur an und flüchteten deshalb wehklagend in die schützende Schlucht.

In der Ferne tauchte hinter einem Felsblock eine Gestalt auf. Man konnte nicht erkennen, ob es sich um einen Mann oder eine

Frau handelte. Wahrscheinlich schaute jemand nach den Fallen oder war auf der Jagd nach einem Schneehasen.

Als sie später ins Dorf zurückkehrten, stießen sie vor dem Gebetshaus auf eine Gruppe Kinder. Sie bewarfen sich mit Schneebällen, spielten Fangen oder ließen sich in den hohen Schneehaufen neben dem Zaun fallen. Ausgelassen wurde dabei geschrien und fröhlich gelacht. Harun sprach sie an und stellte seinen Freund vor. Man beschloss, gemeinsam einen Schneemann zu bauen, war doch dieser pappige Schnee ideal für solch ein Vorhaben geeignet.

Mädchen wurden nach Hause geschickt, um die nötigen Accessoires zu holen. Die Kugel für den Bauch konnte noch so gleichförmig sein und der Kopf so rund wie ein Ball. Ein Schneemann war erst dann ein richtiger Schneemann, wenn er einen alten Topf als Hut aufhatte, wenn die Augen mit dunklen Steinen markiert wurden, die sich darüber hinaus als Knöpfe für den Leib verwenden ließen. Er brauchte eine Rübe als Nase und auf jeden Fall einen Besen, auf den er sich stützen konnte. Überall baute man die Schneemänner so, egal ob im Englischen Garten in München oder hier in Maryanik hoch oben in den Bergen Ostanatoliens. Die Kinder jauchzten vergnügt und inzwischen hatten auch die beiden Erwachsenen rote Wangen bekommen.

Plötzlich hörte man entsetzliche Schreie. Angstschreie einer Frau. Jeder im Dorf hörte sie und jeder wusste, was soeben geschah. Auch die Kinder wussten es und deshalb rannten sie verschreckt nach Hause. Die beiden Männer hingegen liefen diesen fürchterlichen Schreien entgegen und merkten nicht, dass sich kein Mensch mehr im Freien aufhielt. Aber sie sahen auch nicht die vielen abwartenden Gesichter hinter den trüben Fensterscheiben. Dann war nur Stille; eine beklemmende Stille, die die beiden zu lähmen schien. Es dauerte eine Ewigkeit, bis sie das Haus erreichten, das doch nur einen Steinwurf weit entfernt stand.

Fatma lag hinter dem Haus auf dem Boden; der Schnee rundum rot eingefärbt, über ihr die Wäsche an der Leine. Sie versuchte vergeblich, das Blut, das aus ihrer Jacke quoll, zurückzuhalten. Sevim beugte sich weinend über sie, daneben die Mutter, die aufsprang und mit fahlem Gesicht davonlief, als sie die Männer wahrnahm. Die beiden überlegten, was zuallererst zu tun sei, um das Leben des Mädchens zu retten. Sie holten die Tante herüber, die die Wunde an der Brust notdürftig versorgte. Fatma wimmerte. Ob sie in Lebensgefahr war, konnte niemand beurteilen. Jedenfalls gehörte sie in ein Krankenhaus und das musste von hier aus organisiert werden, weil die Straße immer noch gesperrt war und deshalb kein Krankenwagen fahren würde.

Robert fertigte eine Trage an, indem er mit Schnüren einen Teppichläufer an zwei Holzstangen befestigte. Sie legten Fatma vorsichtig darauf und hüllten sie in Schafsfelle ein. Die Tante kam mit, um Sevim beizustehen. In ihrem seelischen Zustand konnte man sie gegenwärtig auf keinen Fall sich selbst überlassen. Die Männer hatten für sie keine Zeit, denn sie mussten sich um Fatma kümmern.

Die vier machten sich zu Fuß auf den Weg hinunter in die Stadt. Harun ging vorneweg, denn er war größer als Robert, der sich als zweiter Träger ganz nahe an Fatmas Kopf befand und ständig besorgt ihr Gesicht studierte. Unmittelbar hinter ihm folgte schluchzend Sevim, die hin und wieder die tröstende Hand Pelins auf ihrer Schulter spürte; Pelin, die die anderen aufgefordert hatte, Allah zu bitten, dass er Fatma beistehen möge.

Eile war geboten und dennoch hieß es, äußerst vorsichtig und behutsam zu sein, damit vor allem die Träger nicht auf dem glatten, schmalen Pfad ausrutschten und stürzten. Sie schwiegen allesamt. Nur das Stöhnen und Wimmern der Schwerverletzten war zu vernehmen, Geräusche die anzeigten, dass sie noch lebte.

Jetzt wurde der Trampelpfad sehr steil und das verlangte den Männern enorme Konzentration und Kraft ab. Sie mussten die Bahre für eine Weile in eine andere Position bringen: Harun, indem er beide Arme in die Höhe streckte, während Robert leicht gebückt Fatmas Kopf auf Kniehöhe hielt, damit das Mädchen einigermaßen waagrecht lag und nicht in den Schnee rutschte.

Nach etwa einer Stunde legten sie die erste Pause ein. Die Träger ruhten sich keuchend und schweißgebadet im Schnee aus, tranken ein wenig von Tantes Tee, die sich sofort besorgt um Fatma kümmerte. Erleichtert stellte sie fest, dass das Mädchen noch atmete. Aber was hieß das schon, wusste doch keiner, wie ihr augenblicklicher Zustand wirklich einzuschätzen war.

Als die Männer sich anschickten, die Trage wieder anzuheben, beugte sich Sevim über ihre Schwester und küsste sie inbrünstig auf beide Wangen, blickte dann zu Robert auf und sah in ein versteinertes Gesicht. Sie stiegen vorsichtig weiter hinab und erreichten bei Einbruch der Dämmerung endlich das Hospital.

***

Notoperation und langes, quälendes Warten im schummrigen Flur. Sorgenvolle Blicke auf die Tür, hinter der die beiden Ärzte um das Leben der jungen Frau kämpften. Unruhige Schritte hin und wieder zurück und immer wieder eine Zigarettenpause vor der Eingangstür.

Dann traten die Männer in Weiß heraus, erschöpft von der langen OP, aber mit einem Lächeln im Gesicht. Fatma war außer Lebensgefahr. Und nur das zählte im Augenblick.

Man umarmte sich erleichtert, dankte den Ärzten und beschloss, nicht mehr ins Dorf zurückzukehren, weil der Aufstieg in der Nacht zu gefährlich schien. Vor allem aber waren sie viel zu erschöpft. Deshalb legten sie Fatmas Schafsfelle auf den Boden des Korridors, um sich auszuruhen. Doch an Schlaf war nicht zu denken. Unruhig wälzten sie sich hin und her, dann stand Pelin auf und erklärte, dass sie hinaus vor die Tür gehe, weil sie jetzt eine Zigarette bräuchte. Die anderen folgten ihr.

»Wer hat eigentlich den Mordanschlag verübt?«, wollte Harun wissen.

»Es war Hasan«, erwiderte Sevim, »der Vater hat ihn in der Mittagszeit heruntergeschickt. Damit hat Fatma wohl nicht gerechnet, sonst wäre sie vermutlich vorsichtiger gewesen. Aber was in ihrem Innern wirklich vorging, weiß niemand. Ich jedenfalls habe gedacht, dass nichts passieren kann, wenn sie alle oben am Berg arbeiten.«

»Und deine Mutter?«, fragte Harun nach.

Sevim zuckte mit den Schultern und blieb die Antwort schuldig; erklärte dann, dass man den Jüngsten mit Bedacht ausgewählt habe, denn er sei noch nicht volljährig und käme daher wohl ohne größere Strafe davon. So laufe das meist ab in ihrer Heimat. Beklemmendes Schweigen, das Pelin jäh beendete, indem sie sagte:

»Fatma musste ja zwei Verbrechen über sich ergehen lassen.«

Diese Bemerkung überraschte die Fremden. Harun wollte wissen, was sie denn damit meine.

»Du hast doch selbst erlebt, wie Großmutter verhindern wollte, dass ich euch in diese schreckliche Sache einweihe. Sie hatte Sorge, dass du die Männer zur Rede stellst, wenn du weißt, was wirklich geschehen ist. Dann hättest du nämlich große Probleme bekommen.«

»Was ist denn noch passiert?«, fragte Harun mit erregter Stimme nach.

Plötzlich begann Sevim zu schluchzen und Pelin sah zwei fragende Augenpaare auf sich gerichtet. Harun musste ihr versprechen, die Sache im Dorf nicht nochmals aufzuwärmen, und berichtete dann von dem Vorfall, der die eigentliche Ursache für den Versuch des Ehrenmordes darstellte:

Fatma wurde vor Monaten von einem Mann im Wald vergewaltigt, als sie Holz sammelte. Aus Angst verschwieg sie zu Hause dieses furchtbare Erlebnis, hoffte, dass alles im Verborgenen bliebe. Es sah auch danach aus – bis vor einer Woche. Einer der

Brüder traf im Teehaus in der Stadt jenen Mann. Weil sich die beiden nicht auf den Kaufpreis eines Schafes einigen konnten, kam es zum Streit. Fatma wurde dabei öffentlich von ihrem Vergewaltiger als Hure bezeichnet und damit war ihr Schicksal besiegelt; denn die Schuld wird in derartigen Fällen stets der Frau zugewiesen.

Als Harun und Robert fassungslos den Kopf schüttelten und schwiegen, erklärte Pelin, dass es vor einiger Zeit drüben in Hinin, einem Dorf nur ein paar Kilometer entfernt, einen Sühnemord aus demselben Grund gegeben habe, der mit dem Tod endete. Dann sagte sie mit belegter Stimme:

»Als Mädchen habe ich mich diesem ehernen Gesetz des Ehrenmordes gefügt und war ihm ausgeliefert wie alle Frauen. In meinem Alter vergewaltigt mich kein Mann mehr – zumindest kein fremder.«

Sie wandte sich verlegen zur Seite, als sie bemerkte, wie sich Harun und Robert anblickten, nachdem sie ihre spontane Äußerung vernommen hatten; fuhr dann fort, dass sie Deutschland auch deshalb so schätze, weil man dort Frauen in der Regel anders behandelte.

Anschließend ging sie mit Sevim zurück zu den Schafsfellen im Korridor, Harun und Robert hingegen waren nicht in der Lage, jetzt zu schlafen.

Am nächsten Morgen durfte nur Sevim als unmittelbare Verwandte zu ihrer Schwester, die noch immer unter ständiger ärztlicher Beobachtung auf der Krankenstation lag. Das Mädchen kehrte bald auf den Flur zurück, weil Fatma noch sehr schwach war und dringend Ruhe brauchte. Aber es ginge ihr den Umständen entsprechend recht gut, versicherten die Ärzte und meinten, dass ihr Engel auf sie aufgepasst habe, da beide Messerstiche äußerst knapp das Herz verfehlt hatten. Dann ergänzte die jüngere Schwester noch:

»Ein Schlauch ist in ihrer Nase, der zu einer großen Flasche führt. Geredet hat sie nichts, aber ein bisschen gelächelt hat sie schon. Als sie meine Hand nahm, sind mir die Tränen gekommen vor Glück. Sie hat mich verstanden und hat deshalb fester zugedrückt. O Allah sei Dank! Er ist ihr Retter.«

Dem stimmten alle zu. Später machten sie sich auf den Weg zurück ins Dorf, nahmen am Beginn des riesigen Schneefeldes wieder die schmale ausgetretene Spur auf und stapften los. Hintereinander gingen sie, die Frauen voran; an der Spitze Sevim, hinter ihr Pelin, dann folgten die Männer. Heute glitzerte wieder der Schnee, weil die Sonne ihn anstrahlte, und ihre Wärme schien auch Sevims Seele zu berühren, denn sie wirkte zufrieden und zuversichtlich; blieb stehen, drehte sich zu den anderen um und erklärte:

»Fatma schafft es. Sie bekommt ihr Leben wieder in den Griff. Ich kenne meine Schwester und habe das in ihren Augen gelesen.«

Als sie von ihren Begleitern keine Antwort erhielt, machte sie sich wieder auf den Weg und bekam nicht mit, dass die übrigen drei bedrückt waren und deshalb schwiegen.

Pelin dachte wie Sevim an Fatma. Im Gegensatz zu ihr machte sie sich aber große Sorgen um die Zukunft der Patientin. Noch war gar nichts entschieden, jedoch sprach sie diese düsteren Gedanken nicht aus.

Harun fühlte sich gegenwärtig noch nicht in der Lage, nach vorne zu schauen. Der Versuch eines Ehrenmordes und die Vergewaltigung! An all dem waren die Männer im Dorf schuld, und er begann, sie zu hassen. Als er Robert hinter sich fluchen hörte, musste er unwillkürlich an ihn denken.

Hatte er nicht den Freund in die Türkei eingeladen, damit er sich von seinem schulischen und persönlichen Stress ein wenig erholte? Wollte er ihm mit dieser Reise nicht auch verdeutlichen, dass sich seine türkischen Schüler gegenwärtig in einer schwierigen Lebensphase befänden und Türken nicht automatisch mit ›Problem-Menschen‹ gleichzusetzen seien? Dann passierte das Unfassbare. Ausgerechnet jetzt, als Robert zu Besuch war. Harun schämte sich deswegen auch ein wenig vor ihm. Es waren immerhin seine Landsleute, die den Tod der eigenen Tochter suchten.

Roberts Gedanken liefen keineswegs in die Richtung, die der Freund vermutete. Vielmehr machte er sich bewusst, dass er Zeuge eines schrecklichen Verbrechens geworden war: Man verübte ein Attentat auf die eigene Tochter, weil sie vergewaltigt wurde. Für ihn war das alles unbegreiflich.

Zu Hause war der Tisch für die Ankömmlinge gedeckt. Sie brachen ein Stück Fladenbrot ab und nahmen ein wenig vom Käsegericht, um die Großmutter nicht zu enttäuschen, doch sie hatten keinen Appetit. Harun klärte die alte Frau über Fatmas Gesundheitszustand auf. Sie nickte nur und blieb einsilbig. Robert wunderte sich, dass kein Wort der Erleichterung über ihre Lippen kam, schließlich hatte das Mädchen den Mordanschlag überlebt. Er bat Harun, sie darauf anzusprechen und bekam von Pelin die Antwort:

»Vertrauen wir Allah!«

Sie blickte mit ernster Miene zur Schwiegermutter hinüber und wartete auf deren Reaktion, doch die wollte sich dazu nicht äußern. Robert konnte die gedrückte Stimmung im Raum nicht mehr ertragen, stand abrupt auf und ging vor die Tür.

4

Im Dorf schien alles wieder seinen normalen Lauf zu nehmen. Die Kinder fuhren Schlitten und balgten sich im Tiefschnee. Frauen holten Wasser aus der Zisterne und trieben Kühe und Schafe aus dunklen Ställen an die frische Luft. Harun fragte sich, was nach diesem schrecklichen Ereignis jetzt im Dorf geredet würde. Doch Fatma war nirgendwo ein Thema. Man tat so, als sei überhaupt nichts passiert. Tante Pelin hatte wohl recht, wenn sie das Wort ›Tabu‹ verwendete: Es gab nichts zu sagen, weil nichts dazu gesagt werden durfte. Zumindest galt diese ungeschriebene Regel für das Auftreten in der Öffentlichkeit. Zu Hause in den eigenen vier Wänden sprach man durchaus über den Vorfall. Und ein paar junge Leute empfanden nicht nur Mitleid mit dem geschundenen Mädchen, sondern stellten sich jetzt offen auf dessen Seite und nahmen in Kauf, dass dies den Unmut der Alten heraufbeschwor.

Auch Harun wollte seinen Standpunkt öffentlich kundtun. Am besten war dafür die Teestube geeignet. Als er den Raum betrat, verstummten die Männer an den kleinen runden Tischen und griffen zu ihren Wasserpfeifen oder zum Glas. Harun erzürnte ihr Benehmen, vor allem, weil sie ihn sahen und doch übersahen, denn er gehörte nicht zu ihnen. Er wollte sie beschimpfen, erinnerte sich aber an das Versprechen, das er Tante Pelin gegeben hatte. Schlug beim Hinausgehen die Tür hinter sich zu.

Er beschloss, mit Fatmas Vater und dessen Söhnen abzurechnen. Deshalb machte er sich auf den Weg zu ihrem Haus. Hatte vor, ihnen ins Gesicht zu schleudern, dass er sie für eine Mörderbande halte und dafür sorgen werde, dass sie für ihre Untat bestraft würden. In zahlreichen Dörfern Ostanatoliens mochten die Frauen von den Männern zwar immer noch so behandelt werden, aber das galt keineswegs für die gesamte Türkei, schon gar nicht für den Westen des Landes und für die großen Städte.

Im Übrigen hatte der Staat in den letzten Jahren Gesetze zum Schutz der Frauen erlassen. Und die waren auch auf Fatma anzuwenden.

Harun hatte inzwischen das Anwesen erreicht. Er blieb einen Moment stehen, um sich zu beruhigen, und schlug dann den Eisenring gegen das Holztor. Mehrmals versuchte er, auf diese Weise auf sich aufmerksam zu machen, aber niemand öffnete.

Er kletterte über den Zaun und sah Sevim hinten im Hof Wäsche aufhängen. Von ihr erfuhr er, dass der Vater und ihre Brüder für eine Weile das Dorf verlassen hätten und bei Verwandten abwarteten, bis Gras über die Sache gewachsen sei. Mehr gab es dazu nicht zu sagen. Plötzlich trat Sevims Mutter aus dem Stall und wollte gleich wieder umkehren, als sie den jungen Mann sah. Doch dieser lief auf die Frau zu, hielt sie mit derben Händen fest und machte ihr lautstark Vorwürfe:

Ob sie vergessen habe, Mutter zu sein? Sich mitschuldig gemacht habe an diesem grauenvollen Verbrechen. Warum sie es nicht verhinderte, dass man die eigene Tochter ermorden wollte, die doch alle in der Familie eigentlich liebten …

Die Mutter schloss für einen Moment die Augen, presste die Lippen aufeinander, erweckte den Anschein sprechen zu wollen, verzichtete aber dann darauf. Sie drehte sich zur Seite, um ihre Tränen zu verbergen.

»Harun, lass sie in Ruhe, du hast doch absolut keine Ahnung, was in ihrem Innern vorgeht!«, schrie Sevim.

Er erschrak. Zuerst über Sevims Reaktion, dann über die seine, die sehr emotional und verletzend war. Blickte jetzt in ein Gesicht, das Mitleid in ihm auslöste. Es tue ihm leid, stammelte er, und verließ abrupt das Grundstück, rannte aus dem Dorf und bemühte sich um einen klaren Kopf.

Wie konnte er sich nur so gehen lassen? Er als Türke wusste doch, was hier gespielt wurde, wusste das von seinen Eltern. Da konnte er tausendmal in Deutschland geboren und dort aufgewachsen sein. Türkische Mütter fühlten wie alle Mütter auf der

Welt. Doch sie waren auch Ehefrauen. Und als solche hatten viele zuallererst ihren Ehemännern zu gehorchen.

Das galt auch für die Ehefrau, die Fatmas und Sevims Mutter war und die auf dem Hof stand, wo noch immer an einer Leine die Wäsche im Wind flatterte. Sie fragte ihre jüngere Tochter, ob sie morgen mit ihr ins Krankenhaus ginge. Erhielt zur Antwort, dass Fatma die Mutter zwar liebte, doch gegenwärtig ihre Anwesenheit wohl nicht ertragen könne. Sie bräuchte Zeit, um zu begreifen, was schwerlich zu begreifen war.

»Sie ist meine Tochter, doch darf ich nicht mehr ihre Mutter sein. So verlangt es das alte Gesetz.«

»Mutter, du weißt genau, dass Fatma keine Schuld trifft und sie sich dennoch ihrem schrecklichen Schicksal fügen muss. Und sie weiß, dass du ihretwegen leidest; dass du dich nicht offen auf ihre Seite stellen konntest. Beim Propheten! Wir Frauen haben doch auch einen Wert als Mensch, auch so etwas wie eine Ehre. Nur sehen die Männer die unsere nicht, weil wir sie stumm im Herzen tragen.«

Der Mutter kam es vor, als habe Allah der Tochter diese Worte in den Mund gelegt. Sie hatte die Liebe ihrer Töchter doch nicht verloren.

»Kizlarim beni seviyorlarmis! – Meine Töchter lieben mich doch!«, murmelte sie erleichtert und dennoch traurig vor sich hin. Ihr war durchaus bewusst, dass Fatmas Liebe ohne Zukunft blieb, weil die Tochter dem Tod geweiht war, auch wenn sie gestern überlebt hatte.

Robert wälzte sich im Bett hin und her. Zum wiederholten Mal spulte er den schrecklichen Film der beiden letzten Tage im Kopf ab. Ja, sie wurde nicht getötet, aber was hieß das schon. Es war doch nicht auszuschließen, dass diese Verbrecher das Attentat wiederholten. Vielleicht sogar im Krankenhaus. In der Nacht, wenn kaum Ärzte und Pflegepersonal anzutreffen waren und man so weitgehend ungestört morden konnte.

Panik überfiel ihn, und er weckte Harun auf, um ihm seine Befürchtung mitzuteilen. Der Freund war sofort hellwach. Die beiden hielten es in ihren Betten nicht mehr aus, gingen an die frische Luft und rauchten. Sie beschlossen, ab morgen unten in Burcali zu bleiben und Fatma rund um die Uhr zu bewachen. Robert fragte, was denn passiere, wenn sie wieder abreisten. Doch darauf wusste Harun keine Antwort. Aber es ging ja nicht nur um das wirkliche Überleben.

»Im Grunde ist sie doch schon tot«, kam es Harun über die Lippen, und der Freund erschrak. Er ließ sich dann aufklären über Fatmas Zukunft; die Zukunft einer jungen Frau, der man gewaltsam ihre Jungfräulichkeit genommen hatte. In Anatolien gab es keine Zukunft mehr für sie, deshalb musste Fatma in den Westen des Landes fliehen; am besten nach Izmir oder Istanbul, wo man sich in der Regel liberaler und toleranter gegenüber Frauen verhielt. Doch werde es schwer für sie als alleinstehende Frau, sich in einer dieser Großstädte eine neue Existenz aufzubauen, zumal sie bisher ausschließlich in ihrer anatolischen Heimat gelebt hatte. Die Gefahren, die ihr dort drohten, konnte niemand leugnen. Am Ende blieb für Frauen wie sie oft nur die Zwangsprostitution.

»Harun, deine Tante hat mir gesagt, dass der Ehrenmord vor allem der kurdischen Tradition entspricht. Aber Fatma ist Türkin.«

»Hat sie wirklich ›vor allem‹ gesagt? Na ja, sie muss es wissen.«

Robert wollte jetzt am liebsten in eine Kneipe gehen.

»Keine Chance! Bei diesen Kurden und Türken in ihren gottverdammten Käffern gibt es weder Bier noch Schnaps«, wandte Harun ein.

Der Freund musste über diese Bemerkung schmunzeln, aber das aktuelle Problem holte ihn schnell wieder ein: Fatmas Zukunft. Es musste einen Ausweg geben. Sie hatte doch ihr Leben noch vor sich, und er wollte mithelfen, dass in diesem Leben auch wieder einmal die Sonne schien.

»Und wenn wir sie einfach nach München mitnehmen?«, fragte Robert spontan.

»Mann, was soll der Quatsch. Das geht doch nicht. Überleg' mal in Ruhe, was du daherredest!«, antwortete Harun. Frustriert legten sie sich wieder schlafen und Robert konnte längere Zeit der Aufforderung Haruns nachkommen, in Ruhe zu überlegen; denn er hatte erneut Schwierigkeiten mit dem Einschlafen.

Fatma musste mit nach München. Nur so konnte man ihre Sicherheit garantieren. Natürlich war das nicht ganz einfach. Das erste Problem betraf die Aus- und Einreise. Fatma besaß die dafür erforderlichen Papiere nicht. Und vor allem: Wo sollte sie wohnen? Dann der Alltag in Deutschland. Dennoch war die Flucht nach München die einzige Möglichkeit, um ihr Leben zu retten. In der Türkei war das wahrscheinlich nirgendwo der Fall.

Er sprach das Thema am nächsten Tag noch einmal an. Doch Harun blockte ab:

»Vergiss es! Das schaffen wir nicht. Aber was das Krankenhaus unten in Burcali angeht, geb' ich dir recht. Fatma ist in Gefahr. Wir gehen zu ihr und beschützen sie, wie wir es letzte Nacht besprochen haben.«

Kurze Zeit später brachen sie auf. Sevim und Tante Pelin fanden es gut, was sie vorhatten, und zum ersten Mal bezog auch die Großmutter eindeutig Stellung zugunsten des Mädchens, für das es keine lebenswerte Zukunft mehr gab. Ihr Enkel freute sich darüber, denn er war enttäuscht gewesen, dass seine Oma, die er gerne mochte, in den letzten Tagen beharrlich geschwiegen hatte. Die alte Frau glaubte allerdings nicht wirklich an einen neuen Anschlag in der Stadt.

»So dumm ist der Nevzat nicht. Er kennt den jungen Polizeichef, den Ankara im Sommer nach Burcali geschickt hat. Jeder weiß doch inzwischen, dass er derartige Tötungen scharf verurteilt und hart durchgreift, wie das Gesetz es von ihm verlangt.«

Ihr war jedoch klar, dass Fatma nicht ihrem Schicksal entgehen konnte, denn für Nevzat gab es genügend Möglichkeiten, seine Tochter umzubringen, wenn sie aus dem Krankenhaus entlassen worden war. Pelin wusste das auch, aber sie sagte es den beiden Männern aus München nicht, weil es keinen Sinn machte.

***

Sie nahmen wieder das Zimmer in der Pension, die sie nach der Ankunft in Ostanatolien aufgesucht hatten, und gingen dann zu Fatma ins Krankenhaus. Doch man ließ sie nicht in den Saal, in dem mehr als zehn Frauen lagen, weil sie keine Angehörigen der Patientin waren. Nach langem Verhandeln mit dem leitenden Arzt erreichte es Harun, dass man Fatma auf eine fahrbare Liege umbettete und sie in die Ecke am Ende des Korridors schob. Die junge Frau sah äußerlich recht gut erholt aus. Keine Schläuche mehr in der Nase, nicht einmal mehr eine Infusion. Sie lächelte, als sie ihre Lebensretter sah.

Harun begrüßte sie mit einem Kuss auf die Stirn. Robert streckte die rechte Hand zum Gruß aus, zog sie jedoch schnell wieder verlegen zurück. Fatma sah das und ahnte, was im Kopf des Deutschen jetzt ablief. Sie bat Harun, das Kissen zusammenzuschieben, damit sie sich ein wenig aufsetzen konnte. Dann hielt sie dem Fremden schüchtern ihre Hand entgegen.

Sie redete langsam und leise. Man merkte ihr an, dass das Sprechen noch anstrengte. Tausend Dank für die Hilfe und dass sie das niemals gutmachen könne... Harun übersetzte für Robert. Anschließend übermittelte er Fatma die Grüße seiner Verwandten aus dem Dorf und setzte sie von ihrem Vorhaben in Kenntnis: Rund um die Uhr wollten sie hier Wache halten, indem sich stets wenigstens einer von beiden draußen vor der Saaltür postieren werde. Er versprach zu überlegen, was zu tun sei, wenn sie das Krankenhaus verließ. Sie nickte und schwieg, streckte jetzt auch ihm die Hand entgegen, der diese mit den seinen schützend umschloss.

Dann machte er Robert klar, die Frau ein wenig von ihrem Kummer ablenken zu wollen und erzählte ihr deshalb eine lustige Episode aus München. Die ruhige Art des Vortrags und die weiche, warme Stimme schienen Fatma gut zu tun, denn sie lag entspannt auf ihrem Feldbett, atmete gleichmäßig und lächelte manchmal. Doch war dieses Lächeln schwach und stets von kurzer Dauer, unfähig, die Düsternis aus ihren Augen zu vertreiben. Es war kein Ausdruck der Freude, sondern ein Zeichen der Dankbarkeit für die Unterhaltung und den Trost.

»Sie hat so schlimme Tage hinter sich und ist meistens traurig. Und dennoch ist sie schön«, sagte Harun zu Robert.

»Ja, du hast Recht. Fatma – Fatima, war das nicht eine Tochter von Mohammed?«, wollte Robert wissen.

»Ja, die jüngste. Sie soll wunderschön gewesen sein.«

»Dann hat man dieser Frau hier genau den richtigen Namen gegeben.«

Am liebsten hätte Harun Fatma dieses Kompliment wörtlich übersetzt. Doch er tat das nicht, weil er ihr damit wohl nur Kummer bereitete. War doch sicherlich ihre Schönheit ein Grund dafür, dass der Vergewaltiger gerade sie begehrte.

»Hoscakal! Gecmis olsun!«

Mit diesen türkischen Worten verabschiedete sich Robert von Fatma und er sah ihr an, wie sie sich darüber freute.

»Auf Wiedersehen bis morgen! Ich wünsche dir gute Besserung.«

Robert nahm sich vor, für Fatma noch ein paar weitere aufmunternde Sätze in türkischer Sprache zu lernen.

Man brachte sie an ihren Platz im Krankensaal zurück und die Männer suchten das Teehaus auf. Am Abend, als die Dämmerung hereinbrach, begann Roberts erste Schicht. Der Pförtner am Eingang wusste Bescheid, weil er vom Arzt unterrichtet worden war. Er ärgerte sich ein wenig über diese Fremden aus Deutschland, die ihm nicht vertrauten. Sein Chef hatte ihn schließlich persönlich angewiesen, besonders wachsam zu sein, da Fatma in Gefahr war. Außerdem kam die Polizei regelmäßig vorbei. Andererseits konnte es nicht schaden, wenn zwei zusätzliche Augenpaare aus Deutschland aufpassten. Einen Mord in ihrem Hospital konnte man sich auf keinen Fall leisten.

Ein paar Tage und Nächte ging das so. Jeder sechs Stunden Wache. Zwischendurch Schlafen in der Pension und hastiges Essen am Kiosk in der Nähe des Krankenhauses. Ab und zu ein kleiner Spaziergang, um sich die Beine zu vertreten. Die meiste Zeit aber verbrachten sie im Flur vor der Tür des Frauensaals. Wenn man allein Wache hielt, war das recht langweilig. Harun konnte wenigstens türkische Zeitungen lesen.

Waren sie gemeinsam im Einsatz, redeten sie vor allem über die Zukunft der Frau. Mehr und mehr wurde ihnen dabei bewusst, dass sie immer noch keine brauchbare Lösung gefunden hatten. Die Zeit drängte, das war deprimierend. In einer knappen Woche musste Robert wieder bei seinen Schülern sein. Aber sie wollten Fatma nichts anmerken lassen, wenn sie sich täglich etwa eine Stunde im Flur des Krankenhauses mit ihr unterhielten.

Während einer dieser Stunden passierte es. Es passierte zu der Zeit, als der Muezzin die Menschen zum Gebet aufgerufen hatte: Fatma saß aufrecht im Bett und redete mit Harun. Auf einmal hielt sie inne und wandte sich lächelnd Robert zu. Ihre dunklen traurigen Augen fanden die seinen und schienen sie festzuhalten. Am Abend vor dem Einschlafen erinnerte er sich daran und fragte sich, warum ihn diese Augenblicke so irritiert hatten.

Auch am nächsten Tag besuchten er und sein Freund wieder die Frau in der Klinik. Sie fühlte sich zusehends besser, konnte inzwischen zu Fuß gehen und benötigte die fahrbare Liege nicht mehr. Robert wurde immer mehr in das Gespräch mit einbezogen, und es kam vor, dass Harun eine Zeit lang nichts anderes tat, als den Übersetzer zu spielen. Der Deutsche erzählte von den Lebenswegen seiner türkischen Schüler. Die Schwierigkeiten, die er mit ihnen hatte, ließ er weg. Er bat Harun, sie auf keinen Fall von sich aus zu erwähnen. Doch war diese Bitte eigentlich überflüssig. Gesprochen wurde bisher auch nicht über Fatmas Zukunft. Sie wollte das nicht, schien das Problem zu verdrängen.

Das änderte sich jedoch schlagartig, als man ihr mitteilte, sie könne in etwa zehn Tagen das Krankenhaus verlassen, wenngleich ihre körperlichen und seelischen Wunden noch länger versorgt werden müssten. Die Männer sahen plötzlich die Angst in ihren Augen, die sie bis zum gegenwärtigen Zeitpunkt recht gut verbergen konnte, und irgendwann artikulierte sie diese auch.

Sie wüsste, dass sie auf keinen Fall mehr in ihr Dorf zurück konnte. Ob man sie denn im Auto mitnähme, wenn sie wieder in den Westen fuhren. In einer der Großstädte wolle sie untertauchen und mit Allahs Hilfe gelang es vielleicht auch, ihr Leben wieder in Ordnung zu bringen. Sie willigten ein, verzichteten aber darauf, ihre Bedenken zu äußern.

Oft schon hatten sie beide über eben diese Lösung gesprochen und sie aus guten Gründen immer wieder verworfen. Für Robert gab es nur einen Ausweg. Deshalb ergriff er am nächsten Tag während eines Spaziergangs auf dem nahe gelegenen Marktplatz erneut die Initiative, was Fatmas Zukunft betraf. Er zählte die verschiedenen, längst bekannten Möglichkeiten auf, argumentierte und bemühte sich um logische Schlussfolgerungen. Harun zögerte, trug erneut seine alten Bedenken vor.

»Willst du sie denn hier krepieren lassen?«, fragte Robert aufgebracht.

Harun antwortete nicht.

»Sie kann nach Istanbul mitfahren. Aber wir lassen sie nicht dort zurück, sondern nehmen sie mit nach Deutschland.«

Harun schwieg immer noch. Für Robert schwieg er viel zu lange und deshalb reagierte er gereizt:

»Sag jetzt bloß nicht wieder nein!«

Harun entgegnete:

»Je länger ich über deine absurde Idee nachdenke, desto mehr leuchtet sie mir ein. Aber um sie zu realisieren, brauchen wir meine Familie. Lass mich überlegen!«

Sie liefen schweigend nebeneinander her. Es fing an zu schneien, und Robert fand es gut, dass der Schnee auf der Erde, den der Ruß aus den vielen Schornsteinen rundum mit einem schmutzigen Grau-Schwarz eingefärbt hatte, wieder wie richtiger Schnee aussah. Noch immer schwieg der Freund. Robert formte einen Schneeball und knallte ihn aus nächster Nähe auf ein Verkehrsschild am Wegrand. Harun zuckte erschreckt zusammen und sagte dann:

»Hör zu! Du gehst jetzt auf deinen Wachposten, ich hole das Handy und rufe in München an; muss das alles erst mit meiner Familie besprechen. Ich komme dann ins Krankenhaus nach.«

Robert war zufrieden und zog los. Nach einer guten Stunde, die einer halben Ewigkeit glich, kam Harun vorbei und berichtete dem Freund. Er hatte Göktan ausführlich den Fall Fatma beschrieben. Sein älterer Bruder stand dem Vorschlag, das Mädchen nach Deutschland mitzunehmen, aufgeschlossen gegenüber. Doch wollte er zunächst die gesamte Problematik mit seiner Frau Selma und den Eltern diskutieren. Morgen würde man ihm Bescheid geben.

Stunden später die erlösende Nachricht von den Eltern: Fatma mitzunehmen sei vernünftig und gut. Das Mädchen könne bei Selma und Göktan wohnen. Alles Weitere werde man nach der Ankunft in Deutschland besprechen und regeln. Harun wollte noch etwas loswerden:

»Wir haben doch vor ein paar Tagen von Tante Pelin erfahren, dass Ehrenmorde in erster Linie von Kurden begangen werden. Das mag ja sein. Doch bei diesen Tragödien handelt es sich keineswegs nur um ein kurdisches Problem, wie viele im Westen der Türkei zu gerne glauben möchten. Der Großteil der türkischen Elite würde am liebsten ignorieren, was mit den türkischen

Töchtern in den konservativen Dörfern passiert... Genau das waren die Worte meiner Mutter am Telefon.«

Dann informierte er seinen Onkel in Istanbul über ihr Vorhaben und bat ihn, bei den entsprechenden Ämtern vorstellig zu werden, damit Fatmas Papiere für die Reise vorbereitet würden. Zwar war die Zeit extrem knapp, jedoch konnte man bei türkischen Behörden mit Geld oft viel erreichen. Vor allem aber hatte der Onkel gute Beziehungen nach oben.

»Das Mädchen kann bei Selma und Göktan wohnen«, hatte Harun kurz nach seinem Telefonat zu ihm gesagt. Das war wahrlich die optimale Lösung, vor allem wegen Selma. Ihre Existenz erschien Robert mit einem Mal wie ein Wink des Schicksals, schließlich kannte er die Familiengeschichte der Tükelis genau, war er doch bei der türkischen Großfamilie oft zu Gast:

Selma stammte aus Maryanik, demselben Dorf, wo Haruns und Göktans Großeltern lebten. Inzwischen war der Großvater gestorben, sodass er gegenwärtig nur die Großmutter der Brüder kennenlernen konnte. Göktan und Selma kannten sich seit Kindertagen, sahen sich damals aber meist nur einmal im Jahr, wenn die Familie ihren Besuch in Ostanatolien machte. Harun war noch zu jung, um sich heute an Selmas Kindheit in diesem Dorf erinnern zu können. Nach dem Tod ihres Vaters zog das Mädchen mit der Mutter nach Istanbul und Göktan verlor sie aus den Augen. Erst zehn Jahre später begegneten sich die beiden zufällig wieder in einem Istanbuler Tanzlokal. Sie verliebten sich, heirateten und bezogen nicht weit von Göktans Eltern entfernt in München-Gern eine Wohnung. Selma führte den Haushalt und arbeitete am Vormittag in einer Apotheke. Sie könnte sich zukünftig am besten um Fatma kümmern...

Am folgenden Nachmittag waren die beiden Männer recht aufgeregt. Wie würde Fatma sich entscheiden? Harun wählte jedes Wort mit Bedacht und Robert schloss aus ihrem Gesichtsausdruck, dass sie dem Plan keineswegs von vornherein ablehnend gegenüberstand. Und sie schien inzwischen zu wissen, dass das Vorhaben seine Idee gewesen war. Als nämlich sein Name fiel, wandte sie sich ihm spontan zu und lächelte. Harun musste Fragen über Fragen beantworten und immer wieder übersetzen, weil die junge Frau unbedingt auch Roberts Meinung interessierte.

Der Fluchtplan hörte sich durchaus verheißungsvoll an. Doch je länger sie darüber nachdachte, desto unsicherer wurde sie und Zweifel kamen auf: Wie schaute ihre Zukunft in einem fremden Land aus? Wie sollte sie dort ohne Deutschkenntnisse zurechtkommen? Die beiden Männer baten Fatma um ihr Vertrauen, versprachen, sich in Deutschland für ihr Wohlergehen einzusetzen. Sie brauchte Bedenkzeit, wollte eine Nacht über die Sache schlafen, bevor sie endgültig eine Entscheidung traf.

Am nächsten Morgen fiel endlich das erlösende Wort. Fatma sprach es aus und Robert prägte sich dieses ›Evet‹ ein. Das türkische Wort, das »Ja« hieß, wollte er nie mehr vergessen. Harun ergriff Fatmas Hand und drückte sie fest. Dann nahmen sie sich alle drei an der Hand und Harun sagte entschlossen:

»Wir packen das.«

Er sagte es zuerst auf deutsch und Robert nickte bestätigend. Als er diesen Satz anschließend ins Türkische übersetzte, erklang erneut dieses ›Evet‹ aus dem Mund des Mädchens. Es hörte sich nun bestimmter und kräftiger an als vorher, als sie zugesagt hatte, mit nach Deutschland zu kommen. Robert sah Tränen in ihren Augen und ahnte, dass sie jetzt wohl auch aus Dankbarkeit weinte.

***

An sich wollten die beiden Münchner in zwei Tagen zurück nach Deutschland fliegen; am folgenden Montag waren die Osterferien zu Ende und Robert musste wieder zum Schuldienst antreten. Doch das war unmöglich, weil Fatma noch im Krankenhaus bleiben sollte. Deshalb telefonierte er mit seinem Vater und bat ihn, er möge im Schulamt für ihn um Dienstbefreiung ersuchen, da ein Menschenleben auf dem Spiel stand.

Dann folgte der Abschied. Die Mutter und die beiden Schwestern machten sich bewusst, dass dies ein Abschied für immer sein könnte. Doch hatte man dieses schmerzliche Opfer zu bringen, um Fatmas Leben zu retten. Sie musste von zu Hause fliehen in eine Welt, die sie nicht kannte. Sie floh vor ihrem Vater, der sie gezeugt, ernährt, beschützt und doch wohl auch geliebt hatte. Und sie musste sich von ihren Brüdern, mit denen sie viele schöne Stunden verbracht hatte, trennen, um zu überleben.

Fatma saß im Flugzeug am Fenster. Sie blickte hinab auf die Hagia Sophia, die Sultan-Ahmet-Moschee, auf das Goldene Horn und dennoch sah sie kaum etwas. Zu viel war in den letzten Tagen auf sie eingestürmt. Trauer und Angst umklammerten ihre Seele, weil sie ihr Heimatland verlassen musste und wohl nie mehr zurückkehren würde, wenn sie ihr Leben nicht riskieren wollte; Angst, weil der Weg sie in eine ungewisse Zukunft führte. Und doch spürte sie auch ein wenig Hoffnung, dass sie all diese schrecklichen Erlebnisse einmal vergessen oder verarbeiten würde.

Sie war wie in Trance und bemerkte nicht die zwei Männer neben sich, die zufrieden ihren Pass und ihr Visum studierten; Dokumente, die sie erst am Vormittag bei den zuständigen Behörden abgeholt hatten. Als die Maschine ihren Steigflug abgeschlossen hatte und Kurs gen Westen nahm, wurde auch den beiden mehr und mehr bewusst, dass sie sich in ein Abenteuer mit ungewissem Ausgang eingelassen hatten.

Kapitel 3

In einem fremden Land

1

Fatma saß auf dem Sofa im Wohnzimmer und wollte sich im Fernsehen einen türkischen Film anschauen. Doch als sie merkte, dass es sich dabei um eine Liebesgeschichte handelte, schaltete sie ab. Überlegte, ob sie es mit einem deutschen Sender versuchen sollte, ließ es aber bleiben. Zum einen verstand sie nur Wortbrocken, zum anderen hatte sie jetzt unmittelbar nach ihrem Sprachkurs keine rechte Lust mehr auf Deutsch. Die drei Stunden waren anstrengend genug.

Wenn man sich allein in der Wohnung aufhielt, konnte das recht langweilig werden. Selma war nämlich beim Einkaufen und hatte eine entsprechende Mitteilung hinterlassen. Fatma trank ein Glas Milch, trat ans Fenster und blickte hinunter auf die Straße. Sie tat das sehr gerne, weil dort immer etwas los war. Man konnte vorbeifahrende Autos zählen und Leute beobachten. Soeben näherte sich ein Lastwagen, der nach wenigen Metern immer wieder anhielt. Zwei Männer in roter Kleidung stellten die Mülltonnen an der Rückseite des Wagens auf eine Plattform, die anschließend automatisch geleert wurden. Sie fand diesen Arbeitsvorgang interessant. In Burcali, wo sie zur Schule gegangen war, wurde der Müll auf ganz andere Art und Weise entsorgt. In ihrer Heimat lief vieles anders ab als hier.

Inzwischen war es unten auf der Straße ruhig geworden und Fatma zog sich in ihr Zimmer zurück. Tagebuch könnte sie schreiben; zum Beispiel festhalten, dass sie gestern wieder einmal Robert in der Schule besucht hatte. Sie holte das Heft aus der Schublade und überlegte, wie sie ihren Eintrag beginnen sollte. Spontan blätterte sie ihre Aufzeichnungen durch bis zurück zur ersten Seite und begann zu lesen:

München, 12. Mai 2006
Ich liege in einem fremden Bett in einem fremden Zimmer. Wohne in einem fremden Haus. Dieses Haus steht in einer

fremden Stadt in einem fremden Land. Das Land, in dem ich jetzt leben darf oder muss, heißt Deutschland. Die Menschen in diesem Land nennen sich Deutsche. Ihre Sprache ist schwer, sehr schwer. Aber ich kann mich inzwischen schon ein bisschen auf Deutsch verständigen. Glaube aber nicht, dass ich meine Gedanken, die ich hier niederschreibe, jemals auf Deutsch formulieren kann. Eigentlich will ich das auch gar nicht. Trotzdem muss ich fleißig Deutsch lernen. Weiß noch genau, wie alles im Deutschunterricht begonnen hat:

> *Ich heiße Fatma und wohne in München.*
> *München ist die größte Stadt in Bayern.*
> *Deutschland liegt in der Mitte von Europa.*
> *Heute scheint die Sonne.*
> *Ich möchte bitte ein Kilo Äpfel.*
> *Wo ist die nächste U-Bahn-Station?*
> *Danke für die schönen Blumen!*

20. Mai
Ich habe Heimweh. Meine Heimat ist dort, wo meine Seele ist. Und meine Seele ist zurückgeblieben in Maryanik. Das Heimweh kommt meistens in der Nacht.

21. Mai
Ich vermisse meine Familie sehr. Bin doch ein Teil von ihr. Es ist grausam, von der eigenen Familie getrennt zu sein. Doch getan hat es diese Familie selbst. Aber ich bin mir ziemlich sicher, dass alle meine Familienangehörigen mich ebenso vermissen; und das trotz der verlorenen Ehre. Ich weiß, sie können nicht anders, müssen mich verstoßen. Der Druck der Dorfgemeinschaft ist zu groß. Aber – Ach ich weiß es nicht. Jedenfalls tut das furchtbar weh.

2. Juni
Ich bin froh, bei Landsleuten zu wohnen. Die Tükelis sind sehr nett zu mir und helfen mir bei allen Angelegenheiten. Sie tun das, obwohl sie mich kaum kennen. Eigentlich weiß ich nicht, warum sie so lieb zu mir sind. Vielleicht, weil Allah das so wünscht.

6. Juni
Es fällt mir schwer, hier zu leben. Aber wenn ich das nicht kann, muss ich wieder heim in mein Dorf. Ach, was heißt müssen. Ich will zurück! Doch das ist unmöglich. Deshalb bleibt mir keine andere Wahl, als mich hier einzuleben und anzupassen. Manchmal will ich weglaufen, nur weiß ich nicht wohin.

9. Juni
Wenn die Menschen hier etwas zum Essen brauchen, gehen sie in sehr große Läden und kaufen ein. Sie sind viel größer als in Burcali. Die Lebensmittel sind fast alle abgepackt.
Eine Großstadt ist etwas Schreckliches. Egal wo man hinschaut, immer nur Häuser, Häuser, Häuser. Aber das ist in Istanbul und Ankara ja auch so. Nur habe ich so etwas in Wirklichkeit fast nie gesehen.

12. Juni
Die Tükelis sind toll eingerichtet. Ich bin ganz begeistert von den elektrischen Geräten in der Küche. Vor allem aber fasziniert mich die Waschmaschine. Die Frauen müssen sich hier nicht so plagen wie in unserem Dorf. Selma und ihre Schwiegermutter Necla sind türkische Frauen. Aber sie haben die gleichen Rechte wie ihre Männer. Sie sagen, in Deutschland ist das ganz normal.
Weil ich gerade bei den Tükelis bin: Am Abend läuft meistens der Fernseher. Weit über zwanzig deutsche Sender soll es

geben. Aber hier schaltet man auch die türkischen Programme ein. Göktan und Harun sagen, dass sie das seit meiner Ankunft in Deutschland viel häufiger tun als früher, weil ich den Filmen auf Deutsch noch nicht folgen kann.

15. Juni
Ich habe inzwischen keine Schwielen mehr an den Händen. Klar, muss ja am Nachmittag keine schweren Arbeiten mehr verrichten. Trotzdem würde ich jetzt viel lieber mit dem Mörser Getreide zermahlen, als diese schwierige Sprache lernen. Zu gerne möchte ich wissen, wie es meinem Muli Ece geht.

18. Juni
Es überrascht mich, dass in Deutschland so viele Türken leben. Ich freue mich immer auf den Freitag, wenn wir die Moschee aufsuchen. Die Tükelis leben nicht so streng nach dem Glauben wie wir zu Hause. Zum Beispiel tragen die Frauen kein Kopftuch. Aber Schweinefleisch gibt es in der Familie nicht zum Essen. Niemand beeinflusst mich in meinem Glauben, niemand in dieser Familie hat etwas dagegen, dass ich ein Kopftuch trage.

19. Juni
Autofahren ist sehr schön. Und noch schöner ist es, regelmäßig zu duschen und zu baden. Ich bin stolz auf meine neuen Kleider, die man mir geschenkt hat. Auch habe ich schon ein paar Mal Selmas Parfüm hergenommen.

24. Juni
Ich hasse die Ehre der Männer. Und manchmal auch meinen Vater und meine Brüder.

1. Juli
Inzwischen bin ich schon über zwei Monate in diesem Land. Das Leben hier ist zwar sehr aufregend, aber wohl fühle ich mich nicht. Selma hat mir eine Uhr für den Arm geschenkt. Sie ist elegant und gefällt mir sehr. Habe mich heute dabei ertappt, dass ich ständig auf das Zifferblatt blicke, um festzustellen, wie spät es ist. Daheim war die Uhrzeit für mich nur wirklich wichtig, solange ich vormittags in der Schule saß. Bei der Feldarbeit am Nachmittag hat man sich am Stand der Sonne orientiert, wenn es um die Zeit ging.

5. Juli
Am Samstag wurde ich in ein Konzert eingeladen. Aufgetreten ist eine Tanzgruppe aus Argentinien. Männer und Frauen in farbigen Kostümen haben Tango getanzt. Dieser Tanz ist voller Sehnsucht, Traurigkeit und Schmerz, aber auch voller Leidenschaft und Erotik. In meinem Dorf wäre so etwas bestimmt verboten, weil die Frauen sich sehr aufreizend bewegen. Und das in der Öffentlichkeit!

8. Juli
Robert ist Lehrer. Er hat mich schon öfters in die Schule mitgenommen. Seine Schüler sind nett zu mir. In dieser Klasse gibt es auch ein paar Türken. Wenn sie sich miteinander unterhalten, geschieht das in der Regel in unserer Muttersprache. Doch die beherrschen sie nicht recht. Versteh' mich gut mit Ayse und Serap.

10. Juli
Wenn ein Vater seine Tochter und ein Bruder seine Schwester töten will, kann er sie doch nicht lieben, oder?

11. Juli
In Deutschland regnet es viel, auch jetzt im Sommer. Ich verstehe nun, warum Selma mir gleich bei meiner Ankunft einen eigenen Schirm gekauft hat. Man müsste in dieser Jahreszeit regelmäßig ein paar Wolken von hier auf unsere Felder daheim schieben können.

14. Juli
Wir haben in der Sprachenschule den Text der deutschen Nationalhymne gelernt: Einigkeit und Recht und Freiheit für das deutsche Vaterland ... Unser Lehrer hat uns den Sinn dieses Textes erklärt und auf die deutsche Geschichte verwiesen. Ich fand das sehr interessant. Aber ich bin Türkin und im Grunde geht mich die deutsche Nationalhymne nichts an. Göktan hat mir widersprochen und zu bedenken gegeben, dass mir dieses Deutschland Schutz und Sicherheit gewährt. Und das, weil hier die Werte Recht und Freiheit ganz oben stehen. Das stimmt schon. Trotzdem weiß ich nicht, ob es die richtige Entscheidung war, dass ich mit Harun und Robert in dieses Land geflohen bin. Ich habe inzwischen mit zahlreichen Türken und anderen Ausländern gesprochen, die sich in Deutschland als Fremde fühlen. Andererseits gibt es auch viele, die Deutschland ihre Heimat nennen. Niemals wird mir so ein Satz über die Lippen kommen.

15. Juli
Warum nur muss ich ständig jammern und kritisieren? Muss doch froh sein, dass ich hier leben darf. Wäre ich in meiner Heimat geblieben, würde ich wohl längst auf dem Friedhof liegen. Vor allem sollte ich nicht so vorschnell Urteile über Deutschland fällen. Ich kenn' doch das Land kaum und muss mich erst allmählich eingewöhnen.

26. Juli
Gerade habe ich meine letzten Einträge hier nochmals gelesen. Vorurteile sind wirklich dumm und vielleicht wollte mir Allah das deutlich machen. In der Zwischenzeit nämlich hat mich Frau Geisler aus der Wohnung nebenan schon ein paar Mal zu sich eingeladen. Sie ist sehr nett zu mir. Ich finde auch ihre beiden Töchter Claudia und Stefanie, die ungefähr in meinem Alter sind, sehr sympathisch. Nach dem Tee haben wir vier Frauen ein Spiel gespielt. Es heißt ›Mensch ärgere dich nicht‹. Aber wir ärgern uns nicht, wenn eine Holzfigur einer Mitspielerin rausgeworfen wird, sondern müssen jedes Mal darüber lachen. Ich weiß, dass die drei Deutschen von Selma und Göktan über meine Biografie grob informiert worden sind, und gerade deshalb ist es angenehm, dass man mir keine neugierigen Fragen stellt. Gestern habe ich nach dem Spielen mit den beiden Töchtern noch eine Zeit lang Musik gehört. Ich gebe zu, dass nicht alles nach meinem Geschmack war. Vielleicht muss ich mich erst an die westlichen Klänge gewöhnen. Mit den Rhythmen aber gab es beim Tanzen keine Probleme. Wir wollen am Wochenende zusammen zum Einkaufen in die Stadt gehen, und darauf freue ich mich.
Übrigens: Robert hatte Recht, als er mir riet, meine Gedanken und Gefühle hier in diesem Heft aufzuschreiben. Mir tut das gut; fühle mich erleichtert. Außerdem kann ich später einmal nachlesen, was mir in diesem Deutschland alles passiert ist …

Als Fatma hörte, dass Selma draußen im Flur ihren Namen rief, sperrte sie ihr Tagebuch schnell wieder weg und ging ihr entgegen.

»Bin wieder zurück. Du kannst dir nicht vorstellen, wie viele Leute im Supermarkt waren. Schau, ich habe dir Weintrauben mitgebracht. Die magst du doch so gerne.«

»Vielen Dank, Selma! Du denkst immer an mich. Ihr seid alle so lieb zu mir.«

»Schon gut, wir mögen dich nun einmal. Wir könnten uns doch nach dem Mittagessen das Nymphenburger Schloss ansehen? Das wird dir gefallen. Was hältst du davon?«

Fatma stimmte dem Vorschlag sofort zu; sie freute sich über jede Abwechslung.

2

Es war Karin. Robert erkannte sofort ihre Stimme, auch wenn sie in der Sprechanlage verzerrt und ein wenig blechern klang. Er drückte den Knopf und ließ sie ins Haus, freute sich über diesen unerwarteten Besuch. Unwillkürlich musste er jetzt an Clarissa denken. Das trübte ein wenig die Vorfreude auf Karin. Aber über Clarissa hatte er Karin kennengelernt, als die beiden noch gemeinsam Kunstgeschichte studierten. Er hatte sich von Clarissa getrennt. Mit ihr wollte er nichts mehr zu tun haben. Mit Karin schon. Harun sagte einmal, bei ihr handle es sich um eine Frau mit Tiefgang. Damit charakterisierte er Karin durchaus treffend. Seit zwei Jahren war sie mit Tobias liiert und die zwei verstanden sich bestens.

Karin war immer noch auf dem Weg hinauf in den vierten Stock. Eine Stuckdecke im Treppenhaus, aber kein Aufzug. Das passte zu Robert. Er war ein kleiner Romantiker, immer auf der Suche nach der berühmten Blauen Blume. Und er war ein unverbesserlicher Samariter. Aber gerade das schätzte sie an ihm. Er und Clarissa; es blieb ihr ein Rätsel, wie die beiden zueinander finden konnten. Aber vielleicht war hier der Spruch angebracht, dass Gegensätze sich anziehen. Traf das nicht irgendwie auch auf sie selbst zu, schließlich waren sie einmal Freundinnen. Über Clarissa wollte sie heute von sich aus auf keinen Fall mit Robert reden, und sie hoffte, dass es ihm ähnlich ginge und auch er sie nicht erwähnte. Endlich stand sie vor seiner Wohnungstür, läutete, wurde begrüßt und herein gebeten.

»Harun hat mich angerufen und gesagt, dass du in die Jagdstraße gezogen bist. Ich hatte am Rotkreuzplatz zu tun, und da wollte ich dir ein kleines Einstandsgeschenk vorbeibringen.«

Robert bedankte sich und führte der Frau sein neues Zuhause vor. Ihr gefiel diese Jugendstilwohnung. Die große Küche mit einem eingebauten weiß lackierten Küchenschrank, der im oberen Bereich mehrere Glastüren aufwies. Imposant das Wohnzimmer mit seiner eleganten Stuckdecke, einem gemütlichen Erker, in dem sich die Sitzecke befand. Grazile Holzsäulen neben einem Treppengeländer verliehen dem Zimmer ein besonderes Ambiente.

Sie stiegen beide die wenigen Stufen in das höher gelegene Arbeitszimmer hinauf. Karin bewunderte die alten, mit Blei eingerahmten Butzenscheiben eines Einbauschranks, sah sich um, entdeckte das Klavier und hob instinktiv den Deckel hoch.

»Darf ich?«

»Ja, natürlich!«

Sie spielte ein paar Takte aus einer Bach-Fuge, brach abrupt ab und sagte:

»Prima, dass du das wieder tust.«

»Ja, finde ich auch. Aber Clarissa konnte das Klavierspielen nicht ausstehen.«

»Dein Geklimper, hat sie stets gelästert«, kommentierte Karin spontan und ärgerte sich über ihre Unbeherrschtheit.

»Dabei spiele ich so schlecht auch wieder nicht. Hab' mein Klavier damals verkauft, als ich zu ihr zog. Schließlich lebten wir in Schwabing in ihrer Eigentumswohnung.«

Karin reagierte nicht darauf. Deshalb ergriff er wieder das Wort:

»Wie schaut's aus, soll ich uns einen Kaffee kochen? Inzwischen vertrage ich ihn ja wieder. Wohl deshalb, weil ich Clarissa nicht mehr ertragen muss.«

»Ach Robert, vergiss sie einfach.«

»Nun ja! So einfach, wie du dir das vorstellst, läuft das nicht. Ich weiß noch, wie es Harun ging, als er sich von Aylin trennte. Clarissa hatte ja durchaus auch ihre guten Seiten, konnte sehr nett sein. Aber ich bin dabei, diese Zeit hinter mir zu lassen.«

Dann setzten sie sich auf den Balkon, Roberts »kleine Oase«, wie er ihn vorstellte. Von hier aus konnte man nämlich auf einen gepflegten Innenhof mit Spielwiese und einem bunten Blumenbeet hinabblicken. Die Hausmauern ringsum schirmten den Verkehrslärm völlig ab, sodass nur die Vögel auf dem nahen Kastanienbaum zu hören waren. Robert schenkte den Kaffee ein und sie unterhielten sich eine Weile über Alltägliches; dass er in der Wohnung noch manches zu tun habe; dass sie erst von einer Buchmesse zurückgekehrt sei; dass es zur Zeit ständig regne … Karin legte die Kuchengabel auf die Serviette, lehnte sich zurück, suchte Roberts Augen und fragte:

»Wie geht es dir eigentlich in der Schule?«

»Hier triffst du mich wirklich an einer wunden Stelle. Ach dieser Schulalltag! Nein, mir geht es dabei nicht so toll. Meine Neuntklässler setzen mir oft schwer zu. Es ist richtig stressig. Ich kann's kaum erwarten, dass in ein paar Tagen das Schuljahr zu Ende geht und ich meine Chaotentruppe los bin.«

»Dann kann man dir nur wünschen, dass es im neuen Schuljahr besser wird.«

»Unser Rektor plant, mir im September eine siebte Klasse zu geben. Die kann ich dann bis in die neunte hinaufführen. Ich kenne die Schüler schon ein wenig, weil ich sie heuer bereits in Englisch unterrichte. Generell sind sie handsamer als meine 9b. Aber es gibt auch da ein paar Störenfriede, die jeden Lehrer zur Weißglut bringen können. Und mich hat man gestern zur Weißglut gebracht.«

Karin spürte, dass Robert wieder einmal Probleme im Beruf hatte, die ihn ziemlich bedrückten. Deshalb wechselte sie das Thema und sprach die Türkeireise an:

»Harun hat mir von eurem ›Osterspaziergang‹ nach Ostanatolien erzählt.«

»Du weißt also Bescheid. Aber vom ›Eise befreit‹ waren damals ›Strom und Bäche‹ keineswegs, wenn du auf Goethes Faust anspielen willst.«

»Harun hat mir nur eine Zusammenfassung geboten, weil du der bessere Erzähler seist.«

»Karin, ich habe diesen Horrorfilm gut in meinem Gedächtnis gespeichert. Ich würde ihn dir aber lieber ein andermal vorführen, wenn du einverstanden bist.«

»Geht in Ordnung. Aber sag mir wenigstens, wie es inzwischen euerem türkischen Mädchen geht. Wahnsinn, was Fatma mitgemacht hat. Das sind traumatische Erlebnisse, die sich in ihrem Innern festgefressen haben und die sie erst noch verarbeiten muss.«

»Klar macht ihr das noch sehr zu schaffen. Aber wie soll ich als Mann wissen, was in einer Frau vorgeht nach einer Vergewaltigung.«

»Das ist doch keine Frage des Geschlechts. Selbst eine Frau tut sich schwer damit, sich in eine derartige Situation hineinzufühlen, wenn man nicht selbst betroffen ist. Bei uns wird dieses Thema doch sowieso weitgehend tabuisiert. Ich kapiere erst spät, was das Märchen von Rotkäppchen und dem bösen Wolf eigentlich aussagen will. Im Gymnasium haben wir im Deutschunterricht Schillers Fiesko gelesen. Da gibt es die Szene, in der Corinnas Tochter verzweifelt zum alten Mann sagt: ›Ich bin geschändet worden.‹ Ganz sicher war ich mir nicht, was ›geschändet‹ in diesem Zusammenhang bedeutet, und habe deshalb den Lehrer gefragt. Keiner in der Klasse hat es recht gewusst, obwohl wir alle über 16 waren. Schröders Antwort lautete damals: ›Ein Mann hat ihr Schande bereitet, weil er brutal zu ihr war.‹«

Vergewaltigung ist in der Tat brutal und menschenunwürdig: Eine Frau wird von einem Mann sexuell misshandelt, ohne zu lieben und geliebt zu werden. Auch Fatma hatte man vergewaltigt und dadurch wurde Schande über die Familie gebracht, die Männer verloren ihre Ehre. Diese sollte mit einem sogenannten Ehrenmord zurückgewonnen werden.

Karin berichtete, letztes Jahr im Februar habe es in Berlin-Tempelhof auch einen sogenannten Ehrenmord gegeben. Eine junge Türkin wurde von ihrem kleinen Bruder auf offener Straße erschossen, weil sie sich dem Zwang und der Unterdrückung ihrer Familie nicht mehr unterwerfen wollte. Vor Monaten zeigte das deutsche Fernsehen einen Tatort-Krimi, der von einem Ehrenmord handelte. Und dennoch konnte sie bis zum heutigen

Tag nicht recht nachvollziehen, warum die Ehre für einen Mann so wichtig ist. Harun, den sie als Türken um Auskunft bat, reagierte darauf mit einer sarkastischen Gegenfrage.

Robert hatte schweigend zugehört. Nun holte er ein Buch eines gewissen D. Cindoglu aus dem Regal und las vor:

»In einer Kultur…, in der die familiären Bindungen sehr stark sind und die erweiterte Familie über das Einzelmitglied bestimmt, … ist die Reinheit der Frau vor der Ehe nicht nur eine individuelle Entscheidung, sondern Familienangelegenheit. Der Körper einer Frau wird daher von der Familie überwacht. Jungfräulichkeit ist keine persönliche Angelegenheit, sondern ein gesellschaftliches Phänomen.«

Karin missfiel diese Formulierung, auch wenn sie recht akademisch klang. In Wahrheit handele es sich doch wohl nicht um ein gesellschaftliches, sondern um ein Männlichkeitsphänomen. Frauen seien Eigentum dieser Männer, darum gehe es doch.

Erregt stand sie auf und ließ ihre aufgewühlten Gefühle an den Tasten des Klaviers aus. Nachdem sie sich beruhigt hatte, kam sie zurück und fragte nach, was mit einem Mann passiere, wenn er seine Ehre nicht wiedererlangt. Die Antwort darauf war eindeutig: Er wird aus der Gemeinschaft der Männer ausgeschlossen. Man macht sich öffentlich über ihn lustig und bewirft sein Haus mit Steinen. Karin wandte sich erneut an Robert:

»Ich gehe davon aus, dass Ehrenmorde heutzutage in der Türkei nur noch selten vorkommen.«

Leider war dem nicht so. Allein im vergangenen Jahr gab es dort mehr als 200 Morde an Frauen. Robert erhielt diese Information von Haruns Vater, mit dem er ausführlich über dieses Thema gesprochen hatte.

Karin wollte auch wissen, ob es neben der Vergewaltigung noch weitere Tatbestände gebe, die diese archaische Ehre zerstören können. Robert musste die Frage bejahen und zählte auf:

Unverheirateten Frauen ist das Schreiben von Liebesbriefen, Händchenhalten und Küssen in der Öffentlichkeit verboten.

Blickkontakte mit fremden Männern können als verdächtig eingestuft werden. Mädchen riskieren ihr Leben, wenn sie sich weigern, einen Mann zu heiraten, den die Familie ausgesucht hat. Unverzeihlich, wenn eine verheiratete Frau Ehebruch begeht oder sich scheiden lässt. Manchmal reicht schon die Äußerung des Wunsches oder der Verdacht, dass sie ihren Ehemann verlassen will. In einigen kurdischen Dörfern reagiert man darauf mit Vertreibung oder Steinigung, in Fatmas Gegend mit Tod durch das Messer.

Dass derartige Sitten und Traditionen mit den westlichen Wertvorstellungen kollidierten, war offenkundig. Frauen waren weitgehend rechtlos und den Männern ausgeliefert. Deshalb hielten beide die damalige Entscheidung, Fatma mit nach München zu nehmen, für richtig. Die Türkin startete damit in ein ganz neues Leben, und das war wahrlich nicht einfach. Man musste ihr genügend Zeit dafür geben und selbst genügend Geduld mit ihr haben. Inzwischen konnte sie schon viele Alltagsdinge ohne Hilfestellung meistern; zum Beispiel fuhr sie allein mit der U-Bahn und brauchte niemanden mehr, wenn sie zum Einkaufen ging.

Karin äußerte beim Verabschieden den Wunsch, Fatma persönlich kennenzulernen. Ein gemeinsamer Zoobesuch am Wochenende bot dafür eine gute Gelegenheit.

***

Die Tükelis gaben sich große Mühe mit Fatma und sie gab sich große Mühe mit ihnen. Aber dennoch war es oft nicht einfach. Für beide Seiten war es oft nicht einfach.

Häufig wurde Fatma von Angst heimgesucht. Sie tauchte vor allem auf, wenn die junge Frau zu Bett ging. Und je näher die Zeit des Einschlafens rückte, desto brutaler nahm die Angst sie in den Würgegriff. Sie wehrte sich verzweifelt gegen das Einschlafen, um der grausamen Vergangenheit zu entrinnen. Doch vergeblich. Irgendwann in der Nacht überwältigte sie der Schlaf und lieferte sie dunklen Albträumen aus.

Doch stets folgte ein Morgen danach, ein Morgen in der Fremde, ein neuer Tag in Deutschland, der viele Überraschungen und oft auch Schwierigkeiten mit sich brachte. Es war nicht einfach, in dieser völlig anderen Welt zu bestehen. Sie fühlte sich anfangs hilflos wie ein kleines Kind, mittellos und sprachlos gegenüber der fremden Außenwelt, unwissend und ohne die notwendigen Erfahrungen. Wenigstens war ihr Leben vorerst gerettet.

Die Tükelis behandelten sie wie ihr eigenes Kind, wurden zu Brüdern, Schwestern und Freunden, die stets für sie da waren und alles für sie taten, damit sie in ihrer neuen Umgebung zurechtkam. Sie nahmen sich der Fremden an, die ihnen vom Schicksal anvertraut wurde, lehrten sie das Gehen auf ungewohnten Wegen und ergriffen ihre Hand, um sie an gefährlichen Klippen vorbeizuführen. Richteten sie auf, wenn sie zu Boden gestürzt war. Spendeten Trost, machten Mut bei Niederlagen und zeigten Ziele für eine neue Zukunft auf. Versuchten zu helfen, wo Hilfe angebracht schien.

Im Grunde jedoch halfen sie ihr nicht wirklich, weil sie ihr nicht helfen konnten. Niemand konnte ihr helfen. Jedenfalls war Fatma oft dieser Ansicht. Sie nämlich hielt sich abseits von den anderen in einer Welt der Schatten und der Dunkelheit auf. Alles, was man mit dem Wort »schön« beschrieb, existierte dort nicht. Worüber sollte sie sich freuen, worüber sollte sie lachen?

Diesen Schatten-Zustand konnte sie nicht länger ertragen. Niemand wusste davon, dass sie plante, sich vor die U-Bahn zu werfen. Wartete schon am Bahnsteig und überlegte, wann es am sinnvollsten sei zu springen. Sah unten im Schacht ihren abgetrennten Kopf und das Blut, schauderte und rannte davon. Entdeckte in der Stadt Männer, die aussahen wie ihr Vergewaltiger, wie ihr Bruder, floh vor ihnen und sperrte sich zu Hause in ihr Zimmer ein.

Diese vielen Menschen auf den Straßen, vor allem diese vielen Männer! Alle Vergewaltiger, alle Brüder! Ungern ging sie in die Stadt und wenn, dann vor allem deshalb, um die Tükelis nicht zu enttäuschen. Lieber blieb sie in der Wohnung, am liebsten in ihrem Zimmer, und das oft hinter verschlossener Tür. Und wenn sie doch wieder einmal in die Stadt ging, dann nur noch in Begleitung. Mit Harun und Robert zusammen fühlte sie sich wohl. Sie mochte die beiden, waren inzwischen gute Freunde geworden, aber nicht mehr. Zuckte stets zusammen, wenn einer sie nur zufällig berührte, vermied es, sich mit einem von beiden allein in einem Zimmer aufzuhalten.

Dann wieder so eine Nacht, in der alles in ihrem Kopf auftauchte:

Aufgelauert hat er mir hinter einem Baum, sich unbemerkt angeschlichen und mich zu Boden gerissen. Ich war anfangs um Abwehr bemüht, doch es gab keine Chance gegen diese kräftigen Arme. Rede mit beinahe erstickter Stimme auf ihn ein, er soll mir nichts tun. Aber mein Flehen, Bitten und Weinen beeindruckt ihn nicht. Er lacht nur höhnisch und antwortet mit einer obszönen Bemerkung. Versuche mit dem Knie seinen Unterleib zu treffen, doch er weicht geschickt aus und beginnt mich zu würgen. Ich bekomme kaum noch Luft und erstarre vor Angst. Beschließe, alles teilnahmslos über mich ergehen zu lassen, nur um zu überleben.

Er oben, mir überlegen dank roher Gewalt; allmächtig der Mann. Ich unten, ihm unterlegen, eine schwache Frau, der nur die bedingungslose Unterwerfung bleibt. Fühle Abscheu, Ohnmacht und Ausgeliefertsein, Demütigung und Erniedrigung.

Mein Körper gehört nicht mehr zu meinem Ich. Hat sich losgelöst vom Geist. Spüre nichts mehr, sehe nur über mir auf dem grünen Blatt am Ast des Strauches den schwarzen Käfer, der die Flügel hebt und senkt, seine Fühler ausstreckt und dann weiterläuft …

Danach kommt man sich schmutzig und schuldig vor: Wie konntest du nur so leichtsinnig sein und ganz allein zum Holzsammeln in den Wald gehen. Hättest wissen müssen, dass der Kerl hinter dir her ist.

Sie hatte es überstanden, doch blieben ihr die Schmerzen. Jetzt weniger die des Körpers, sondern die der Seele, die noch unerträglicher waren. Nach der Vergewaltigung konnte sie längere Zeit die Spuren der grausamen Tat an ihrem Leib sehen, nachts, wenn sie die Kleider auszog, um sich schlafen zu legen: Würgemale, Blutergüsse, Schürfwunden und Schwellungen. Inzwischen sah man nichts mehr davon. Das traf allerdings nicht zu, wenn sie in den Spiegel blickte.

Hatte sie nicht seitdem ein anderes Gesicht, schaute sie nicht irgendwie hässlich aus? Manchmal empfand sie sogar Ekel vor ihr selbst und Scham, weil sie ihre Jungfräulichkeit verloren hatte. Unzählige Fragen, die neue Gedanken anstießen und schreckliche Qualen auslösten. Oft litt sie unter Appetitlosigkeit und traute sich nichts mehr zu; stellte fest, dass ihr bereits die kleinste Tätigkeit Anstrengung bereitete. Freude am Leben gab es für sie nicht mehr.

Seit der Vergewaltigung hatte sie sich verändert, war nicht mehr dieselbe wie vorher. Damit aber kam sie nicht immer zurecht; haderte mit ihrem Schicksal und ging dann auch den Freunden aus dem Weg.

***

Selma hatte den Tee im Wohnzimmer serviert und inzwischen mehrmals an Fatmas Zimmertür geklopft, sie gebeten aufzuschließen und ihr Gesellschaft zu leisten.

»Bitte Fatma, komm raus und quäle dich nicht so! Lass dir helfen und rede mit mir. Rede einfach drauflos oder schrei mich an, wenn dir danach zumute ist! Ich will dir doch helfen. Wir alle wollen dir helfen.«

»Verzeih mir, aber mir kann niemand helfen. Ich muss jetzt allein sein. Später, wenn alles wieder vorüber ist, komme ich raus.«

Wenn alles wieder vorüber war. Genau darin lag für Selma das Problem. Fatma war eine liebenswerte junge Frau. Stets höflich und ehrlich, intelligent, fleißig und hilfsbereit. Engagierte sich im Haushalt, um ihr Arbeit abzunehmen. Erstaunlich, wie gut sie sich schon in Deutsch ausdrücken konnte. Interessierte sich für die Dinge, die neu für sie waren, erkundete deren Sinn und Zweck, ordnete das Erlernte ein oder fragte kritisch nach. Sie konnte durchaus auch heiter sein und sich freuen, wenngleich sich ihr Lachen in Grenzen hielt. Doch plötzlich, ohne erkennbaren Grund kippte die Stimmung um, über ihr Gesicht legte sich Trauer. Sie wurde wortkarg und zog sich in ihr inneres Ich zurück, so ähnlich wie eine Weinbergschnecke in ihr Haus.

Tagelang konnten diese Depressionen andauern. Typische traumatische Erscheinungen, die nach solch schlimmen Erfahrungen auftreten, hatte die Schwiegermutter zu ihr gesagt. Als Frauenärztin wurde sie hin und wieder mit solchen Fällen konfrontiert, schickte dann ihre Patientinnen zur Psychotherapie. Aber Fatma wehrte sich strikt dagegen. Und zwingen wollte man sie nicht. Es war nur eine Frage der Zeit, bis Fatma einwilligte.

Wieder kamen Schreie der Verzweiflung aus Fatmas Zimmer wie in vielen Nächten vorher. Wieder stand Selma vor der versperrten Tür, um zu helfen. Doch diesmal klopft sie nicht vergeblich. Zum allerersten Mal nach einem Albtraum dreht Fatma den Schlüssel um und ist bereit, ihre Seele zu öffnen:

»Ich war ein Vogel, ein kleiner gelber Kanarienvogel. Und ich war traurig, weil man mich in einen Käfig sperrte. Auf einmal stand ein schwarzer Kater vor mir und fauchte mich an. Ich hatte schreckliche Angst und floh auf das obere Stäbchen. Doch das half mir nicht, denn er öffnete mit einer Pfote das Türchen, packte mich mit seinen scharfen Krallen und zog mich heraus. Ich schrie vor Schmerzen und Panik, aber dann konnte ich entkommen. Doch ich flog nicht weit, weil plötzlich ein dunkler Schatten über mir lag. Es war eine Krähe mit dem Gesicht meines Bruders, die auf mich zuschoss. Sie hackte mir mit ihrem spitzen Schnabel ein Loch in die Brust. Ich stürzte zu Boden und verblutete.«

Selma schloss ihre Freundin tröstend in die Arme.

Tage später. Fatma wollte nicht mehr schweigen, sondern alles loswerden. Aussprechen konnte sie sich jedoch nur mit Frauen. Deshalb saß sie mit Selma und Necla beisammen. Zu beiden hatte sie inzwischen Vertrauen gewonnen, und beide verstanden als Türkinnen ihre Muttersprache, denn Fatma war noch nicht in der Lage, komplizierte Inhalte in Deutsch zu artikulieren.

Sie saßen auf der Couch ihr direkt gegenüber, hatten sich die Sitzordnung vorher gut überlegt. Fatma verunsicherte es anfangs, zwei Augenpaare auf sich gerichtet zu sehen. Augen, die Fragen zu stellen schienen zu einem einzigen Thema, das allen offenkundig war. Und die Aussprache darüber hatte sie nicht nur zugelassen, sondern selbst gewünscht. Ausschließlich deswegen saßen sie hier und heute beisammen.

Ein bisschen bereute sie ihren Entschluss, über die Sache zu sprechen. Necla deutete Fatmas zweifelnde Miene durchaus richtig und folgerte, dass es jetzt darauf ankäme, schnell den Gesprächsfaden aufzunehmen und dabei den richtigen Anfang zu wählen. Aber wie? So einfach ist das nicht, ging es ihr durch den Kopf.

Armes Mädchen! Ich seh's dir an, wie schwer dir das jetzt fällt. Soll ich erst ein völlig belangloses Thema anschneiden und deinen vorzüglichen Obstkuchen loben? Psychologisch wäre das durchaus richtig. Damit könnte ich diese Spannung abbauen, die zwischen uns herrscht. Andererseits befürchte ich, dass du nach diesem rettenden Strohhalm greifst und uns ausführlich das Backrezept erläuterst, um so in letzter Sekunde doch noch vor der Aussprache über deine furchtbaren Erlebnisse fliehen zu können. Bei deiner instabilen Seelenlage muss ich damit rechnen.

Necla wählte deshalb den direkten Weg:

»Es tut mir so leid, was du vor ein paar Nächten wieder durchgemacht hast. Aber du bist in Wirklichkeit kein toter Kanarienvogel, sondern unsere Fatma, die lebt und die wir alle lieb haben.«

Fatma tat diese Bemerkung gut, aber sie zögerte mit der Antwort. Sie blickte zu den Frauen hinüber und überlegte. Natürlich hätte sie jetzt ihre Dankbarkeit dafür ausdrücken und sich über die Zukunft äußern können. Aber das befreite sie nicht von diesen Träumen. Darüber musste sie jetzt sprechen. Die Bilder mit dem Kanarienvogel hatte sie verstanden. Es war eben wieder einer dieser Träume. Doch wie konnte es sein, dass sie sich voneinander unterschieden hinsichtlich der Figuren und Szenen, aber allesamt das gleiche Ende aufwiesen? Stets ging es in diesen Träumen um Verfolgung und qualvolle Peinigung ihrer Person, stets fühlte sie ihr Leben bedroht.

Fatma blickte zur Seite und sagte:

»Ich habe mir das nicht einfach eingebildet oder nur so vor dem Schlafen ausgedacht. Nein, das waren richtige Träume. Plötzlich ziehen Schatten über mir auf, bis es ganz dunkel um mich wird. Dann verfolgen sie mich. Einmal sind es Menschen oder Tiere, ein andermal Pflanzen, Wolken oder Farben. Sie tun mir so weh und am Ende wollen sie mich stets töten.«

»Fatma, du hast damals Schreckliches erlitten. Deine Seele hat in diesen zwei Situationen eine Art Befestigungsmauer um sich aufgebaut, sonst hätte sie die Ängste und Schmerzen nicht ertragen. Es war ein Schutzmechanismus, damit dich die Untaten deines Vergewaltigers und deines Bruders nicht in den Wahnsinn trieben. Du hast diese beiden fürchterlichen Ereignisse noch nicht verarbeitet. Man muss die übrig gebliebenen Trümmer erst aus deiner Seele räumen, vorher bist du nicht frei.«

Fatma wandte ihr Gesicht den beiden Freundinnen zu und suchte von nun an bewusst den Blickkontakt.

»Er ist brutal über mich hergefallen und hat es getan.«

»War das das Schlimmste für dich an der ganzen Geschichte?«

»Nein, schlimmer war, dass ich wehrlos und machtlos vor ihm lag; dass er mir meinen Willen gebrochen und mich gedemütigt hat. Doch am allerschlimmsten war, nicht mehr rein zu sein. Ich bin für immer befleckt, als Frau zerstört. Er hat alles von mir genommen, mein ganzes ›Ich‹ hat er genommen.«

»Nein, Fatma, nicht alles, nur einen Teil. Du bist trotzdem noch die Fatma. Merk dir das gut! Und sei froh, dass du nicht schwanger geworden bist.«

Selma wollte wissen, ob sie Angst vor dem Tod hatte, als der Bruder ihr hinter dem Haus auflauerte und mit dem Messer auf sie losging.

»Gegen die Todesangst musste ich von dem Tag an kämpfen, als mich mein Vater verstieß. Ich spürte sie nicht fortwährend, sondern sie überfiel mich ohne Ankündigung und verflog wieder; wie ein Gewitter, das über den Bergen aufzieht. Völlig unerwartet packt dich der Sturm, schüttelt dich durch und du bekommst Angst. Ich hatte Angst, weil ich den Zeitpunkt meines Todes nicht kannte und auch nicht wusste, wer mein Todesengel sein wird. Als mein Bruder dann mit dem Messer vor mir stand, veränderten sich meine Gefühle. Plötzlich hatte ich überhaupt keine Angst mehr vor dem Tod. Mir wurde klar: Jetzt ist es so weit. Hatte ich den Tod nicht verdient? Ihr wisst doch, wie das in meinem Fall ist. Schon immer war das bei uns daheim so. Man muss sich dann fügen. Kismet. Darum habe ich mich auch nicht gegen meinen kleinen Bruder gewehrt. Ich habe beim Zustechen meine Augen geschlossen, weil ich Angst hatte, in seinen Augen seine Angst sehen zu müssen.«

Fatma sprach über ihre Schuldgefühle, über ihre Zukunftsängste und die Einsamkeit. Die beiden Frauen hörten vor allem zu, fragten manchmal nach, versuchten zu erklären, zu trösten und Mut zu machen. Fatma war erleichtert darüber, wie ihre Freundinnen reagierten. Die Unsicherheit und der Zweifel, mitverantwortlich gemacht zu werden an der eigenen Vergewaltigung, waren unberechtigt. Sie fühlte sich ernst genommen und verstanden, fühlte sich aufgehoben in der vertrauten Atmosphäre des Gegenüber.

3

Selma brauchte dringend einen Mokka, denn sie hatte das Gefühl, völlig neben sich zu stehen. Wahrscheinlich war Föhn, dieses merkwürdige bayerische Wetter, das die gesamte Gebirgskette unmittelbar an den Stadtrand heranzoomte. Touristen kaufen sich gerne derartige Ansichtskarten von München. Faszinierend der Anblick und doch ein bisschen kitschig, weil scheinbar unwirklich: der Fernsehturm, das Olympiazelt, die Frauenkirche, der Alte Peter und unmittelbar hinter diesen Bauten eben die Alpenkette. Dieser traumhafte Panoramablick kostete aber seinen Preis. Man zahlte entweder mit extremer Müdigkeit, Konzentrationsschwäche oder Kopfschmerzen.

Selma griff jetzt nicht zur Tablette, ein türkischer Mokka würde sie schon wieder auf die Beine stellen. Und das war heute am 20. September dringend geboten. Dieses Datum hatten die Schwiegereltern auf dem Kalender an der Wohnzimmerwand mit einem roten Kreis gekennzeichnet, weil es sehr wichtig war und auf keinen Fall übersehen werden durfte. Schließlich handelte es sich um Fatmas Geburtstag.

Die rote Markierung auf dem Kalender wirkte auf Selma wie eine Warnlampe. Sie hatte sich angeboten, das Festessen zuzubereiten, und um 17 Uhr wollten sich die Familienangehörigen und Freunde hier in der Wohnung der Schwiegereltern treffen, um zu feiern. Zwar blieben ihr bis dahin noch ein paar Stunden, aber sie brauchte jetzt dringend einen klaren Kopf, wenn sie sich als Köchin nicht blamieren wollte. Entschlossen betrat sie die Küche der Schwiegermutter, holte eine vergoldete Mokkatasse aus dem Schrank, füllte ein wenig Wasser und Kaffeepulver in den Mokkatopf, gab Zucker dazu und stellte ihn auf die Herdplatte.

Geburtstag. Sie machte sich bewusst, dass ihn Fatma selbst mit keinem Wort erwähnte, weder heute noch jemals in den vergangenen Wochen. Und dennoch kannten sie alle diesen Termin, weil Robert sie immer wieder daran erinnerte. Er hatte schließlich häufig dieses Geburtsdatum gehört, gelesen, diktiert oder selbst in eines der Formulare eingetragen, wenn er Fatma bei ihren Behördengängen begleitete. Im türkischen Konsulat kam sie durchaus allein zurecht, wenn es galt, Auskünfte für ihre weitere Lebensplanung einzuholen. Aber im Einwohnermeldeamt zum Beispiel brauchte sie wegen ihrer noch nicht ausreichenden Deutschkenntnisse Unterstützung und Hilfe.

Robert bestand darauf, dass Fatmas Geburtstag gebührend gefeiert werde. »Typisch Robert«, murmelte Selma vor sich hin und schmunzelte. In der Regel feierten Türken ihren Geburtstag nicht. Anders verhielt es sich dagegen bei den Tükelis. Ihnen war daran gelegen, sich in Deutschland so weit als möglich zu integrieren und dennoch die türkische Identität zu wahren. Wenn ihre Kinder zum Beispiel zur Geburtstagsfeier von deutschen Freunden eingeladen wurden, schien es ihnen nur natürlich, sich mit einer Gegeneinladung zu revanchieren, und deshalb erlangte der Geburtstag eines ihrer Angehörigen dieselbe Bedeutung wie ein Geburtstag bei den Deutschen. Sie feierten als Muslime sogar das Weihnachtsfest mit Christbaum und Geschenken zusammen hier in dieser Wohnung. Und das war auch ohne die Bethlehem-Geschichte möglich, obwohl ihr Schwiegervater stets betonte, dass dieser Jesus von Nazareth ein großer Prophet gewesen sei. Für Selma war deutsche Weihnacht ein Fest der Gefühle und zugleich ein Familienfest. Deshalb mochte sie als Türkin auch Weihnachten.

Sie ging zum Herd hinüber und warf einen prüfenden Blick auf das Mokkatöpfchen, dem Cezve, und verrührte den dunklen Kaffeesatz. Die Flüssigkeit begann zu brodeln. Kurze Zeit später schöpfte die junge Frau den Schaum in das Tässchen, holte ein Teesieb, filterte die Kräuter heraus und kippte schließlich den Kaffee in die Mokkatasse. Eigentlich war sie es gar nicht gewohnt, diese Zeremonie allein durchzuführen, denn ein Türke trank seinen Mokka gewöhnlich in geselliger Runde. Doch heute sollte er nur als Medizin gegen diese Föhnplage wirken. Vorsichtig nippte sie am heißen Getränk und malte sich in Gedanken aus, wie Fatma reagieren werde; schließlich wusste sie nichts von der Feier.

Fatmas Geburtstag sollte ein Familienfest werden, aber auch ein Fest, bei dem sie im Mittelpunkt stand. Genauso wie sich alles um Harun drehte, als man den erfolgreichen Abschluss seines Magisterstudiums gefeiert hatte. Sie wollte man feiern und ihr damit zeigen, dass sie zwar von ihrer eigenen Familie verstoßen, aber von einer anderen Familie aufgenommen war.

Fatma hatte inzwischen Vertrauen zu den Tükelis gewonnen und fühlte sich bei ihnen sicher und beschützt. Das war nach allem, was passiert war, das Wichtigste. Es brauchte jedoch seine Zeit, zu einer Gemeinschaft von Menschen zu gehören, die vor einem halben Jahr noch weitgehend Fremde waren. Alltägliches Beisammensein kann Menschen verbinden. Gemeinsame Sorgen und Probleme schweißen sie oft zusammen. Aber auch dann entstehen Wir-Gefühl und emotionale Zuneigung, wenn man das Lachen miteinander teilt und gemeinsam feiert. Ein Geburtstag war dafür durchaus geeignet.

Zu einem guten Fest gehört ein gutes Essen. Deshalb hielt es Selma für angebracht, endlich mit dem Kochen zu beginnen. Sie band sich eine Schürze um und machte zunächst den Cemen an. Dabei handelt es sich um eine rot-braune Paste aus Tomaten- und Paprikamark, gewürzt mit Kreuzkümmel, Pfeffer, viel Knoblauch und feinen Haselnussstückchen. Diese Paste musste man rechtzeitig anrühren, damit sie gut durchziehen konnte.

Der türkische Mokka schien den Föhn zu besiegen, denn in der Küche konnte man inzwischen die typischen Kochgeräusche vernehmen: Messer, die im gleichmäßigen Rhythmus auf Holzbrettchen hämmerten, Löffel, die gegen Kochtöpfe und Schüsseln schlugen. Den Börek galt es mit Spinat zu füllen und in den Backofen zu schieben, Lammfleisch in gleichmäßige Würfel zu schneiden.

Selma öffnete das Fenster, um den Dampf abziehen zu lassen. Sie schaute sich in der Küche um und dachte unwillkürlich an ihre Mutter, die in der Türkei lebte. Sicherlich hätte sie jetzt ihren Arbeitsplatz als Katastrophe bezeichnet, denn für die Mutter sollte eine Köchin auf absolute Ordnung achten. Wurden Kartoffeln geschält oder Bohnen geputzt, mussten die Abfälle sofort im Eimer verschwinden. Gewürze und Lebensmittel, die nicht mehr benötigt wurden, ließ man nicht herumstehen. Sie gehörten in den Wand- beziehungsweise in den Kühlschrank. Ja, ihre Mutter war eine Ordnungsfanatikerin, was ihre Küche betraf, und deshalb hielt ihr die Tochter im Spaß beim letzten Besuch in Istanbul vor, dass sie deutscher sei als die Deutschen, wohlwissend, ein Vorurteil zu pflegen. Schließlich ging es in deutschen Haushalten kaum anders zu als in türkischen. Zu gerne hätte sie jetzt die Küchenregeln ihrer Mutter beachtet, wäre diese nur hier bei ihr in München.

Viel gab es für Selma noch zu tun und als sie endlich mit dem Kochen, Aufräumen, Spülen und Tischdecken fertig war, schaltete sie im Wohnzimmer den Fernseher an, um sich ein wenig zu entspannen.

Es dauerte nicht mehr lange, bis die Schwiegereltern mit Fatma vom Einkaufen aus der Stadt zurückkehrten. Ohne erst das Kopftuch abzunehmen stürmte sie zu ihrer Freundin und verkündete freudestrahlend, dass sie zwei wunderschöne Kleider geschenkt bekommen habe. Sie wollte sie sofort auspacken und ihr vorführen, doch man bat sie, sich ein wenig zu gedulden, weil heute noch eine Überraschung geplant sei.

Nach und nach fanden sich auch die Gäste ein: Karin und ihr Freund Tobias, Robert und Harun, ein paar Minuten später Roberts Eltern und schließlich Göktan, Selmas Ehemann, dessen letzte Dienststunden am heutigen Tag ein Kollege im Krankenhaus übernommen hatte. Die Hausherrin bot jedem im Flur Pantoffeln an, denn nach türkischer Sitte werden die Schuhe an der Haustür ausgezogen.

Nachdem man sich im Wohnzimmer versammelt hatte, stimmte Robert das übliche Geburtstagsständchen »Happy Birthday« an und alle sangen mit. Sie sangen es für Fatma, die völlig überwältigt war. Sie hatte nicht im Traum damit gerechnet, dass man an ihren Geburtstag dachte, geschweige denn ihn heute feierte. Als sie dann jeder in den Arm genommen und ihr gratuliert hatte, schwieg sie eine Weile, blickte dann ein wenig verlegen in die Runde und sagte schluchzend:

»Tesekkür ederim, bana karsi cok iyisiniz! – Danke, ihr seid so lieb zu mir!« Sie wollte diesen Satz auch auf deutsch aussprechen, schaffte das aber jetzt einfach nicht, obwohl sie es sprachlich durchaus so hinbekommen hätte, dass jeder sie verstand.

Die Tükelis nahmen gerührt zur Kenntnis, dass ihre Überraschung gelungen war. Dann wurden die Gäste zu Tisch gebeten. Zunächst gab es verschiedene kalte Vorspeisen; dann folgten Platten mit gerollten Weinblättern, Hirtensalat und gebratenen Auberginen. Als Hauptgang hatte die Köchin ein Lammragout gewählt, das in einem irdenen Topf im Ofen schmorte. Zu guter Letzt wurde Baklava angeboten, diese hauchdünnen Blätterteiglagen mit gemahlenen Walnüssen in süßem Sirup. Selma hatte wieder einmal ihre Kochkünste bewiesen und wurde dafür gelobt.

Nachdem Raki und Tee serviert worden waren, wurden die Geburtstagsgeschenke überreicht. Die Freunde hatten sich diese wohl überlegt: Roberts Eltern wollten die junge Türkin mit einem Bildband von Bayern auf die Schönheiten dieses Landes aufmerksam machen. Selma und Göktan schenkten ihr ein Fahrrad, damit sie jetzt im Herbst auch einmal allein die nähere Umgebung erkunden könne. Von Robert erhielt sie ein Notebook, weil das in Deutschland für sie unverzichtbar sei. Karin überreichte ihr Ohrringe aus Bernstein und Harun eine Eintrittskarte für das Ballett »Schwanensee«, das sie morgen Abend gemeinsam im Nationaltheater anschauen wollten.

Fatma bedankte sich überglücklich. Nun verstand sie auch, warum sie das Eltern-Ehepaar Tükeli ausgerechnet heute zum

Kleiderkauf mit in die Stadt genommen hatte. Es ging um ihr Geburtstagsgeschenk. Das Mädchen wunderte sich, dass es ihr noch immer nicht ausgehändigt wurde. Vielmehr bat der Hausherr um Ruhe, weil er beabsichtigte, eine kleine Rede zu halten.

Zunächst beglückwünschte er nochmals die junge Frau und machte ihr klar, dass alle sie sehr mochten und dass sie inzwischen zu seiner großen Familie gehörte; dass sie in jüngster Vergangenheit Schlimmes ertragen musste, sich aber nun voller Zuversicht auf die Zukunft in Deutschland konzentrieren könne. Es gelte, einen Weg zu beschreiten, der sicherlich nicht einfach sei. Die Geschenke, die seine Frau und er ihr zum Geburtstag machten, sollten ihr, Fatma, zuallererst Freude bereiten. Aber sie hätten auch großen symbolischen Charakter, deren Bedeutung sie niemals aus den Augen verlieren dürfe …

Plötzlich nahm Frau Tükeli Fatma bei der Hand und führte sie hinaus. Nur wenige im Wohnzimmer wussten, was hier gespielt wurde, und deshalb wunderten sich die anderen darüber. Nach ein paar Minuten öffnete sich die Tür und vor ihnen stand die junge Türkin mit offenem Haar, leicht geschminkt, an den Ohren Karins Ringe. Sie trug jetzt ein bezauberndes Abendkleid aus fließendem schwarzen Seidenstoff, durchaus figurbetont, aber mit dezentem Ausschnitt. Ein schmaler Reverskragen wurde unten von einer edlen Schleife aufgefangen. Die langen Ärmel mündeten in einen verspielten Bund aus kleinen Rüschen.

Als Fatma sich mit einer eleganten Bewegung verbeugte, erhielt sie großen Beifall. Nach einer Weile wurde sie erneut von der Hausherrin hinausgeführt und alle warteten gespannt. Es dauerte längere Zeit, bis das Mädchen wieder erschien. Und jetzt stand eine völlig andere Fatma im Zimmer, deren Anblick bei den Zuschauern ein erstauntes »Oh« auslöste. Sie trug ein knielanges Kleid mit Schlitzen an den Seiten und die Taille wurde durch einen goldfarbenen Metallgürtel betont. Unter dem Kleid war eine Pluderhose aus rotem Satin zu sehen, die sich jeweils an den Fußgelenken verengte und von goldenen Borten abgeschlossen wurde. Die Füße der jungen Frau steckten in Pantoffeln aus blauem Samt. Die Haare hatte sie inzwischen hochgesteckt und den Kopf zierte ein farblich passendes Tuch. Auch jetzt verbeugte sich das Geburtstagskind elegant vor den Zuschauern, wenngleich mit einer etwas distanzierteren Bewegung als bei der Präsentation des Abendkleides, und erntete dafür Applaus.

Dann meldete sich Herr Tükeli wieder zu Wort:

»Liebe Fatma, das ist also unser Geburtstagsgeschenk. Das Abendkleid kannst du morgen ins Ballett und bei ähnlichen Anlässen anziehen, der Kaftan dagegen eignet sich eher für Folklorefeste. Das erste Kleid steht für Deutschland und für die europäische Kultur. Das zweite ist ein Kleid, das typisch ist für unsere türkische Tradition, vor allem in Ostanatolien. Bedenke, dass beide Kleidungsstücke eine große Symbolkraft besitzen, und halte dir vor Augen, dass wir dir zwei geschenkt haben! Wir wünschen uns, dass du in Zukunft auch beide trägst und nicht eines bevorzugst, während das andere beiseitegelegt wird. Du ahnst wahrscheinlich, was diese Geschenke dir sagen sollen. Wenn wir Türken unsere Zukunft in Deutschland gestalten und in diesem Land glücklich und friedlich leben wollen, müssen wir uns integrieren. Das bedeutet, dass eine gewisse Anpassung und Angleichung an die hiesigen Lebensverhältnisse stattfinden. Nur so können die Türken und die anderen Migrantengruppen Teil der deutschen Gesellschaft werden und diese mitprägen. Bei uns in der Türkei sagt man: ›Das Land, von dem wir unser Essen nehmen, ist unsere Heimat.‹ Unsere Heimat ist München geworden und vielleicht wird es ja auch einmal deine Heimat sein. Ich bekenne mich als Türke zur Integration. Diese darf aber niemals auf Kosten der eigenen Identität gehen. Fatma, vergiss nicht, woher du kommst und schneide nicht deine Wurzeln ab, sonst gibst du dein ›Ich‹ auf und gehst ein wie eine Blume, die man von ihren Wurzeln abtrennt! Lebe in Deutschland auch deine Herkunftskultur aus, denn sie trägt durchaus zum kulturellen Reichtum dieses Landes bei! Wir wollen uns nicht von den Deutschen abschotten, sondern mit ihnen zusammenleben. Und das bedeutet ein gegenseitiges Geben und Nehmen.«

Nach dieser Ansprache und der entsprechenden Übersetzung ins Deutsche klatschten die Zuhörer lange Beifall. Diese Vorsätze konnten sogleich in die Tat umgesetzt werden. Robert und Harun hatten für Musik gesorgt und nun wollten sie tanzen: langsamen Walzer, Cha-Cha-Cha und Disco-Fox, aber auch traditionelle türkische Volkstänze wie die Kasik Oyunlari, die man in Zentralanatolien so sehr mochte. Das galt auch für Halay oder den Ciftetelli. Jeder tanzte so gut er konnte und freute sich, neue Schritte, Bewegungen und Rhythmen vom anderen dazuzulernen. Und so feierten sie gemeinsam bis spät in die Nacht.

Bevor Fatma ins Bett ging, ließ sie noch einmal diesen Tag Revue passieren. Sie hatte wahrlich Grund, sich zu freuen. Ein Geburtstag aber war auch Anlass, über ein ernstes Thema nachzudenken: Was hatte sie bis jetzt aus ihrem Leben gemacht und wie wollte sie es in Zukunft gestalten? Fatma stellte sich vor den großen Spiegel im Gästezimmer der Tükeli-Eltern und schaute sich an.

»Wer bin ich denn eigentlich?«, fragte sie ihr Spiegelbild. Die Antwort schien recht einfach zu sein: Doch wohl ein ungebildetes Mädchen aus einem abgelegenen Nest in der hintersten Türkei. Andererseits hatte sie jahrelang die Oberschule besucht; zwar ohne Abschluss, doch das war nicht ihre Schuld. Sie konnte auch ein bisschen stolz darauf sein, dass sie im Dorf vor den anderen meist selbstbewusst aufgetreten war. Das galt vor allem, als sie sich den Wünschen mehrerer Freier widersetzte, in die Ehe einzuwilligen. Ihr schien das viel zu früh. Außerdem war ihr der Mann, mit dem sie zusammenleben wollte, noch nicht begegnet. Aber eine derartige Haltung gehörte sich nun einmal in Anatolien nicht für eine Frau. Inzwischen lebte sie in Deutschland und wusste nicht, wie es mit ihr weitergehen sollte.

Herr Tükeli hatte in seiner Rede zum Ausdruck gebracht, sie solle Türkin bleiben und gleichzeitig Deutsche werden. Das gefiel ihr recht gut. Hatte eine Geldmünze nicht auch zwei verschiedene Seiten und blieb sie nicht dennoch ein einziges Geldstück mit einem Wert? Erst beide Seiten der Medaille machten Münzen doch entscheidend zu dem, was sie wesensmäßig waren. Karin, Tobias und Robert sahen das auch so. Aber was erwarteten die vielen fremden Deutschen eigentlich von ihr als Türkin? Wer sollte sie nach deren Vorstellungen werden?

Dieser Gedanke ängstigte sie ein bisschen und erinnerte sie an ihr Dorf. Nein, sie durfte nicht zulassen, dass auch hier vorwiegend andere Menschen ihre Zukunft zu bestimmen versuchten. Sie selbst musste klären, wer sie sein wollte, und daraus selbst die entsprechenden Konsequenzen ziehen.

Spontan zog sie ihr neues Abendkleid an und betrachtete sich im Spiegel, zog es wieder aus, um in den Kaftan zu schlüpfen; wechselte erneut die Kleider und musste lachen, als sie zum Abendkleid das Kopftuch umband und gleich wieder abnahm.

Beide Kleider waren auf ihre Art schön. Es gab keinen Anlass, jetzt eine vorschnelle Entscheidung zu treffen. Die Tükelis waren gebildete, kluge Leute, und das, was sie mit ihrem Geburtstagsgeschenk sagen wollten, hatte sie durchaus verstanden. Aber ihr wurde auch bewusst, dass sie noch sehr viel lernen musste, bis die beiden neuen Kleider wirklich ihre Kleider waren.

4

Fatma schloss das Fenster. Auf den Dächern gegenüber lag Schnee und die Fußgänger hatten Regenschirme aufgespannt. Draußen war es nasskalt, und das seit vierzehn Tagen. So ganz anders erschien ihr der Winter hier in Deutschland. Wieder machten sich ihre Gedanken auf den Weg nach Maryanik ...

Wenn um diese Zeit der eisige Wind über die Hochebene fegte und den pulvrigen Schnee vor sich hertrieb, blieb man am besten zu Hause. Jetzt war draußen ohnehin kaum etwas zu tun, sah man einmal von den Frauen ab, die Wasser ins Haus schleppen und das Vieh tränken mussten. Die meiste Zeit des Tages setzte man sich um den Herd, war er doch die einzige Wärmequelle im Haus. Vorher hatte die Mutter die grauen, fast erloschenen Kohlen durch geschicktes Blasen wieder zum Glühen gebracht, sie anschließend mit Zeitungspapier gefüttert, das Sekunden später von den auflodernden Flammen gefressen wurde. Es war ausschließlich dem Vater vorbehalten, getrocknete Kuhfladen oder Holz nachzulegen, denn das Heizmaterial war ein kostbares Gut und man musste mit Bedacht damit umgehen. Der Vater führte in der Regel auch das Wort und die Mutter strickte.

Fatma spürte, wie Schwermut sie überfiel und griff deshalb zu ihrem Tagebuch, weil nach ihrer Überzeugung diese dunklen, bleiernen Gedanken leichter zu ertragen waren, wenn man sie sich von der Seele schrieb:

4. Dezember
Die Fremde ist Dunkelheit, ist wie eine Nacht ohne Mond, wie eine Nacht ohne Sterne. Ich erkenne weder einen Weg noch ein Ziel, habe Angst, mich in dieser Dunkelheit zu verlaufen. Inzwischen bin ich mir selbst fremd geworden. Mir scheint, als würde Feuer meine Seele verbrennen, und oft fühle ich mich einsam. Nirgendwo finde ich Halt und bin ohne Heimat, weil man mich von dort verstoßen hat.

Unser Winter ist ganz anders als der hier in Deutschland. Doch das gilt genauso für die übrigen Jahreszeiten. Ich kenne zu Hause verschiedene Bäume, doch das hier sind nicht meine Bäume. Ich kenne in Anatoliens Bergen viele Vögel, doch die da draußen sind nicht die meinen. Selbst Sonne und Wolken erscheinen mir hier fremd. Für immer wird das wohl so sein.
Der eigene Vater hat mir mein Dorf geraubt, mich von meiner Mutter und vor allem von meiner Schwester getrennt. Man wollte meinen Tod, doch ich konnte entkommen und tauschte dafür diese Fremde ein. Spreche die Sprache der Deutschen schon ganz gut, aber verstehe vieles noch nicht, was sie sagen. Meine Landsleute um mich herum, Selma und ihre Verwandten sprechen häufig Türkisch mit mir. Jedoch denken sie oft in eine ganz andere Richtung als ich und reden über Themen, die mir fremd sind. Dann fühle ich mich ganz allein gelassen. Oh Allah, du Gütiger, verzeih mir meine Ungerechtigkeit! Ich bin hier in München wahrlich nicht allein. Bin von Freunden aufgenommen worden, die sehr lieb zu mir sind. Ihre Güte und Wärme mildern mein Heimweh, doch beseitigen können sie es nicht...

Fatma hörte im Wohnzimmer die Stimmen Selmas und ihrer Schwiegermutter, die zu Besuch war. Sie verließ ihr Zimmer, um Necla zu begrüßen, und setzte sich zu den beiden.

»Fatma, was ist los, du schaust wieder so traurig?«, fragte Necla.

»Es schneit und da musste ich an zu Hause denken.«

»Ich nehme an, du hast Heimweh«, entgegnete Selma.

Fatma nickte und presste die Lippen zusammen.

»Ja, manchmal tut es sehr weh, wenn einem bewusst wird, dass man nicht mehr daheim sein kann«, stimmte Necla ihr zu und versuchte Fatma auf ihre Weise zu trösten. »Das deutsche Wort Heimweh benennt dieses bedrückende Gefühl ganz genau. Aber ich kann dir versprechen: Im Laufe der Zeit lässt es nach.«

»Heimweh – ich kenne das gut«, fuhr Selma fort, »stamme doch auch aus Maryanik wie du... Als ich nach Deutschland kam, musste ich anfangs sehr oft an das Dorf meiner Kindheit denken, zum Beispiel an das Brot, das es dort gab. In Istanbul habe ich das nie getan, zumindest kann ich mich nicht daran erinnern. Unser Brot in Istanbul, das wir vom Bäcker holten, schmeckte viel besser als diese anatolischen Fladen, die innen oft noch ein bisschen teigig waren. Und doch dachte ich in den ersten Monaten hier in Deutschland so oft an jenes Brot. Keine Ahnung, warum. Es müssen wohl diese Bilder gewesen sein, die sich damals in meinem jungen Kopf eingebrannt hatten; Bilder, die man nur in unseren ostanatolischen Dörfern in sich aufnehmen kann. Da war der Tandir, die offene Feuerstelle in einem Erdloch. Den Frauen standen fortwährend die Tränen in den Augen, wenn beim Backen der Rauch aus dem Abzugsrohr quoll. In aller Frühe mussten sie schon aufstehen, und das jeden Tag. Das Brot wurde schließlich täglich frisch gebacken.«

»Selma, das ist heute in Maryanik noch ganz genau so. Nur ist unser Brot innen niemals teigig, sondern gut durchgebacken. Meine Mutter ist eine ausgezeichnete Bäckerin, und sie hat uns Töchter gelehrt, wie man die Fladen gut durchbäckt.«

»Wenn man erwachsen ist, beginnt man damit, an seine Kindheit zurückzudenken«, fuhr Selma fort. »Und je älter du wirst, desto mehr berühren diese Erinnerungen dein Herz, und das auf eine recht eigentümliche Weise. Vor meinen Augen taucht zum Beispiel immer wieder der alte Maulbeerbaum auf, in dessen Schatten ich oft meine Hausaufgaben machte, während der Großvater ganz in der Nähe mit seinen Eseln das Feld gepflügt hat.«

Selma erzählte noch mehrere Geschichten aus ihrer Kindheit; dass sie beispielsweise im Sommer stets nur barfuß gelaufen sei wie die anderen Mädchen und Buben auch und die Fußsohlen davon hart wie Leder wurden; dass die Bauern im Winter mitunter ihre Kühe schlachten mussten, weil das Heu ausgegangen war.

Fatma hörte aufmerksam zu, erklärte zwischendurch den beiden Frauen, was in Maryanik noch immer gang und gäbe war und was sich dort inzwischen im Vergleich zu Selmas Kinderzeit verändert hatte.

Selma machte der Freundin bewusst, dass ihr die Gewöhnung an Deutschland nicht ganz so schwer fiel. Denn im Gegensatz zu Fatma hatte sie ja nur ein paar Jahre in Ostanatolien gelebt und die meiste Zeit während ihrer Türkei-Phase in Istanbul verbracht. Natürlich vermisste sie ihr geliebtes Istanbul sehr, als sie nach München zog. Vermisst es auch ab und zu jetzt noch. Doch München erschien ihr selbst in der Anfangszeit gar nicht so fremd, denn sie war das Großstadtleben schon aus der Türkei gewohnt. In Istanbul liefen viele Dinge ähnlich ab wie in den Großstädten Westeuropas.

Als Selma über Istanbul sprach, schaltete sich ihre Schwiegermutter ein, die bis jetzt in erster Linie zugehört hatte. Sie erklärte Fatma, dass auch sie oft von Heimweh geplagt worden sei, obwohl sie damals zusammen mit ihrem Ehemann nach Deutschland gekommen war. Aber heute überfiel sie mehr und mehr dieses melancholische Gefühl, das Selma schon andeutete. Es geschieht vor allem dann, wenn sie im Urlaub nachts allein auf der Dachterrasse des Hauses ihrer Schwester die Augen über das Lichtermeer Istanbuls schweifen lässt. Es gibt nur wenige Städte auf der Welt, die eine solche Faszination ausüben wie Istanbul: seine reizvolle Lage am Bosporus, die vielen Paläste und Moscheen, der Große Basar. All das fehlte ihr in den ersten Jahren nach ihrer Migration sehr. Es tat weh, viele Hunderte Kilometer entfernt von der Heimat leben zu müssen.

Auf der Dachterrasse ihrer Schwester dachte sie jedoch nicht an Kunstdenkmäler und Bauwerke aus den unterschiedlichen Epochen, die von München so weit entfernt waren. Vielmehr wurden in ihr Erinnerungen an früher wach, Erinnerungen an das Istanbul ihrer Kindheit, die in ihrem Herzen vergraben waren und immer dann zum Vorschein kamen, wenn sie den

Geruch des Meerwassers vom Bogaz, dem Bosporus, zur nächtlichen Stunde über den Straßen ihrer geliebten Stadt aufsog.

Fatma bat Necla, sie möge davon erzählen und Selma pflichtete ihr bei.

»Meine ältere Schwester holte mich schon sehr früh zu sich nach Istanbul, weil unsere Eltern es im Dorf schwer genug hatten, die fünf Brüder zu versorgen. Plötzlich lebte ich wie im Paradies, denn ich musste nicht mehr hungern, hatte sogar ein eigenes Zimmer. Vor dem Haus stand ein alter Feigenbaum, um den sich niemand kümmerte. Er ragte über den ersten Stock hinaus und spendete wohltuenden Schatten. Einige seiner Äste blickten durch das Fenster herein zu mir, und ich blickte hinaus auf die reifen Früchte, die an diesen Ästen hingen. Die Feigen verführten meine Nase mit ihrem betörenden Duft, und ich streckte die Arme durch das schmiedeeiserne Gitter, pflückte eine Frucht und öffnete sie. War fasziniert von ihrem roten, saftigen Fleisch. Dann folgte der Augenblick, in dem man die Köstlichkeit in den Mund steckt und mit der Zunge den frischen und süßen Geschmack fühlt; einen einzigartigen Geschmack, der mir bis auf den heutigen Tag vertraut ist.«

Dann erzählte Necla von ihrer Schulzeit; dass sie voller Stolz in Schuluniform vor Unterrichtsbeginn die Nationalhymne sang; erzählte von den sonntäglichen Ausflügen zu einer der Prinzeninseln; von ihrem ersten Kleid, das sie allein aussuchen durfte; von ihrer ersten Liebe, auch wenn ihr Auserwählter in der Parallelklasse nichts davon wusste …

Alle diese Erlebnisse und Erfahrungen gehörten inzwischen der Vergangenheit an. Die Sehnsucht nach jenem Istanbul konnte niemand mehr stillen, weil die Zeit des Alterns diese frühen Jahre verblassen ließ.

Das Heimweh nach dem verlorenen Istanbul der Kindheit und damit das Bewusstwerden menschlicher Vergänglichkeit konnte man am besten mit dem türkischen Wort »hüzün« umschreiben – Wehmut.

Fatma spürte, dass Selma und Necla mit einem Mal auch traurig wurden, als sie erzählten – nur dass deren Heimweh ein ganz anderes war als ihr Gefühl.

5

Göktan hatte am Freitag nach seiner abgeleisteten Nachtschicht stets dienstfrei. Meist schlief er bis Mittag, half dann seiner Frau im Haushalt und manchmal ging er mit ihr und Fatma in die Stadt zum Einkaufen. Für heute hatten sie einen Ausflug in die Isarauen geplant, doch das Wetter machte nicht mit. Selma beschloss deshalb, Wäsche zu bügeln, Göktan las Zeitung und Fatma schaute sich im Fernsehen eine Nachmittagsserie an, die das Alltagsleben einer deutschen Familie thematisierte. Sie war bemüht, diese Sendung regelmäßig zu verfolgen, weil sie glaubte, auf diese Weise Genaueres über die Mentalität und Lebensweise der Deutschen zu erfahren.

Später schilderte sie am Kaffeetisch ihren Gastgebern den bisherigen Verlauf der Geschichte dieser Filmserie, äußerte ihre Meinung zu den einzelnen Charakteren und versuchte, daraus allgemeine Schlussfolgerungen zu ziehen, was die Deutschen betraf.

Göktan wandte ein, dass es sich bei derartigen Serien doch nur um eine oberflächliche Unterhaltung handle und man solche Sendungen nicht umsonst Seifenopern nannte. Diese Filme sagten doch wenig über die Wirklichkeit aus, egal ob es dabei um Türken oder Deutsche ging. Im Übrigen solle sie Menschen nicht primär nach nationalen Kriterien beurteilen. Man könne nicht von den Deutschen sprechen. Das seien Pauschalierungen und damit müsse man vorsichtig umgehen.

Fatma ärgerte sich über diese Belehrung und entgegnete:

»Aber eine Orientierungshilfe brauche ich schon. Schließlich lebe ich in Zukunft in diesem Land, und da muss ich doch wissen, mit wem ich es zu tun habe. Selma, bitte gib du mir doch eine Antwort: Was sind das für Menschen, diese Deutschen?«

»Fatma, ich sehe es wie Göktan. Da gibt es solche und solche. Gute und weniger gute eben. Das ist wie bei unseren Leuten, wie überall auf der Welt.«

»Unsere Nachbarsfrauen sind in Ordnung. Aber im Grunde kenne ich bis jetzt eigentlich nur Robert näher, und der ist ein guter Mensch.«

»Da hast du ganz Recht. Er ist wie seine Eltern.«

Doch dann wies Selma darauf hin, dass vor lauter Reden der Kaffee kalt werde. Sie habe den Kuchen selbst gebacken, doch keiner hier am Tisch außer ihr nehme ihn offensichtlich zur Kenntnis.

Man hatte verstanden und konzentrierte sich nun auf das Essen und Trinken. Doch danach kam Fatma wieder auf das Thema zurück, das sie seit Tagen beschäftigte.

»Göktan, gibt es eigentlich Dinge, die zeigen, dass Deutsche anders sind als Türken?«

»Ich habe dir vorhin gesagt, dass man nicht leichtfertig verallgemeinern darf. Doch gibt es durchaus nationale Besonderheiten. Ich lebe seit meiner Kindheit in diesem Land und habe den Eindruck gewonnen, dass vor allem die älteren Deutschen verunsichert oder gar distanziert reagieren, wenn man sie fragt, wie sie zu ihrer Nation stehen. Das hängt mit ihrer jüngsten Geschichte zusammen. Es belastet sie immer noch sehr, dass Hitler-Deutschland den Krieg über die Welt gebracht hat mit unendlich viel Tod und Leid. Aber allmählich scheinen sie sich von diesem historischen Trauma zu befreien.«

»Solche Probleme haben wir Gott sei Dank nicht. Wir Türken können stolz auf unser Land sein. Die Türkei ist eine ganz große Nation. In den Schulbüchern steht viel über ihre ehrenvolle Geschichte. Einer meiner Lehrer hat einmal gesagt, dass es nur wenige Länder auf der Welt gibt, die mit unserer fortschrittlichen Entwicklung mithalten können. Und unser Ministerpräsident spricht oft von ... «

»Vorsicht, lass dich nicht von dümmlichen Politikersprüchen einlullen. Auch in unserer Geschichte gibt es so manchen dunklen Fleck, den viele unserer Landsleute gerne übersehen«, unterbrach sie Selma.

Dann las sie ihr ein Gedicht von Nazim Hikmet vor, dessen Inhalt weitgehend ihre Haltung zur Türkei widerspiegelte:

Das ist unser Land
Dies Land, das dem Kopf einer Stute gleicht,
die im Galopp aus dem fernen Asien kam,
um ins Mittelmeer einzutauchen,
das ist unser Land.
Nackte Füße, blutige Handgelenke,
zusammengepresste Zähne
und dazu ein Land wie ein kostbarer Teppich aus Seide,
das ist unsere Hölle, das ist unser Paradies.
Dass die Tore sich schließen, die anderen gehören,
und sich nie wieder auftun mögen, dass endlich
die Menschen nicht mehr Sklaven der Menschen sind,
das ist unsere Forderung!
Zu leben, allein und frei wie der Baum
brüderlich unter den Bäumen des Waldes,
das ist unser Traum!«

Selma las das Gedicht auf Türkisch, weil Fatma es nur in ihrer Muttersprache verstand. Der Vergleich des Heimatlandes mit einem Stutenkopf war ihr seit der Grundschule vertraut. Damals hatte der Lehrer dessen Umrisse auf der Landkarte nachgezogen und so den Schülern eine optische Lernhilfe ermöglicht. Die Erkenntnis, dass ein Land einem Pferdekopf gleicht, löste seinerzeit Schmunzeln und Frohsinn aus. Fatma spürte dieses heitere Gefühl auch jetzt wieder beim Zuhören. Doch dazu passten »blutige Handgelenke« und »zusammengepresste Zähne« gar nicht. Deshalb fragte sie, was diese dunklen Bilder in dem Gedicht zu suchen hätten.

»Die gehören nun einmal auch zu unserem Land«, entgegnete die Freundin und fuhr dann mit ernster Stimme fort: »Der Dichter kritisiert das Militär. Viermal haben die Generäle geputscht und immer wieder Folterkerker geschaffen; gerechtfertigt mit der Mär, sie allein könnten die Einheit des Landes sichern. In Wahrheit waren sie die Totengräber der Demokratie. Die Militärs nämlich haben durch Unterdrückung und Gewalt großes Leid mit Tausenden von Toten über unser Land gebracht und dadurch den kurdischen Terror mit heraufbeschworen. Vor allem ihr Putsch von 1980 ist die Wurzel allen Übels, das die Türkei in den letzten Jahrzehnten ertragen musste.«

»Wir haben diese Dinge auch in der Schule behandelt. Aber unser Lehrer hat das ganz anders rübergebracht als du.«

»Ich weiß, dass sich über Politik redlich streiten lässt, doch in diesem Fall ... Nein, wir diskutieren besser ein anderes Mal darüber, denn dazu brauchen wir viel Zeit«, erwiderte Selma.

Fatma wollte noch einmal auf die Deutschen zurückkommen; wollte von beiden wissen, was denn besonders gut an den Deutschen sei. Sie hörte dann von den sogenannten deutschen Tugenden wie Fleiß, Pünktlichkeit und Sauberkeit. Eigenschaften, die in Wahrheit so deutsch auch wieder nicht seien. Sie, Selma, kenne da durchaus auch ganz andere Typen.

»Aber hier ist alles viel moderner als bei uns zu Hause in Anatolien«, warf Fatma ein.

Damit hatte sie erneut ein brisantes Thema angeschnitten, sodass sich Göktan genötigt sah, Stellung zu beziehen: Dass Deutschland wie die übrigen Länder Westeuropas modern war, konnte man schwer übersehen. Man baute hier tolle Autos und vielerorts Hochhäuser aus Beton, Stahl und Glas. Die meisten Menschen waren chic gekleidet und hatten zu Hause einen Internetanschluss. All das traf jedoch ebenso auf andere Länder der Welt zu, auch auf die Türkei, zumindest für den Westen des Landes. Doch es gab noch eine andere Seite der Moderne, die für das Zusammenleben der Menschen wichtig war. Das galt vor allem für die politische Kultur. Deutschland hatte aus seiner Nazi-Geschichte die Lehren gezogen und gehörte mittlerweile zum demokratischen Europa, in dem die Würde des Menschen unveräußerbar war. Daraus leiteten sich verschiedene Grund- und Menschenrechte ab. In diesem Punkt schien die Türkei teilweise zurückgeblieben zu sein. Das war ein wichtiger Grund, warum ihr bisher der Beitritt zur EU verweigert worden war.

Fatma wollte nun wissen, warum manche ihrer Landsleute Probleme in Deutschland hätten. Göktan versuchte ihr das zu erklären, wenngleich es sich dabei um ein recht komplexes Thema handelte:

Viele türkische Familien stammten aus Anatolien. Ihr Alltag werde teilweise immer noch von den dörflichen Traditionen ihrer Heimat bestimmt. Aus Angst, ihre Herkunftskultur und damit ihre Identität zu verlieren, schotteten sie sich in Wohngettos von den Einheimischen ab und fänden keinen Zugang zu ihnen. Doch das sei nur die halbe Wahrheit, denn in den letzten zwanzig Jahren habe sich einiges geändert. Migranten und Deutsche seien sich im Laufe der Zeit näher gekommen. Die Kinder gingen in dieselbe Schule und gestalteten oft gemeinsam ihre Freizeit, die Erwachsenen verkehrten täglich am Arbeitsplatz miteinander und man wohnte häufig Tür an Tür oder in derselben Straße. Auf diese Weise lerne man sich gegenseitig besser kennen und verstehen. Natürlich gebe es noch viel für das Miteinander zu tun, weil Migranten und Deutsche noch so manches trenne.

Fatma brachte daraufhin die Religion ins Spiel. Ihrer Meinung nach war sie eine unüberwindbare Barriere. Auf der einen Seite standen die Muslime, auf der anderen die Christen.

Göktan widersprach ihr und erklärte, der Islam gehöre inzwischen zu Deutschland. Seine Frau reagierte sehr skeptisch; erinnerte daran, dass darüber schon heftig in deutschen Kreisen diskutiert wurde. Die Kultur des Abendlandes speise sich aus der Antike, dem Judentum und dem Christentum und der Islam habe nichts damit zu tun.

Diese These ließ sich nach Göktans Überzeugung leicht widerlegen. Doch das Hauptproblem bei der Diskussion über den Islam in Deutschland seien gegenwärtig die fanatischen Dschihadisten, die nichts als Gewalt predigten. Sie erweckten den Anschein, im Namen des Propheten aufzutreten. In Wahrheit beschmutzten sie den Koran und den Ruf der hier lebenden Muslime. Und sie schürten Ängste in der deutschen Bevölkerung, die ein friedvolles Miteinander in der Zukunft gefährdeten.

Betretenes Schweigen im Zimmer. Dann sagte Selma:

»Das Gespräch, das wir heute geführt haben, war nötig und sinnvoll und derartige Themen werden bei uns immer wieder auf der Tagesordnung stehen. Doch für heute soll es damit genug sein.«

Inzwischen schien draußen die Sonne und deshalb schlug sie vor, gemeinsam spazieren zu gehen.

6

Amela Salidanovic hatte Mühe, die grünen Gummihandschuhe abzustreifen, weil ihre feuchten Finger an der Innenseite der Fingerlinge festklebten. Auf keinen Fall durften diese jetzt einreißen, sonst gab es erneut Ärger wie vor einigen Tagen. Dass sie die kaputten Handschuhe zu ersetzen hatte, leuchtete ein, wenngleich sie so wertvoll auch wieder nicht waren. Aber musste man ihr deswegen solch derbe Schimpfwörter an den Kopf werfen? Sie verstand zwar nicht alles, aber der aggressive Ton und die Lautstärke des Deutschen klangen eindeutig.

Frustriert hängte sie den Arbeitskittel an den Kleiderhaken, verließ den Putzraum und eilte durch den langen Korridor bis zum Wartezimmer. Dort setzte sie sich in einen der Weidenflechtsessel neben einer Zimmerpalme, nahm die bunte Zeitschrift, die oben auf dem Stapel lag, las die Überschriften, blätterte weiter, schaute die Fotos an, legte die Illustrierte wieder zurück und griff zur nächsten. Wieder konzentrierte sie sich in erster Linie auf die Abbildungen, die sie mehr entspannten als die schwierigen Texte in deutscher Sprache.

Ihre Arbeitskolleginnen suchten in der Zwischenzeit die Kantine des Krankenhauses zum Mittagessen auf. Für Frau Salidanovic kam das gegenwärtig nicht in Frage, weil sie während des Ramadan bis zum Sonnenuntergang nichts essen durfte. Wenn man im Akkord arbeitete und diesen Rhythmus nicht gewohnt war, brauchte es dafür einen eisernen Willen. Die ersten Fasttage erlebte die Frau aus Bosnien immer als die schlimmsten, aber nach und nach gewöhnte man sich daran.

Fatma betrat das Klinikum durch den Haupteingang, schaute auf die Uhr und war zufrieden. Sie hatte sich um 14 Uhr mit Haruns Bruder Göktan verabredet, um mit ihm ein Problem zu erörtern. Seit eineinhalb Jahren lebte sie nun in Deutschland und es missfiel ihr, dass sie finanziell immer noch völlig von den

Tükelis abhängig war. Sie wollte unbedingt Geld verdienen, auch wenn ihre Freunde in Deutschland allesamt in diesem Punkt eine andere Meinung vertraten als sie. Göktan schien der einzige zu sein, der Verständnis für ihr Anliegen aufbrachte. Deshalb musste sie heute einmal allein mit ihm sprechen.

Ein Halbtagsjob wäre ideal, weil so noch genügend Zeit blieb, Deutsch zu lernen. Doch war für sie die Suche nach einem Arbeitsplatz ein aussichtsloses Vorhaben, denn sie hatte in Deutschland keine Arbeitserlaubnis. Aber vielleicht gab es irgendeine Möglichkeit, dieses Verbot zu umgehen. Sie könnte im Krankenhaus putzen und die Putzfirma zahlte ihren Lohn jeden Tag in bar aus. Göktan, der seit Jahren als Arzt in diesem Krankenhaus tätig war, musste das doch veranlassen können, obwohl es sich dabei um sogenannte Schwarzarbeit handelte, die bestraft wurde.

Sie verwarf jedoch schnell diesen absurden Gedanken, den ihr eine Bekannte aus dem Deutschkurs unterbreitet hatte. Auf keinen Fall wollte sie Göktan mit einem derart naiven Vorschlag belästigen. Er würde sie bestimmt nur auslachen. Überdies war sie überzeugt, dass er sich niemals auf solche Machenschaften einließ. Sie hatte eine bessere Idee, gegen die eigentlich nichts einzuwenden war und die durchaus realisierbar schien. Die Tükelis pflegten Kontakte zu zahlreichen Bekannten und Freunden. Über diese private Schiene ließ sich am ehesten Geld verdienen, indem sie beispielsweise im Haushalt half, putzte oder Kinder betreute. Genau darüber wollte sie jetzt mit Haruns Bruder sprechen.

Die Türkin fuhr mit dem Aufzug in den dritten Stock und suchte dort das Ärztezimmer auf. Ein Pfleger teilte ihr mit, dass Doktor Tükeli im OP bei einer Notoperation gebraucht werde und nicht vor einer Stunde zurück sei.

Fatma entschloss sich, das Krankenhaus wieder zu verlassen, weil sie das dringende Bedürfnis nach frischer Luft hatte. Der Geruch von Blut und Desinfektionsmitteln, der in allen Krankenhäusern der Welt anzutreffen war, machte ihr sehr zu schaffen. Doch ging es dabei nicht um die Gerüche an sich, sondern um die Bilder, die sich gleichzeitig bei ihr im Kopf aufbauten: der Arzt, der sie aufmunterte, wenn sie die stechenden Schmerzen in der Brust kaum mehr aushielt; die Krankenschwester, die regelmäßig den blutigen Verband wechselte; die Polizei mit ihren bohrenden Fragen und die mitleidigen Blicke der Patientinnen in den anderen Betten. Schlimmer als diese realen Erlebnisse waren jedoch ihre Albträume: der Vater oder einer ihrer Brüder, der in der Nacht unbemerkt in das Hospital des ostanatolischen Städtchens eindrang, sich an ihr Bett schlich ... Fatma schauderte bei diesen Gedanken und machte sich bewusst, dass die Wunden der Seele noch nicht verheilt waren. Aber es war jetzt nicht mehr weit bis zum Ausgang.

Vor dem Röntgenraum begegnete ihr ein Oberarzt der Kinderstation auf dem Weg zur Visite, begleitet von mehreren Assistenten und der Krankenschwester. Sie grüßten sich, weil sie sich flüchtig von ihren Besuchen bei Göktan kannten. An der Notaufnahme war soeben ein Ambulanzwagen mit Blaulicht und Martinshorn eingetroffen. Türen wurden aufgerissen und Sanitäter brachten einen Schwerverletzten auf der Trage zur Untersuchung. Die junge Türkin sah draußen eine Menge Leute von der U-Bahn-Station her auf sie zukommen. Sie bog deshalb rechtzeitig auf einen Seitenweg des Klinikparks ab, um ihnen aus dem Weg zu gehen.

Diese vielen Menschen in so einer großen Stadt! Sie mochte die Körperkontakte mit wildfremden Menschen nicht, die sich durch die Enge in den öffentlichen Verkehrsmitteln ergaben; konnte sich nur schwerlich an das Drängeln, Schieben und Ausweichen in den Straßen gewöhnen. Menschen, deren Namen man nicht kannte, standen dicht beieinander, wenn Straßenmusikanten spielten oder Marktschreier ihre Waren anboten. Keiner sprach mit dem anderen. Mit einem Mal löste sich die Menge auf und man hastete scheinbar ziellos weiter, wie eine Herde von Schafen, die von einem Wachhund angekläfft wurde.

Fatma setzte sich auf eine Bank und bemühte sich, diese negativen Gedanken aus ihrem Kopf zu verbannen. Am blauen Himmel über der Wiese trillerte ein Vogel und sein heller, fröhlicher Gesang war weithin zu hören. Er flatterte aufgeregt mit beiden Flügeln und hielt auf diese Weise einem Helikopter gleich seine Position in der Luft. Plötzlich fiel er senkrecht wie ein Stein in die Tiefe und von nun an war von ihm nichts mehr zu sehen und zu hören.

Genau dort hat er sein Nest, ging es Fatma durch den Kopf. Ihr Vater hatte ihr das vor vielen Jahren einmal beim Pflügen erklärt. Den deutschen Namen dieses Vogels wusste sie nicht, aber dass ihr im Augenblick das türkische Wort auch nicht einfiel, ärgerte sie doch sehr, schließlich gehörte der Sänger, der so wunderschön in der Luft jubilieren konnte, zu ihren Lieblingsvögeln.

Sie entdeckte vor sich auf dem Boden mehrere Ameisen. Die Insekten schleppten gemeinsam eine tote Grasheuschrecke mit sich fort. Fatma fand das eine erstaunliche Leistung angesichts des enormen Größenunterschieds. Sie schaute auf die Uhr und machte sich auf den Weg zurück ins Krankenhaus, um Göktan zu treffen.

Punkt 14.30 Uhr stand Frau Amela Salidanovic wieder in ihrem Putzraum im dritten Stock, bekleidet mit einem ausgewaschenen Arbeitskittel und einem bunten Kopftuch, die Hände durch grüne Gummihandschuhe geschützt. Auf dem Plan stand jetzt die Besuchertoilette von Station 7. Deshalb überprüfte sie nochmals alle Utensilien auf dem Wagen: Besen, Schrubber, Eimer, Lumpen, Putzmittel … Alles war da. Aber Lena fehlte.

In ihrer Putzkolonne wurde stets paarweise gearbeitet und in dieser Woche hatte man ihr die Rumänin Lena zugeteilt, die jetzt allerdings durch Abwesenheit auffiel, obwohl man sich sonst stets auf sie verlassen konnte. Wahrscheinlich wartete sie inzwischen drüben auf der Station. Doch auch hier war sie nicht.

Wenn Lena beabsichtigte, heute früher nach Hause zu gehen, hätte sie ihr bestimmt vor dem Mittagessen Bescheid gegeben, schließlich kamen sie beide gut miteinander aus.

Amela entschied, allein mit dem Putzen zu beginnen. Sie ließ heißes Wasser in den Eimer laufen, mischte danach Reiniger dazu, putzte zunächst die Spiegel, dann die Fliesen an den Wänden, die Waschbecken, die Toilettenschüsseln. Plötzlich wurde der Frau aus Bosnien übel und schwindelig, und sie lehnte sich schnell an die Wand, um nicht zu stürzen.

Dieser körperliche Schwächeanfall überraschte sie nicht und sie war überzeugt, dass es ihr gleich wieder besser gehen würde. Das Unbehagen hing mit dem Fasten zusammen. Es trat zu Beginn des Ramadan mitunter bei ihr auf, weil der Körper Zeit brauchte, um sich auf die späte Essenszeit einzustellen. Man konnte dem begegnen, indem man Flüssigkeit zu sich nahm.

Die Putzfrau entschloss sich daher, Wasser zu trinken, obwohl sie im Grunde genommen damit das Fasten brach und deshalb ein wenig Bedenken hatte. Aber sie musste ja schließlich arbeiten. Also verließ sie die Toilette und bediente sich am Getränkeautomaten, der ein paar Schritte entfernt auf dem Flur stand. Ihr gegenüber auf der anderen Seite lief eine junge Frau verunsichert vor einem Zeitungsständer hin und her und schien etwas zu suchen.

»Kann ich helfen?«, fragte die Bosnierin.

»Ich möchte diese Zeitung kaufen, weiß aber nicht, wie ich bezahlen soll.«

»Rechts ist ein Eisenkasten mit einem Schlitz in der Mitte. Dahinein musst du deine Münzen werfen.«

»Ich danke Ihnen, hab' das noch nie gemacht. Übrigens, mein Name ist Fatma.«

»Aha, bist sicher Türkin. Ich komme aus Bosnien und heiße Amela. Machst wohl einen Krankenbesuch?«

»Ja, ich mache einen Besuch. Und Sie arbeiten hier im Krankenhaus?«

»Stimmt, bin in so einer Putzkolonne beschäftigt. Oh, tut mir leid, ich muss jetzt …«

Ein Mann um die dreißig kam im forschen Schritt auf die beiden Ausländerinnen zu und fuhr die Putzfrau barsch an:

»Das nennst du arbeiten? Und dafür bekommst du Lohn bezahlt? Ich werd' dir jetzt mal zeigen, was Arbeiten heißt. Los, komm mit!«

Er packte die Bosnierin grob an der Schulter und schob sie vor sich her in Richtung Toilette. Fatma blieb erschrocken stehen, dachte noch einmal über diesen merkwürdigen Vorfall nach und kam zu dem Ergebnis, dass hier wohl der Chef seiner Angestellten eine Standpauke gehalten hatte, weil sie nicht arbeitete, sondern anscheinend eine unerlaubte Pause einlegte.

Der Deutsche und die Bosnierin waren inzwischen in der Toilette angelangt. Sofort begann der Leiter der Putzkolonne das Arbeitsmaterial zu überprüfen. An allem hatte er etwas auszusetzen: Das Wasser im Eimer sei viel zu kalt, das Putzmittel ungeeignet für die glatten Waschbecken, die Lumpen gehörten längst in den Müll. Den Boden solle sie jetzt putzen. Amela nahm den Schrubber und machte sich an die Arbeit.

»So geht das nicht. Putzen heißt Saubermachen. Und das hat mit Arbeit zu tun. Aber ihr Ausländer wisst ja nicht, was das ist.«

Fatma hörte diese Vorwürfe und war irritiert. Vorsichtig näherte sie sich der Toilette, drückte die angelehnte Tür einen Spalt weit auf und sah die beiden, die ihr den Rücken zuwandten. Die Bosnierin war mit dem Putzen des Fußbodens beschäftigt. Sie schrubbte und schrubbte, wrang immer wieder das Wasser aus dem Lumpen in den Eimer und wischte zuletzt die Fußbodenfliesen weitgehend trocken. Als sie damit fertig war, schüttete der Deutsche plötzlich Wasser auf den Boden und goss Putzmittel dazu.

»Das nennst du sauber! Dieser Raum, den du putzen darfst, ist eine deutsche Toilette und kein Schweinestall auf dem Balkan.«

Amela reagierte erbost:

»Ich habe Boden gut sauber gemacht. Mache Arbeit nicht noch mal. Und mir wird gerade schwindelig.«

»Klar, du hast ja Fastenzeit«, entgegnete der Vorarbeiter. »Ihr macht diesen Ramadan doch nur, damit ihr nicht so viel arbeiten müsst. Und euren Mohammed nehmt ihr als Vorwand dafür her. So eine faule Bande! Aber wir sind hier in Deutschland. Da wird gearbeitet. Kapiert! Man darf es ja in der Öffentlichkeit nicht sagen, obwohl es die Wahrheit ist: Ihr Muslime seid ein Lumpenpack. Unser Führer hätte euch wohl auch alle in die Gaskammer geschickt.«

Da platzte Fatma der Kragen. Sie stieß die Toilettentür auf und rief aufgebracht:

»Das dürfen Sie nicht. Auch wenn Sie sind Putzchef. Sie beleidigen diese Frau und Sie beleidigen unsere Religion.«

Der Deutsche erschrak, drehte sich um und fasste sich schnell wieder.

»Ach sieh mal an. Hab' dich draußen am Automaten schon erkannt. Kommst ja oft genug hierher, du anatolische Schlampe. Glaubst du vielleicht, ich weiß nicht, warum? Musst dich noch ein bisschen gedulden, bis dein Herr Doktor aus dem OP kommt. Ich geb dir einen guten Rat: Geh heim zu deinen Eseltreibern! Kannst bestimmt nicht mal richtig lesen und schreiben. Ihr Ausländer gehört nicht zu uns.«

Fatma sah die Arroganz in den Augen des Deutschen und wurde wütend. Aber ihr fehlte der Mut und auch der Wortschatz, um in angemessener Härte zu reagieren. Einen Augenblick lang blieb sie wortlos stehen, dann rannte sie davon. Die Bosnierin blickte den Deutschen mit eisiger Kälte an, wollte ihm eine Antwort entgegenschleudern, die er nicht so schnell vergessen sollte. Doch sie beherrschte sich, ließ den Mann einfach stehen und ging aus dem Raum. Sie suchte die Türkin, weil die jetzt Trost brauchte, fand sie aber nicht.

Fatma hatte den Aufzug genommen, wollte unbedingt zu Göktan. Der jedoch war inzwischen auf der Intensivstation und dort unabkömmlich. Die junge Frau zitterte vor Erregung, musste jetzt dringend mit jemandem über den Vorfall reden. Spontan wählte sie Haruns Telefonnummer, aber er meldete sich nicht. Nun versuchte sie es bei Robert und vernahm eine Stimme aus der Mailbox, die sie aufforderte, eine Nachricht zu hinterlassen. Die Türkin zögerte einen Moment und begann dann zu sprechen; ein paar Halbsätze, die den erlebten Vorfall und ihren Frust offenbarten. Dann brach sie abrupt ab, weil so ein Monolog in der augenblicklichen Situation keinen Sinn machte. Jetzt war dringend ein Gegenüber geboten, ein Augenpaar, das Mitleid und Trost ausdrückte und Arme, die Schutz boten. Deshalb beschloss sie, sofort nach Hause zu fahren.

Gott sei Dank war Selma anwesend. Sie versuchte die Freundin zu beruhigen, doch es gelang ihr nicht recht, da deren Bericht sie sehr aufwühlte und wütend machte. Unwillkürlich musste sie an die Parolen denken, die Rechtsradikale in den letzten Wochen ins Internet gestellt hatten: »Juden und Ausländer raus! Deutschland den Deutschen!« Es hatte sie erschreckt, was da alles zu lesen war. Doch gegenwärtig war nicht der richtige Zeitpunkt, mit Fatma über diese bösartigen Forderungen und Beschimpfungen zu reden, denn sie hatte heute schon genug von diesem braunen Schmutz über sich ergehen lassen müssen.

Fatma zog sich nach der Aussprache in ihr Zimmer zurück und warf sich auf das Bett. Allmählich kam sie zur Ruhe. Das Wort »Schlampe« kam ihr wieder in den Sinn. Ausdrücke dieser Art hatte sie schon mehrmals in Roberts Klasse gehört, wusste, was sie bedeuteten, und fühlte sich tief verletzt. Doch in einem Punkt musste sie dem Deutschen durchaus recht geben: In diesem Land war sie nun einmal eine Fremde. Egal, was geschah. Ihre Heimat war Anatolien, dort war sie zu Hause, dort gehörte sie hin; zu Menschen ihresgleichen.

Mit einem Mal flohen ihre Gedanken nach Ostanatolien, flogen zu ihrem Großvater. Er war Schafhirt, der morgens das Vieh der Bauern abholte, auf die Weide führte und abends wieder ins Dorf zurückbrachte. Von Mitte Mai bis Ende Oktober lief das meist so ab. Als Kind hatte sie stets bei ihm Trost und Schutz gefunden, wenn sie verzweifelt war oder wenn Gefahr drohte. Dann hatte sie ihn draußen bei seinen Tieren aufgesucht, sich auf seine Knie gesetzt, und er zauberte ihren Kummer und ihre Tränen mit den aufregenden Geschichten von Mullah Nasreddin, dem türkischen Eulenspiegel weg. Fatma mochte die am liebsten, in denen der Schelm mit seiner Schläue sogar den Sultan überlistete …

Auch jetzt war sie verzweifelt und traurig und wünschte sich nichts sehnlicher, als dass ihr Opa sie in die Arme nähme und sie tröstete. Jetzt, nach dem schmerzvollen Erlebnis im Krankenhaus, bräuchte sie ihn dringend. Sie schloss die Augen und versetzte sich zurück in das Zuhause ihrer Kindheit. Es dauerte nicht lange, bis sie den alten Mann im Geiste vor sich auf einem Felsbrocken sitzen sah, bekleidet mit seinem rotweiß gestreiften Leinenanzug.

Sie konzentrierte sich voll auf ihren Großvater, versuchte möglichst viele Details von seiner äußeren Erscheinung aufzusaugen; redete sich ein, dass er dadurch lebendig vor ihr auftauchte.

Es schien, als wolle der Alte seiner Enkelin ihren Herzenswunsch erfüllen; denn nun hob er seine nackten braunen Arme, die er auf den Oberschenkeln aufgestützt hatte, leicht nach oben. Die Hände. Nein, das waren wahrlich nicht die Hände eines Bauern, die sich schinden mussten! Die Linke schien die blaue Kette fest im Griff zu halten und dennoch ließ sie diese frei zwischen Daumen und Zeigefinger dahingleiten. Gleichzeitig tasteten die Finger der rechten Hand Perle für Perle ab, führten die Spielkette Stück für Stück weiter und drehten sie dadurch fortwährend im Kreis. Aufmerksam beobachtete der Schäfer dabei seine Herde, ließ sie keinen Moment aus den Augen. Kleine Fältchen hatten sich um die Augenwinkel gelegt …

Allmählich verblassten diese Bilder und verschwanden dann ganz. Fatma richtete sich im Bett auf. Traurigkeit überfiel sie, denn ihr geliebter Großvater war längst tot und lag in Maryanik auf dem Friedhof. Auch war sie nicht mehr das kleine Mädchen, das in seine Arme flüchten konnte, um Trost und Geborgenheit zu finden. Sie war nicht mehr in Anatolien, sondern hier in München, in der Fremde. Hier musste sie ihr Schicksal selbst in die Hand nehmen; musste alles daran setzen, ihre Zukunft lebenswert zu gestalten, auch wenn manchmal schreckliche Dinge wie am heutigen Tag passierten.

7

Sie waren in aller Frühe von München Richtung Süden losgefahren, weil der Wetterbericht einen Traumtag angekündigt hatte. Das bayerische Oberland musste der Herrgott an einem Sonntag erschaffen haben, obwohl die Bibel diesen Tag zum Ruhetag des Schöpfers erklärt. Doch das konnte nicht stimmen. Die Region zwischen der Großstadt und den Bergen war landschaftlich viel zu schön, um als normales Werktagsprodukt eingestuft zu werden. Und wenn dazu noch wie heute die Sonne am weiß-blauen Himmel schien, konnte man gar nicht anders, als gut gelaunt sein.

Robert wünschte das vor allem Fatma, die zum ersten Mal hier in Deutschland in diese Gegend fuhr. Er wollte sie seinen Großeltern in Murnau vorstellen und mit dem Mädchen etwas unternehmen. Harun hatte er auch eingeladen, und seine Zusage war selbstverständlich, schließlich waren sie alle gute Freunde. Robert kamen Zweifel, als ihm das Wort Freunde durch den Kopf ging. Es beschrieb durchaus das Verhältnis zwischen ihm und Harun; sicher auch zwischen Harun und Fatma. Natürlich konnte man seine Beziehung zu dem Mädchen auch als Freundschaft bezeichnen. Aber das reichte nicht mehr aus. Fatma war für ihn inzwischen weit mehr als nur eine gute Freundin.

Eigentlich ließ sich Robert lieber kutschieren, wenn Harun und er gemeinsam mit dem Auto unterwegs waren, aber heute wollte er sich unbedingt selbst ans Steuer setzen, und er war es auch, der Fatma den Beifahrersitz zuwies. Schließlich könne sie vorne am besten die Landschaft genießen.

Harun, der hinten im Fond des Wagens Platz genommen hatte, schmunzelte, als er an dieses Argument des Freundes bei der Abfahrt in München dachte. In Wahrheit ging es Robert doch darum, Fatma in seiner Nähe zu haben. Harun konnte das nicht übersehen. Ihm war bereits seit längerer Zeit bewusst, dass Robert sich in die junge Frau aus Anatolien verliebt hatte. Allein schon, wie er immer über sie redete. Natürlich handelte es sich bei Fatma nicht um irgendein Mädchen, und er konnte Roberts Gefühle für sie gut nachvollziehen, wenngleich ihm diese Beziehung nicht ganz unproblematisch erschien. Aber es stand ihm nicht zu, sich da einzumischen.

»Sie werden dir gefallen, meine Großeltern, und umgekehrt wird es auch so sein, da bin ich mir ganz sicher«, erklärte Robert.

»Wenn sie sind wie … Harun, wie heißt erkek torun … okay, wenn sie sind wie ihr Enkel, dann werde ich sie mögen«, antwortete Fatma. Dabei lächelte sie ihn an.

Endlich erreichten sie Murnau, mussten noch ein paar Straßen im Ort passieren und hielten dann vor einem Haus, das Fatma sofort mochte. Es handelte sich um ein typisches oberbayerisches Landhaus mit einem recht flachen Dach, dessen First weit nach vorne gezogen war und dadurch den holzgeschnitzten Balkon gegen Regen und Wind schützte. Die dunkelbraunen Fensterläden hoben sich deutlich von der Fassade ab, deren Weiß vor allem das Rot und Lila der prächtigen Geranien vor dem Balkongeländer zum Leuchten brachte.

Da sich nach mehrmaligem Läuten niemand an der Tür meldete, schlug Robert vor, die Großeltern im Garten zu suchen. Bei diesem Wetter hielten sie sich bestimmt dort auf. Also liefen sie um das Haus, öffneten die Gartentür und sahen die beiden bei der Arbeit. Roberts Oma lockerte mit der Hacke das Salatbeet und sein Opa schnippelte an den Rosen herum. Man begrüßte sich herzlich, stellte Fatma vor und ließ sich dann gemeinsam an einem Tisch auf der Terrasse nieder. Die offene, warmherzige Art der alten Lochners machte es Fatma leicht, sich schnell wohl zu fühlen. Ihr gefiel es, dass man ihr bald das Du und den Vornamen anbot.

Zunächst sprach man über die Familie; dass bei Roberts Eltern zur Zeit die Maler im Haus seien; dass seine Mutter mit dem Gedanken spiele, eine Mittelmeerkreuzfahrt zu machen, und der Vater dem Vorhaben noch skeptisch gegenüberstehe. Harun erzählte, dass es ihm als Journalist beim Bayerischen

Rundfunk gut gefiel. Doch bald drehte sich alles um Fatma. Deutsch konnte sehr anstrengend sein, wenn jeder etwas von einem wissen wollte. Nur gut, dass Harun dabei war und dank seiner Übersetzung Unklarheiten beseitigte und Missverständnisse gar nicht aufkommen ließ. Fatma faszinierte die Gebirgskette vor ihren Augen und berichtete, dass es solche Berge auch in ihrer Heimat gäbe.

»Unsere Berge haben fast alle einen Namen«, klärte der Großvater die Türkin auf.

»Warum eigentlich?«, wollte Fatma wissen.

»Weil sie uns sehr vertraut sind und wir sie lieben.«

Sie schwiegen und ließen ihre Blicke schweifen über Steilwände, Schluchten und Bergspitzen und bestaunten das grandiose Wunderwerk der Natur aus Stein und Schnee. Und sie hörten gebannt zu, wie der alte Mann von seinen Bergen erzählte.

»Komm mit, ich möchte dir jetzt unseren Garten zeigen!«, forderte die Hausherrin dann Fatma auf.

Sie nahm die junge Frau bei der Hand und zog sie mit, während ihr Mann aus dem Keller Getränke holte. Fatma hielt inne, weil sie Probleme mit der Verständigung befürchtete. Deshalb wandte sie sich wieder der Terrasse zu und rief:

»Harun, bitte komm mit. Mein Deutsch reicht vielleicht doch noch nicht aus.« Und in Gedanken ergänzte sie: Ich möchte mich auf keinen Fall vor Roberts Oma blamieren.

Harun half gerne und auch Robert schloss sich an.

Bedächtig schlenderte die alte Dame mit ihren Gästen an der Gartenmauer entlang, die teilweise von Efeu und Kletterhortensien überwuchert war. Dann nahmen sie einen gesandeten Weg, der nach vorne leicht anstieg. Zur Linken blühten im Hintergrund weiße Margeriten, gelbe Ringelblumen und blauer Rittersporn, gemischt mit dunkelroten Solidastern. Der Wind schien mit den Blumen zu spielen, denn die hohen Stiele schaukelten hin und her und tauchten zahlreiche farbige Blüten abwechselnd in Licht und Schatten. Im Schutze dieser hoch gewachsenen

Pflanzen hatten sich vorne im Kies Alpenveilchen und Leinkraut angesiedelt. Die Gärtnerin erklärte, dass sie es mochte, wenn ein Garten natürlich wirkt; aber man dürfe der Natur keineswegs freie Hand lassen, da sonst schnell alles verwildere.

Der Eingangsbereich des Grundstücks hatte von hier aus gesehen ein völlig anderes Gesicht als von der Straße. Fatma fiel das sofort auf. Ein Meer aus weißem Silberpfennig und violettem Storchschnabel säumte die Steinpfeiler, und die Eisengitter des Tors ermöglichten einen unerwarteten Ausblick auf einen in der Ferne liegenden, dunklen Wald. Frau Lochner berichtete über ihre Gartenarbeit, dass sie diese unbedingt brauche, weil sie so am ehesten spüre, noch richtig lebendig zu sein. Sie liebe ihren Garten über alles und sei stolz auf ihn.

Unwillkürlich blieb die Gruppe stehen, denn der Gesang der Vögel in den Bäumen, der süßlich-schwere Duft der Blüten, bunte Schmetterlinge und das monotone Summen von Bienen und Hummeln zogen sie in ihren Bann.

Der Nutzgarten wurde noch vorgestellt mit vielfältigen Salatsorten, den Zwiebeln und Buschbohnen, dem Lauch und dem Mangold. Dann setzten sich die vier auf eine Holzbank im Schatten, um ein wenig zu verweilen. Fatma erklärte, dass sie sich hier wie im Paradies fühle, und dies nicht nur der bunten Blütenpracht und des Blütenduftes wegen. Darüber freute sich die alte Dame.

Auf einmal stand die Hauskatze im Blumenbeet vor ihnen, und als sie von ihrem Frauchen angesprochen wurde, gab sie auf ihre Art Antwort und räkelte sich rücklings am Boden. Fatma nahm sie in die Arme, um sie zu streicheln. Eine Zeit lang blieb das Tier ruhig in ihrem Schoß liegen und schnurrte behaglich. Doch plötzlich bemerkte es einen Vogel in der Nähe und sprang herab. Frau Lochner interpretierte das als Zeichen, ebenfalls aufzubrechen und sich um das Mittagessen zu kümmern.

Nach dem Kaffeetrinken zeigten die Freunde Fatma die Sehenswürdigkeiten des Ortes, anschließend machten sie einen Spaziergang in den Wald und am Abend wurde musiziert. Oma spielte Hackbrett, ihr Ehemann Zither, Harun Gitarre und Robert Klavier. Sie bevorzugten alpenländische Weisen, und es überraschte Fatma sehr, dass Harun mit der bayerischen Volksmusik vertraut war. Sie konnte nicht wissen, dass er oft mit Robert die alten Leute besuchte und sie auch ein bisschen als seine Großeltern betrachtete.

Nach einer kurzen Pause bat die Hausherrin ihren Enkel um etwas Klassisches auf dem Klavier; irgendetwas von Mozart oder Beethoven, deren Musik sie über alles liebte. Robert spielte seiner Oma immer etwas vor, wenn er in Murnau war. Heute jedoch tat er das nicht. Er spielte für Fatma. Aber das musste er ihr ja nicht sagen. Auch Fatma nicht, denn sie sollte das spüren. Robert überlegte kurz und wählte mit Bedacht die Appassionata für seinen Vortrag aus und versuchte, seine Gefühle mit den Fingern auf den Tasten auszudrücken.

Die Lochners gingen meist zeitig ins Bett und standen schon bei Sonnenaufgang auf. Auch heute hielten sie sich an diese Regel. Dem schlossen sich die jungen Leute an, immerhin musste man morgen recht früh aufstehen.

Fatma konnte nicht einschlafen, weil die vielen neuen Eindrücke des heutigen Tages sie nicht losließen: die Fahrt mit dem Auto durch eine wunderschöne Landschaft, im Blick stets diese Bergkette. Beeindruckend war es, als sie unmittelbar davor stand und zu den schneebedeckten Gipfeln aufschaute. Roberts Großeltern. Heute Morgen hatte der Freund vorausgesagt, dass sie ihr gefallen würden. Das stimmte wirklich. Diese zwei Menschen waren von ihrem Wesen her wie ihr Enkel. Darum musste man sie mögen. Bei ihnen fühle sich Robert genauso daheim wie bei seinen Eltern, hatte er gesagt.

Und ihre Heimat? Wehmütig dachte sie an Maryanik und ihre Familie. Zu Hause hatten sie heute sicher auch im Freien gearbeitet und saßen am Abend vielleicht ebenso beisammen wie sie hier in Murnau. Dort wahrscheinlich vor dem Haus unter dem großen Akazienbaum, wo der Vater seine Wasserpfeife rauchte, die Frauen stickten und die Brüder vermutlich mit ihrem Brettspiel beschäftigt waren. Man hatte den ganzen Tag zusammen gearbeitet und nun genoss man auch gemeinsam den Feierabend. Schließlich bildeten sie eine Familie.

Und doch war daheim manches anders als hier bei den Lochners und den Tükelis. Egal worum es sich drehte, immer stand der Vater als Mann ganz oben und gab den Ton an. Das traf auf alle Haushalte im Dorf zu. Darum hatten auch ihre Brüder mehr Freiheiten und Rechte als sie und ihre Schwester. Zwar galt das in erster Linie für das Verhalten in der Öffentlichkeit, doch letztlich mussten sie sich als Mädchen unterordnen, sich fügen, auch wenn die Mutter auszugleichen und zu vermitteln versuchte. Sie hatte es wohl am schwersten, weil sie Mutter und Gattin war und eben eine Frau. Die Tradition diktierte nun einmal diese Unterschiede zwischen den Geschlechtern. Dennoch gab es nicht den geringsten Zweifel, dass sich ihre Angehörigen allesamt liebten. Deshalb fehlten sie ihr auch so sehr, am meisten jedoch Sevim, die jüngere Schwester.

Sie beide gehörten zusammen wie Pech und Schwefel. Als Schwestern versuchten sie sich gegenseitig bei Schwierigkeiten zu unterstützen. Sie war sich ganz sicher, dass Sevim jetzt zu Hause ebenso unter der Trennung litt wie sie hier in Deutschland. Sevim, meine kleine Schwester, ich möchte so gerne wissen, wie es dir geht, möchte mit dir reden, dir wenigstens ab und zu einen Brief schreiben, ging es ihr durch den Kopf. Doch das war zu riskant. Ob sie Sevim jemals wieder sah?

Die Mutter, der Vater, die Geschwister. Ihre Familie lebte jetzt weit weg und das tat sehr weh. Am besten dachte man möglichst wenig an sie. Doch das war leichter gesagt als getan.

»Die Zeit heilt Wunden«, meinte Selma immer, wenn sie in München dieses Thema ansprach.

Zu ihrer Familie gehörten auch die Kühe, die Schafe, die Ziegen und vor allem die drei Mulis. Mit der Erinnerung an ihre Esel schlief Fatma endlich ein.

Am nächsten Morgen musste man umdisponieren, weil Harun eine Magen-Darm-Grippe quälte und er immer wieder in der Nacht die Toilette aufsuchte. Er fühlte sich zu schwach für eine Bergtour und zog es vor, sich im Garten auszuruhen. Robert sollte allein mit Fatma auf die Kramerspitz, schließlich war er ein erfahrener Bergwanderer, der mit seinem Freund oft im Werdenfelser Land unterwegs war. Der junge Lehrer hatte gegen den Vorschlag nichts einzuwenden. Vielmehr bot sich ihm die unerwartete Gelegenheit, mit Fatma ein paar Stunden allein zu sein, ohne ihr Deutsch beibringen oder am Computer helfen zu müssen. Diese neue Situation empfand er wie ein Geschenk des Himmels.

Für Fatma war es alles andere als das. Sie wehrte sich kurz dagegen, allein mit ihm die Wanderung zu unternehmen. Doch das wollte sie nicht laut äußern, um keine Missstimmung aufkommen zu lassen; suchte nach Ausreden und erkannte schnell, dass ihr niemand glauben würde. Der Einwand, man könne den armen Harun doch nicht krank zurücklassen, während sie auf den Berg stiegen, überzeugte nicht einmal die alten Lochners. Fatma machte sich bewusst, was sie soeben gedacht und dahingeredet hatte. Schließlich handelte es sich um Robert, der mit ihr den Tag verbringen würde und nicht um irgendeinen fremden Mann. Sie wollte ihr ungerechtfertigtes Misstrauen schnell wieder vergessen machen, indem sie mit Bestimmtheit sagte:

»Gut, wir machen das so.«

Die beiden Freunde hatten den Kramer mit Bedacht als Wanderziel gewählt, obwohl dieser Berg nicht sonderlich interessant schien. Wenn Touristen aus den nördlicheren Gefilden, die zum ersten Mal in Oberbayern Urlaub machten, bei Eschenlohe die Autobahn verließen und in Richtung Garmisch-Partenkirchen durch das Loisachtal fuhren, übersahen sie in der Regel diesen scheinbar unbedeutenden Berg, weil die gewaltige Mauer des Wettersteins die Menschen in ihren Bann zog. Im Grunde genommen war der Kramer wenig imposant und wenn man ihm als Lehrer unter ästhetischen Gesichtspunkten eine Beurteilung hätte geben müssen, wäre wohl die Note »ausreichend« angebracht gewesen, was so viel bedeutete wie »nicht sonderlich schön«. Bei ihm handelte es sich nämlich um einen recht zerfurchten Berg mit auffällig viel Geröllkaren und brüchigen Felsgraten. Die übrige Oberfläche war großenteils mit Wald und Latschen bewachsen. Robert und Harun hielten den Kramer dennoch für einen besonderen Berg und sie nannten ihn stolz ihren Berg, weil der Türke dort zum ersten Mal in seinem Leben eine Bergspitze erklommen hatte, und zwar zusammen mit Robert.

»Fatma, siehst du das Kreuz da oben auf dem Gipfel? Das ist unser Ziel.«

»O mein Gott! Der Weg ist so steil und der Berg ist hoch. Warum müssen wir da eigentlich hinauf?«, fragte sie erstaunt.

»Weil es Spaß macht«, antwortete er sichtlich amüsiert.

»Robert, du nimmst mich auf den Arm. Unter Spaß verstehe ich etwas anderes.«

»Lass dich überraschen! Du wirst es bald selbst erleben. Bergwandern ist ein wunderschöner Spaß und kann beinahe süchtig machen.«

Dann zogen sie los über den Grasberg, meist schweigend und in ruhigem Schritt. Legten in der Nähe der Eisernen Kanzel die erste Pause ein, um anschließend hinauf in steilere Latschenhänge zu steigen. Fatma machte das Wandern in der Tat sichtlich Spaß, auch wenn es sie anstrengte. Aber das ließ sie sich nicht anmerken.

»Wenn es so warm ist wie heute, würde einem hier in der Mittagszeit die Zunge am Gaumen kleben. Deshalb sind wir auch so früh los«, meinte Robert, aber Fatma antwortete nicht, weil sie sich mit anderen Problemen beschäftigte.

In der Heimat stieg man auch auf die Berge. Aber nicht zum Vergnügen; dort war es zweckgebunden, hatte stets mit Arbeit zu tun: Männer gingen auf die Jagd, Frauen sammelten Holz oder getrocknete Kuhfladen zum Heizen. Manchmal musste man ein Schaf suchen, das sich in einsamer Höhe verirrt hatte. Aber hier stieg man einfach die Berge hinauf, nur um des Aufsteigens willen. Und sie beide waren jetzt nicht die einzigen, die das taten. Eigentlich war es nicht nachvollziehbar, dass die Menschen in diesem Land freiwillig und ohne eigenen Nutzen solche körperlichen Anstrengungen auf sich nahmen.

»Wo bist du denn mit deinen Gedanken?«

»Robert, ich komme aus Ostanatolien ... »

»Ich versteh' dich gut. Du wirst dich hier noch an vieles gewöhnen müssen. Aber du wirst das bestimmt schaffen.«

Allmählich wurde es steiler, und man musste beim Gehen inzwischen sehr vorsichtig sein, weil der Pfad häufig ausgewaschen war.

»Weißt du jetzt, warum man hier solche Schuhe braucht?«, fragte Robert und seine Begleiterin nickte stumm.

Nach etwa drei Stunden erreichten sie den Gipfel, waren aber noch lange nicht am Ziel. Sie mussten noch den Kamm entlang, um am Kreuz anzukommen. Was dem Kramer an Eleganz fehlte, glich der Panoramablick aus.

»Aman Allahim, muhtesem. – Mein Gott, einzigartig!«, rief Fatma überrascht, als sie endlich das Ziel erreicht hatten.

Dann schwiegen sie, schauten und staunten. Irgendwann zählte Robert die Namen der Berge auf, die zusammen eine grandiose, türmereiche Kette bildeten: das Zugspitzmassiv, die Zwölferkante, der Blassengrad, die Höllentalspitzen ... Sie setzten sich am Fuße des Gipfelkreuzes nieder, öffneten ihre Rucksäcke und machten Brotzeit.

In der Nähe meckerten ein paar Bergschafe, sahen misstrauisch zu ihnen empor und suchten weiter nach Kräutern. Fatma wollte sich ihnen nähern, um sie zu streicheln, doch die scheuen Tiere liefen davon. Robert folgte ihr lachend und sagte schelmisch, dass deutsche Schafe eben Angst vor türkischen Mädchen hätten. Er schlug vor, sich bei einem nahe gelegenen Steinbrocken ein wenig auszuruhen, weil dort der Boden sandig und weich war. Sie breiteten ihre Anoraks aus und legten sich nebeneinander.

Fatma ließ verspielt den Sand durch ihre Finger rinnen und stimmte ein Lied aus ihrer Heimat an. Robert blickte zu ihr hinüber, zögerte einen Augenblick und ergriff dann ihre Hand. Doch sie zog sie ruckartig wieder zurück. Zunächst verunsicherte ihn diese panische Reaktion. Als sie aber unmittelbar danach auf den Drachenflieger über ihren Köpfen aufmerksam machte, weil sie so etwas noch nie gesehen hatte und jetzt entsprechende Fragen an ihn richtete, deutete er ihr Verhalten nicht mehr als Zurückweisung, sondern als Folge augenblicklicher Überraschung.

Er teilte ihr mit, dass auch er schon mehrmals geflogen sei und es sich dabei um ein atemberaubendes Erlebnis handle, auch dass er bei so einem Wetter wie heute gerne Kajak fahre oder auf einem der Seen surfe; es gäbe hier in der Gegend zahlreiche Möglichkeiten der Freizeitgestaltung, erklärte er. Diese Thematik war der Frau aus dem ostanatolischen Dorf fremd, aber Robert gewann den Eindruck, dass sie an derartigem Zeitvertreib Gefallen finden würde. Daher fragte er sie:

»Ein richtiger Sommertag ist das jetzt noch im September! Hättest du Lust, mit mir in den nächsten Tagen zum Baden zu gehen?«

»Robert, das will ich nicht.«

»Aha, du denkst dabei jetzt an die deutschen Mädchen.«

»Was meinst du damit?«

»Na ja, die tragen Bikinis, sind ziemlich nackt.«

»Warum eigentlich? Ich verstehe das nicht.«

»Wahrscheinlich, weil es ihnen gefällt. Aber du kannst doch einen züchtigen Badeanzug anziehen.«

»Nein! Ich gehe nicht zum Baden.«

»Fatma, das macht doch Spaß. Du musst öfter etwas unternehmen, was dir Freude bereitet. Dann bist du nicht mehr so traurig.«

»Robert, das hat damit nichts zu tun. Ich gehe mit dir nicht zum Baden. Niemals werde ich das tun.«

Sie sagte das sehr bestimmt, und deshalb beschloss er, nicht weiter darüber zu reden. Aber es ärgerte ihn, dass sie nicht bereit war, ihre kategorische Ablehnung zu begründen.

Mehrere Bergdohlen bekriegten sich laut krächzend im Flug, um anschließend neugierig neben den Rucksäcken zu landen. Doch Robert verzichtete darauf, sie zu füttern, wie er es sonst immer tat. Heute empfand er ihr Verhalten aufdringlich. Deshalb sprang er missmutig auf und verjagte die hungrigen Vögel, setzte sich neben Fatma und schaute sie an.

»Kein anderes Mädchen ist so schön wie du!«

»Du kannst Sachen sagen!«

Sie spürte, dass sie errötete, und es missfiel ihr. Darum legte sie sich zurück und schaute schweigend in den blauen Himmel.

»Woran denkst du?«

»An das, was du gerade gesagt hast.«

»Gefällt dir das denn nicht?«

»Mir gefallen solche Schmeicheleien nicht mehr.«

»Dann schau in den Spiegel, und du spürst sehr schnell, wie deine Schönheit dich glücklich macht.«

Was versteht ein Mann schon vom Glück einer Frau? Doch Fatma behielt ihre Gedanken für sich und fuhr dann laut fort:

»Das ist ein kompliziertes Thema. Erzähle mir lieber etwas über die deutschen Schafe, die sich vor einem türkischen Mädchen fürchten.«

Robert beugte sich über sie, blickte in ein bezauberndes Gesicht und bemerkte nicht ihre traurigen Augen. Jetzt tu ich's, jetzt packe ich die Gelegenheit beim Schopf und küsse sie, dachte er. Vorsichtig näherte er sich ihrem Mund.

Fatma hatte seine Absicht erkannt und zuckte zusammen. Sie spürte, wie Angst ihre Seele würgte, stieß ihn zurück, sprang auf, schlug erregt auf ihn ein und schrie:

»Versuch das nie wieder! Nie wieder, habe ich gesagt. Nie mehr will ich, dass mir ein Mann so nahe kommt…«

Robert erschrak und wehrte die Schläge der Frau nur halbherzig ab. Sie entfernte sich ein paar Schritte, schüttelte den Kopf und ergriff ihren Rucksack.

»Komm, lass uns wieder runtergehn!«, sagte sie dann, und es klang recht distanziert. Eigentlich hatte er dazu noch keine Lust. Schließlich waren sie erst vor einer halben Stunde am Gipfel angekommen. Doch er widersprach nicht und folgte ihr enttäuscht.

Für den Abstieg wählte er den Weg über die Stepbergalm. Fatma wollte nirgendwo mehr einkehren, sondern auf dem schnellsten Weg zurück nach Murnau. Rundum an den Grashängen weideten Rinder und Schafe. Seine Begleiterin schien die Klänge der Kuhglocken und das Blöken der zottigen weißen Tiere nicht wahrzunehmen. Abseits des Pfades krallten sich alte knorrige Bergkiefern in die grasbewachsenen Steilhänge und immer wieder ergaben sich atemberaubende Ausblicke ins Wettersteinmassiv, die aber beide nicht interessierten. Nach einiger Zeit erreichten sie den Kramer-Plateau-Weg, und der Mann unterbrach das lange Schweigen, indem er erklärte, dass sie noch etwa zwanzig Minuten vor sich hätten.

»Robert, bitte mach' das nie mehr mit mir!«

»Aber ich wollte dich doch nur küssen.«

»Hören wir auf damit. Ich will nicht darüber reden.«

Bedrückt gingen sie zum Auto zurück. Robert bereitete es große Mühe, sich auf den Verkehr zu konzentrieren, weil er innerlich sehr aufgewühlt war. Wie hatte er sich heute früh auf der Hinfahrt gefreut, den Tag allein mit Fatma zu verbringen. Und jetzt dieses Debakel! Er war frustriert, dass sie seine Gefühle nicht erwiderte, ärgerte sich über die Art ihrer Zurückweisung. Er versuchte ihre Reaktion nachzuvollziehen, ihren Wunsch zu verstehen, doch es gelang ihm nicht; er sagte nur:

»Irgendwann einmal müssen wir schon darüber reden.«

Doch sie antwortete nicht.

Harun merkte sofort, dass etwas vorgefallen war, ahnte den Grund und verzichtete deshalb auf eine flapsige Bemerkung. Er sprach Robert erst darauf an, als sie beide allein waren:

»Sag, was ist da oben passiert? ... Verzeihung, das geht mich wirklich nichts an.«

Robert sah das ganz anders, deshalb erzählte er, was sich ereignet hatte. Harun hörte sich alles in Ruhe an und meinte dann:

»Ich kann dich durchaus verstehen, weiß längst, dass du in sie verliebt bist. Doch geb ich dir als dein Freund einen guten Rat: Lass dir Zeit mit deinen Gefühlen. Vor allem aber gib ihr mehr Zeit!«

Robert wollte ihm widersprechen, doch er ließ es bleiben, weil er glaubte, dass seine Gefühle nur ihn etwas angingen.

Fatma erzählte am nächsten Tag Selma, was unter dem Gipfelkreuz geschehen war. Sie machte sich inzwischen den Vorwurf, völlig überzogen reagiert und Robert damit vor den Kopf gestoßen zu haben; ausgerechnet ihn, dem sie ihre Rettung verdankte und der anscheinend in sie verliebt war.

Selma hingegen zeigte Verständnis für dieses Verhalten und machte ihr Mut: Es sei ganz normal, dass die traumatische Erfahrung in der Heimat noch nicht endgültig überwunden sei, sich gerade in so einer Situation zurückmelde wie oben auf dem Berg. Abschließend erklärte sie:

»Ich bin mir sicher, dass Robert die richtigen Lehren aus euerem gestrigen Fiasko ziehen und mehr Geduld aufbringen wird. Vielleicht kannst du ihn dafür irgendwann mit deiner Liebe belohnen.«

Als Fatma später allein war, dachte sie über diese Bemerkung noch einmal nach. Natürlich meinte es Selma gut mit ihr. Doch dabei handelte es sich ihrer Meinung nach um einen frommen Wunsch, der wohl nie in Erfüllung gehen würde. Sie war der festen Überzeugung, niemals mehr einen Mann lieben zu können.

8

Robert musste höllisch aufpassen, denn er vernachlässigte seinen Beruf. Er korrigierte die Aufsätze nicht, kontrollierte keine Hausaufgaben und bereitete sich kaum auf den Unterricht vor. Es war ihm gleichgültig, dass einige die Schule schwänzten, und wenn sich einer daneben benahm, reagierte er autoritär. Dieses Fehlverhalten rechtfertigte er damit, dass gute didaktische Arbeit bei seinen Schülern überflüssig sei, weil sie nur einen mäßigen Lernerfolg nach sich zog. Warum sollte er unnötig seine Kräfte vergeuden, warum Perlen vor die Säue werfen?

Doch das waren Pseudoargumente, die demotivierten Jugendlichen dienten ihm nur als Vorwand. Dass er sich im Augenblick nicht für Schule interessierte, lag einzig und allein an Fatma. Sein ganzes Interesse galt ausschließlich Fatma.

Fatma. Fatma. Immer wieder kreisten seine Gedanken um Fatma: Wäre er mit Harun nicht in die Türkei gefahren, hätte er sich nicht in Fatma verliebt. Hätte er sich nicht in Fatma verliebt, würde er sich mit Sicherheit jetzt mehr für seine Schüler engagieren. Aber wenn er damals von den Schülern der 9b nicht so gestresst worden wäre, obwohl er sich doch um sie bemüht hatte, wäre er nicht mit in die Türkei gefahren. Und wenn er nicht gefahren wäre, gäbe es für ihn jetzt Fatma nicht. Daraus konnte man doch irgendwie schlussfolgern: Ohne stressige Schüler keine Reise, folglich keine Fatma und nicht dieser verdammte Schmerz.

Spontan entschied Robert, sich heute die Türkei-Fotos vorzunehmen. In der Regel benutzte er eine Digitalkamera, speicherte die Aufnahmen im Computer und ließ von den besten Papierabzüge machen. Seine Eltern hatten den Wunsch geäußert, endlich die Bilder von dieser Reise zu sehen. Aber sie bevorzugten Dias. Ein gutes Foto konnte man nach ihrer Überzeugung am besten als Dia-Bild genießen. So war das bisher und so sollte das auch bleiben. Nur gut, dass Harun damals Filme zum Fotografieren benutzt hatte, die Dia-Abzüge ermöglichten. Harun und er hatten beschlossen, diese am Wochenende seinen Eltern vorzuführen, doch Robert wollte sie der Motive wegen vorab schon einmal durchsehen, um auf entsprechende Nachfragen gewappnet zu sein. Das könnte er heute Abend erledigen. Oder doch lieber gleich? Ja, jetzt wollte er es tun. Sofort. Allein schon wegen Fatma.

Er räumte im Wohnzimmer den Tisch ab, baute die Leinwand vor dem Schrank auf und holte die Kassetten mit den Bildern. Dias wirkten am besten bei Dunkelheit. Aber draußen schien die Sonne und die Vorhänge waren nicht dicht genug gewebt. Da seine Fenster über keine Rollos verfügten, behalf er sich mit zwei Wolldecken, die er an den Gardinenstangen befestigte. Dann schaltete er den Projektor ein, der jetzt auf dem Tisch stand. Die Lichtstrahlen fielen auf die Leinwand, trafen diese jedoch nicht richtig. Man konnte die Stellung des Lichtkegels durch Justierung der vorderen Füße am Gerät verändern. Zwar wurde jetzt die Optik besser, aber sie stimmte immer noch nicht. Erfahrungsgemäß musste man nun Bücher unter den Bildwerfer legen. Ganz vorne im Bord an der Wand standen die Bände von Karl Marx. Es brauchte mehrere Versuche, dann hatte er die richtige Unterlage für den Fuß des Projektors gefunden. Mit Marx sollte er sich wieder einmal beschäftigen, war er doch angesichts des globalen Kapitalismus nach seiner Überzeugung durchaus aktuell …

»Nein, Lochner! Jetzt geht es nicht um Politikwissenschaft, sondern um die Türkeireise und um Fatma. Vor allem um Fatma!«, ermahnte er sich mit ernster Stimme.

Nun konzentrierte er sich auf die Dias, legte das erste Bild ein, die Hagia Sophia in Istanbul.

»Durchaus sehenswert, aber nicht jetzt!«

Dann Haruns Verwandte im Wohnzimmer.

»Okay, weiter!«

Das Dorf Maryanik mit seinen kleinen Häusern.

»Im Augenblick unwichtig!«

Fatma: einmal mit der Schwester Sevim, dann allein vor dem Brunnen, dann unter ihren Mulis ...

Robert schaute sich noch viele Bilder an und einige davon blieben recht lange auf der Leinwand stehen. Mit den Bildern wurden die Erinnerungen wieder wach. Irgendwann folgte das Gruppenbild beim Abschied: Frauen mit Tränen in den Augen. Zum Schluss Fatma im Flugzeug mit aufgesetztem Lächeln.

»Hier in München ist sie sicher, dafür werde ich auch in Zukunft sorgen«, murmelte er vor sich hin und fuhr mit brüchiger Stimme fort: »Aber das genügt mir nicht.«

Er schaltete den Apparat aus, lief erregt im Zimmer hin und her und warf sich dann auf das Bett, um sich zu beruhigen ... Fatma, meine Fatma! Nein, das stimmte nicht. Es handelte sich keineswegs um seine Fatma. Ein paar Stunden auf dem Kramer war sie ihm nah und doch nicht wirklich in seiner Nähe. Aber das war zu schwarz gemalt. Das Besondere an diesem Tag war doch, dass er zum ersten Mal mit ihr ganz allein sein durfte. Sonst musste er Fatmas Nähe in der Regel mit anderen teilen, meist mit einem der Tükeli, wenn er sie regelmäßig besuchte.

Selma merkte bald, dass nicht nur Mitleid und Hilfsbereitschaft die Motive für sein häufiges Erscheinen waren, sondern dass Liebe im Spiel war. Sie hatte ihn schon einige Male darauf hingewiesen, sich als Mann Fatma gegenüber vorerst möglichst emotional zurückzuhalten, um ihr zusätzliche seelische Belastungen zu ersparen angesichts ihrer schrecklichen Erlebnisse.

Als ob er das nicht selbst wüsste! Nur handelte es sich dabei eben nicht allein um eine Angelegenheit des Wissens. Der Umgang mit einer Frau, in die man verliebt war, der man das aber nicht oder optimistischer gedacht, noch nicht gestehen durfte, weil man vermutlich etwas zerstörte, bevor es überhaupt begann, ein solcher Umgang war für ihn eine Gratwanderung. Er konnte hilfsbereit, nett und freundlich zu Fatma sein wie die anderen auch. Aber das genügte ihm nicht. Für jemanden, dessen

Herz sich für eine Frau geöffnet hatte, genügte das fürwahr nicht. Er musste sich zur Zurückhaltung zwingen, musste so tun, als sei er nur der Freund. Fatmas Nähe war für ihn damit Paradies und Hölle zugleich.

Mehrmals ertappte er sich dabei, ein kleines Risiko einzugehen, indem er sie neckte oder einen feinsinnigen Flirt andeutete. Jedoch musste das äußerst behutsam geschehen und es galt, jedes Wort vorher gut zu überlegen. Auf die Stimme war zu achten und vor allem auf die Hände. Wenn sich Fatma in seiner Nähe aufhielt, musste er seinen Händen imaginäre Fesseln anlegen, um die Frau nicht zu umarmen und zu liebkosen. Das größte Problem aber bereiteten ihm seine Augen, weil sie schwerlich zu kontrollieren waren. Aber es kam durchaus vor, dass er das unmenschliche Gebot der Selbstkontrolle bewusst missachtete. Vor einigen Wochen hatte er beispielsweise im Deutschkurs mit Fatma das Hilfsverb »sein« durchkonjugiert und dazu Mustersätze gebildet:

»Ich bin ein Mann. Wir sind Menschen.«

Für die 2. Person Singular hätte es eine unbegrenzte Zahl geeigneter Sätze gegeben, etwa: Du bist in der Wohnung. Aber nein, er musste unbedingt den Satz wählen:

»Du bist schön.«

Fatma hatte sofort die Absicht bemerkt, war verstimmt und zog sich innerlich zurück.

Oder der Vorfall vor einem Monat. Es machte ihm Spaß, ihr das Kopftuch abzunehmen und sie zu necken, indem er erklärte, dass ihr vor lauter Haarebedecken irgendwann die Haare ausfielen. Sie stand ganz nahe vor ihm und lächelte versonnen. Er schaute in ihre dunklen Augen und sie ließ das geschehen. Dann tat er etwas, was er nicht tun durfte. Strich mit der Hand sanft über ihre Wange und erklärte, ihr eine ausgefallene Wimper aus dem Gesicht zu nehmen. Als sie daraufhin ihre Wimper zu sehen verlangte, was aber nicht möglich war, weil es sie nicht gab, reagierte sie verärgert. Sie verzieh ihm jedoch und er freute sich darüber.

Gegenwärtig aber war er frustriert. Nein, er litt Höllenqualen. Zuerst glaubte er, dieser Hölle dadurch zu entkommen, indem er sich von Fatma fern hielt. Doch das gelang ihm nur ein paar Tage. Er traf die Frau wieder. Und wieder traf ihn der Schmerz. Er versuchte ihn einzudämmen, indem er mehr auf den Verstand setzte. Vielleicht bekam er seine Gefühle besser in den Griff, wenn er zunächst einmal sein Verhältnis zu ihr sachlich abklärte?

Tatsache war doch, dass sie ihn nicht ablehnte, sondern sich ihm gegenüber zwar zurückhaltend, aber durchaus aufgeschlossen und freundlich verhielt. Natürlich war sie ihm dankbar. Aber damit war ihr Verhältnis zu ihm keineswegs ausreichend beschrieben. Ihm war sehr wohl bewusst, dass sie ihn schätzte, weil er in ihren Augen ein guter Mensch war.

Sie pflegten zahlreiche gemeinsame Interessen und vertraten gleiche oder ähnliche Positionen in zentralen Lebensfragen: Radfahren und Kinobesuche zusammen mit Selma machte beiden Spaß. Sie liebten klassische Musik, besuchten meist in Begleitung von Harun Ausstellungen und diskutierten oft stundenlang über Gott und die Welt.

Er war gerne mit Fatma zusammen und hatte den Eindruck gewonnen, dass auch sie sich bis zum Zeitpunkt der Bergwanderung freute, wenn sie ihm begegnete. Auf alle Fälle meistens. Und es war keineswegs übertrieben, wenn er behauptete, dass sie ihn mochte. Aber sie mochte ihn als Freund und vermutlich nicht mehr als das. Doch das musste ja nicht für immer so sein. Zumindest erhoffte er es.

Es gab durchaus auch Augenblicke des Glücks. Wenn er beispielsweise auf der Couch in Göktans Wohnung auf sie wartete. Er war sich sicher, dass sie ihn absichtlich warten ließ. Dann kam sie. Kam aus dem Badezimmer mit offenem Haar, weil er es so mochte. Es geschah auch, dass sie ihn nach der Begrüßung mit einem Gedichtvortrag überraschte, ihm damit eine Freude bereiten wollte. Im Rahmen ihres gemeinsamen Deutschunterrichts hatte er sie mit der Lyrik vertraut gemacht.

Derartige Glücksmomente genoss er. Aber sie war es auch, die dafür verantwortlich war, dass es sich eben nur um Momente handelte. Mehr ließ Fatma einfach nicht zu. Später, wenn er allein war, rief er sich diese Augenblicke des Glücks wieder in Erinnerung, und ab und zu erträumte er das Glück, indem er seine Fantasie bemühte wie an Fatmas Geburtstag, als sie alle im Haus von Haruns Eltern feierten. Er übernachtete dort, weil das ausnahmsweise auch Fatma tat und es sich so optimal von ihr träumen ließ. Dass er über Nacht blieb, war nichts Ungewöhnliches. Er tat das manchmal zusammen mit Harun, wenn beide zu Besuch waren, es sehr spät geworden war oder zu viel Alkohol das Autofahren nicht mehr zuließ.

Das traf an jenem Geburtstag zu und auch wieder nicht. Denn dass ihn vor allem Fatmas Anwesenheit zum Hierbleiben motivierte, brauchten Harun und seine Eltern nicht zu wissen. Was er vorhatte, war keineswegs aufregend. Er wollte sich lediglich einen einzigen Wunsch erfüllen, nämlich einmal mit Fatma unter einem Dach zu schlafen.

Er träumte dann seine Träumereien, die ihm vorspielten, im Paradies zu sein. Ganz nah war sie jetzt bei ihm, die langen dunkelbraunen Haare, das schmale Gesicht, die makellose Nase und die wohlgeformten Lippen. Das sanfte, meist traurige Lächeln passte zu diesem feingliedrigen Gesicht. Aber es waren vor allem die Augen, die ihn fesselten. Dunkel, und das mit einem leicht grünlichen Schimmer; Augenfarben, die ihn an das Wasser des kleinen Sees im Murnauer Moos erinnerten, an dessen Ufer er manchmal saß und fasziniert hinunter in die geheimnisvolle Tiefe blickte. Und er stellte sich ihren nackten Körper vor, den er noch nie gesehen hatte, und malte sich in Gedanken Dinge aus, die er niemandem mitteilen konnte.

Dann der Ausflug ins Oberland genau vor einer Woche. Er wollte ihr seine Liebe deutlich machen, hoffte auf die ihre und wurde enttäuscht. Berühren wollte er sie. Ach, das klang viel zu erotisch! Ihre Hand wollte er halten und sonst nichts. Nein, das entsprach nicht ganz der Wahrheit. Er wollte mehr. Küssen wollte er sie, weil er ein Mann war und sie eine Frau. Doch sie wollte das nicht.

Abrupt wurde Robert aus seinen Gedanken gerissen, weil das Telefon läutete. Er sprang aus dem Bett und griff nach dem Handy.

Harun meldete sich:

»Hallo Robert, hast' Lust, mit mir zu joggen?«

»Du, ich hab' zur Zeit auf nichts Lust.«

»Geht's dir nicht gut?« Robert antwortete nicht. Deshalb fragte Harun nach: »Ist es wegen Fatma?«

»Mann, diese Frau wirft mich total aus der Bahn.«

»Das bringt Liebeskummer so mit sich.«

»Musst du so blöd daherreden?«

»Hab ich denn nicht Recht?«

»Ja, ich liebe sie, aber sie will nichts von mir wissen. Das macht mich langsam verrückt.«

»Du weißt doch, was sie mitgemacht hat.«

»Zum Teufel! Ich bin nicht ihr Vergewaltiger und im übrigen ist diese Geschichte nicht erst gestern passiert.«

»Robert, natürlich ist es schwer für dich. Aber lass Fatma in Ruhe; zumindest eine Zeit lang! Sie ist noch nicht fähig, einen Mann zu lieben. Vielleicht ist sie das nie mehr in ihrem Leben. Sie kann niemandem ihre Liebe schenken, so lange sie nicht »ja« zu sich selbst sagen kann, und das kann sie gegenwärtig noch nicht. Begreif das endlich!«

»Es muss ihr doch helfen, wenn sie spürt, dass ich »ja« zu ihr sage. Sie kann sich an mich anlehnen, muss mir doch nur vertrauen.«

»Robert, du überforderst diese Frau. Redest von Vertrauen. Kapierst nichts und willst nichts kapieren. Fatma ist nicht oder noch nicht in der Lage, einem Mann zu vertrauen, darum kann sie auch keinen Mann lieben.«

»Verdammt, aber ich liebe sie. Sie ist meine große Liebe, ist die Frau meines Lebens. Wenn sie meine Gefühle nicht erwidert, ist alles sinnlos für mich. Ich halte es ohne sie nicht länger aus.«

»Mein Gott, du siehst nur dich, es geht immer nur um dich. Und das nennst du Liebe?«

»Hör mal, spiel dich nicht als Oberlehrer auf! Ich muss mir das von dir nicht gefallen lassen.«

Robert brach wütend das Telefongespräch ab, beschimpfte den abwesenden Freund mit unflätigen Ausdrücken und warf sein Handy auf das Bett.

Bodybuilding. Ja, das war jetzt genau das Richtige. In der Regel besuchte er das Fitness-Studio zwei Mal in der Woche am Abend. Aber er musste sich abreagieren, deshalb ging er sofort.

Im Vergleich zu den Abendstunden hielten sich am Spätnachmittag nur wenige Personen in der Halle auf. Robert sah sich um und war froh, dass er keinen Bekannten entdeckte, denn er hatte im Augenblick keine Lust zu palavern, sondern wollte sich schinden, seinen Körper bis zur Leistungsgrenze fordern. Zunächst musste man sich mit dem Ergometer und dem Stepper aufwärmen. Dann widmete er sich der Brustmuskulatur, drückte die Langhantel…

Harun. Verdammt, benimmt sich so ein Freund? Klugscheißer!

Deprimiert ging Robert hinüber zum Zugturm. Doch es dauerte nicht lange, bis sich Harun erneut in seinem Kopf meldete: Es geht immer nur um dich. Möglicherweise hatte er doch nicht ganz Unrecht. Vielleicht benahm er sich wirklich wie ein Egoist. Harun war sein Freund und meinte es nur gut mit ihm und Fatma. Aber was sollte er bloß tun? Gar nichts konnte er in dieser Sache tun!

***

Harun war inzwischen zu der Überzeugung gelangt, den Freund zu hart angegriffen zu haben. Wahrscheinlich wäre es klüger gewesen, sich etwas zurückzuhalten angesichts dieser negativen Stimmungslage. Nein, das war wahrlich nicht der Zeitpunkt für eine Moralpredigt. Er versuchte mehrmals, sich zu entschuldigen, aber Robert ging nicht ans Telefon.

Harun war bedrückt. Zum ersten Mal hatte er mit seinem Freund in einer zentralen Frage gestritten. Es drehte sich um die Liebe, um Roberts Liebe zu Fatma. Warum nur mischte er sich da ein? Das mussten die beiden selbst miteinander ausmachen. Ein Deutscher litt darunter, dass seine Liebe nicht von einer Türkin erwidert wurde. Und er glaubte, als Türke Ratschläge geben zu müssen, weil er davon überzeugt war, dass er eine Türkin besser verstand als ein Deutscher.

Wusste er denn wirklich, was dieses türkische Mädchen bewegte? Fatma aus dem Osten Anatoliens. Er kannte sie und kannte sie doch nicht. Auch ihm gegenüber war ihr Vertrauen begrenzt. Niemals hatte sie mit ihm über ihr Heimweh gesprochen. Von ihren Albträumen erfuhr er durch seine Mutter. Dass sie oft unglücklich und traurig wirkte, konnte sie zwar nicht verbergen, aber in ihre Seele ließ sie sich nicht von ihm schauen. Vielleicht weil er ein Mann war, von dem sie annahm, dass er sie nicht wirklich verstehen könne.

Er war zwar Türke und wusste viel über die türkische Kultur, aber was bedeutete das schon. Seit seiner Geburt lebte er fast ausschließlich in Deutschland. Es war eine Anmaßung, wenn er glaubte, das Seelenleben einer Frau richtig einschätzen zu können, nur weil sie Türkin und er Türke war.

***

Tage später trafen sich Robert und Haruns Mutter zu einem vertraulichen Gespräch. Der Vorfall auf dem Berggipfel habe ihr bewusst gemacht, dass Fatma ihre traumatischen Erlebnisse immer noch nicht völlig verarbeitet habe. Aber sie sei endlich bereit, sich von einem Psychotherapeuten helfen zu lassen.

Necla Tükeli erklärte Robert, dass sie sein Benehmen durchaus nachvollziehen könne, wenn er in sie verliebt sei. Sie bat ihn, für eine gewisse Zeit den Kontakt mit Fatma zu unterbrechen, bis die Therapie fruchte und sie gänzlich stabil sei. Robert hatte inzwischen Verständnis dafür und freute sich, dass Haruns Mutter Fatma und ihm alles Gute für eine gemeinsame Zukunft wünschte.

Wieder wurde Robert zu einer Aussprache gebeten, diesmal von seinen Eltern. Er schloss nicht aus, dass es zum Streit mit ihnen kam, deshalb behagte ihm dieser Besuch nicht. Aber er wollte ihn so schnell wie möglich hinter sich bringen, und so brach er am nächsten Tag zu seinem Elternhaus auf.

Das Anwesen in der Pippinger Straße bestand aus einem eleganten Bungalow inmitten eines großen Gartens, der zur Straßenseite hin von einer Mauer abgegrenzt wurde. Robert besaß zwar einen Hausschlüssel, aber er hatte vergessen, ihn mitzunehmen. Deshalb drückte er die Türklingel, doch es meldete sich niemand in der Sprechanlage. Anscheinend waren sie nicht zu Hause. Er wunderte sich darüber, schließlich hatten sie diesen Termin vereinbart.

»Ist mir sehr recht«, sprach er erleichtert vor sich hin und ging zu seinem Auto zurück. Plötzlich meldete sich der Vater am Handy und bat um eine Viertelstunde Aufschub; sie seien wegen einer Reifenpanne nicht rechtzeitig nach Hause gekommen.

Robert ging an der Würm Richtung Bushaltestelle spazieren. Diesen Weg benutzte auch Fatma zweimal in der Woche, wenn sie zu seiner Mutter zum Deutschkurs kam. Er selbst hatte die Türkin seit Wochen nicht mehr gesehen, und er war sich ziemlich sicher, dass sie heute wieder einmal das Gesprächsthema mit seinen Eltern sein würde. Vor allem der Mutter passte es nicht, dass er sich mit Fatma eingelassen hatte.

Letzte Woche führte das am Telefon sogar zu einer heftigen Auseinandersetzung. Sie sagte, sie sei froh, dass er Fatma nicht mehr sah, und wünsche sich, dass das auch so bliebe. Er ärgerte sich so sehr darüber, dass er ihr daraufhin ein paar Sätze an den Kopf warf, die er später bereute. Wusste, dass seine Eltern Fatma als Person mochten, aber sie machten sich große Sorgen um ihren Sohn.

Das galt vor allem für die Mutter, die die junge Frau aufgrund ihres regelmäßigen Deutschunterrichts gut kannte. Ihre Psyche sei das zentrale Problem, meinte die Mutter immer wieder, vermutlich werde das Mädchen ein Leben lang nicht in den Griff bekommen, was man ihr angetan hat. Ob er schon einmal daran gedacht habe, was das für eine Beziehung bedeute?

Natürlich hatte er das und nicht nur einmal. Gab der Mutter in diesem Punkt durchaus Recht. Aber das musste doch nicht ewig so bleiben. Fatma werde es schaffen; sie brauche nur Zeit, hatte Haruns Mutter zu ihm gesagt, und das machte ihm Mut. Den Vater aber beschäftigte ein anderes Problem:

»Ein Lehrer verliebt sich in eine Schülerin aus der Türkei. Mein Sohn, dir ist doch bewusst, dass ihr beide ein recht unterschiedliches Bildungsniveau aufweist?«

Robert hatte mit einer derartigen Bemerkung gerechnet. Fatmas Bildungsdefizite ließen sich wahrlich nicht leugnen. Doch litt sie am meisten darunter. Ihr war es deshalb ein großes Anliegen, sich weiterzubilden, und er wollte ihr dabei helfen. Glaubte fest an den Erfolg, schließlich war sie intelligent, ehrgeizig und doch noch recht jung.

Meinungsverschiedenheiten mit den Eltern gab es auch wegen der enormen kulturellen Differenzen. Als ob er darüber nicht Bescheid wüsste? Er, der täglich in der Schule mit Migranten zu tun hatte. Er kannte sehr wohl die Probleme und Gefahren, wenn sich Menschen mit unterschiedlichen Kulturen begegneten. Aber durch seinen langjährigen Umgang mit Harun und der Großfamilie Tükeli hatte er einen umfassenden Einblick in die türkische Kultur gewonnen und gelernt, wie man im Alltag miteinander umging, ohne die eigene Identität und die des anderen aufs Spiel zu setzen. Und was Fatma betraf, war er fest davon überzeugt, dass ihre Biografie und ihr Charakter eine tragfähige Basis für eine gemeinsame Zukunft boten. Hatten ihn seine Eltern denn nicht zu einem weltoffenen, toleranten Menschen erzogen?

Inzwischen stand er wieder vor dem Elternhaus und wenige Minuten später fuhr der Wagen der Eltern vor. Man begrüßte sich und ging hinein. Während die Mutter Kaffee kochte, berichtete der Vater, dass ihm während der Fahrt ein Reifen geplatzt sei und er Schwierigkeiten hatte, das Auto unter Kontrolle zu halten. Dann deckte die Mutter auf, schilderte die Schreckenssekunden aus ihrer Sicht und lobte ihren Mann, dass er so schnell und gekonnt den Reifen gewechselt hatte.

Robert beschloss, gleich zur Sache zu kommen, wusste er doch, warum er hierher zitiert worden war. Um einen Streit zu vermeiden, wandte er sich an seine Mutter:

»Mama, ich möchte mich bei dir für mein schlechtes Benehmen neulich am Telefon entschuldigen. Ich habe mich gegenwärtig manchmal nicht recht im Griff und ihr wisst sicher auch warum.«

»Ist schon in Ordnung. Was ich zu dir gesagt habe, war auch nicht gerade von sensibler Art, und dein Vater, der neben mir stand, hat mich nach unserem Telefonat auch deshalb zurechtgewiesen.«

»Robert, du kennst unsere Bedenken, was deine ›Wunsch-Liaison‹ betrifft«, sagte der Vater.

»Na ja, kannst mich ja zwangsverheiraten, dann habt ihr euren Frieden.«

»Junge, lass doch den Quatsch! Du liebst sie also?«

»Ja Vater, ich liebe sie und werde sie auch weiterhin lieben.«

»Wie reagiert eigentlich dein deutsches Umfeld darauf, dass du dir eine Türkin ausgesucht hast? Sie ist bekanntlich Muslimin und du bist Christ. Was sagen deine Kollegen, deine Bekannten und Freunde dazu?«

»Vater, glaubst du denn wirklich, dass mich das interessiert? Und wenn du schon meine Freunde ins Spiel bringst, muss ich dir sagen: Die einen verstehen mich und die anderen versuchen es. Jedenfalls tolerieren sie alle meine Entscheidung. Sie sind eben Freunde.«

»Weißt du, wie deine Schwester darüber denkt?«, wollte die Mutter wissen.

»Also, um Erlaubnis frage ich sie nicht. Aber zu deiner Information: Sie wünscht mir und Fatma für die Zukunft von Herzen alles Gute. Wir telefonieren oft miteinander, und es tut mir gut, dass wenigstens ein Mensch aus unserer Familie in diesem Punkt zu mir hält.«

Robert erhielt darauf keine Antwort und das berührte ihn unangenehm. Er beobachtete, wie die Eltern sich schweigend ansahen und überlegte, wie er jetzt reagieren sollte. Endlich sagte der Vater:

»Robert, hör gut zu. Deine Mutter und ich haben gestern lange über dich und Fatma gesprochen. Nehmen wir einmal an, ihr beiden findet tatsächlich zueinander. Wir werden uns weiterhin Gedanken über eine Beziehung machen, die durch Fatmas Vergangenheit mit großen Problemen belastet ist. Schließlich bist du unser Sohn. Aber uns ist auch bewusst, dass es letztlich deine Entscheidung ist, mit wem du dein Leben verbringen möchtest. Wir wünschen dir und Fatma jedenfalls viel Glück!«

Damit hatte Robert nicht gerechnet. Spontan stand er auf und umarmte seine Eltern. Er bedankte sich und erklärte, dass er sich jetzt entschieden besser fühle.

9

Lehrer Robert Lochner hatte sich auch für das neue Schuljahr vorgenommen, eine Pädagogik der Humanität in die Praxis umzusetzen. Das bedeutete viel Verständnis und viel Kraft; denn auch in der neuen Klasse gab es ein paar Schüler, die sich nicht für Schule interessierten und denen es egal war, ob ihr Lehrer den Unterricht anschaulich und vielseitig gestaltete oder vorne am Pult seine Zeitung las. Ihnen lag vielmehr daran, andere Jugendliche zu provozieren, um sie anschließend mit ihren Fäusten »aufzumischen«.

Dass manche nicht lernen wollten, war letztlich ihre Sache. Schlägereien in der Schule aber konnte und wollte er auf keinen Fall dulden. Mitschüler, die als sogenannte Streitschlichter fungierten, waren meist überfordert, und hin und wieder traf das auch auf den Lehrer zu. In solchen Fällen suchte er Hilfe bei der Polizei. Aber er arbeitete nun einmal an einer Brennpunktschule.

Wenn er ehrlich war, musste er zugeben, dass es seit zwei Wochen keine extrem negativen Auffälligkeiten in seiner Klasse gegeben hatte. Zwar verlief der Unterricht oft zäh, aber allmählich gewann er den Eindruck, als habe sich das soziale Klima etwas verbessert. Viele Schüler bemühten sich, die Spielregeln, die sie gemeinsam aufgestellt hatten, einzuhalten. Sie machten zum Beispiel die Hausaufgaben, beschimpften sich seltener in ihrer üblichen Fäkaliensprache und einige halfen sich sogar gegenseitig bei Lernschwierigkeiten. Vor allem wurde nicht mehr geschlägert.

Doch dann der Fall Samir Anruk. Der Jugendliche aus Afghanistan hatte seinen Klassenkameraden Daniel auf dem Pausehof mehrmals mit den Fäusten ins Gesicht geschlagen und ihm dabei die Nase angebrochen. Die Woche darauf inszenierte er erneut eine Prügelei mit ihm. Obwohl Daniel hilflos am Boden lag, trat ihm Samir mit den Füßen in den Bauch. Er attackierte sogar einen Lehrer, der versucht hatte, den Gewalttätigen am wiederholten Treten zu hindern.

Robert Lochner war schockiert. Wieder ein Schüler aus seiner Klasse, der durch seine desaströse Aggression das gesamte Schulklima negativ beeinträchtigte. Die Polizei war im Haus und sogar das Jugendamt musste eingeschaltet werden. Zwei Lehrerkonferenzen in vier Tagen wurden von Rektor Schneider deswegen einberufen.

Mit diesem Verhalten war nun die Grenze des Ertragbaren erreicht. Lange genug hatte Lochner zu ihm gestanden, ihm Hilfen angeboten. Vielleicht zu lange. Seine Nachsicht wurde ihm offensichtlich als Schwäche ausgelegt. Letztlich war der Schüler nie wirklich bereit, sich zu ändern. Es gab keine andere Möglichkeit mehr, als ihn von der Schule zu verweisen.

Nach der Lehrerkonferenz suchte Robert Karin in ihrem Büro auf, um ein Buch abzuholen, das sie für ihn bestellt hatte. Dieser Termin kam ihm sehr gelegen, weil er wieder einmal einen Menschen brauchte, mit dem er sich aussprechen konnte. Es dauerte auch nicht lang, bis er auf sein aktuelles Problem kam:

»Einer meiner Schüler wurde heute von der Schule geworfen, weil er wieder einmal einen Mitschüler brutal verprügelt hat. Sogar auf einen Lehrer ging er los.«

»Wie bitte? Einen Lehrer?«

Robert schilderte den Fall, und man sah Karin an, dass sie sehr betroffen war. Sie hielt sich jedoch zunächst zurück, weil der Freund recht erregt sprach und es besser schien, wenn sie einfach nur zuhörte.

»Er hat andere ständig brutal geschlagen, wohl auch, weil er in seiner Heimat im Bürgerkrieg selbst viel Brutalität erlebt und erfahren hat. Oft habe ich mit ihm darüber geredet, ihm geraten, sich vom Schulpsychologen helfen zu lassen. Doch seine Antwort war meist ein hämisches Lachen und eine dämliche Bemerkung.«

»Mehr konntest du doch nicht tun.«

»Ich komme an ein paar meiner Jungs einfach nicht ran. Will ihnen helfen, doch sie lassen das nicht zu. Sie sind verbittert und fahren ihre Stacheln aus.«

»Robert, ich weiß, dass du es gut meinst. Aber du kannst nicht ihren Vater ersetzen. Für manche müsstest du wohl noch zusätzlich Mutter spielen. Aber das kann kein Lehrer leisten, auch du nicht.«

»Mir tun diese jungen Leute leid. Sie sind zwar manchmal äußerst frech und schreien mich an. Aber ich spüre, dass sie mir auf diese Weise voller Verzweiflung einen Vorwurf machen: ›Lehrer, du laberst so softy daher, aber wirklich helfen tust du mir nicht.‹ Natürlich ist mir bewusst, dass ich Fehler mache. Wahrscheinlich zu viele.«

»Robert, es ehrt dich, dass du die Fehler auch bei dir selbst suchst. Aber du musst dich nicht demütigen. Du hältst dich für einen schlechten Lehrer. Ich verstehe zwar nicht viel von deinem Beruf, aber eines weiß ich als ehemalige Schülerin und Studentin sehr wohl: Ein guter Lehrer muss zu allererst menschlich in Ordnung sein. Und deshalb kannst du gar kein schlechter Lehrer sein.«

»Du redest wie mein Chef. Er hält eigentlich viel von mir, obwohl es ständig Probleme mit meinen Schülern gibt.«

»Auch ich halte sehr viel von dir. Und nicht nur ich. Denk dran, wenn du wieder an deiner beruflichen Front bist.«

»Ja, du hast recht. Es ist wie im Krieg ... Ach was, nein, das ist völlig übertrieben! Meine Schüler können durchaus auch nett sein.«

Karin drückte seine Hand und lächelte ihn aufmunternd an. Auch sie wolle darüber nachdenken, wie man dem aggressiven Verhalten einiger seiner Schüler begegnen und so etwas wie Gemeinschaftsgeist in seiner Klasse aufbauen könne. Robert war sehr dankbar dafür. Es war gut, dass er eine Freundin wie Karin hatte.

Der Fall Samir Anruk war auch eine gute Woche später immer noch Gesprächsthema an der Schule, vor allem in seiner Klasse. Angst und Gewalt zerstören jede Gemeinschaft. Und in die Schule gehört beides schon gar nicht. Als Lehrer musste man darauf reagieren.

Seit Tagen beschäftigte sich Robert damit, wie er das Thema »Gewalt in der Schule« angehen könnte. Ursprünglich wollte er es im Rahmen einer herkömmlichen Unterrichtseinheit analysieren. Dabei hätte man erstens klären müssen, welche Formen der Gewalt es gäbe, und zweitens wäre es logisch, mit den Schülern die Ursachen der Gewalt und deren Folgen herauszuarbeiten, um ihnen anschließend Möglichkeiten der Gewaltprävention anzubieten.

Er hatte mit Karin über seine didaktische Absicht gesprochen. Doch sie fand diese Idee nicht gut. Nannte die geplante Unterrichtssequenz erheblich zu kopflastig. Sie hatte angeregt, dass man auf aggressives Verhalten mit einem pädagogischen Ansatz reagieren sollte, der auch auf den affektiven Bereich des Menschseins abzielte. Im Rahmen einer Projektwoche könnte er doch mit seiner Klasse beispielsweise soziale Tugenden wie Rücksichtnahme, Solidarität, Hilfsbereitschaft und Gemeinschaftssinn fördern. Robert fand Karins Vorschläge sehr einleuchtend. Er selbst hielt es für angebracht, ein solches pädagogisches Unternehmen außerhalb der Schule, etwa in einem Schullandheim durchzuführen, weil Lehrer und Schüler den ganzen Tag zusammen wären und man sich in einer angenehmen Umgebung und einer entspannten Atmosphäre viel intensiver auf die vorliegende Thematik einlassen könne.

Karin machte ihm das Angebot, mit seinen Schülern die Berghütte ihrer Familie aufzusuchen. Sie war durchaus für diesen Zweck geeignet. Platz gab es genug, weil der Vater vor Jahren seitlich angebaut hatte und sich unter dem Dach zwei große Matratzenlager befanden. Allein die herrliche Natur fernab vom Trubel des Alltags würde die Besucher zur Ruhe kommen lassen und friedensstiftend wirken. Robert war begeistert und wollte gleich morgen mit Rektor Schneider darüber reden.

Als die Vorbereitungen für das Projekt auf der Hütte fast abgeschlossen waren, tauchte plötzlich ein Problem auf. Ein türkischer Vater erklärte Robert nach Rücksprache mit mehreren

Landsleuten, dass alle türkischen Schülerinnen nicht mitfahren dürften. Nach ihrer Überzeugung sei keine geeignete weibliche Begleitperson dabei, die die Sicherheit ihrer Töchter garantiere. Das könne im Grunde nur eine Türkin, denn nur sie kenne die Traditionen und Sitten ihrer Kultur. Aber leider gebe es an dieser Schule keine türkische Lehrerin.

Aber es gab Fatma! Nach Roberts Überzeugung war das die Lösung. Doch wagte er es nicht, sie darauf anzusprechen, zumal sie sich seit Monaten kaum gesehen hatten. Deshalb schaltete er die Tükelis als Vermittler ein, und Fatma war nach einem persönlichen Gespräch mit ihm einverstanden.

***

Zwei Wochen später saßen die Schüler der 9a mit ihren Begleitern im Bus auf dem Weg ins Zillertal. Kein Handyklingeln störte, niemand zog sich während der Fahrt zurück und isolierte sich von den anderen, indem er Musik auf dem MP3-Player anhörte. Nur widerwillig hatten die Jugendlichen diese Bedingungen akzeptiert. Dafür schien die Sonne und auch für die nächsten Tage war schönes Wetter angesagt. Die meisten waren gut gelaunt und freuten sich auf eine »schulfreie« Woche. Die Berge rückten immer näher.

Robert war froh, dass auch Karin dabei war, die sich vor allem um die Verpflegung der Gruppe kümmern wollte. Neben ihr saß Fatma. Sie hatte zugesagt und erklärt, dass sie sich auf die Berge freue. Offensichtlich verband sie diesen Ausflug nicht mit einer unangenehmen Erinnerung.

Er musste sich eingestehen, dass er sich über ihre Anwesenheit freute. Doch wollte er sich ihr gegenüber in den folgenden Tagen emotional zurückhalten. Ohnehin wäre es nicht angebracht, den Anlass einer Klassenfahrt für die Regelung privater Angelegenheiten zu nutzen. Er war es seinen Schülern schuldig, sich jetzt vollkommen auf sie zu konzentrieren.

Am Ziel angekommen, schnallten sie ihre Rucksäcke um und marschierten los. Die Schüler hatten schon bei der Planung erfahren, dass die Kisten und Säcke mit Nahrungsmitteln, die eine Woche lang für etwa fünfundzwanzig Personen reichen mussten, von einem Unimog zur Hütte gebracht werden sollten. Auch die technischen Medien, die man im Bus transportiert hatte, wurden in den Geländewagen umgeladen. Ein Videoabspielgerät und ein Tageslichtschreiber sollten dem Lehrer eine gute Möglichkeit bieten, den Unterricht während der Projektwoche anschaulich zu gestalten.

Jeder, der der Gruppe begegnete und das Schreien und Gelächter, das Schubsen und Necken der Jugendlichen wahrnahm, musste zu dem Schluss gelangen, dass es sich hier um einen Schulausflug handelte. Robert bildete mit dem Kollegen Gebhard, dem Schulpsychologen, die Nachhut und sprach mit ihm nochmals das Tagesprogramm durch. Er war froh, dass er ihn als Begleiter hatte gewinnen können, da dieser die Klasse gut kannte und er sich bestens mit ihm verstand.

Karin hatte die Führung übernommen, denn sie war mit der Gegend vertraut. Sie erzählte Fatma, dass sie seit ihrer Kindheit regelmäßig mit den Eltern am Gerlosstein ihre Hütte in über 1500 Metern Höhe aufsuchte. Vor einigen Jahren hatte man sie modernisiert und vergrößert. Dank Solarenergie gab es dort oben jetzt sogar Strom.

Inzwischen war der Waldrand erreicht, und man folgte nun einem schmalen Pfad, der stetig steiler wurde. Für einige der Stadtkinder, die kaum Sport trieben, war der Anstieg strapaziös. Wenig später bat Fernandez, der Klassensprecher, den Lehrer um eine Pause, weil viele seiner Mitschüler körperlich ziemlich am Ende waren. Lochner willigte ein und die meisten ließen sich erschöpft auf dem Waldboden nieder. Rucksäcke wurden geöffnet. Robert hatte das erwartet. Er wusste aus eigener Erfahrung, welchen Spaß es an einem Wandertag machte, bei der ersten sich bietenden Gelegenheit etwas zum Essen auszupacken, auch wenn man nicht wirklich Hunger hatte. Eine Stunde später erreichten sie ein Plateau und Karin rief den anderen zu:

»Schaut, dort oben steht unsere Hütte.«

Die Wanderer hielten inne und genossen den faszinierenden Panoramablick: Almwiesen, die die Sonne in helles Grün getaucht hatte, und die einen farblichen Kontrast bildeten zu den angrenzenden dunklen Wäldern. Diese stiegen sanft an und wurden von einer erhabenen Kette schneebedeckter Berge gekrönt.

»Seid mal ganz ruhig!«, forderte Robert seine Schüler auf.

Nichts war zu hören, nur das Plätschern des Wassers.

Nun ging es hinauf zur Hütte, die die Jugendlichen wie ein Magnet anzog. Das größte Interesse galt zunächst den Schlafplätzen. Dabei war es für die Schüler auch wichtig, wer neben wem lag. Der Lehrer hatte dieses Problem vorausgesehen und deshalb vorsorglich mit Karin die einzelnen Schlafplätze schon festgelegt. Die meisten waren mit der Zuteilung der Matratzenlager einverstanden. Anschließend packte jeder Koffer und Tasche aus und richtete sich ein, so gut es möglich war.

»Wo ist denn hier ein Spiegel?«, rief Susanne, die sich nach dem anstrengenden und schweißtreibenden Anstieg über ihr Aussehen vergewissern wollte.

»Nur zwei Duschkabinen für uns Mädchen? Das gibt doch jeden Morgen und Abend einen Stau«, warf Marina ein.

Karin erinnerte daran, schon in München darauf hingewiesen zu haben, dass man auf einer Hütte nicht unbedingt den gewohnten häuslichen Komfort vorfinden würde, und regte an, für jeden Tag einen Zeitplan zu erstellen, um Konflikte zu vermeiden.

Ursprünglich wollte man bereits am Nachmittag mit der Arbeit beginnen. Robert unterließ es aber, weil seine Schüler viel zu aufgeregt waren und sich erst in der für sie ungewohnten Umgebung zurechtfinden mussten. Daher bat er sie, in der großen Stube Platz zu nehmen, und ging mit ihnen noch einmal die Gruppeneinteilung durch. Dabei handelte es sich um den Küchen-, Zimmer- und Waschraumdienst. Die Jungen protestierten, wollten auf keinen Fall »Frauenarbeiten« verrichten. Doch ihr Lehrer bestand darauf und ließ sich nicht umstimmen.

Für den Abend war ein Lagerfeuer geplant. Aber dazu musste erst Holz aus dem Wald geholt werden. Robert machte seine Schüler auf die Gefahren aufmerksam, dann zogen sie los. Später genossen sie das erste gemeinsame Abendessen auf der Hütte. Zusammen mit Fatma und Karin hatten zwei Buben und zwei Mädchen Spaghetti mit Tomatensoße gekocht. Unmengen von Nudeln quollen aus riesigen Töpfen, und die Köche warteten gespannt auf das Urteil der Klassenkameraden.

»Die Spaghetti sind nicht al dente«, kritisierte Mario, der einzige Italiener in der Klasse.

»Dann mach es doch besser, wenn du an der Reihe bist«, riefen die Mädchen.

Anschließend setzten sich alle um das Lagerfeuer. Die Wärme tat gut, denn um diese Jahreszeit war es am Abend in den Bergen schon kühl. Slobodan hatte vorher mit großer Sorgfalt das Holz aufgeschichtet und freute sich, dass es beim ersten Versuch zu brennen begann.

»Zu Hause bei uns auf dem Land in Serbien zünden wir auch öfter ein Lagerfeuer an, um das sich dann das halbe Dorf versammelt«, erzählte er stolz. »Die Leute unterhalten sich, es wird getrunken, gesungen und gelacht. Im Sommer muss man vorsichtig sein, dass die Funken keinen Brand verursachen.«

Zunächst war es laut in der Runde um das Lagerfeuer in den Zillertaler Alpen. Dann redeten nur noch wenige miteinander und auf einmal schwiegen sie alle. Zum Wald hin schwarze Nacht, etwas unheimlich und doch so aufregend. Am Himmel der leuchtende Mond und glitzernde Sterne, wie sie in der Großstadt niemals zu sehen waren. Traurige Schreie eines Kauzes oder Uhus, sonst war nichts zu hören. Nur noch Stille. Irgendwann fing Karin an zu erzählen:

»Vor ein paar Wochen hättet ihr noch die Kühe auf der Alm gesehen. Inzwischen aber war der festliche Almabtrieb. Die Tiere gehören zum Bauernhof dort unten, wo die Lichter brennen. Der Johann hat auch Ziegen und Jungvieh, das wochenlang im Freien auf den höher gelegenen Almen hinter der Gerloswand weidet. Natürlich gibt es hier oben viel Wild, und manchmal steht im Winter eine Gams vor einem der Hüttenfenster und schaut neugierig zu uns herein. Wenn im Frühling der Schnee zu schmelzen beginnt, spitzen drüben auf den Wiesen Krokusse hervor, und im Laufe der folgenden Monate verwandelt sich die Grasfläche in einen bunten Blumenteppich. Ja, die Berge und unsere Hütte. Ich bin Münchnerin, aber das hier ist meine zweite Heimat. Mit einem Schlag gewinne ich großen Abstand zur Hektik und zu den Problemen des Alltags. Du sitzt hier im Gras und unmittelbar vor dir breitet sich diese grandiose Kulisse der Natur aus. Man wird mit einem Mal ganz klein und demütig.«

Karin schwieg eine Weile und sagte dann noch:

»So, jetzt wird's aber höchste Zeit, dass ich aufhöre, euch mit diesen Schwärmereien und meinem Seelenleben zu langweilen.«

»Nein, überhaupt nicht«, erklang eine Jungenstimme aus dem Dunkeln.

»Es hat gut getan, was Sie uns erzählt haben«, sagte ein Mädchen.

Die anderen Schüler klatschten Beifall und auch Fatma gefielen Karins Worte. Ihr wurde bewusst, dass auch sie die Natur in den Bergen ihrer Heimat liebte, obwohl sie ganz anders geartet war.

Hier in der Runde unterhielt man sich noch eine Weile miteinander, bis Lehrer Lochner die Gitarre holte und den Andachtsjodler sang. Der feierliche Jodler unter dem Sternenhimmel klang wie ein Abendgebet und stimmte selbst die Buben besinnlich, die gerne auf cool machten.

Besinnungstage einer Schulklasse auf einer Hütte. Für die Lehrer hieß das, den richtigen Rhythmus zwischen Arbeit und Erholung zu finden. Robert wollte den Schülern zwar ausreichend Freizeit gewähren, jedoch stand das Projekt im Mittelpunkt. Die Jugendlichen lebten eine Woche lang rund um die Uhr auf engstem Raum beisammen und sollten lernen, rücksichtsvoller miteinander umzugehen.

Am nächsten Tag begannen sie mit ihrem Programm. Robert freute sich darüber, dass die Gruppen, die bisher für die häuslichen Arbeiten eingeteilt worden waren, ohne Streit ihre Aufgaben erledigt hatten. Soziale Tugenden ließen sich offenkundig besser durch Praxis verinnerlichen als darüber zu reden.

Dann erläuterte der Lehrer nochmals die Ziele des Projekts, skizzierte die Themen und erklärte die einzelnen Phasen, die während der Woche der Reihe nach anfielen. Der erste Themenkreis befasste sich mit verbaler Aggression. Nachdem man an Hand von Rollenspielen und in einer Diskussion geklärt hatte, wie verbale Aggressionen entstehen, wie man sich dagegen wehren und wie man sie verhindern kann, wurde in Kleingruppen sinnvolles Verhalten trainiert. Robert war am Ende recht zufrieden mit seinen Schülern.

Ihre Freizeit sollten die Jugendlichen selbst gestalten. Ein Wir-Gefühl, die Erfahrung von Gemeinschaft, konnte man nicht von oben erzwingen, sondern musste insbesondere aus den eigenen Erlebnissen entspringen.

Kein Handy für Schüler, keine MP3-Player und kein Fernseher! Ohne diese Geräte auskommen zu müssen war für einige zunächst eine schmerzliche Erfahrung. Aber sie entwickelten durchaus gute Ideen, wie sie ihre freien Stunden sinnvoll verbringen konnten.

Am Tag darauf beschäftigte man sich mit der körperlichen Aggression. Derartige Verhaltensweisen standen in ihrer Schule regelmäßig auf der Tagesordnung. Die Schüler sollten erkennen, wie und warum Menschen in bestimmten Situationen körperlich aggressiv reagierten, und dann versuchen, positive Alternativen zu entwickeln.

Manche Gewaltaktionen an einer Brennpunktschule legten die Vermutung nahe, dass Aggression und Gewalt immer auch im kulturellen Zusammenhang zu sehen sind. Zwar waren die Grund- und Menschenrechte in vielen Landesverfassungen und in der UNO-Charta verankert, allerdings spielten sie in verschiedenen Kulturkreisen im Alltagsleben und in der Erziehung häufig eine nebensächliche Rolle. Gewalt gegenüber Mitmenschen galt dann als sinnvolle und notwendige Maxime zur Durchsetzung eigener Interessen. Sie wurde mit der Tradition begründet und oft mit Mythen, Riten und Bräuchen zu legitimieren versucht.

Diesen Zusammenhang wollte Robert seinen Schülern vermitteln. Dafür hatte ihm Harun eine bemerkenswerte türkische Literatur mitgegeben, die er mit seinen Schülern auf der Hütte lesen sollte. Es handelte sich um die Geschichte »Ökkes und Cengaver« in Murathan Mungans Erzählband »Palast des Ostens«.

Die Geschichte erzählt von zwei Freunden in einem ostanatolischen Nomadenstamm, die einen brutalen Ritus zur Einführung in die Erwachsenenwelt vollziehen müssen. Im Alter von fünfzehn Jahren sollen sie ihre Männlichkeit unter Beweis stellen. Ökkes wird an einen Baum gebunden, Cengaver muss ihn blutig schlagen. Am nächsten Tag soll sich Ökkes auf die gleiche Weise rächen. Er hält sich zunächst in seinem Elternhaus auf, ist verwundet von Cengavers Schlägen. Seine Mutter ist bei ihm, will, dass er sich am nächsten Tag wie ein Mann verhält und Rache übt. Deshalb impft sie ihm ein:

»Du sollst von Rache erfüllt sein, aus den Wunden, die er deinem Körper zugefügt hat, soll deine Wut hervorbrechen ... Morgen musst du dich mit deiner Männlichkeit gürten wie mit einer Waffe. Du musst deiner Beute nachstellen. Die musst du in die Enge treiben und sogleich niederstrecken. Der Gefasste darf gegen seinen Jäger die Hand nicht erheben, das gebietet der

Brauch. Er darf sich nicht wehren, gegen dich die Hand nicht erheben.«

Doch Ökkes zweifelt. Er versteht nicht, warum Schmerzen mehr wert sein sollen als die Freundschaft, warum die Befriedigung des eigenen Egos wichtiger sein soll als das Mitgefühl mit anderen.

In Ruhe denkt er dieses Problem durch, befragt sein Herz und den Verstand, will wissen, was der Brauch bedeutet. Bis jetzt hatte er über Bräuche und deren Sinn nie nachgedacht. Nun tat er das zum ersten Mal. »Was ist der Sinn dieses Brauchs?«, fragt er sich. Der Brauch dieses alten archaischen Gesetzes ist eine Prüfung im Schmerz, im Grunde ist es ein Lernen durch Schmerz.

Die Mutter streicht ihm über das Haar und hofft, seinen Schmerz zu lindern. Ihre Berührung ist sicher wie ein Wundverband, geht es ihr durch den Kopf.

»Es ist kein Schmerz, Mutter«, sagt Ökkes, »es ist kein körperlicher Schmerz.«

Der Jugendliche leidet und fragt sich, ob die Freundschaft zu Cengaver dieser Prüfung standhalten würde. Er bezweifelt, dass sie überhaupt noch Freunde sind. Obwohl sich auch Cengaver quält, folgt er doch im entscheidenden Moment dem alten Brauch und wertet damit seine Freundschaft zu Ökkes deutlich ab. Er bringt es sogar fertig, sich selbst zu bemitleiden und sich bei seinem Opfer zu beklagen:

»Glaub mir, derjenige, der an den Baum gefesselt wird, hat es leichter. Er schlägt nicht als erster, er wartet nur. Glaub mir, Ökkes, meine Aufgabe ist viel schwerer als die deine. Ich muss dich schlagen ... Vergib mir! Ich muss ein Mann werden. Ich muss es tun.«

Ökkes versteht den Freund nicht mehr. Nein, das musste man wahrlich nicht tun ...

Robert brach an dieser Stelle ab und ließ die Erzählung auf die Schüler wirken.

»Das ist ja echt hardcore!«, rief Daniel.

»Ja, nichts für Warmduscher«, ergänzte Gülten, sein türkischer Mitschüler.

Die meisten hielten diesen Brauch für äußerst brutal und verurteilten Cengavers Verhalten. Katrin erklärte, dass er sich wie ein Primitivling aufgeführt habe, dass kein gesundes Tier so etwas machen würde.

Die türkischen Schüler Selim und Gülten versuchten, Cengavers körperliche Aggression zu verteidigen; erklärten, dass er sich gar nicht anders verhalten konnte, sonst hätten ihn die Männer des Dorfes aus ihrer Gemeinschaft ausgestoßen.

»Er ist ein Feigling, aber niemals ein Freund«, rief Erwin erregt.

»Was hätte er denn tun sollen?«, wollte Selim wissen.

»Auf sein Herz hören und sich weigern.«

Jetzt mischte sich der Lehrer ein:

»Ihr beiden, Selim und Gülten, ihr seid doch Freunde. Was würdet denn ihr in dieser Lage tun?«

Die Jungen zögerten mit der Antwort. Dann erklärte Selim:

»Gülten ist mein Freund. Deshalb würde ich es beim besten Willen nicht schaffen, ihn so zu quälen. Ich halte diesen Brauch für idiotisch.«

Gülten erklärte, dass er inzwischen derselben Meinung sei wie Selim. Wenn sie beide damals in jenem Dorf gewohnt hätten, wären sie wahrscheinlich zusammen abgehauen, am besten in die Großstadt.

Robert beendete die Diskussion und hatte die Absicht, die Gruppe jetzt zu entlassen. Er hielt den Augenblick für geeignet, weil sich seine Schüler noch eine Zeit lang mit diesem Problem auseinandersetzen sollten; entweder allein in Gedanken oder im Gespräch mit den anderen. Am Schluss meldete sich Susanne noch einmal zu Wort:

»Fatma, du kommst doch aus Ostanatolien. Macht ihr so etwas Doofes heute immer noch?«

Die Türkin erklärte, dass sie diesen anatolischen Brauch nicht kenne, dafür aber andere, die durchaus auch heute noch Gültigkeit hätten. Die meisten von ihnen belasteten aber nicht so sehr die Männer, sondern vielmehr die Frauen.

Susanne wollte mehr darüber wissen, aber Fatma war nicht in der Lage, darauf einzugehen. Abrupt stand sie auf und rannte aus dem Raum. Karin ging ihr nach, nahm sie bei der Hand und überlegte, was sie sagen sollte. Doch sie fand keine passenden Worte. Nach einer Weile beruhigte sich Fatma und erklärte:

»Karin, hast du gehört, was dieser Cengaver gesagt hat? ›Ich muss ein Mann werden. Ich muss es tun.‹ Das ist genauso wie beim Ehrenmord. Mein Vater und meine Brüder. Sie mussten Männer bleiben. Darum mussten sie es tun. Diese alten Sitten und Bräuche in meiner Heimat! Ich dachte, ich hätte es geschafft, hätte es überwunden, was sie mit mir gemacht haben.«

Nun aber quälte sie eine Frage, die diese Geschichte mit den zwei Buben aufgeworfen hatte:

»Ökkes bezweifelt, dass die Beachtung eines alten Brauches wichtiger sei als das Mitgefühl für einen anderen Menschen. Sein Zweifel ist absolut berechtigt. Ganz anders dieser Cengaver. Er versteckt sich hinter dem unmenschlichen Brauch, weil ihm sein Ego wichtiger ist als die alte Freundschaft. So ist das nun einmal! Meinem Vater war sein Ego doch auch wichtiger als seine Liebe zu mir und als mein Leben. Und mich mit dem Messer töten lassen ... Das ist doch die brutalste Form von Gewalt, oder?«

Karin nickte, wollte noch sagen, dass ihre Vergewaltigung auch zum Thema brutale Gewalt gehörte. Doch sie schwieg, drückte Fatma fest an sich und wiegte sie in ihren Armen hin und her wie ein kleines Kind, das schreckliche Angst hat oder nicht einschlafen kann. Die Deutsche litt mit der Türkin.

Robert hatte diesen Vorfall mitbekommen und war sehr betroffen. Er überlegte, ob auch er mit Fatma darüber reden sollte, doch er unterließ es. Schließlich war es Karin, die der Türkin beistand. Und sie konnte das besser als er.

Am Abend war Bauer Johann zu Gast. Karin hatte ihn eingeladen. Er erzählte von seinem Alltag, zum Beispiel vom Heumachen im Sommer. Am steilen Hang, an dem keine Maschine fahren kann ohne umzukippen, war das Heuen ein anstrengendes Unternehmen. Die Männer arbeiteten mit der Sense und die Frauen rechten das Gras zusammen. Wenn es nach ein paar Tagen getrocknet war, wurde das Heu zu großen Bündeln zusammengepackt, Berg abwärts bis zum Weg getragen und schließlich auf den Anhänger geladen.

Fatma hörte mit großem Interesse zu und dachte dabei an zu Hause. Auch dort verrichtete man in den Bergen derartige Arbeiten, die viel Kraft und Ausdauer abverlangten.

Tag drei in der Stub'n. »Mit Angst umgehen« stand auf dem Programm.

»Heute beginnen wir mit einem Gedicht von Doris L. zum Thema Angst.«

Lehrer Lochner schaltete den Tageslichtschreiber ein, las das eingeblendete Gedicht laut vor und wartete auf die Reaktion der Schüler.

> *Ich habe ANGST*
> *ANGST vor dem Tod*
> *ANGST vorm Atomkrieg*
> *ANGST, dass morgen schon alles zu spät ist*
> *ANGST um mich selbst…*

Zunächst blieben alle ruhig. Dann meldete sich Yesil zu Wort:
»Angst ist was für Looser, aber nicht für Männer.«
Herr Gebhard, der Psychologe mischte sich ein:
»Doch ich habe auch Angst. Zum Beispiel, dass ich im Alter so abbaue wie mein Vater. Er ist inzwischen unfähig, einen klaren Gedanken zu fassen, und ich kann mit ihm kein Gespräch mehr führen. Er erkennt mich, seinen Sohn, nicht einmal mehr. Ja, ich

habe sehr wohl Angst, dass es mir auch einmal so gehen könnte. Jeder Mensch hat irgendwann einmal Angst.«

Dann gestand Ilknur, dass sie Angst vor Mathe-Proben habe. Vanessa hielt das für recht banal und fragte:

»Was passiert dir denn schon bei einer Fünf?« Dann stellte sie fest: »Angst ist, wenn du mit deiner Mutter zu Hause sitzt und der Vater betrunken heimkommt. Und dir geht dann durch den Kopf: Schlägt er dich jetzt oder schlägt er dich nicht? Ilknur, das ist wirkliche Angst! Übrigens, auch deutsche Männer schlagen ihre Frauen!«

Die Gruppe reagierte betreten auf diese Aussage. Herr Gebhard wollte ablenken, damit man Vanessas Familiengeschichte nicht öffentlich diskutierte. Er wandte sich an die Jungen, ob sie denn nie Angst hätten, weil sich keiner von ihnen bis jetzt dazu geäußert hatte. Da die meisten anscheinend einen Gesichtsverlust befürchteten, wenn sie öffentlich über ihre eigenen Ängste sprachen, entschloss sich der Schulpsychologe, ein großes leeres Plakat an die Stubentür zu pinnen mit der Überschrift:

»Ich habe Angst vor ...«

Jeder Schüler erhielt mehrere Streifen Papier, auf denen er anonym ergänzen konnte, wovor er Angst hätte. Zuerst zierten sie sich, doch dann machten sie sich eifrig an die Arbeit und gaben verdeckt die ausgefüllten Zettel ab. Das Resultat war ein Spektrum jugendlicher Alltagsängste: Angst vor schlechten Noten, Angst vor meiner Mofaprüfung, Angst, Freunde zu verlieren, Angst vor Arbeitslosigkeit, Angst vor Schmerzen, Angst vor Krankheit ...

Herr Gebhard erklärte ihnen, dass es ganz natürlich sei, Angst zu haben. Nur müsse man angemessen mit ihr umgehen. Das sei sehr schwer, aber man könne es durchaus lernen.

Niemand verstand diesen Satz besser als Fatma. Und niemand wusste besser als sie, wie sich Angst anfühlte. Schließlich hatte sie mit der schlimmsten aller Ängste, der Todesangst, ihre Erfahrung gemacht.

Am letzten Abend vor der Abreise nach München versammelten sich alle wieder um das Lagerfeuer. Die jungen Leute unterhielten sich in einer entspannten, freundschaftlichen Atmosphäre über ihre Erlebnisse und Erfahrungen dieser gemeinsamen Tage in den Bergen. Einerseits freuten sie sich auf zu Hause, andererseits reagierten sie durchaus wehmütig. Offensichtlich hatte ihnen diese Woche gut getan. Nun ging sie zu Ende. Der Lehrer fragte seine Schüler, was sie von hier mitnähmen, und sie antworteten spontan:

»Es geht auch ohne Handy; zumindest für ein paar Tage.«

»Es macht keinen Spaß, die Toilette zu putzen.«

»Jetzt kann ich Nudeln kochen.«

»Vanessa ist gar nicht so zickig, wie ich immer gedacht habe. Sie hat mir das Schminken beigebracht.«

»Mich hat überrascht, dass Yesil auch nett sein kann.«

»Ich habe neue Freunde gefunden.«

»Es war so schön hier auf der Hütt`n.«

»Wir sollten auch in der Schule so zusammenhalten wie in dieser Woche.«

Robert hörte das gerne und war zufrieden. Die Arbeit hatte sich gelohnt und ihn darin bestärkt, dass ein Lehrer immer an seine Schüler glauben sollte. Auch er werde die Tage in den Bergen nicht so schnell vergessen und er appellierte an die Klasse:

»Wir sind hier oben näher zusammengerückt. Dieses Wir-Gefühl müssen wir mit in die Schule nehmen und es regelmäßig pflegen.«

Seine Schüler stimmten ihm zu. Sie schienen es wirklich ernst zu meinen.

Auch Fatma tat die Woche auf der Hütte trotz der Cengaver-Geschichte gut. Die Gespräche mit den Schülern waren meist interessant und sie lernte Karin als einfühlsamen Menschen kennen. Und Robert hatte sie von Anfang bis zum Ende nicht aus den Augen gelassen. Es beeindruckte sie sehr, wie er mit seinen

Schülern umging. Für sie gab es keinen Zweifel, dass die meisten ihn mochten. Ja, diesen Mann musste man mögen.

10

Göktan wollte eigentlich den Aufsatz über den Hepatitis-C-Virus in der neuesten Ausgabe einer Fachzeitschrift lesen. Doch dann hatte der Vater angerufen und ihn gebeten, sobald wie möglich mit Selma in die elterliche Wohnung zu kommen, weil es etwas zu besprechen gäbe. Leider sei Harun gegenwärtig nicht in der Stadt. Beunruhigt machte sich der ältere Sohn mit seiner Frau sofort auf den Weg. Die Mutter wirkte bei der Begrüßung sehr ernst und der Vater bat sie ins Wohnzimmer. Irgendetwas Unangenehmes muss passiert sein, ging es Göktan durch den Kopf. Sein Vater berichtete ohne Umschweife:

»Sie haben meinen Antrag abgelehnt.«

Die beiden wussten auch gleich, was gemeint war. Für kurze Zeit herrschte betretenes Schweigen. Die Nachricht berührte sie alle. Zwar hatte man die Hoffnung auf einen positiven Bescheid nicht aufgegeben, aber letztlich kam es so, wie es kommen musste. Herr Tükeli senior, als Jurist auf die besonderen Rechtsprobleme von Ausländern in Deutschland spezialisiert, legte die amtliche Mitteilung und weitere Dokumente, die den Aufenthalt Fatmas in Deutschland betrafen auf den Tisch, überflog sie kurz und erklärte der Familie den augenblicklichen Sachverhalt:

»Zweimal habe ich Einspruch gegen die Argumentation der Ausländerbehörde eingelegt. Damit wurde ein zeitlicher Aufschub für eine Ausweisung gewonnen. Mit diesem Urteil des Gerichts stehen wir jedoch an einem vorläufigen Endpunkt.«

Fatma wurde keine dauerhafte Aufenthaltserlaubnis in Deutschland gewährt. Der Richter orientierte sich bei seiner Entscheidung am Urteil des Bayerischen Verwaltungsgerichtshofs. Dieser hatte im Fall einer jungen kurdischen Frau festgestellt, dass eine Bedrohung durch einen sogenannten Ehrenmord, den die Klägerin nach einer Rückkehr in die Türkei befürchtete, kein »Abschiebehindernis« darstellt. Eine Revision war vom Gericht nicht zugelassen worden und dadurch ein Präzedenzfall für die

Zukunft ausgeschlossen. In der Begründung des Urteils hatte damals der Richter auf einen Lagebericht des Auswärtigen Amtes verwiesen. Darin hieß es: »In mehreren Provinzen der Türkei gibt es staatlich betriebene Frauenhäuser mit einem vergleichbaren Aufgabenbereich wie in Deutschland. Nach Aussage staatlicher Stellen stehen diese Einrichtungen auch Rückkehrern zur Verfügung.«

»Fatma in ein Frauenhaus in der Türkei? Das kommt überhaupt nicht in Frage!«, rief Selma aufgebracht dazwischen. »Und was ist, wenn …?«

Der Schwiegervater bat sie, sich nicht sofort aufzuregen, sondern ihm erst einmal zuzuhören.

»Die deutschen Behörden behaupten, in Istanbul könne Fatma in einem Frauenhaus sicher leben. Ich habe mich im Bürgermeisteramt in Istanbul erkundigt. Inci Bispun, ein Kollege und Studienfreund informierte mich, dass es sich dabei um einen großen Irrtum handle. In ganz Istanbul gebe es nur drei Frauenhäuser, und diese seien überfüllt. Mindestens zwei neue Häuser wären nötig, aber es fehlten die finanziellen Mittel. Fatma käme auf eine lange Warteliste.« Herr Tükeli senior zündete sich eine Zigarette an und fuhr dann fort: »Nur die wenigsten Opfer finden im Istanbuler Vorzeige-Frauenhaus in Kücükpazar Unterschlupf. Es ist das einzige, das dem europäischen Standard entspricht. Die Frauen sind vor Gewalt und Morddrohungen geflohen. Zurück zu ihrer Familie können sie nicht, denn sie wurden verstoßen. Sie sind froh, in diesem Haus unterzukommen. Wer draußen bleiben muss, riskiert sein Leben. Fatma würde es genauso ergehen und darauf lassen wir uns nicht ein.«

Seine Frau reagierte empört:

»Dein Studienkollege hat gesagt, es fehlen die finanziellen Mittel. Wundert euch das? Klar, es betrifft ja nur Frauen! Und für die fehlt in der Türkei nicht nur das Geld. Türkischen Frauen fehlt es an vielem. Vor allem am Respekt der Männer. Und die Männer sind auch der Staat.«

Göktan schüttelte den Kopf und seine Miene drückte Zweifel aus:

»Ich versteh' das nicht. Die Regierung hat doch im Sommer 2005 ein neues Strafrecht in Kraft gesetzt. Es soll vor allem die Rechte der Frauen stärken. Die Vergewaltigung in der Ehe ist erstmals ein Strafbestand. Die Straferleichterungen für Ehrenmorde sind abgeschafft worden. Die Türkei will die Forderungen der EU erfüllen. Deshalb ist diese Reform der türkischen Rechtsordnung die einschneidendste seit achtzig Jahren.«

»Ja, auf dem Papier«, warf seine Mutter ein, »Istanbul, die weltoffene Metropole am Bosporus. Mein Sohn, das sind deine Worte. Vergiss sie! Vieles ist in meiner Heimatstadt inzwischen zwar besser geworden, aber auch dort erlangt im Untergrund der fundamentale Islam immer mehr Gewicht. Und in der Welt dieser Islamisten gilt eine alleinstehende Frau als vogelfrei. In Deutschland erwartet Fatma die Ausweisung, in der Türkei der religiöse Fanatismus und die Rache ihrer Familie.«

»Frau, bleib ganz ruhig! So schnell schießen die Preußen nicht, würde Roberts Vater jetzt sagen. Fatma muss eben dann vorerst alle drei Monate in die Türkei reisen und für Deutschland ein Touristenvisum beantragen. Ich werde veranlassen, dass sie für ein Jahr als Au-Pair-Mädchen bei uns als ihrer Gastfamilie arbeitet, da sie ausreichende Deutschkenntnisse nachweisen kann. Daran lässt sich ein zusätzliches freiwilliges soziales Jahr anhängen. Und wenn diese Zeit abgelaufen ist, werde ich bestimmt weitere Möglichkeiten für einen Aufenthalt in Deutschland finden.«

Alle waren nach den juristischen Ausführungen des Vaters erleichtert. Fatma musste jedenfalls in den nächsten Tagen Deutschland verlassen und sich in der Türkei das Einreisevisum beschaffen. Es bot sich an, nach Istanbul zu fliegen, weil Selma ohnehin wieder einmal ihre Mutter und Oma besuchen wollte und Fatma somit begleiten konnte. Als diese von der Sprachenschule zurückkehrte und man ihr den Plan vortrug, willigte sie ein.

Selma buchte im Internet den Flug: Turkish Airlines, Flugnummer 1636, Terminal 2, Abflug München 18:20, Ankunft Istanbul 22:00.

Ein paar Tage später landeten sie in Istanbul. Ein Taxi brachte sie vom Flughafen in die Haci-Mansur-Straße. Selma begrüßte die Mutter und umarmte sie herzlich. Die ältere Dame gewährte Fatma das Gastrecht. Daher war es für sie selbstverständlich, dass sie jener zunächst ehrerbietig die Hand küsste und an ihre Stirn führte, nachdem Selma sie vorgestellt hatte. Die Großmutter schlief schon und man wollte sie auf keinen Fall wecken. Die drei Frauen unterhielten sich noch ein wenig und gingen dann ins Bett, denn es war schon spät.

Fatma konnte nicht einschlafen. Seit ihrer Flucht vor der eigenen Familie war sie zum ersten Mal wieder auf türkischem Boden. Das erfüllte sie mit Freude. Aber sie verspürte auch eine innere Unruhe und eine tiefe Wehmut. Obwohl sie sich gegenwärtig in der Türkei und nicht in Deutschland aufhielt, war sie doch unendlich weit von ihrer Familie entfernt. Kontakt mit ihr aufzunehmen war völlig ausgeschlossen, wenn sie ihr Leben nicht gefährden wollte. Immer wieder wälzte sie sich im Bett hin und her.

»Kannst du auch nicht schlafen?«, fragte Selma ihre Freundin.

»Nein. Das liegt wahrscheinlich an den neuen Eindrücken«, antwortete Fatma.

Dann bat sie Selma, ihr noch ein wenig von ihrer Familie zu erzählen, schließlich sei sie bei ihrer Mutter und Großmutter zu Gast und wisse kaum etwas über sie. Selma willigte ein.

»Meine Mutter und ich sind nach dem Tod meines Vaters von Maryanik nach Istanbul gezogen. Ich war damals noch ein Kind. Jahre später hat Mutter nochmals geheiratet; einen Architekten, der in seinem Beruf sehr erfolgreich war. Mein Stiefvater hat mich gemocht und er war in Ordnung. Aber leider hat er Mutter wegen einer anderen Frau verlassen, sie aber wenigstens finanziell äußerst großzügig abgesichert. Sogar die Eigentumswohnung hat er uns überschrieben.«

Selma berichtete weiter, dass die Mutter lange Zeit Abteilungsleiterin in einem Kaufhaus war, aber vor drei Jahren die Frührente beantragte. Einer ihrer Brüder lebte mit seiner Familie und Selmas Großmutter bis Mitte der 90er Jahre im Elternhaus in Sambalja, einem Dorf in Ostanatolien, gar nicht weit weg von Maryanik. Onkel Hacer sah jedoch in der Landwirtschaft keine Zukunft mehr und ging deshalb mit seiner Frau und den Kindern nach Berlin. Die Großmutter war schon damals krank und gebrechlich. Auf keinen Fall wollte sie mit nach Deutschland, aber allein konnte sie nicht bleiben. Also zog sie zu ihrer Tochter nach Istanbul. Das bedeutete für die beiden Frauen eine große Umstellung: Die Oma, die ihr ganzes Leben auf dem Land verbracht hatte, fühlte sich in der Großstadt unsicher und lehnte sich daher sehr an die Tochter an. Selmas Mutter, eine emanzipierte Frau, konnte es schwerlich ertragen, dass Oma in ihr immer noch das Mädchen sah, das sie nach Maryanik verheiratet hatten.

»Für Oma ist meine Mutter bis auf den heutigen Tag das kleine Mädchen geblieben, das sie einmal war. Entsprechend behandelt sie Mama auch. Fast jedes Mal, wenn wir telefonieren, höre ich aus ihren Worten, wie sie darunter leidet.«

»Das ist ja auch unerträglich«, pflichtete Fatma bei. Selma fuhr fort:

»Aber das eigentliche Problem kommt erst. Oma kann seit zwei Jahren wegen ihrer Hüftbeschwerden das Haus nicht mehr verlassen und ist auf Pflege angewiesen.«

»Und das macht sicherlich deine Mutter«, mutmaßte Fatma.

»Ja, wer denn sonst? Leider hat sich Großmutters Gesundheitszustand inzwischen erheblich verschlechtert. Und Mama hat deshalb kaum mehr Zeit für sich ... Aber ich denke, wir sollten jetzt endlich schlafen«, meinte sie dann, »schließlich haben wir am Vormittag einiges zu erledigen.«

Am Morgen frühstückte man ohne Oma. Frau Cuma Güngur, Selmas Mutter, hatte sie schon gewaschen, ihre offene Wunde versorgt und sie umgebettet. Das strengte die alte Dame sehr an und sie war deshalb wieder eingeschlafen. Selma wollte mit dem Ausgehen warten, bis ihre Großmutter aufgewacht war, um sie zu begrüßen. Doch die Mutter riet ihr davon ab. Sie sollte mit Fatma möglichst früh ins deutsche Konsulat aufbrechen und deren Visumantrag abgeben, sonst müssten sie zu lange in der Schlange anstehen. Oma sei am Nachmittag nach ihrem Mittagsschlaf ausgeruht und gut gelaunt. Da könne man sich am besten mit ihr unterhalten. Die zwei Frauen aus Deutschland waren einverstanden. Cuma bestellte ein Taxi und bereits zwei Stunden später verließen sie die deutsche Behörde. Man teilte den beiden mit, dass die Bearbeitung etwa eine Woche dauern würde.

Selma hatte versprochen, die Freundin mit ihrer Heimatstadt vertraut zu machen. Aber das war gar nicht so einfach, denn dabei handelte es sich nicht um irgendeine Stadt. Allein ihre Lage ist einzigartig. Die eine Hälfte gehört zu Europa, die andere zu Asien. Über zweitausend Jahre lang hat diese Stadt als Byzanz, Konstantinopel und schließlich Istanbul die Geschichte der Welt mitbestimmt. Vergangenheit und Gegenwart, Orient und Okzident leben unmittelbar nebeneinander und sind überall spürbar. Zwar gibt es die Sultane und Kalifen nicht mehr. Dennoch liegt heute immer noch der märchenhafte Zauber aus tausend und einer Nacht über der Metropole am Bosporus. Seit jeher zieht sie die Menschen magisch an. Stolz präsentiert sie dem faszinierten Besucher ihre prächtigen Paläste, orientalischen Basare und grandiosen Moscheen aus der großen osmanischen Zeit.

Fatma ging es nicht anders, auch sie war fasziniert. Selma nahm die junge Frau aus Ostanatolien bei der Hand und führte sie durch den überquellenden Straßenverkehr in Richtung Galata-Brücke, die das alte Stambul über das Goldene Horn mit den modernen Stadtteilen Pera, Galata und Beyoglu verbindet. Menschenmassen drängten hinunter zu den zahlreichen Dampfern und Fähren, die am südlichen und nördlichen Brückenkopf anlegten und abfuhren. Auf den Straßen Auto an Auto, so weit das Auge reichte. Hupen und Quietschen von Bremsen. Fahrer, die die Verkehrsregeln missachteten und sich beschimpften, wenn einer von ihnen das Nachsehen hatte. Der Verkehr nervte. Die beiden Frauen bahnten sich einen Weg hinauf zur Brücke, Dreh- und Angelpunkt der Stadt, die inzwischen für Menschen und Fahrzeuge zu einem Nadelöhr geworden war.

»Als ich klein war, stand noch die alte Brücke. Damals priesen zwischen Teehäusern und Lokalen die Fischer ihren frischen Fang an. Die Eltern haben uns Kindern am Sonntagmittag stets einen gebratenen Fisch und ein Brot gekauft, bevor wir mit der Fähre hinüber zu den Prinzeninseln gefahren sind. Diese Ausflüge waren so schön.«

»Ich bin noch nie mit einem größeren Schiff gefahren«, stellte Fatma bedauernd fest.

»Hier in Istanbul wirst du genug Möglichkeiten bekommen, das versprech' ich dir. Aber jetzt muss ich mir überlegen, was ich dir heute zeige.«

Viele Sehenswürdigkeiten gingen ihr durch den Kopf. Sie traf aber schnell eine Entscheidung.

»Ich entführe dich jetzt in die Altstadt.«

Sie nahmen den Fußgängertunnel und tauchten ein in das wogende Menschenmeer, das Fatma keine Angst mehr einflößte wie in den ersten Monaten in München. Wasserverkäufer, Schuhputzer, Männer mit schwerem Gepäck auf dem Rücken. Einer balancierte auf dem Kopf ein Tablett mit Kuchen. Rucksacktouristen schoben sich an zweirädrigen Holzwägen vorbei, die mit Wasserflaschen beladen waren. Dahinter mehrere Karren mit Matratzen, Kartons und Kleidern. Zwei alte, weißbärtige Männer saßen auf dem Boden, den Rücken an die Hauswand gelehnt, und zogen genüsslich an ihrer Wasserpfeife.

Sie gingen noch in die Syleymanie-Moschee und fuhren anschließend nach Hause; kamen genau zur rechten Zeit, denn die Großmutter hatte soeben ihren Mittagsschlaf beendet. Deshalb suchten alle drei Frauen ihr Zimmer auf. Selma umarmte ihre Oma, begrüßte sie und fragte nach ihrem Wohlbefinden.

»Güzelim, meine Schöne, sei mir willkommen. Gut geht es mir. Mach dir keine Sorgen. Ich freue mich, dass du gekommen bist. Allaha bin sükür, dem Allmächtigen sei tausend Dank dafür! Festgebunden bist du in deinem Deutschland. Ich wollte dich und deine Geschwister noch einmal sehen, bevor ich sterbe. Sehen mit klarem Verstand. Bin ja jetzt schon oft nicht bei Sinnen. Aber noch merk' ich es wenigstens.«

Selma entgegnete:

»Großmutter, du lebst noch lange. Deinen neunzigsten Geburtstag werden wir ganz groß feiern.«

»Ach Mädchen! In ein paar Tagen kehrst du nach Deutschland zurück und wahrscheinlich sehen wir uns dann nie mehr.«

Selma machten diese Worte traurig, denn es war ja nicht auszuschließen, dass sie recht hatte. Doch diesen Gedanken behielt sie für sich und meinte nur:

»Omi, sag nicht so etwas!«

Die alte Frau wandte sich Selmas Freundin zu:

»Du bist also Fatma. Hosgeldiniz, willkommen.«

»Hosbolduk Teyze. Danke, verehrte Tante«, antwortete die junge Frau. Sie küsste ihr die Hand, zögerte mit dem Gruß und erklärte etwas verlegen: »Verzeihen Sie... mir fällt gerade Ihr Name nicht ein.«

»Nenn mich einfach Oma Ilknur. Allah gebe dir ein langes Leben, mein Mädchen.«

»Fatma, und mich kannst du mit Cuma ansprechen«, ergänzte Selmas Mutter.

Die Oma ergriff wieder das Wort:

»Fatma, meine Enkelin hat mir am Telefon schon viel von dir erzählt. Du kommst also aus Maryanik. Mein Dorf ist gar nicht weit von deinem Heimatort entfernt. Auf dem Muli braucht man ungefähr sechs Stunden. Du weißt ja sicher, dass meine Tochter Cuma dort mit ihrem ersten Mann verheiratet war und Selma in Maryanik mehrere Jahre ihrer Kindheit verbracht hat.«

»Ja, das weiß ich«, antwortete die junge Frau höflich.

»Ihr kommt gerade aus der Stadt. Sag Fatma, wie findest du Istanbul?«

»Einfach toll.«

»Ja, ganz toll verrückt. Kein normaler Mensch hält diese Stadt auf Dauer aus.«

Die alte Frau bekam vom vielen Reden Durst. Frau Güngur ging in die Küche, mixte ein Glas Ayran aus Wasser und gewürztem Joghurt und kehrte ans Bett zurück. Die Großmutter nahm das Glas und trank es gierig leer ohne abzusetzen.

Cuma fragte:

»Meine Tochter! Sag, bist du endlich schwanger? Du wirst jetzt bald dreißig und ihr habt immer noch keine Kinder.«

Selma ärgerte sich. Diesen Vorwurf musste sie sich bei jedem Gespräch anhören, sogar am Telefon. Das ging nur sie und ihren Mann etwas an. Sie schwieg, jedoch verriet die Mimik deutlich ihren Unmut. Sofort stellte sich die Großmutter auf ihre Seite:

»Cuma, lass unser Mädchen in Ruhe. Sie weiß schon, was sie tut. Wir haben früher ein Kind nach dem anderen bekommen. War das vielleicht besser? Ich war siebzehn, als ich geheiratet habe. Sechs Kinder habe ich zur Welt gebracht. Cuma, du drei. Sie wird schon noch das Mutterglück erleben, unser kluges Kind. Nicht wahr, Selma?«

»Natürlich möchten Göktan und ich einmal Kinder haben. Aber erst, wenn ihm die Stelle als Oberarzt zugesagt wird.«

Die Großmutter wandte sich darauf wieder Cuma zu:

»Hast du gehört, was sie gesagt hat? Sie möchten Kinder haben. Wir konnten uns nicht aussuchen, ob wir mochten oder nicht. Bei uns kamen sie eben. Das ist der Unterschied. Die jungen Frauen von heute machen das mit dem Kinderkriegen schon richtig.«

Dann redete sie mit Fatma, fragte, wie ihr München gefalle; wollte wissen, ob sie sich schon auf Deutsch unterhalten könne und sie deutsche Freunde habe.

Cuma massierte ihrer Mutter den Rücken, um die Schmerzen zu lindern, die das Gesicht der alten Frau zeichneten. Inzwischen war deren Stimme leiser und dünner geworden und ein wenig klang sie nach Wehmut. Mit einem Mal sprach sie nicht mehr. Ihre Augen verrieten, dass sie müde war. Kurz darauf schlief sie ein.

Cuma, ihre Tochter und Fatma setzten sich auf den Balkon und tranken Tee. Draußen war es immer noch sehr warm. Aber das machte den Frauen nichts aus, weil ein Pistazienbaum vor dem Balkon ihnen Schatten spendete. Man unterhielt sich über die Großmutter. Richtig aufgedreht sei sie gewesen und gut gelaunt. Cuma erklärte, dass Selmas Anwesenheit für Oma wie ein Lebenselixier wirke. Dennoch werde sie schnell müde. Sie habe keine Kraft mehr in den Beinen und das Sitzen im Rollstuhl strenge sie an. Deshalb bliebe sie die meiste Zeit im Bett liegen. Dann wechselte die Mutter das Thema:

»Mein Mädchen, kommen wir jetzt mal zu dir und Göktan: Denkt ihr denn gar nicht daran, einmal zurückzukehren?«

Selma verstand nicht recht, warum die Mutter sie jetzt danach fragte, zumal sie ihre Antwort bereits kannte. Zuerst wollte sie die lästige Bemerkung übergehen und irgendeine andere Sache ansprechen. Doch sie hielt das für respektlos und antwortete:

»Mama, ich lebe jetzt bald so lange in Deutschland wie in der Türkei. Mein Mann, der dort einen festen Arbeitsplatz im Krankenhaus hat, sogar noch länger. Natürlich denken wir manchmal daran, hier ein zweites Zuhause zu schaffen. Vielleicht ein Häuschen am Meer. Aber ganz zurück in die Türkei? Das kann ich mir beim besten Willen nicht vorstellen. Wenn Oma einmal nicht mehr lebt, dann kannst du doch zu uns nach Deutschland ziehen.«

Die Mutter zuckte mit den Schultern, stand schweigend auf und ging ins Wohnzimmer. Rasch kehrte sie wieder zurück und teilte mit, dass sie zum Einkaufen gehe. Schließlich habe sie

Besuch und möchte den beiden jungen Damen am Abend etwas ganz Besonderes kochen. Sie lud Fatma ein, mitzukommen. Das neue Feinkostgeschäft gleich um die Ecke müsse sie unbedingt sehen.

Selma war froh, eine Zeit lang allein zu sein, denn sie wollte ihre Gedanken ordnen. Sie machte sich bewusst, dass sie sich inzwischen ein gutes Stück von ihrer Mutter und der Großmutter entfremdet hatte. Natürlich liebte sie beide, aber man sah sich bestenfalls einmal im Jahr. Sie telefonierten zwar regelmäßig miteinander, doch was bedeutete das schon. München und Istanbul waren zwei völlig verschiedene Welten und jede von ihnen führte in ihrer Stadt ein eigenes Leben. Sie hatte hier geheiratet, war zu ihrem Mann nach Deutschland gezogen und suchte dort ihr Glück.

Ihre Mutter wäre gerne in ihrer Nähe. Das hatte sie ihr einmal gesagt. Doch hielt sie es für ihre Pflicht, die Großmutter zu versorgen, weil diese sich weigerte, in ihrem Alter mit nach Deutschland zu gehen. Das konnte man durchaus verstehen, schließlich war Istanbul schon Umstellung genug.

Selma empfand Mitleid mit ihrer Mutter und für kurze Zeit plagte sie ihr Gewissen. Verhielt sie sich denn nicht rücksichtslos und dachte nur an sich? Doch das war unangemessen. Kinder ziehen nun einmal irgendwann von zu Hause aus und gründen ihre eigene Familie.

Unten auf der Straße hupte penetrant ein Auto. Selma beugte sich über das Balkongeländer und entdeckte einen Eisverkäufer, der in der Nähe des Pistazienbaumes parkte. Ohne zu zögern lief sie hinunter. Ein echtes türkisches Eis. Es gab nichts Besseres!

Sie hatte sich unter dem Baum auf eine Bank gesetzt, das Eis gegessen und war dann wieder in die Wohnung hinaufgegangen, bemüht, die Tür leise zu schließen, um die Großmutter nicht aufzuwecken. Doch die war schon wach und rief nach ihr. Selma begrüßte sie freundlich mit »Nene Omi«, fragte, wie sie sich fühle und ob sie ihre Kissen aufschütteln solle.

»Mein Kind, komm her und setz dich zu mir!«, forderte die alte Frau ihre Enkeltochter auf.

Sie schlug die Bettdecke ein wenig zur Seite, damit Selma genügend Platz hatte. Diese umfasste ihre kalte Hand, um sie zu wärmen und streichelte sie zärtlich.

»Du willst wissen, wie es mir geht. Im Augenblick gut. Aber ich habe oft Schmerzen. Allah möge mir Kraft und Geduld geben.« Dann richtete sie sich im Bett auf und sagte: »Jammern hilft nicht weiter. Machen wir uns lieber schön. Reich mir bitte den Kamm und den Spiegel herüber.«

Sie begann ihr langes Haar zu kämmen. Es war immer noch voll und nur von wenigen grauen Strähnen durchzogen.

»Schau mich nicht so an, die paar weißen Haare ertrag ich schon.« Dann zog sie einen sauberen Mittelscheitel, teilte die Haare am Hinterkopf in drei Stränge und erklärte: »Normalerweise flechte ich mir jetzt einen Zopf. Dazu brauche ich den Spiegel nicht. Meine Hände erledigen das automatisch. Trotzdem strengt mich dieses Haareflechten inzwischen ziemlich an, weil man die Arme so lange hochhalten muss. Selma, kannst du mir helfen?«

»Aber Oma. Natürlich kann ich das.«

»Dann sei so lieb und nimm mir diese Arbeit heute einmal ab!«

Als der Zopf fertig war, ergriff ihn die Großmutter, wickelte ihn mit geschickten Bewegungen zu einem Knoten zusammen und steckte dann ein Kämmchen hinein, um ihm Halt und Festigkeit zu geben.

»Gut siehst du aus, Oma. Sag mal, warst du in jungen Jahren auch so eitel?«

Die Großmutter lächelte verschmitzt und antwortete:

»Na und ob. Schließlich gab es die Männer.«

Auf der Kommode stand in einem metallenen Rahmen ein Schwarz-Weiß-Foto der Großeltern. Die Großmutter beobachtete aufmerksam Selmas Gesichtsausdruck.

»Gefällt es dir?«

»Ja natürlich, Oma. Ihr wart ein fesches Paar.«

»Ach, das ist so lange her. Dein Großvater ist seit mehr als zwanzig Jahren tot.«

»Hast du deinen Mann geliebt?«

»Mädchen, du stellst vielleicht Fragen. Ich wurde in jungen Jahren von meinen Eltern verheiratet. Mit der Liebe hat es etwas gedauert. Aber dann ist sie zu uns beiden gekommen. Wir hatten großes Glück. Allah sei dafür Dank!«

»Konntest du mit Großvater deine Probleme besprechen?«

»Viele schon, aber nicht alle. Männer verstehen nun einmal nicht alles.« Als Selma schmunzelte, fing sie laut an zu lachen und ergänzte: »Natürlich sind sie selbst ganz anderer Meinung.«

Im Flur erklangen Stimmen. Cuma und Fatma waren vom Einkaufen zurückgekommen.

»Euch beide hört man bis ins Treppenhaus lachen«, sagte die Mutter. »Ihr habt wohl Witze erzählt?«

»Nein, Oma klärt mich über die Stärken und Schwächen der Männer auf.«

»Ja, das ist wahrlich ein lustiges Thema«, antwortete Cuma und jetzt lachten sie alle.«

Am nächsten Tag gingen Selma und Fatma wieder in die Stadt. Sie machten sich auf zum Großen Basar, den ein türkischer Dichter als Ort der großen Geheimnisse bezeichnet hatte. Fatma verwirrte das Labyrinth aus Straßen und Gassen, die sich alle sehr ähnlich sahen. Sie ergriff Selmas Hand und sprach:

»Ich als Fremde würde mich hier schnell verirren.«

Selma stimmte ihr zu:

»Ja, man muss schon sehr aufpassen. Bei diesen Menschenmassen verliert man leicht die Orientierung.«

Unzählige Läden reihten sich zu beiden Seiten der Straßenschluchten aneinander. Waren über Waren, die den Kunden angeboten wurden. Die Frauen durchschritten die Halle der

Tuch- und Teppichhändler und verweilten eine Zeit lang an den Ständen der Gold- und Silberschmiede.

»Selma, schau mal! Da oben hängen Nazar boncuks. Wie schön sie sind!«

Nach türkischer Überzeugung besitzen diese blauen Kugeln magische Kräfte und man hält sie für Glücksbringer. Selma schenkte der Freundin eine dieser Kugeln, schließlich konnte gerade sie das Glück gut gebrauchen. Aus einer Seitengasse war das Hämmern der Kupferschmiede zu hören. Die beiden schlenderten hinüber und schauten den Männern bei der Arbeit zu. In den Regalen im Laden waren kupferne Teller, Vasen und Becher in verschiedenen Formen und Größen mit grazilen Ornamenten ausgestellt. Selma erklärte ihrer Begleiterin, dass die Geschichte dieses Handwerks langsam zu Ende sei und damit ein Stück osmanischer und orientalischer Tradition verloren gehe. Völlig anders verhielt es sich mit den Angeboten ganz in der Nähe. Im Ägyptischen Basar präsentierte sich der Orient voller Leben. Die Luft war erfüllt von den Wohlgerüchen Arabiens; eine betörende Mischung aus herben Arzneien, Teesorten, Gewürzen und süßen Schleckereien.

»Das hier geht mir in München sehr ab«, erklärte Selma, und es fiel ihr nicht schwer, ihre Freundin zum ausgiebigen Naschen zu verführen. Nun wurde es Zeit, nach Hause zu fahren, zumal der stundenlange Bummel müde machte.

Cuma öffnete die Wohnungstür, war aber recht kurz angebunden.

»Bin gerade mit Großmutter beschäftigt. Am besten, ihr stört uns jetzt nicht. Ich habe das Abendessen auf dem Herd warm gehalten. Esst bitte gleich! Danach könnt ihr zu uns rüberkommen.«

An sich wollten sie heute gar nichts mehr essen, hatten sie doch auf dem Basar süße Backwaren im Übermaß verzehrt. Aber das durften sie der Köchin nicht antun. Nach der Mahlzeit suchten sie die Großmutter auf. Sahen sofort, dass es ihr nicht gut ging.

Am Rücken oberhalb ihres Gesäßes war die Haut angeschwollen und entzündet. Die alte Frau war stets bemüht, im Bett nicht zu lange auf einer Seite zu liegen, sondern sich regelmäßig zu drehen, damit die Haut nicht wund wurde. Aber im Schlaf ließ sich das schwerlich beeinflussen. Deshalb war es wieder passiert. Selmas Mutter rollte Oma mit gekonntem Griff leicht zur Seite und legte ein Kissen an Schulter und Oberschenkel, um die Position der Patientin zu stabilisieren. Sie bestrich die Wunde mit einer Salbe und verband sie anschließend.

»Bleibt noch ein bisschen hier«, sagte Cuma bedrückt und verließ das Zimmer. Selma versuchte ihre Großmutter zu trösten, doch sie fand nicht die rechten Worte. Man sah der alten Frau ihre Schmerzen an. Das Gesicht blass, die Wangen hohl und die Augen in tiefen Höhlen. Immer wieder presste sie die Lippen aufeinander.

»Ruhen sie sich aus, Oma Ilknur«, flüsterte Fatma und erhielt als Antwort ein stummes Nicken. Es dauerte nur wenige Minuten, bis sie einschlief.

Die beiden jungen Frauen schlichen sich aus dem Zimmer und kehrten zurück in die Küche, um dort aufzuräumen. Cuma stand schweigend am offenen Fenster und blickte auf die Straße.

»Mama, du rauchst?«

»Diese eine Sünde wirst du mir doch zugestehen, sonst bleibt mir ja keine mehr in diesem Leben.«

»Bitte verzeih. Ich bin unmöglich. Klar, dass dich die Sache mit Oma sehr belastet.«

»Hast ja gesehen, was mit ihr los ist. Sie ist ein akuter Pflegefall. Und sie beansprucht mich oft rund um die Uhr. Ich muss sie waschen, anziehen und meistens sogar füttern. Mein Gott, sie ist hilflos, ständig angewiesen auf mich. Das kostet nun mal viel Kraft.«

Fatma mischte sich ein:

»Ich komme mit Oma ganz gut zurecht und ich glaube, sie mag mich. Tante Cuma wie wär`s, wenn ich mich einmal um sie kümmere und du dir einen freien Tag gönnst. Könntest mit Selma einen Stadtbummel machen. Ihr hättet ein paar Stunden ganz für euch allein.«

Mutter und Tochter fanden den Vorschlag ausgezeichnet und auch Oma Ilknur war einverstanden. Aber morgen wollte Selma erst einmal mit Fatma nach Asien reisen. Und so geschah es auch.

Asien. Selmas Formulierung hörte sich etwas großspurig an. Dennoch war sie keineswegs falsch; schließlich fuhren sie mit dem Taxi auf die asiatische Seite Istanbuls. Fatma fiel sofort auf, dass dort viel mehr Bäume und Grasflächen die Landschaft prägten. In Kuskuncuk stiegen sie aus dem Auto und machten einen Spaziergang durch den malerischen Ort, der wie ein abgeschlossenes Dorf in der Stadt wirkte.

Selma erklärte, dass in der Antike hier eine Karawanenstraße endete und man die Siedlung damals Goldstadt nannte. Im 15. Jahrhundert ließen sich die Juden nieder, danach die Armenier und Griechen. Erst viel später kamen die Türken. Dass Kuskuncuk auch heute etwas Besonderes ist, bezeugen die Villen mit ihren prächtigen Fassaden. Selma wies darauf hin, dass hier vor allem Künstler und Intellektuelle leben.

Dann führte sie die Freundin zu einem alten osmanischen Holzhaus, wo sie mehrere Jahre ihrer Kindheit verbracht hatte. Sie betrachtete wehmütig die Giebelseite, setzte sich mit Fatma auf eine Gartenmauer und begann zu erzählen:

»Das war einmal das Haus meines Onkels Mesut und seiner Familie. Sie wohnten im Erdgeschoss und wir im ersten Stock, den man über eine knarzende Holztreppe erreichte. Du siehst die bauchigen, schmiedeeisernen Gitter vor den Fenstern. Ich fühlte mich von ihnen keineswegs eingesperrt, sondern beschützt und geborgen. Hinter dem Fenster ganz links war mein Lieblingsplatz. Ein paar Kissen hatte ich mir stets auf die Fensterbank gelegt, mich darauf gestützt und bei geöffnetem Fenster die fliegenden Händler mit ihren Pferdekarren auf der Straße beobachtet.

Unter lautem Geschrei boten sie ihre Waren feil: Melonen, Gemüse, Milch, Joghurt und andere Speisen. Das Treiben dort war aufregend. Ich kam mir vor, als säße ich auf einem Logenplatz im Kino und schaute mir einen spannenden Film an.«

Stunden später ließen sich beide vom nächtlichen Istanbul verzaubern. Die Stadt hatte sich in ein buntes Lichtermeer verwandelt. Sehr viele Menschen waren in Üsküdar auf der Uferpromenade des Bosporus unterwegs, um die Aussicht zu genießen und zu flanieren. Danach wollte man sich direkt am Meer einen gemütlichen Platz zum Essen suchen. Die vielen Lokale unmittelbar am Wasser schienen für eine lange Nacht gerüstet zu sein.

»Schau mal, der Mond! Er steht unterhalb der Brücke, nicht darüber. Das sieht ganz unwirklich aus«, rief Fatma erstaunt. Und Selma gab ihr zur Antwort:

»Ja, das ist eben der Zauber des Orients.«

Am nächsten Morgen bereitete Fatma für Oma Ilknur in der Küche ein opulentes Frühstück und ging dann zu der alten Dame hinüber.

»Guten Morgen, Oma Ilknur. Haben Sie gut geschlafen?«

»Guten Morgen, schönes Mädchen. Mir geht es gut. Sind Cuma und Selma schon weg? Sie wollten doch heute in die Stadt.«

»Ja, sie sind vor einer guten Stunde gefahren. Teyze, Sie haben heute Gott sei Dank länger geschlafen. Da die beiden sich viel vorgenommen haben, sind sie frühzeitig losgezogen.«

»Das ist gut so. Ich brauche nämlich auch einmal einen freien Tag. Einen freien Tag von meiner Tochter, weil sie mich mit ihrer Fürsorge manchmal fast erdrückt.«

Fatma half Oma, sich aufzurichten, schob ihr ein zusätzliches Kissen in den Rücken und unterstützte sie anschließend beim Essen und Trinken. Nach dem Frühstück bat die Großmutter die junge Frau, sich auf ihr Bett zu setzen.

»Fatma, erzähl mir von dir! Was machst du, wenn du wieder in Deutschland bist?«

»Vor allem mein Deutsch verbessern und versuchen, bald auf eigenen Füßen zu stehen. Ich kann mich nicht auf Dauer von Selma und Göktan versorgen lassen. Und ich will das auch nicht. Bis jetzt durfte ich nicht offiziell einer Arbeit nachgehen; habe bei türkischen Freunden und Bekannten im Haushalt geholfen und mir dadurch ein bisschen Geld verdient. Mein Traum ist, zunächst wieder auf die Schule zu gehen und endlich das Abitur zu machen.«

»Und wie findest du Deutschland?«

»Aufregend und modern. Obwohl ich inzwischen schon längere Zeit dort lebe, fühle ich mich immer noch fremd. Gerne würde ich wieder nach Maryanik zurückkehren. Doch das geht ja leider nicht.«

»Mädchen, ich weiß, was man dir dort angetan hat. Solche entsetzlichen Dinge sind auch in meiner Jugend passiert. Das geschändete Mädchen wird dann aus dem Dorf verstoßen oder getötet. Du wurdest zwar gerettet, aber wahrscheinlich hast du oft Heimweh.«

Fatma nickte stumm. Oma legte den Arm um sie und versuchte, ihr Trost zu spenden. Wollte wissen, ob sie für immer in Deutschland bleiben möchte. Diese Frage ließ sich aber gegenwärtig nicht eindeutig beantworten, weil erst geklärt werden musste, wie man eine Daueraufenthaltserlaubnis erlangte. Zur Überbrückung brauchte sie erst einmal ein Visum. Großmutter riet ihr, nach Istanbul zu kommen, wenn der Aufenthalt in Deutschland nicht klappte. Ihre Tochter hätte gute Beziehungen und man werde für ihre Sicherheit sorgen.

Die alte Dame bat um ein bisschen frisches Obst. Fatma ging in die Küche und fand im Kühlschrank Weintrauben und Feigen. Sie schälte noch einen Apfel, den sie in kleine Stückchen zerteilte. Die Großmutter entschied sich zunächst für die Trauben und forderte dann Fatma auf, die oberste Schublade der Kommode zu öffnen und ihr die weiße Tischdecke zu holen.

»Oma Ilknur, die ist aber schön. Haben Sie die bunten Blumen darauf gestickt?«

»Ja, aber das ist schon lange her. Mein liebes Mädchen, ich schenke dir diese Decke für deine Aussteuer.«

»O Teyze, was soll ich denn mit einer Aussteuer? Ich denke doch nicht ans Heiraten. Vielleicht gibt es niemals eine Hochzeit für mich.«

»Sag so etwas nicht! Wie alt bist du jetzt?«

»Zweiundzwanzig.«

»Gibt es denn keinen Mann, der dir gefällt?«

Fatma zögerte und senkte verlegen die Augen.

»Vertrau dich mir an!«, ermutigte Oma ihre Gesprächspartnerin.

»Ich habe irgendwie Angst vor Männern.«

»Das ist nur zu verständlich. Aber die Männer sind nicht alle gleich, auch wenn wir Frauen das manchmal leichtfertig dahinreden.«

»Das mag schon sein.«

»Mein Mädchen, schau nicht mehr zurück, sondern nach vorn. Verschließe dein Herz nicht, sondern lass die Liebe hinein! Du bist so eine reizende Person und würdest einen Mann glücklich machen.«

Fatma errötete und schwieg.

»Ein Mann, den du lieben könntest. Sag, wie müsste der denn sein?«, wollte die Großmutter wissen. Fatma überlegte kurz.

»Er muss mich als Frau ernst nehmen. Mich mögen. Gut aussehen darf er auch. Intelligent soll er sein und natürlich eine saubere Seele haben.«

»Aha! Aber so einen Mann muss Allah wohl erst erschaffen.«

»Nicht unbedingt.«

»Heißt das, dass es ihn schon in Wirklichkeit gibt?«

»Vielleicht«, antwortete Fatma verlegen.

Die Großmutter erinnerte sich an die Telefongespräche mit Selma. Sie erwähnte öfter, dass Robert, ein guter Freund, Fatma anbete, diese aber die Zugbrücke hochzog, wenn er ihr zu nahe kam. Plötzlich sprach die Großmutter seinen Namen aus und setzte mit ihrer Stimme ein Fragezeichen dahinter. Fatma errötete erneut. Dann gestand sie:

»Ja, ich mag ihn. Manchmal denke ich, ich mag ihn sogar sehr. Aber ich spüre, dass er meinen Körper sucht. Und das möchte ich nicht.«

Die Großmutter umarmte das Mädchen und erwiderte:

»Weil dieser Unhold dich damals brutal überfallen und deinem Körper und deiner Seele sehr weh getan hat.«

Sie schwieg eine Weile, streichelte Fatmas Gesicht und fuhr dann fort:

»Es ist sicher nicht einfach, dass ihr beide zusammenkommt.«

»Teyze, was meinen Sie damit?«

»Ach Fatma, ich bin zwar eine alte, dumme Frau. Aber ich bin eine Frau. Deshalb kann ich gut nachfühlen, was in dir vorgeht. Immer wenn Robert dir nahe sein will, wirst du an die Vergewaltigung erinnert. Er weckt damit bei dir fürchterliche Erinnerungen, die Angst auslösen.«

»Oma Ilknur, was soll ich denn tun?«

»Mädchen, ich habe nicht studiert. Aber mein Gefühl sagt mir, dass es vielleicht eine Lösung gibt. Dieser Robert; Selma sagt, dass er dich liebt. Wenn du ihn in deinem Herzen auch liebst, kannst du die Angst vor der körperlichen Liebe nur dadurch überwinden, dass du ihm dein Vertrauen schenkst. Du musst den Mut haben, dich zu öffnen. Wenn er dich liebt und wenn ihr beide füreinander bestimmt seid, wird er fähig sein, dich von deiner Angst zu befreien. Gib ihm die Chance, dass er dir seine Liebe beweisen kann! Er wird dich dann auch überzeugen, dass Liebe zwischen Mann und Frau etwas sehr Schönes ist. Allah möge dir helfen, dass dann nicht nur dein Herz, sondern auch dein Körper sich irgendwann nach diesem Mann sehnt.

Liebe spielt sich vor allem im Herzen ab. Aber sie gilt dem ganzen Menschen. Ohne körperliche Liebe ist eine Beziehung zwischen Mann und Frau nicht von Dauer, weil allmählich die Flamme der Liebe auch im Herzen erlischt. Fatma, nimm mein Geschenk an! Wer weiß, vielleicht erzählst du irgendwann deinen Kindern von der Tischdecke mit den anatolischen Blumen, die dir einmal eine ungebildete Frau in Istanbul geschenkt hat.«

»Meine Kinder. Oma Ilknur, wie das klingt. Es müsste schon ein Wunder geschehen, und so etwas kommt sehr selten vor.«

»Da bist du im Irrtum«, entgegnete die Oma. Dann sprach sie die Kirche von Balat, dem alten Stadtteil in Istanbul am Goldenen Horn, an; erzählte, welche besondere Bewandtnis es mit der christlichen Kilisese auf sich habe.

Mitte September nämlich wird diese armenische Kirche zu einem besonderen Wallfahrtsort. Massen von Gläubigen strömen in diesen Tagen von frühmorgens bis spät in die Nacht ins Gotteshaus. Sie beten, lassen sich von den Priestern die Hände auflegen und füllen ihre Flaschen mit dem geweihten Wasser aus dem Brunnen tief unten in der Krypta. Hoffen auf ein Wunder. Es hoffen nicht nur die Christen, sondern auch die Muslime; flehen darum, von ihren schweren Krankheiten geheilt zu werden. Äußern ihren langersehnten Kinderwunsch oder bitten um Glück in der Liebe. Jeder hat an diesem heiligen Ort sein persönliches Anliegen, hofft auf Hilfe. Und Wunder gibt es jedes Jahr!

Die Großmutter schlug Fatma vor, im Herbst wieder nach Istanbul zu kommen und sich das geweihte Wasser von der Balat-Kirche zu holen. Warum sollte der Prophet Jesus, der die Liebe für das größte Gut der Menschen hielt, nicht auch ihr und Robert zum Glück verhelfen?

Fatma versprach, den Wallfahrtsort aufzusuchen, und bedankte sich bei Oma Ilknur für ihre Ratschläge. Die hielt es mit einem Mal in ihrem Bett nicht mehr aus. Die junge Frau setzte sie in den Rollstuhl und schob ihn auf den Balkon. Draußen schien die Sonne und es wehte ein angenehmer Wind. In den

Zweigen des Pistazienbaumes sangen die Vögel. Der Oma gefiel es an der frischen Luft, und sie erzählte Fatma von einem Vogel, der einst hoch oben in den Ästen des Baumes gewohnt und ihr aus der Hand gefressen hatte.

Tage später hieß es Abschied nehmen, nachdem man Fatmas Visum im deutschen Konsulat abgeholt hatte. Es musste vorerst alle drei Monate verlängert werden. Dafür gab es Flugzeuge und Fatma flog sehr gerne – morgen zurück nach München und in einem Vierteljahr wohl wieder nach Istanbul.

11

Fatma war Robert monatelang aus dem Weg gegangen und hatte so gut wie keinen Kontakt mehr zu ihm, sah man einmal von dieser Projektwoche in den Bergen ab. Doch dabei handelte es sich um eine schulische Veranstaltung. Fast immer befanden sich Schüler oder Kollegen in seiner Nähe, nie war sie längere Zeit mit ihm allein, konnte nicht wirklich ein privates Gespräch mit ihm führen. Im Grunde wollte sie das damals auch gar nicht.

Inzwischen hatte sich das geändert. Sie ertappte sich dabei, ständig an ihn zu denken. Er fehlte ihr sehr, ohne ihn fühlte sie sich oft einsam. Ihr missfiel, dass sie mit dieser Einsamkeit nicht zurechtkam, hielt das für ein Zeichen von Charakterschwäche. Stark musste sie doch sein, um ihre Gegenwart und Zukunft in Deutschland meistern zu können. Stark aber war man ihrer Meinung nach nur, wenn man frei und möglichst unabhängig von anderen Menschen war. Zumindest von Männern. Sie hatte damals den Entschluss gefasst, sich mit keinem Mann einzulassen. Fatma erinnerte sich an das Gespräch mit Selmas Großmutter in Istanbul:

»In deiner Seele herrscht die Dunkelheit. Eine Seele aber braucht Licht, damit sie das wahrnehmen kann, was wir Menschen Glück nennen.«

»Und wie gelangt das Licht in die Seele?«, hatte sie damals zurückgefragt.

»Indem du den Mut hast, das Fenster der Seele zu öffnen, damit die Liebe eines Mannes hinein kann.«

»Aber Liebe ist doch nur ein großes Wort, eine Utopie.«

Oma Ilknur hatte ihr damals heftig widersprochen:

»Die Liebe ist ein wertvolles Gut. Sie richtet sich nicht nach den eigenen Interessen, sondern ist da, um des anderen willen. Liebe an sich ist selbstlos. Und wenn sie erwidert wird, nennt man das Glück.«

Robert. Fatma fragte sich, was dieser Mann ihr bedeutete. Gegenwärtig war das schwerlich zu beantworten. Jedenfalls hatte sie Sehnsucht nach ihm. Wonach aber sehnte sie sich eigentlich? Vielleicht brauchte sie in ihrer Einsamkeit nur eine starke Schulter, an der sie sich anlehnen konnte. War dies der einzige Grund, dass sie ständig an Robert dachte? Es war nicht fair, sich diesen Mann immer nur bei einem Stimmungstief herbeizuwünschen. Wenn Liebe wirklich selbstlos war, dann hatten ihre Empfindungen mit Liebe wenig zu tun; doch wohl eher mit Schwäche und Egoismus. Aber traf das wirklich zu, wenn man die Nähe eines bestimmten Menschen suchte, sich bei ihm Geborgenheit erhoffte? Solche Gefühle setzten doch Vertrauen voraus; Vertrauen aber war die Basis für die Liebe zu einem Mann. Auch diese Ansicht vertrat Oma Ilknur.

Fatma entschied, diese quälenden Gedankenspiele unverzüglich zu beenden und das zu tun, was sie so umtrieb: Robert unbedingt wiedersehen und wenigstens mit ihm sprechen. Und das sobald wie möglich. Sie zog sich um und fuhr anschließend zu ihm in die Schule; hatte noch genug Zeit, ihn dort anzutreffen.

Es klopfte an der Klassenzimmertür, Robert öffnete und vor ihm stand Fatma. Damit hatte er überhaupt nicht gerechnet. Diese Überraschung spiegelte sich in Gesichtsausdruck und Stimme:

»Fatma, du bist es! Was ist denn passiert?«

Sie erklärte, dass es keinen Grund zur Sorge gäbe, dass sie aber unbedingt mit jemandem reden müsse. Und weil Selma und Göktan sich zurzeit in Hamburg aufhielten und Harun erst heute Abend nach Hause käme, habe sie eben an ihn gedacht.

»Ich hoffe nur, dass ich dir auch helfen kann.«

Sie drückte ihre Zuversicht durch bloßes Kopfnicken aus und fragte, wann der Unterricht zu Ende sei.

»In einer knappen halben Stunde.«

»Das ist kein Problem. So lange kann ich schon noch warten.«

Endlich erklang der Gong und die Schüler rannten lärmend durch das Treppenhaus dem Ausgang entgegen. Robert musste noch ins Lehrerzimmer. Dann hatte er Zeit für Fatma. Er setzte sie zu allererst in Kenntnis, ihr seit genau fünf Monaten und siebzehn Tagen zum ersten Mal wieder privat zu begegnen. Sie spürte plötzlich eine innere Unruhe und nahm sich vor, diese durch eine witzige Bemerkung zu überspielen, holte ein paar handgeschriebene Blätter aus der Tasche, hielt sie ihm vor das Gesicht und sagte dann:

»Herr Lehrer, das ist meine neueste Deutsch-Schulaufgabe. Schauen Sie sich die Note an! Ich möchte wissen, ob der Herr Lehrer mit meinen Leistungen zufrieden ist.«

Robert sah die Note 1, die groß und in roter Farbe oben rechts auf der ersten Seite stand. Am liebsten hätte er sie jetzt fest an sich gedrückt, aber er nahm sich zusammen und unterließ es.

»Madame, herzlichen Glückwunsch! Das muss gefeiert werden. Ich lade Sie zum Essen ein. In der Nähe gibt es einen guten Italiener.«

Sie waren im Ristorante die einzigen Gäste, deshalb störte es niemanden, dass sie begeistert und recht laut über ihre schulischen Erfolge berichtete. Robert hörte diese Neuigkeiten gern. Auch der Kellner, der hinter der Theke stand und regelmäßig zu den beiden herüberblickte, folgte den Ausführungen der jungen Frau mit Interesse, und hin und wieder huschte ein Schmunzeln über sein Gesicht.

»Robert, hör zu!«, fuhr Fatma fort, »ich habe nicht nur super Noten. Mein Lehrer hat auch betont, dass ich sowohl im Leistungskurs als auch im Kolloquium zu den Besten gehöre. Er findet es beachtlich, wie gut ich inzwischen die deutsche Sprache beherrsche.«

Spontan klatschte der Kellner im Hintergrund und verstärkte seinen Beifall mit Brava-Brava-Rufen. Robert setzte ein »Bravissima« darauf und lobte sie für ihre großartigen Fortschritte.

Dann fügte er noch an, dass seine Mutter nach dem Privatunterricht mit Fatma stets von deren Sprachbegabung schwärme und dass nach ihrer Ansicht viele Einheimische nicht so gut Deutsch könnten wie sie.

Fatma freute sich über diese Bemerkung, wandte aber ein, dass Frau Lochner wohl etwas übertreibe. Außerdem habe sie die guten Zensuren doch in erster Linie ihren Freunden zu verdanken. Wenn sie nämlich von der Sprachenschule nach Hause komme, stünden ihr in der Tat seine Mutter und Selma sowie Harun und Karin als Nachhilfelehrer zur Seite. Und bis vor einem halben Jahr habe sich mit ihm ein weiterer strenger Pauker engagiert. Robert konnte ihr zwar nicht widersprechen, aber es war ihm ein Bedürfnis, ihre eigene Leistung nochmals hervorzuheben.

»Lernen musst du ganz allein. Und das erledigst du äußerst gewissenhaft; weißt, wie wichtig gute Sprachkenntnisse für deine Zukunft hier in Deutschland sind. Fatma, du machst das sehr gut. Gratuliere! Kannst stolz auf dich sein.«

»Das hat Hatice am Telefon auch gemeint. Und dass ich schon besser Deutsch sprechen würde als sie, obwohl sie bereits viel länger hier lebt. So jedenfalls hat sie gesagt.«

»Hatice. Das ist doch deine neue Freundin. Ich weiß das von Harun. Hast sie wohl nach der Schule gleich angerufen?«, erkundigte sich Robert.

»Ja, natürlich. Ist doch klar, dass ich ihr sofort Bescheid geben musste. Wir kennen uns seit ungefähr drei Monaten. Hab sie das erste Mal beim Freitagsgebet gesehen.«

»Sie scheint dir sehr nahe zu stehen. Selma und Harun haben mir gesagt, dass du jedes Mal begeistert von ihr erzählst, wenn du von einem Besuch nach Hause kommst. Fatma sag, wer ist diese Frau? Ist sie hübsch und charmant? Muss ich sie kennen?«

»Ach Robert, sie ist doch verheiratet. Bülent heißt ihr Mann.«

Fatma berichtete, dass er seit seiner Kindheit in München lebe und »cool Bayerisch« spreche. Während einer seiner regelmäßigen Urlaubsbesuche in Trabzon habe er Hatice geheiratet und mit nach München genommen. Inzwischen beherrsche sie Deutsch schon recht gut und arbeite halbtags in einem Supermarkt. Bülent sei als Automechaniker in einer kleinen Firma tätig und spiele zusammen mit einem türkischen Arbeitskollegen Fußball in einem Münchner Verein.

»Und wie ist die Beziehung der beiden zueinander?«, wollte Robert wissen.

»Hatice hat mir gesagt, ihr Mann nimmt sie als Frau ernst, hält sie für stark und selbstbewusst. Sie fühlt sich gleichberechtigt. Nein, stimmt so nicht ganz. ›Fast gleichberechtigt‹, hat sie eingeschränkt und dabei gelacht.«

Robert unterbrach sie:

»Fatma, das ist interessant. Aber was ist das Besondere an dieser Frau?«

»Also erstens hat sie den Führerschein und fährt ihr eigenes Auto. Dann spielt sie zusammen mit ihrer deutschen Nachbarin in einer Volleyballmannschaft und geht mit ihr joggen. Und stell dir vor: Sie ist im Elternbeirat der Schule ihrer Tochter.«

»Sie kommen also gut in Deutschland zurecht?«

»Ja natürlich. Der ganzen Familie gefällt es gut in München außer Bülents Eltern. Die wollen in ihren alten Tagen wieder in die Heimat zurück. Sie möchten in der Türkei sterben, sagen sie immer.«

Der Kellner hatte auch beim Spülen der Gläser dem Gespräch der beiden aufmerksam zugehört, kam dann, als diese eine Zeit lang schwiegen, zu ihnen an den Tisch und mischte sich ein:

»Verzeihung, ich habe gelauscht. War zwar nicht zu vermeiden, aber Ihre Unterhaltung hat mich persönlich berührt. Es ging um Türken und um die Integration in Deutschland. Bei uns Italienern ist – oder ich muss besser sagen – war es so viel anders nicht. Ich bin in München geboren. Meine Mama und mein Papa lebten viele Jahre hier in Deutschland. Sie hatten ständig Heimweh nach ihrem geliebten Sardegna. Deshalb kehrten sie dorthin zurück. Meine Frau und ich besuchen sie einmal im Jahr. Wir haben mittlerweile dieses Lokal gekauft und werden wohl immer in München bleiben. Unser Sohn studiert hier an der Universität Pharmazie und ist mit einer Deutschen zusammen. So geht das eben mit uns Ausländern in Germania. Venite amici, kommt Freunde! Trinken wir einen Grappa auf die Integration! Auf dass alle, die in diesem Land leben, gut miteinander auskommen, woher auch immer sie stammen!«

Während der anschließenden Autofahrt hatten sich die beiden viel zu erzählen, schließlich gab es großen Nachholbedarf. Doch Fatma wollte unbedingt noch ein bestimmtes Thema ansprechen, auch wenn es ihr nicht leicht fiel:
»Robert, dass ich dich heute nach so langer Zeit in der Schule besucht habe, um dir meine tolle Note zu zeigen, stimmt schon. Aber im Grunde war das eher ein Vorwand.«
»Du hast also doch ein Problem. Rede, ich versuche dir zu helfen!«
»Ein Problem ist es schon. Aber das Wort ›helfen‹ passt da nicht so recht. Oder vielleicht doch.«
»Fatma, bitte, was ist jetzt?«
»Ach Robert, ich möchte, dass wir uns in Zukunft wieder regelmäßig sehen.«
Er war überrascht, stutzte einen Moment, konnte es nicht so recht glauben und fragte nach:
»Habe ich das gerade richtig verstanden? Du willst, dass ...«
»Ja, Robert«, fiel sie ihm ins Wort, »du hast dich nicht verhört. Ich möchte dich einfach wieder öfter sehen.«
»Fatma, dieses Problem ist wirklich leicht lösbar, denn das würde ich auch gerne.«
Er überlegte kurz und meinte:
»Dann könnten wir doch gleich am Wochenende gemeinsam etwas unternehmen.«
Fatma freute sich über diesen Vorschlag und willigte ein.

***

Die Pause war zu Ende und die meisten Lehrer machten sich wieder in ihr Klassenzimmer auf. Für Robert stand das Fach Sozialkunde an. Heute hatte er ein brisantes Thema in der 9a geplant: Soll die Türkei in die EU aufgenommen werden?

Robert erwartete, dass vor allem die Türken in seiner Klasse bei dieser Fragestellung emotional reagieren würden. Deshalb hatte er geplant, die unterschiedlichen Positionen argumentativ mit Hilfe einer Pro-Contra-Debatte von den Schülern herausarbeiten zu lassen. Diese Unterrichtsmethode war allerdings sehr anspruchsvoll und verlangte von den Schülern, aber auch vom Lehrer äußerste Aufmerksamkeit und Konzentration. Doch damit hatte Robert im Augenblick enorme Schwierigkeiten, weil ihn der Anruf von Fatma in der Pause beschäftigte. Er überlegte hin und her, entschied dann, dieses Unterrichtsvorhaben in einer anderen Stunde durchzuführen, um heute keinen Misserfolg zu riskieren.

Vor allem aber brauchte er jetzt dringend Zeit und Ruhe, um über Fatmas Äußerungen am Telefon nachzudenken. Er wollte das auf keinen Fall aufschieben, weil er sich später wohl nicht mehr exakt an bestimmte Formulierungen erinnern würde. Deshalb verordnete er seinen Schülern eine Stillarbeit, ließ sie aufschreiben, was sie bisher alles über die EU gelernt hatten.

Sie lud ihn also für heute Abend in eine Kunstausstellung ein, wollte ihn unbedingt wieder sehen. Natürlich freute er sich darüber, aber es überraschte ihn nicht sonderlich. Schließlich hatten sie das kürzlich vereinbart und auch schon in die Tat umgesetzt. Am letzten Samstag schauten sie zusammen einen Kinofilm an, tags darauf fuhren sie mit dem Kajak ein Stück die Amper abwärts. Viel zu schnell vergingen diese Stunden. Doch war er sichtlich bemüht, seine Gefühle im Zaum zu halten, um nicht erneut ihre Seele zu verletzen. Für kurze Zeit schien es ihm, als würde sie diese Zurückhaltung verunsichern. Aber schon bald nahm sie seinen sachlichen Faden auf und man konnte den Eindruck gewinnen, als versuchten zwei alte Freunde nach einem längeren Streit sich behutsam wieder anzunähern.

Was bedeuteten dann Fatmas Redewendungen vorhin am Telefon? Robert blickte aus dem Fenster und wiederholte in Gedanken ihre letzten Sätze: Ich freue mich auf dich. Du fehlst mir so sehr.

Er war sich nicht sicher, was er von dieser Aussage halten sollte. Einerseits konnte man sie als Ausdruck emotionaler Zuneigung verstehen, andererseits durfte man sie nicht überbewerten, nichts hineininterpretieren, was man gerne wünschte, das jedoch nicht der Wahrheit entsprach. Enttäuschte Hoffnungen bereiteten in der Regel unnötige Schmerzen. Möglicherweise wollte sie ihm damit nur sagen, dass sie ihn eben als guten Freund schätzte. Fatma gehörte keineswegs zu den Menschen, die unüberlegt daherredeten. Tatsache war, dass sie sich ihm gegenüber in dieser Richtung bis jetzt noch nie geäußert hatte.

Die Schüler waren mit ihrer Stoffsammlung fertig und begannen sich zu unterhalten. Robert blieb keine andere Wahl als sich wieder mit der Klasse zu beschäftigen. Zunächst ließ er mehrere Beiträge aus der Stillarbeit vorlesen und man redete darüber. Dann erteilte er den Auftrag, sich zu Hause die neuesten themenrelevanten Daten über die Türkei und die EU aus dem Internet zu beschaffen.

Nun setzte er den Unterricht mit dem Fach Deutsch fort. Dabei ging es darum, wie sich die Jugendlichen ihre persönliche Zukunft vorstellten. Im Mittelpunkt standen ihre Berufswünsche und die spezielle Ausbildung. Sie berichteten über Frustrationserlebnisse im Rahmen ihrer Bewerbungen, über notwendige schulische Qualifikationen und über ihre Traumberufe, die mitunter leider nur Träume blieben, weil sie viel zu weit von der Realität entfernt waren. Mit einem Hauptschulabschluss konnte man nun einmal nicht Software-Programmierer oder Architekt werden.

Die Schüler diskutierten mit großem Engagement, denn es handelte sich um Inhalte, die sie persönlich betrafen und die sehr aktuell waren. Aber heute war der Lehrer nicht recht bei der Sache. Nach wie vor fiel es ihm schwer, sich auf den Unterricht zu konzentrieren.

Endlich war Schulschluss. Er fuhr nach Hause, räumte die Wohnung auf, aß eine Kleinigkeit und nahm sich vor, eine Mathe-Probe zu korrigieren. Nach kurzer Zeit brach er die Arbeit ab, weil sie nur bedingt erfolgreich war, und beschloss, jetzt seine E-Mails zu checken. Yasemin hatte sich wieder einmal gemeldet. Seine ehemalige Schülerin aus dem letzten Schuljahr war inzwischen mit ihren Eltern in die Türkei nach Izmir gezogen. Sie wollte von ihm wissen, ob es sinnvoll sei, in einem Kurs ihre Türkischkenntnisse zu verbessern, weil die wirklich zu wünschen übrig ließen. Ihre Mutter hätte ihr zu dieser Fortbildung geraten, aber sie bräuchte doch gar kein besseres Türkisch, schließlich möchte sie ihre Zukunft in Deutschland verbringen, wenn sie volljährig sei. Robert antwortete sofort:

Liebe Yasemin,
deine Mutter hat völlig recht. Mach das! Die Zukunft lässt sich nie genau planen. Wenn du in der Türkei bleibst, sind solide türkische Sprachkenntnisse die Grundlage für ein lebenswertes Leben. Solltest du aber später tatsächlich wieder nach Deutschland zurückkehren, ist ein gutes Türkisch ebenso von Vorteil für dich; allein schon deshalb, weil es dir zusätzliche berufliche Möglichkeiten bietet. Hast du schon vergessen, dass hier viele deiner Landsleute leben? Im Übrigen bist du erst wirklich »du«, wenn du neben der deutschen auch deine Muttersprache beherrschst. Denk mal darüber nach!
Ich muss jetzt weg. Wir sollten uns in Kürze nochmals über dieses Thema austauschen.

Minuten später meldete sich Karin am Telefon und fragte, ob er in den nächsten Tagen mit Tobias ihren ausrangierten Kühlschrank entsorgen könne. Allein schaffe er das nicht treppabwärts, und sie sei für diese Arbeit nicht zu gebrauchen. Robert sagte zu, nur heute ginge das nicht, weil er mit Fatma verabredet sei. Er erzählte Karin nun ausführlich von deren Besuch in der Schule. Die wusste, was das für ihn bedeutete, und freute sich mit ihm. Robert sprach noch die Mail an, die er soeben abgeschickt hatte. Karin reagierte mit einem herzhaften Lachen und sagte dann:

»Robert, du und deine türkischen Frauen! Aber jetzt mal im Ernst. Euer Mail-Verkehr ist bemerkenswert. Du zweifelst immer wieder an deinen beruflichen Fähigkeiten, wenn du mit Problemen in deiner Klasse zu kämpfen hast. Sieh doch auch mal das Positive! Yasemin ist schon so lange nicht mehr deine Schülerin und trotzdem sucht sie immer noch deinen Rat. Das sagt sehr viel über dich als Lehrer aus. Nur scheint dir das nicht bewusst zu sein.«

Robert wollte darüber nachdenken, erklärte, mit Tobias telefonisch einen Termin wegen des Kühlschranktransports abzusprechen, verabschiedete sich von Karin und machte sich auf den Weg zu Fatma.

Sie hatten vereinbart, sich in der Blutenburg zu treffen. Roberts Eltern wohnten ganz in der Nähe in Obermenzing. Wenn er zusammen mit Fatma und Harun bei ihnen eingeladen war, fuhren sie oft anschließend zu Dritt hinüber zum Schloss, liefen durch den Park oder besuchten eine Ausstellung. Auch heute schaute Robert bei seinen Eltern vorbei, doch er blieb nicht lange, weil er noch ein wenig allein sein wollte, bevor er Fatma wieder sah.

Er wählte seinen Lieblingsweg unmittelbar neben der Würm, der direkt zum vereinbarten Treffpunkt in der Blutenburg führte. Gemächlich schlenderte er am Ufer des Baches entlang, blieb kurz stehen und beobachtete Kinder, die mit Kieselsteinen im Bachbett einen Wall bauten, um das Wasser zu stauen. Dann setzte er seinen Spaziergang fort, grüßte Nachbarn, die ihren Hund ausführten und überquerte einen Steg. Nach wenigen Minuten tauchte zwischen Bäumen die Blutenburg auf.

Robert nannte Blutenburg »sein« Schloss. Mehr als fünfundzwanzig Jahre war es her, dass die Mutter ihn im Kinderwagen durch den Park schob. Am Sonntagnachmittag begleitete sie meistens der Vater. Manchmal tranken die Eltern bei diesen Ausflügen einen Kaffee auf der Sonnenterrasse. Robert erinnerte sich an die Fotos. Ja, es gab genug Papierbilder und Dias, die diese Parkbesuche dokumentierten: als kleiner Junge im Wagen vor dem Wehrgang oder auf dem Schlitten am Ufer der Würm; beim Füttern der Schwäne; auf dem Dreirad, wie er sich über die gepflasterte Rampe abmühte, das sogenannte »Ochsenklavier«.

Ein paar Jahre später bevorzugte er beim Versteckspielen die Büsche in der Nähe des Pfortenbaus, weil das Gestrüpp aus Ästen und Blättern einen günstigen Unterschlupf bot. An der Fußgängerbrücke neben dem Torturm ließ er Papierschiffchen starten, die von der Strömung der Würm schnell davongetragen wurden. In das Obermenzinger »Bücherschloss« mit seiner Kinder- und Jugendbibliothek war er jahrelang zum Schmökern gegangen, hatte dort an Lesewettbewerben teilgenommen und an Theateraufführungen mitgewirkt. Dieses Schloss konnte er wahrlich sein Schloss nennen, weil er in der Vergangenheit einen Großteil seiner Freizeit hier verbrachte.

Inzwischen hatte Robert auf seinem Weg zur Blutenburg die Stelle erreicht, an der ein Teil des Würmwassers durch Menschenhand von seinem natürlichen Bachbett in den Schlossteich abgeleitet wurde, um ihn mit Frischwasser zu speisen. Er bog nun nach rechts ab wie immer, wenn er hier spazieren ging, weil er die herrlichen Ausblicke, die sich ihm nach wenigen Metern boten, auf keinen Fall missen wollte. Richtung Süden breitete sich eine kilometerlange Wiesenlandschaft aus, die die Natur gestaltet hatte und die Fortsetzung der Hauptachse des Nymphenburger Schlossparks bildete.

Robert schloss die Augen, drehte sich langsam um und öffnete sie wieder. Er machte das stets, wenn er sich an diesem Ort befand, und sah jetzt in der Gegenrichtung zur südlichen Naturlandschaft deren Kontrastbild: die harmonische Anlage des Schlosses Blutenburg mit dem Herrenhaus, dem Wehrgang und dem Türmchen, ein Juwel menschlichen Kulturschaffens, dessen Silhouette sich im klaren Wasser des Schlossteiches spiegelte.

Robert blieb noch eine halbe Stunde bis zu Fatmas Erscheinen. Diese Zeit wollte er sinnvoll nutzen. Unwillkürlich forcierte er seine Schritte, verließ den Fußweg und überquerte die Rasenfläche, um möglichst schnell das Burginnere zu erreichen. Er war so in Gedanken versunken, dass er junge Enten aufscheuchte und Buben beim Fußballspielen störte, weil er mitten durch ihr Spielfeld lief.

Endlich hatte er die Schlosskapelle erreicht. Diese Kapelle ist das Ziel vieler Touristen, weil es sich um ein Kunstwerk der Spätgotik von höchster Qualität handelt, erhalten in einer einzigartigen Reinheit und deshalb weit über Münchens Grenzen hinaus bekannt. Robert wusste über alle Details Bescheid, aber er war heute keineswegs aus kunsthistorischem Interesse hier erschienen, sondern wollte der Blutenburger Madonna ein Anliegen vortragen.

Er tat das nicht zum ersten Mal. Immer wenn ihn große Sorgen und Zweifel quälten, bat er die Schmerzensmutter mit ihrem traurigen Blick und den zum Gebet gefalteten Händen um Hilfe. Im Kindesalter ging es zum Beispiel darum, die gewünschten Weihnachtsgeschenke auch wirklich vom Christkind zu bekommen. In der Schulzeit waren es vor allem die anstehenden Mathematikschulaufgaben, die ihn belasteten. Aber auch im Erwachsenenalter gab es Situationen, die der Fürbitte der Gottesmutter bedurften.

Robert durchschritt das Kirchenschiff und blieb unmittelbar vor dem Chorraum stehen. Seine Augen wanderten über die Bilder der drei Altäre, deren vergoldeten Holzstreben sich stetig nach oben verjüngten, grazilen Ästen gleich. Die Altäre erweckten so den Anschein, als würden sie wie Bäume in die Höhe wachsen bis hinauf zum Spitzbogen des gotischen Gewölbes an der Decke. Auf diese Weise wirkte der gesamte Altarraum wie ein riesiger Schirm, der dem Besucher unten auf den Steinplatten Sicherheit und Schutz bot.

Er blickte sich um und war froh, allein in der Kirche zu sein. Wollte nämlich die Madonna bitten, dass sie ihm in einer Herzensangelegenheit beistand. Früher hatte er in solchen Situationen die heilige Maria laut angesprochen. Robert zögerte. Nein, das war heute nicht mehr möglich. Er hatte längst diesen kindlichen Glauben verloren, würde wohl nicht ins Himmelreich eingehen, wie es im Neuen Testament hieß, weil er in Glaubensfragen nie mehr so sein konnte wie ein Kind. Das war nun einmal die Realität und sie stimmte ihn ein wenig traurig.

Wie konnte er nur so naiv sein und annehmen, die Blutenburger Madonna seiner Kindheit würde ihm auch heute noch helfen; ihn unterstützen, wenn es sich um die Liebe seines Lebens handelte. Es gehörte aber auch ein Stück Unverfrorenheit dazu, in diese Kapelle zu kommen und die Madonna mit Fürbitten zu belästigen, wo er doch inzwischen Probleme mit der Religion und mit Gott hatte.

Robert wandte sich abrupt von der gotischen Marienstatue ab und verließ das Gotteshaus, um das alte, ausgemusterte Holzboot, das am Ufer des Schlossteiches unmittelbar vor dem Restaurant lag, aufzusuchen. Dort wollte er sich mit Fatma treffen.

Er lief über den Schlosshof, verlangsamte seine Schritte und hielt inne, weil ihn plötzlich ein beklemmendes Gefühl beschlich. Und er merkte schnell, dass es sich dabei um Angst handelte. Angst davor, dass er soeben einen Weg eingeschlagen hatte, an dessen Ende ihn möglicherweise erneut die herbe Ernüchterung einholte. Es gab nichts Brutaleres als die Erfahrung, dass Liebe keine entsprechende Antwort erhielt. Aber dieses Risiko musste er eingehen. Liebe stellte doch grundsätzlich ein großes Wagnis dar, selbst dann, wenn sie wechselseitig war. Es gab keine Garantie, dass dieser Zustand ewig währte. Robert entschloss sich weiterzugehen, zum Boot am Ufer des Teiches, wo Fatma vielleicht schon wartete. Ein paar Schritte an der Mauer entlang, dann nach rechts um die Ecke.

Er sah sie sofort, doch sie sah ihn nicht, weil ihr Interesse dem alten Boot galt, das zu nichts mehr taugte. Ihre Gedanken beschäftigten sich wohl mit den morschen Planken. Seine Gedanken hingegen drehten sich ausschließlich um sie und um ihre gemeinsame Zukunft. Robert blieb hinter einem Strauch stehen und beobachtete sie für einen Moment.

Wie schön diese Frau doch war! Er rief laut ihren Namen, winkte und ging auf sie zu. Sie kam ihm entgegen und beide begrüßten sich, indem sie sich die Hände reichten. Robert hätte Fatma gerne in den Arm genommen, wie man es tat, wenn man gut befreundet ist und sich mochte. Karin begrüßte er auf diese Weise. Aber bei Fatma wagte er es nicht. Die Gefahr, dass sie diese Geste missverstehen werde, schien ihm zu groß.

»Es ist schön, dich zu sehen«, sagte er zu ihr. Sie blickte ihn an, schwieg eine Weile und antwortete:

»Mir geht es genauso wie dir.«

Sie schlenderten hinüber zum Tor der Blutenburg, um die aktuelle Ausstellung im Obergeschoss anzuschauen. Fatma hatte ihn dazu eingeladen. Inzwischen waren die beiden im Saal angelangt. Viele interessierte Besucher waren gekommen, und deshalb musste man eine gehörige Portion Geduld aufbringen, wenn man die einzelnen Gemälde genauer betrachten wollte. Der Maler schien sich sehr von der Natur inspirieren zu lassen. Fatma hatten es besonders die Baumbilder angetan. Man konnte bei ihnen den Eindruck gewinnen, als wüchsen die Äste und Zweige bald aus dem Rahmen. Robert erinnerten die Arbeiten in Farbe und Stil an Klee und Macke.

Nach dem Besuch der Ausstellung entschlossen sich die zwei, unten im Restaurant noch eine Kleinigkeit zu essen. Als die Kerze am Tisch brannte, wollte er wissen, womit sie sich gegenwärtig beschäftigte.

Sehr häufig mit dir, wäre die ehrliche Antwort gewesen, aber diesen Gedanken konnte sie nicht aussprechen. Vielmehr erwähnte sie die starke Beugung von Verben im Imperfekt, die sie jetzt wieder einmal im Sprachunterricht behandelten: Ich singe – ich sang, er springt – er sprang.

»Du musst das einfach auswendig lernen. Es gibt dafür im Deutschen keine Grammatikregel«, klärte Robert sie auf.

»Ja, ich weiß. Und du, was treibst du im Augenblick?«, wollte Fatma wissen.

»Ich trainiere viel Basketball. Meine Korbwürfe aus der Distanz sind eine Katastrophe.«

Er versuchte ihr zu verdeutlichen, was er falsch machte und sie hörte ihm zu. Tat interessiert, obwohl sie kaum etwas von dieser Sportart verstand. Dann lenkte sie das Gespräch auf seinen Beruf; teilte ihm mit, dass die Woche im Zillertal für sie ein großes Erlebnis gewesen sei und dass sie ihn während der Projektwoche sehr bewundert habe, weil er großes Verständnis für seine Schüler zeigte.

Robert tat Fatmas Urteil gut und sprach über seine Klasse. Er stellte fest, dass seit jener Projektwoche der Umgangston der Jugendlichen untereinander erheblich besser geworden sei und sie mehr Rücksicht aufeinander nähmen.

Danach wollte er wissen, wie sie die Tage in Istanbul verbracht habe. Sie erzählte sehr detailliert, doch die Ratschläge von Selmas Oma hinsichtlich der Liebe überging sie beflissentlich. Sie plauderten noch eine Weile über das aktuelle Tagesgeschehen im Haus Tükeli und dann verließen sie das Lokal.

Draußen war es noch angenehm warm und Fatma schlug vor, durch den Park zu spazieren. Hinter einem Baum spitzte der Mond hervor, und Fatma wies ihren Begleiter darauf hin, dass es sich bei dieser weißen Sichel um den zunehmenden Mond handelte. Robert konnte nun aber seine Neugier nicht mehr zurückhalten:

»Fatma, du hast heute am Telefon etwas Schönes zu mir gesagt. Jedes einzelne Wort davon hab ich mir gemerkt: Ich freue mich auf dich, und du fehlst mir so sehr.«

»Ja, da hast du recht, Robert, das waren meine Worte.«

»Ist dir wirklich klar, was du mir damit sagen willst?«

»Lieber Robert, hast du mich nicht erst letzte Woche dafür gelobt, dass ich inzwischen ausgezeichnet Deutsch spreche? Wenn das zutrifft, müsste ich doch eigentlich ganz genau wissen, was diese deutschen Sätze zum Ausdruck bringen.«

Als er darauf nicht reagierte, nahm sie seine Hand und ließ sie nicht mehr los. Schweigend gingen sie weiter und fühlten sich mit einem Mal ganz nahe.

12

Fatma dachte an Robert. Sie kannte ihn nun seit mehr als drei Jahren. Und doch kannte sie ihn nicht wirklich, weil sie ihn bis vor Kurzem nicht näher kennenlernen wollte und ihm auch keine Chance gab, sie näher kennenzulernen.

Fatma fiel auf, dass ihre Gedanken die türkische Sprache spiegelten. Als Schülerin war ihr bei einer Hausaufgabe bewusst geworden, dass man die Sprache nicht nur zum Sprechen und Schreiben, sondern auch zum Denken benötigt. Komplizierte Sachverhalte zu denken, wie das augenblicklich der Fall war, setzte voraus, dass man die Sprache beherrscht. Man brauchte sich zum Beispiel nicht erst über bestimmte Grammatikregeln den Kopf zerbrechen. Doch das traf die Sache nicht im Kern. Die Sprache musste einem bis tief in die Seele hinein so vertraut, einem zu eigen sein, dass sie gleichsam automatisch Denkprozesse in Gang setzt. Sie war da, wenn sie zum Denken gebraucht wurde. So wie die Muttermilch, um Hunger und Durst zu stillen. Darum nannte man doch wohl die erste Sprache, die man von Kindheit an lernt, Muttersprache. In ihr denkt und träumt man zu allererst.

Ihre Zeugnisnoten belegten, dass sie mündlich wie schriftlich souverän mit ihrer Muttersprache umzugehen wusste und auch logisch denken konnte. Wohl zu gut für zahlreiche türkische Männer in Ostanatolien. Es passte ihnen nicht, dass sie als Frau oft anders dachte als sie. Aber es hatte natürlich nicht nur mit ihrem Sprachvermögen zu tun, dass sie selbstständig und damit oft gegen den Strom dachte. Nein, das hing wesentlich mit ihrem Charakter und mit der Erziehung durch ihren Großvater zusammen.

Fatma fragte sich, ob sie irgendwann einmal in der Lage sei, auf Deutsch zu denken. Sie beherrschte auch diese Sprache inzwischen gut. Das bewiesen ihre Alltagserfahrungen. Die entscheidende Frage aber war doch, ob ihre Seele dieses Deutschland jemals als ihre zweite Heimat empfand und damit irgendwann die deutsche Sprache zu ihr gehörte, und zwar so, dass sie deutsch träumen konnte.

Fatma dachte an Robert, den sie seit mehr als drei Jahren kannte und doch nicht kannte. Sich kennen bedeutet weit mehr, als über Kenntnisse verfügen, die den anderen betreffen. Sich kennen setzt voraus, dass man sich gegenseitig in die Seele schauen lässt, selbst auf die Gefahr hin, dem Du die eigenen Schwächen, Ängste und Fehler zu offenbaren. Eine derartige Haltung erforderte wechselseitiges Vertrauen. Das aber hatte sie in der Vergangenheit zu Robert nur bedingt. Schließlich war er ein Mann. Mit dieser Einstellung verstärkte sie ihre Einsamkeit. Und Einsamkeit war schwer zu ertragen.

Fatma dachte an Robert und spürte, dass sich in ihrem Innern etwas verändert hatte. Es war nämlich inzwischen weit mehr als nur ein gutes Gefühl, in Gedanken bei ihm zu sein.

Sie schaute aus dem Fenster ihres Zimmers und war enttäuscht. Es regnete, und das ausgerechnet an diesem Sonntagmorgen. Der graue, wolkenverhangene Himmel zeigte an, dass so schnell keine Besserung in Sicht war. Eigentlich ärgerte sich Fatma zum ersten Mal so richtig über das Wetter, seitdem sie in Deutschland lebte. Bis jetzt interessierte es sie nicht sonderlich, ob es schneite, regnete oder die Sonne schien. Heute allerdings war der Regentag für sie eindeutig ein Unglückstag, denn Robert wollte mit ihr eine Radtour zum Ammersee machen, die nun buchstäblich ins Wasser fiel.

Sie hatte sich so sehr auf den Ausflug gefreut. Im Deutschen wurde dieses schöne Gefühl mit dem Wort »Vorfreude« ausgedrückt. Fatma ertappte sich dabei, dass sie sich gerade etwas vormachte. Natürlich war ein Ausflug eine angenehme Abwechslung, wenn man während der Woche intensiv Deutsch lernte, bei Bekannten die Wohnung putzte oder sich mit kleinen Kindern beschäftigte. Voller Ungeduld sehnte sie sich den Sonntag herbei. Aber in erster Linie wohl deshalb, weil sie Robert wieder sah. Doch das war jetzt ungewiss.

Sie konnte kaum glauben, wie nah ihr das ging, und wartete auf seine telefonische Absage. Es dauerte auch nicht lange, bis er anrief, die Lage wie sie beurteilte und sein Bedauern äußerte. Fatma wollte wissen, was er denn bei so einem Wetter vorhabe. Er werde Aufsätze korrigieren, müsse aber vorher noch in die Schule fahren, weil er die Unterlagen im Lehrerzimmer liegengelassen habe. Bei dieser Gelegenheit könne er dann auch gleich seine Arbeitsblätter für den morgigen Unterricht kopieren.

»Nimmst du mich mit?«, bat Fatma spontan.

»Du weißt, dass heute Sonntag ist?«

»Ja natürlich«, erwiderte sie, »aber ich verstehe deine Frage nicht recht.«

Robert zögerte mit der Antwort, gab dann verlegen zu bedenken:

»Am Sonntag sind weder Schüler noch Lehrer im Schulhaus und auch der Hausmeister ist nicht anwesend. Das heißt also, dass wir beide dort ganz allein sind.«

»Ja, ich weiß das, trotzdem möchte ich gerne mit.«

Robert überraschte das schon. Gut, sie waren in letzter Zeit öfters allein. Aber das hieß doch vor allem, allein ohne jemand von den Tükelis. Wenn sie beide länger allein zusammenkamen, geschah das doch immerhin in der Öffentlichkeit.

Auch Fatma wunderte sich über ihre Reaktion. Sie dachte an die Kramer-Bergtour – aber das gehörte endgültig der Vergangenheit an. Mit Robert allein zu sein stellte für sie inzwischen kein Problem mehr dar. Im Gegenteil, sie wünschte sich seine Nähe, und das irritierte sie.

Er meldete sich kurze Zeit später unten an der Haustür. Fatma teilte ihm über die Sprechanlage mit, dass sie schon »auf dem Sprung« sei und wurde auch sofort ob dieser trefflichen Ausdrucksweise von ihm gelobt. Da die Straßen heute im Vergleich zu den Werktagen ziemlich leer waren, kam man zügig voran.

»Bitte halte mal kurz an!«, bat Fatma. Robert fand eine Parklücke, stoppte den Wagen und fragte nach dem Grund. Den

Motor solle er erst noch abstellen. Dann drehte sie die Fensterscheibe der Beifahrertür herunter.

»Hörst du die Glocken? Sie klingen so wunderschön. Es ist wie Musik.«

»Weißt du auch, warum sie läuten?«

Selma hatte es ihr längst erklärt und auf den Muezzin verwiesen. Sowohl er als auch die Glocken riefen die Gläubigen zum Gebet; die einen in die Moschee, die anderen in die Kirche.

Bevor er mit Fatma das Schulhaus betrat, blickten sich beide noch einmal um. Der riesige Hof und die Sportplätze lagen verlassen und leer vor dem Gebäudekomplex. Inzwischen hatte es aufgehört zu regnen. Fatma entdeckte den Basketballplatz, sprach Robert darauf an und äußerte die Bitte, er möge ihr doch zeigen, wie so ein Korbwurf vonstatten gehe. Er nahm ihren Wunsch zunächst nicht ernst, glaubte, dass sie ihn ein bisschen auf den Arm nehmen wolle. Doch als sie nicht locker ließ, ging er darauf ein und holte einen Basketball aus dem Geräteraum. Fatma betrachtete das Brett mit dem Eisenring und dem Netz darunter und stellte fest:

»Da oben soll er also rein. Ist ziemlich hoch, für Frauen viel zu hoch.«

»Das ist doch nicht das Problem. Du musst die Höhe und Entfernung richtig einschätzen und dann den Ball gefühlvoll werfen.«

»Ach ja?«

»Mädchen, nimm einfach den Ball in beide Hände und wirf!«

»In beide Hände? Wie denn?«

»Leg die Daumen senkrecht und parallel an den Ball, halte ihn rechts und links mit deinen Fingern fest, strecke die Arme nach oben und entlasse dann mit Schwung den Ball aus den Händen!«

»Das hört sich an wie eine komplizierte Gebrauchsanweisung. Ich schlage vor, du nimmst meine Hände und zeigst mir, was du meinst.«

Robert fand die Idee gut. Er stellte sich nun hinter Fatma, führte ihre Arme mit den seinen leicht nach vorne, legte dann seine Hände um ihre Handrücken, bemühte sich, ihre Finger in Richtung des Korbs zu steuern und verstärkte diesen Bewegungsablauf in die Höhe durch ein akustisches Signal, nachdem er sie vorher angewiesen hatte, genau in diesem Moment das Körpergewicht auf die Zehenspitzen zu verlagern und sich vom Boden abzustoßen. Nun übten sie mehrmals mit dem Ball und Fatma war begeistert, weil sie zusammen mit ihrem Lehrmeister fast ausschließlich Erfolge verbuchen konnte. Abrupt unterbrach sie das gemeinsame Spiel und sagte schmunzelnd zu ihm:

»Stell dir mal vor, Manfred und Günter aus deiner Basketballmannschaft schauten uns jetzt zu! Die würden sich bestimmt totlachen.«

»Da bin ich mir gar nicht so sicher. Schließlich haben wir auch einmal so angefangen.«

Fatma wollte unbedingt mit dem Training fortfahren und Robert willigte ein. Nach kurzer Zeit lehnte sie sich rücklings an den Oberkörper des Mannes, gab vor, müde zu sein und deshalb eine Pause zu benötigen.

»Was du gerade tust, nennt man ein Foul«, war dessen Reaktion, aber entrüstet klang seine Stimme keineswegs. Er hielt sie fest, um zu verhindern, dass sie das Gleichgewicht verlor und zu Boden fiel.

»Wenn Fouls immer so angenehm sind, dann verstehe ich nicht, warum sie verboten werden«, setzte Fatma den Diskurs fort.

»Weil man sich beim Basketballspiel bewegen soll und andere Spieler nicht als Diwan zum Ausruhen benützen darf.«

Sie erklärte, dass sie sich an seiner Seite wohlfühle, ergriff dann den Ball und probierte den Korbwurf allein. Nach einer guten halben Stunde hatten sie genug und machten sich erneut zum Eingang des Schulhauses auf.

Robert sperrte die Haustür hinter sich ab und schritt mit Fatma durch den langen Korridor. Nirgendwo Schüler, kein

Schreien und Johlen, nur ungewohnte gespenstische Stille, die regelmäßig vom dumpfen Widerhall unterbrochen wurde, den die Schuhe auf den harten Steinplatten erzeugten.

»Mir kommt es vor, als würden wir uns in einem Spukschloss befinden.«

Robert wurde erst bewusst, dass er diese Bemerkung geflüstert hatte, als Fatma ihn leise fragte, was denn ein Spukschloss sei. Er erklärte ihr den Begriff nun mit lauter Stimme und in einem unnatürlichen Tonfall, baute sodann spontan eine kleine Gruselgeschichte um dieses Wort, sodass Fatma lachen musste.

»Hast du gerade dieses fürchterliche Gelächter in den dunklen Gängen gehört? Weißt jetzt sicherlich, was es mit einem Spukschloss auf sich hat«, fuhr Robert fort, bemüht, seiner Stimme einen Klang zu verleihen, der Schauder verströmte.

»Möchtest du wissen, was ich an dir mag?«, fragte Fatma.

»Jetzt bin ich aber neugierig.«

»Mit dir kann man über ernste Dinge reden. Aber du bist auch für einen Spaß zu haben.«

»Na ja, ich muss für meine Schulkinder auch hin und wieder den Kasperl spielen.«

»Ich finde das keinen guten Vergleich. War ja schon einige Male zu Gast in deinem Unterricht. Ein Kasperltheater führst du bestimmt nicht auf, behandelst deine Schüler keineswegs wie kleine Kinder, sondern nimmst jeden einzelnen ernst. Ich hätte gerne so einen Lehrer gehabt, wie du einer bist.«

Inzwischen waren sie vor Roberts Klassenzimmer angelangt. Fatma öffnete die Tür und sie traten ein. Sie setzte sich auf den Stuhl eines Schülers und er nahm ihr gegenüber Platz.

»Weißt du«, nahm Fatma das Gespräch wieder auf, »allein die Sitzordnung hier sagt doch schon viel über dich aus. Du lässt deine Schüler in Gruppen sitzen; erlaubst ihnen, im Team zu arbeiten; hältst die Zügel recht locker und gibst ihnen so genügend Freiheit. Und doch forderst du sie und bist konsequent.«

»Ach Fatma, du warst zwar schon öfter hier und kannst deshalb vieles durchaus richtig einschätzen. Doch immer wieder geht es in diesem Zimmer drunter und drüber und manchmal kämpfe ich einen ausweglosen Kampf. Da drüben zum Beispiel sitzen ein paar Chaoten, die mir das Leben mitunter sehr schwer machen.«

»Ja, Landsleute von mir gehören dazu. Hab mich mit ihnen während der Projektwoche auf der Berghütte mehrmals unterhalten und war meist ganz anderer Meinung als sie. Aber eines wurde mir schnell klar: Über ihren Lehrer lassen sie nichts kommen, auch wenn ihnen nicht alles passt, was er tut. Sie schätzen vor allem, dass er ihnen gegenüber ehrlich ist und dass er sie nicht von oben herab behandelt.«

Dass sie Hausaufgaben ablehnen, konnte sie durchaus verstehen. Robert verzichtete darauf, diese Einschätzung zu kommentieren, und auch Fatma schwieg einen Moment, um ihre Gedanken zu ordnen. Dann fuhr sie fort:

»Robert, du engagierst dich extrem für deine ausländischen Schüler. Sag, warum tust du das eigentlich?«

»Sie tun sich in der Regel schwer, ihr Leben in den Griff zu bekommen, weil sich in ihrem Innern zwei verschiedene Kulturen überlappen. Das verunsichert sie und deshalb brauchen gerade sie meine Hilfe!«

Dann bat er Fatma, sie möge ihm aus ihrer eigenen Schulzeit in Ostanatolien erzählen. Fatma kam diesem Wunsch gerne nach.

In der Grundschule in Maryanik saßen die Schüler in Reihen hintereinander in festen Bänken. Sie durften auf keinen Fall private Dinge miteinander besprechen, wenn der Lehrer vorne in erhöhter Position am Pult stand. Dieser benutzte oft den Stock und schlug bisweilen auch mit der Hand zu. Verprügelte Mädchen wie Buben, wenn sie einmal ihre Hausaufgaben vergessen oder den Bleistift nicht gespitzt hatten. Forderte der Lehrer von einem Schüler eine Antwort, musste man sich von seinem Platz erheben und stramm stehen.

Meistens wurden die Buben aufgerufen. Wenn die Eltern ihre Töchter im Haushalt oder für die Feldarbeit benötigten, wurde nicht lange abgewogen, sondern schnell gegen die Schule entschieden. Der Lehrer nahm das billigend zur Kenntnis. Grundsätzlich war für ein Mädchen in den Dörfern ihrer Heimat Bildung nicht sonderlich wichtig. Entscheidend war, dass die Eltern für die Tochter einen Mann fanden, der ihr zukünftiges Leben sicherte. Dafür hatte die Ehefrau ihrem Herrn zu dienen und ihm möglichst viele Jungen zu gebären.

Robert hatte Fatma aufmerksam zugehört und ihr anschließend verdeutlicht, dass auch in den deutschen Schulen vor nicht allzu langer Zeit Erziehung und Unterricht sich an den Prinzipien Befehl und Gehorsam orientierten. Und was die Frauen und Mädchen in Deutschland betraf: Vor wenigen Generationen galt auch in diesem Land noch die archaische Regel: Frauen müssen sich ein Leben lang den Männern unterordnen, weil Gottes Plan das angeblich so vorsah.

Im westlichen Europa haben sich die Frauen im Laufe der vergangenen Jahrzehnte von diesen männlichen Zwängen zu befreien versucht und dabei durchaus große Fortschritte erzielt. Doch eine völlige Gleichberechtigung zwischen den Geschlechtern existiert in Deutschland bis auf den heutigen Tag nicht.

Fatma erklärte, auch sie sei diesen Weg ein Stück gegangen. Das hatte sie vor allem ihrem Großvater zu verdanken. Er wünschte, dass seine Enkelinnen später einmal ein freieres Leben führten als normalerweise die Frauen auf dem Land, und veranlasste deshalb, dass sie und ihre Schwester nach der Grundschule als einzige im Dorf die Oberschule in Burcali besuchen durften.

Für jedes Fach gab es nun ein eigenes Buch und die Schüler wurden von mehreren Lehrern unterrichtet. Den meisten von ihnen war daran gelegen, dass die jungen Frauen in der Türkei in Zukunft selbstständiger und selbstbewusster lebten. Fatma tat diese emanzipatorische Erziehung gut, doch hätte sie alles, was sie am Vormittag in der Oberschule in dieser Hinsicht erfuhr, am Nachmittag im Dorf möglichst einmotten müssen, weil es den Männern nicht passte. Diese alltägliche weibliche Unterwürfigkeit konnte und wollte sie nicht mehr länger ertragen.

Fatma erhob sich nach ihren Ausführungen vom Stuhl, machte ein paar Dehnübungen und lief kurze Zeit im Klassenzimmer auf und ab. Dann blieb sie vor der Tafel stehen, nahm eine Kreide in die Hand und begann zu schreiben. Doch diese brach in der Mitte entzwei.

»Du hältst sie völlig falsch. Eine Kreide ist kein Füller oder Bleistift. Schau, so musst du das machen! Wir nennen das in der Umgangssprache den Pfötchengriff.«

Fatma probierte es, gab aber gleich wieder auf.

»Ich kann das nicht. Zeigen bringt mir auch nicht viel. Es wäre besser, wenn du sie mir in die Hand legen würdest, so ähnlich wie vorhin beim Basketball.«

Der Anschauungsunterricht dauerte recht lang, weil beide nicht auf einen schnellen Lernerfolg aus waren. Doch irgendwann beherrschte auch sie diesen berühmten Griff, den bereits Grundschüler anwenden, wenn man im Unterricht etwas an die Tafel schreiben darf. Bei ihr zu Hause war das nur den Lehrern vorbehalten.

Fatma schrieb einen Satz auf Türkisch, doch sie lehnte es ab, Robert seine Bedeutung zu verraten; wischte den Text sofort wieder weg, denn sie wollte unbedingt verhindern, dass morgen ein türkischer Schüler seinem Lehrer offenbarte, was ihr gerade durch den Kopf gegangen war.

Anschließend betrachtete sie die Schülerzeichnungen, die an der Wand hingen. Genau genommen waren es keine Zeichnungen, sondern Aquarelle, die stets die dominante Farbe Blau in den verschiedensten Abstufungen aufwiesen. Diese Blautöne bildeten einen deutlichen Kontrast zu den bunten Fischen und dem

Grün der Pflanzen. Sie entdeckte Seepferdchen, Muscheln und Krebse. Einem Schüler hatten es vor allem Delfine und Haie angetan. Aber es konnte sich durchaus auch um Wale handeln.

»Das Thema dazu hieß »Zauber des Meeres«, informierte sie der Lehrer.

Fatma wollte noch einmal auf die Gleichberechtigung von Mann und Frau zurückkommen.

»Robert ich weiß, wie du mit den Mädchen in deiner Klasse umgehst. Nimmst sie genauso ernst wie die Jungen. Sag mir jetzt bitte: Warum sind für dich Männer und Frauen gleichberechtigt?«

»Ich wurde von meinen Eltern so erzogen. Diese Gleichberechtigung ist als Grundrecht in unserer Verfassung verankert. Alle Menschen haben eine Würde. Das gilt für Frauen und für Männer.«

»Und das trifft auch für die Ehe zu?«, hakte Fatma nach.

»Natürlich. Eine Ehe sollte eine Liebesbeziehung sein. Liebe aber hat nur dann Bestand, wenn man sich auf gleicher Höhe begegnet, also den anderen als Gleichwertigen annimmt. Nur so kann man sich gegenseitig stützen und Partner füreinander sein.«

Fatma hatte verstanden. Sie erklärte, dass viele Männer in Ostanatolien das ganz anders sähen als er.«

»Ich nehme an, dass dein Vater auch so ein Typ ist«, stellte Robert bedauernd fest.

»Du wirst es nicht glauben. Absolut nicht. Er ist eigentlich ganz anders, nicht wie die meisten Männer in unserem Dorf. Aber das ist ein kompliziertes Thema. Wenn du möchtest, sprechen wir darüber. Aber bitte nicht heute.«

Robert war damit einverstanden.

Sie machten sich ins Lehrerzimmer auf, um die Übungsblätter zu kopieren und die Schülerarbeiten zu holen. Fatma ließ sich das Kopiergerät erklären und freute sich, dass sie es bedienen durfte, während er den Wasserkocher einschaltete und anschließend Teebeutel in das heiße Wasser tauchte. Inzwischen hatte sie eines der Arbeitsblätter studiert und musste feststellen, dass sie mit dem Inhalt wenig anfangen konnte. Zwar stand in ihren Schulbüchern, dass Deutschland nach dem Zweiten Weltkrieg geteilt worden war und inzwischen wieder vereint ist, doch wusste sie im Grunde recht wenig über die deutsche Geschichte.

Aber das betraf nicht nur diesen Bereich. In Zukunft wollte sie mehr Fachliteratur in deutscher Sprache lesen; wünschte sich, wieder auf die Schule zu gehen, wenn sie für immer in Deutschland bleiben durfte. Sie musste unbedingt herausfinden, inwieweit ihre Jahre in der Oberschule hier anerkannt wurden und wie sich darauf aufbauen ließe. Dann könnte sie auch einen Beruf erlernen. Robert hielt diese Pläne für sinnvoll und versprach, sie zu unterstützen.

Er hatte den Tisch gedeckt und bat sie zum Tee. Fatma ging zunächst zum Waschbecken, wusch sich die Hände und musterte im Spiegel ihr Gesicht. Als sie Roberts Spiegelbild entdeckte und wahrnahm, dass er sie beobachtete, lächelte sie.

»Ich hätte jetzt fast den gleichen Fehler gemacht wie damals auf dem Kramer«, sagte er. Und er sagte das mit Bedacht. Ihm war klar, dass seine Bemerkung durchaus verfänglich klang. Doch sie gab schelmisch zurück, dass er keine Chance habe, sie zu küssen. Auf dieses Thema wollte er sich aber auf keinen Fall einlassen, denn es schien ihm viel zu riskant. Seine Anspielung zielte auch keineswegs auf den verhängnisvollen Kussversuch unter dem Gipfelkreuz, sondern auf ihr gutes Aussehen.

»Kein anderes Mädchen ist so schön wie du«, habe ich damals gesagt.«

Nach einer kurzen Pause meinte Fatma:

»Robert, ich habe dich doch richtig verstanden, dass du gerade fast den gleichen Fehler gemacht hättest. Aber gemacht hast du ihn nicht. Heißt das, du findest mich jetzt nicht mehr schön?«

Er fühlte sich bedrängt, versuchte sich ein wenig Zeit zu verschaffen, indem er das Sprichwort zitierte, ›Reden ist Silber, Schweigen ist Gold.‹

»Und wenn es diesmal umgekehrt wäre? Brauchst doch nur die Wahrheit zu sagen.«

Robert hatte keine Lust mehr, sich hinter nebulösen Formulierungen zu verstecken. Deshalb antwortete er ihr:

»Meine Augen sehen dein Gesicht und sie sehen deine Figur. Dazu muss ich dich aber nicht anschauen, denn ich habe dein Bild in mir. Wenn ich dich sehen will, muss ich nur meine Augen schließen, um zu erkennen, was das Wort Schönheit bedeutet. Du bist für mich…«

Fatma saß ihm inzwischen am Tisch gegenüber, legte ihren Zeigefinger auf seinen Mund, schenkte ihm erneut ein warmes Lächeln und meinte, dass es höchste Zeit sei, den Tee zu trinken, damit er nicht kalt würde und seinen Geschmack verliere. Sie taten das schweigend und blickten sich in die Augen. Fatma nahm seine Hände und verriet, dass auch sie sein Gesicht mit geschlossenen Augen beschreiben könne; und das nicht erst seit heute. Er bat sie darum. Doch sie schüttelte den Kopf und vertröstete ihn auf einen späteren Zeitpunkt, auch wenn sich inzwischen ihre Gedanken verselbstständigten. Er ahnte, was in ihrem Kopf vorging, weil sie plötzlich schwieg und erklärte voller Neugier:

»A penny for your thoughts!«

Sie lachte amüsiert und ließ ihn wissen, dass ihre augenblicklichen Gedanken auch nicht für zehn Euro zu kaufen seien. Robert gefiel dieses Spiel und deshalb spielte er weiter. Schloss die Augen in der Absicht zu demonstrieren, dass er tatsächlich ihr Bild in sich trage und es jederzeit betrachten könne. Spontan begann er es laut zu beschreiben:

»Du hast eine makellose Nase und wohlgeformte Lippen. Aber vor allem faszinieren mich deine Augen. Dunkel sind sie mit einem leicht grünlichen Schimmer. So dunkel und dennoch grün wie das Wasser eines Moorsees.«

Fatma spürte die Röte in ihrem Gesicht, doch das machte ihr nichts aus, sagte ihm, dass sie seine Worte schön fände und sie ihr schmeichelten. Komplimente, die sie erfreuten, die aber nicht so recht in dieses sachliche Lehrerzimmer passten. Er musste ihr versprechen, sie zu wiederholen. Später einmal, wenn die Zeit reif war, sich näherzukommen. Robert wollte sie in die Arme nehmen, wagte es allerdings nicht. Sie sah ihm seine Unsicherheit an, stand auf, umfasste seine Schultern und küsste ihn auf die Wangen. Unmittelbar danach wollte sie gehen und er willigte ein.

Robert nahm mehrere Stufen auf einmal, und Fatma belehrte ihn, dass sich das für einen Lehrer nicht schickte. Außerdem sei es nicht ungefährlich, treppabwärts zu springen. Doch er wollte sich heute nicht wie ein Lehrer benehmen. Und was die Gefahren betraf: Niemals würde ihm am heutigen Tag etwas zustoßen.

Auf einmal begann er laut einen Schlager zu singen, der inhaltlich gut zu ihrem Flirt im Lehrerzimmer passte. Seine Stimme hallte durch die Gänge des leeren Schulhauses.

»Ein Spukschloss ist diese Schule auch an einem Sonntag nicht; denn eine so schöne Stimme kann ein Geist oder ein Gespenst gar nicht haben«, stellte Fatma fest.

»Ja, du hast recht«, entgegnete Robert. »Außerdem können sich Geister überhaupt nicht freuen.«

Sie pflichtete ihm bei, nahm seine Hand und beide schlenderten zum Ausgang.

Robert hatte keine Lust mehr, Aufsätze zu korrigieren. Im Übrigen war heute Sonntag. Fatma sagte sofort zu, als er vorschlug, nach dem Mittagessen gemeinsam im Olympiapark spazieren zu gehen. Doch bald begann es wieder zu regnen. Deshalb suchten sie ein gemütliches Café auf und gingen anschließend ins Kino.

Danach brachte Robert Fatma nach Hause, wollte aber nicht mehr in die Tükeli-Wohnung mit hinauf. Er verabschiedete sich auf Türkisch von ihr:

»Iyi geceler! – Gute Nacht!«

Sie antwortete mit eben diesen Worten.

»Und was passiert jetzt bei euch Türken?«, wollte Robert wissen.

»Wir küssen uns auf beide Wangen.«

»In Deutschland geht ein Gute-Nacht-Kuss ganz anders. Man küsst sich bei uns auf den Mund. Darf ich dich küssen?«

Fatma antwortete lächelnd:

»Ja natürlich darfst du das. Aber auf Türkisch, so wie ich dir das soeben beschrieben habe.«

Robert gab nach, aber er war sich ziemlich sicher, dass sein Wunsch bald in Erfüllung ging.

Fatma überdachte die letzten Stunden und mit einem Mal kam ihr Oma Ilknur in den Sinn. Diese hatte ihr damals geraten, beim nächsten Istanbul-Besuch in der Balat-Kirche zu beten und sich mit dem heiligen Wasser zu reinigen, damit für sie das Wunder der Liebe geschah. Im Grunde war es nicht mehr nötig, in die Wallfahrtskirche der armenischen Christen zu gehen und auf dieses Wunder zu hoffen, denn genau das geschah doch gerade mit ihr. Sie hatte sich verliebt.

Als Robert nach Hause kam, schaltete er den Computer ein, um seine E-Mails abzurufen. Zuerst las er Karins Nachricht, dass das Buch, das sie für ihn bestellt hatte, eingetroffen sei und sie es ihm morgen bringen werde. Die Sekretärin der Schule erinnerte ihn an die fällige Statistik, die er schon mehrmals vergaß. Stefan und Sebastian, zwei Kumpels aus seiner Basketballmannschaft, wollten mit ihm morgen Abend auf ein Bier gehen, wenn er Lust dazu habe. Dann eine Nachricht von Yasemin aus Izmir, einer ehemaligen Schülerin.

Das Mädchen hielt ihn über ihr Leben in der Türkei auf dem Laufenden und bat ihn öfters um Rat. Inzwischen hatte sie sich in ihrer neuen Heimat recht gut eingelebt und dort Freunde gefunden. Von Izmir war sie sehr angetan, und wenn sie etwas

Besonderes entdeckt oder erlebt hatte, teilte sie ihm dies mit. Heute schrieb sie:

Ich habe gelesen, Izmir sei die europäischste aller türkischen Städte. Das kann schon sein, aber die Stadt ist trotzdem voller Gegensätze. Es gibt hier Millionäre, die unten am Hafen mit ihren Yachten protzen und ein paar Straßen weiter gibt es bettelnde Kinder. Es gibt Männer mit Ohrringen und Tattoos und es gibt Männer im Kaftan. Es gibt dort Mädchen im Minirock und Frauen mit Tschador oder Burka. Ich selbst habe Studentinnen kennengelernt, die bewusst in der Uni ihr Kopftuch tragen, weil das bis vor Kurzem verboten war. Dieselben Mädchen gehen am Abend in die Disco und tanzen bei westlicher Musik. So etwas finde ich aufregend. Aber Herr Lochner, Sie dürfen mich jetzt nicht falsch verstehen: Meine Zukunft liegt in Deutschland.

Robert überlegte, ob er Yasemin gleich antworten sollte. Doch er verschob es auf morgen.

13

Fatma summte fröhlich eine Melodie vor sich hin, als sie ihr Zimmer verließ und sich in die Küche begab, um etwas zu trinken. Selma saß am Tisch und las Zeitung. Ihr fiel sofort auf, dass die Freundin gut gelaunt war, packte die Gelegenheit beim Schopf und schlug vor, ein bisschen zu tanzen. Fatma hatte nichts dagegen einzuwenden. Also gingen sie ins Wohnzimmer, suchten sich eine entsprechende CD aus und legten los. Beim zweiten Musikstück geriet Fatma in Schwierigkeiten, wusste nicht, welcher Tanz zu diesem Rhythmus passte. Sie verwechselte stets die Schrittfolge und auch die Körperbewegungen waren nicht immer stimmig. Es handelte sich um einen Shimmy. Für Selma war das kein Problem, denn die Mutter hatte ihr diesen Tanz schon als Kind beigebracht.

»Komm ich zeig dir, wie das geht ... Die Hand gehört hier her. Stell den rechten Fuß auf! Jetzt drehst du die Hüfte. Einmal ... noch einmal ... Und den Fuß heben!«

»Das auch noch?«

»Schau mal, wie ich das mache ... Ja, ja genau. Du kannst es doch.«

Fatma lachte zufrieden.

»Und jetzt schneller!«

Ihr machte der Shimmy nun großen Spaß, und sie bestand darauf, dass dieses Lied auf der CD mehrmals abgespielt wurde.

Nach der ausgelassenen Tanzstunde wollte Fatma duschen. Als Selma dann das Geräusch des Föns vernahm, klopfte sie an die Badezimmertür und wurde sofort hereingebeten.

»Was hast du mit deinen Haaren angestellt?«, fragte Selma erstaunt. »Mir ist das vorhin gar nicht aufgefallen.«

»Ich hab mir ein paar Strähnchen reinmachen lassen.«

»Und weshalb gerade jetzt?«

»Es hat mich einfach mal gereizt.«

»Aha. Und warum benützt du seit ein paar Tagen einen Lippenstift?«

»Warum denn nicht?«

»Sag mal, meine Liebe, wie heißt der Kerl, dem du gefallen willst?«

Fatma errötete und schwieg zunächst verlegen; erklärte dann, dass sie wegen eines Termins nicht mehr viel Zeit habe.

Sie ging in ihr Zimmer und wollte sich umziehen. Probierte mehrere Kleider an, entschied sich für eines, das die Taille betonte und wählte ein kontrastfarbenes Kopftuch dazu aus. Die Freundin lud sie noch zu einem schnellen Mokka ein in der Hoffnung, ihre Neugierde befriedigen zu können und fragte deshalb:

»Wie sieht er denn aus?«

Fatma antwortete zögernd:

»Das würde jetzt zu lange dauern. Ich verrate dir nur so viel: Mir gefällt er.«

»Kann es sein, dass ich ihn kenne?«

Fatma zog die Schultern hoch und versuchte, eine geheimnisvolle Miene zu zeigen.

»Robert. Ich bin mir sicher, dass es Robert ist«, platzte Selma heraus, »natürlich ist er es.«

Fatmas Hand zitterte einen Moment. Mit dieser schnellen Identifizierung hatte sie nicht gerechnet. Sie blickte zur Seite und nickte. Selma forderte sie auf:

»Sieh mich mal an!«

Fatma folgte der Anweisung und die Freundin fuhr schmunzelnd fort:

»Hab mich schon seit Tagen über deine auffällig gute Stimmung gewundert. Mir ist jetzt klar: Du bist verliebt. Allah hat für dich den richtigen Mann bestimmt. Das ist eine fantastische Nachricht.«

Fatma erklärte, dass sie heute um 15 Uhr am Chinesischen Turm mit Robert verabredet sei. Vorher höre er sich mit Harun im Geschwister-Scholl-Institut einen Gastvortrag des afghanischen Botschafters an. Anschließend müsse Harun in sein Büro, um den Text für einen politischen Kommentar zum Afghanistankonflikt zu verfassen, der am Abend im Bayerischen Rundfunk gesendet würde.

Es war nun höchste Zeit aufzubrechen. Sie verabschiedete sich, fuhr mit der U-Bahn zum Stachus und nahm dort die Straßenbahn Linie 17. Am Tivoli stieg sie aus und schlenderte Richtung Chinesischer Turm. Plötzlich läutete ihr Handy und Robert meldete sich. Er hatte an der Haltestelle auf sie gewartet, war dann aber vorausgelaufen und beobachtete sie nun hinter einem Baum.

»Hallo Fatma, wo willst du denn hin?«
»Zu dir natürlich.«
»Da bist du aber völlig verkehrt. Bleib doch mal stehen und versuche mich zu finden!«
»Wo hast du dich denn verkrochen?«
»Du bist schon ganz nah und müsstest mich doch fast riechen können.«
»Ach Robert, du nimmst mich auf den Arm. Gib mir lieber einen Tipp, dann komm ich zu dir!«
»Gut. Überquere die Straße! Achtung, von links kommt ein Bus! ... Bieg jetzt nach rechts ab! Stopp! Geh in den Park rein! Und stehen bleiben!«

Robert schwieg. Fatma blickte sich um, entdeckte ihn aber nicht und fragte über das Telefon:
»Wo genau steckst du denn?«
»Schau mal zum Baum neben dir! Dreh dich! Noch mehr drehen!«
»Ach, du bringst mich ganz durcheinander.«
»So schau doch!«
»Ich kann dich nicht sehen. Und jetzt?«

Robert verzichtete mittlerweile auf das Handy, sprach Fatma direkt an, stand sie doch inzwischen nur einige Meter von ihm entfernt.

»Hier bin ich.«

Sie sah ihn, lachte herzlich, lief auf ihn zu und umarmte ihn. Danach machten sie sich zum Monopteros auf und genossen oben auf dem Hügel zuallererst den Rundblick. Er zählte die bekanntesten Gebäude der Stadtsilhouette auf: ganz links der Kuppelbau der Staatskanzlei, das Prinz-Karl-Palais, ein Stück weiter rechts der Alte Peter, das Rathaus, die Frauen- und die Theatinerkirche, dann folgte Schwabing mit der Universität und dem Siegestor.

Unter ihnen auf der riesigen Grünfläche des Englischen Gartens herrschte reges Treiben. Spaziergänger, Radfahrer, Jogger, Reiter. Jugendliche, die Fußball spielten, und Hunde, die sich jagten und balgten.

»Robert, schau mal auf den Weg, wo die Bänke stehen! Da schiebt ein Mann einen Kinderwagen. Und keine Frau in seiner Nähe. So etwas gibt es nur in Deutschland.«

»Unsere Großväter haben das auch nicht gemacht«, erwiderte Robert.

»Mein Opa hätte mich als Baby bestimmt im Dorf herumgefahren, wenn ich ihn darum gebeten hätte.«

»Na ja, wirst halt damals noch nicht gewusst haben, was bitte, bitte auf Türkisch heißt.«

Fatma spürte plötzlich Wehmut und meinte dann:

»Na ja, mein Opa war ein ganz anderer Mann, ein ganz besonderer. Er passte überhaupt nicht in die Männerwelt unseres Dorfes.«

»Mein Gott, diese Typen! Pelin hat einmal zu mir gesagt: Anatoliens Männer verhalten sich ihren Frauen gegenüber wie Tyrannen. Da sind sie alle gleich.«

»Nicht alle, aber auch nicht wenige. Bei mir zu Hause traf das jedenfalls nicht zu. Meine Mutter, Sevim und ich wurden von unseren Männern sehr wohl ernst genommen und geschätzt.«

»Du bist mit deinen Brüdern also gut ausgekommen?«

»Ja natürlich. Doch bei Streit gaben wir Mädchen am Ende lieber nach; wir wären doch ohne Chancen gewesen, wenn wir uns mit den Brüdern geprügelt hätten.«

»Und trotzdem wollte dich einer von ihnen auf Geheiß deines Vaters umbringen. Von deinem Vater ging doch alles aus, er war doch schuld an deinem Schicksal. Er wird schon so ein Tyrann sein.«

»Nein, Robert, so einfach, wie du glaubst, ist das alles nicht. Was meinen Vater betrifft, muss ich dir sagen, dass er ein gutes Verhältnis zu uns allen hatte. Zwar war er das Oberhaupt der Familie, machte uns schon deutlich, dass er oben und damit über uns stand. Doch er behandelte seine Ehefrau und uns Töchter in der Regel mit Anstand und Respekt. Er liebte uns alle, auch wenn er sich schwertat, diese Liebe zu zeigen und zärtlich zu sein.«

»Er hat euch Frauen also nicht unterdrückt?«, fragte Robert nach.

»Aber nein! Er ließ uns einen recht großen Freiraum, zumindest in den eigenen vier Wänden und bisweilen auch über die Grenzen des Hauses hinaus. Damit aber provozierte er öffentlichen Ärger.«

»Das überrascht mich jetzt schon. Hab mir wohl ein falsches Bild von ihm gemacht.«

»Ja, hast du. Ich bin meinem Vater sehr dankbar dafür, dass er oft zu mir gehalten hat. Erst heute erkenne ich, dass es für ihn nicht leicht war, vor den anderen sein Gesicht zu wahren.«

»Das musst du mir näher erklären.«

»Na ja, ich bin als Frau in unserem Dorf ziemlich aus der Reihe getanzt. Das fing schon damit an, dass ich auf die Oberschule durfte. Den meisten war das ein Dorn im Auge, und entsprechend haben sie meinem Vater zugesetzt, vor allem als unser Opa gestorben war. Der hatte uns Mädchen seit jeher immer geraten, wir sollten Widerstand leisten, wenn Männer Druck auf uns ausüben oder uns schlecht behandeln. Auch deshalb war ich nicht bereit, mich willenlos unterzuordnen, mich zu fügen, wenn es um wichtige Dinge ging, die meine Person und meine Zukunft betrafen.«

»Und welche Position nahm dein Vater dazu ein?«

»Er befand sich in einer Zwickmühle, fühlte sich hin- und hergerissen. Die Männer im Dorf warfen ihm vor, er sei als Familienoberhaupt zu nachsichtig, habe den zwei Töchtern nicht den nötigen Respekt gegenüber Männern eingeimpft und vor allem mir, der älteren, Freiheiten und Rechte gewährt, die einer Frau nicht zustehen. Ständig wurde ihm das in der Teestube unter die Nase gerieben mit dem Hinweis auf die Sitten und Traditionen der Heimat. Mein Vater gab sich alle Mühe, mich zu verteidigen. Doch nicht immer war er dem Druck der Dorfgemeinschaft gewachsen. Du weißt ja, was passiert ist, weißt was mich aus der Bahn geworfen hat. Aber darüber möchte ich jetzt nicht reden.«

Fatma schwieg eine Weile und sprach dann über ihre Kinderjahre, brachte sofort den Großvater ins Spiel, und nach wenigen Sätzen war ihre Traurigkeit verflogen. Sie erinnerte sich gern an diese schöne Zeit, die sie in erster Linie ihrem Großvater verdankte, der sich liebevoll seiner beiden Enkelinnen annahm. Er verteidigte Fatma und Sevim, wenn man sie ungerecht behandelte, tröstete sie, wenn sie traurig waren, beruhigte sie, wenn sie Angst hatten und brachte sie zum Lachen, wenn sie weinten. Und wenn sie nachts nicht einschlafen konnten, erzählte er ihnen lustige Geschichten.

Für die zwei Mädchen war ihr Großvater der liebste Mann auf der Welt; in seiner Nähe fühlten sie sich sicher und geborgen.

Ihr Opa hatte als Schafhirt viel Zeit zum Nachdenken, und die nützte er auch. Dachte in zentralen Lebensfragen völlig anders als die meisten Erwachsenen im Dorf. Manch einer nahm ihn deshalb nicht sonderlich ernst, hielt ihn für einen Träumer und Spinner, weil er stets von Gottes Liebe redete, die die Menschen als dessen Geschöpfe im täglichen Leben verwirklichen sollten. Er selbst ging mit dem Herzen auf die anderen zu, war immer freundlich und hilfsbereit und lehnte Traditionen, die er für unmenschlich hielt, strikt ab.

Der Glaube war dem Großvater eine Herzensangelegenheit. Dabei berief er sich vor allem auf Mevlana Rumi, einen Mystiker des Suffismus aus dem 13. Jahrhundert, der auch ein berühmter Poet war. Wenn der Schäfer seine Tiere durch Maryanik trieb, rezitierte er oft dessen Gedichte in voller Lautstärke. Einige Leute schüttelten dann verständnislos den Kopf, andere lächelten oder machten hinter seinem Rücken Witze über ihn. Aber es gab auch Mitbewohner, die ihn ob seiner Menschenfreundlichkeit, Lebensweisheit und Bildung bewunderten. Er war nämlich der einzige, der berühmte Verse auswendig vortragen konnte.

Ihr Großvater schätzte Mevlana als Dichter, vor allem aber beeindruckte ihn seine Theologie. Gott durch Liebe näherzukommen war für den Mystiker der Weg zur wahren Erfüllung im Leben. Seine religiöse Botschaft fasste der Suffi-Meister folgendermaßen zusammen:

»Öffne dein Herz für alle Menschen und versuche ein guter Mensch zu sein. Dann bist du auch ein guter Moslem. Liebst du die Menschen, so liebst du Gott.«

Der Großvater verehrte den heiligen Mann sehr. Deshalb pilgerte er einmal im Jahr nach Konya zu seinem Grab, um dort zu beten und den Predigten der Imame zu lauschen, die Mevlanas Theologie der Toleranz, des Mitgefühls und der Liebe verkündeten. All das teilte Fatma Robert mit und schloss ihre Erzählung mit den Worten ab:

»Meine Geschwister und ich wurden im Grunde genommen von unserem Opa erzogen und geprägt, der sein Leben an Mevlanas Lehre ausgerichtet hat. Deshalb trinke ich meinen Glauben auch aus diesem Brunnen. So nämlich hat sich unser Großvater manchmal ausgedrückt.«

»Man spürt, wie sehr du immer noch an ihm hängst, und wahrscheinlich denkst du oft an ihn, wenn du dich einsam fühlst«, entgegnete Robert.

»Wie recht du hast. Vor allem nachts im Bett, wenn ich nicht einschlafen kann, bete ich zu Allah, dass er ihn im Traum zu mir schickt.«

Fatma stand auf und bat Robert, mit ihr ein Stück durch den Park zu laufen. Sie hatte Durst, und er schlug vor, am Ausschank neben dem Chinesischen Turm eine Flasche Limonade zu kaufen. Fatma sagte dieser Vorschlag nicht besonders zu. Heute ertrug sie den Lärm des nahen Biergartens nicht und auch nicht die vielen Menschen. Lieber war sie mit Robert allein.

Er erinnerte sich, dass es am Ufer des Großhesseloher Sees eine Imbissbude mit Getränken gab, und sie beschlossen dorthin zu gehen. Danach spazierten sie um den See. Im Wasser tummelten sich viele Vögel, aber Fatma kannte nur die Graugänse, Stockenten und Möwen mit Namen. Deshalb versuchte sich Robert als Biologielehrer. Haubentaucher ließen sich leicht identifizieren, denn ihr Name sagte etwas über ihr Aussehen und ihre Aktivitäten im Wasser aus. Die Tiere, die ihren Kopf in das Gefieder steckten und sich ausruhten, hießen Blesshühner.

»Robert, ich habe dich sicherlich vorhin mit den religiösen Überzeugungen meines Großvaters, die auch die meinen sind, genervt.«

Er bestritt das energisch.

»Darf ich dich etwas fragen?«

Auch das war seiner Meinung nach eine überflüssige Bemerkung.

»Robert, glaubst du eigentlich an Gott?«

»Aha, die berühmte Gretchen-Frage: Nun sag, wie hast du`s mit der Religion?«

»Ist dir das unangenehm?«, wollte Fatma wissen.

Robert fuhr unbeirrt mit dem Faust-Zitat fort:

»Du bist ein herzlich guter Mann. Allein ich glaub, du hältst nicht viel davon.«

Fatma verunsicherte einen Augenblick das Rezitieren des Verses. Sie dachte über seinen Inhalt nach, um dann zu erklären:

»Hör zu, Robert. Deinem ersten Satz stimme ich voll zu. Du bist wirklich ein guter Mensch. Beim zweiten Satz bin ich mir nicht sicher.«

»Fatma, darüber bin ich mir selbst nicht im Klaren.«

Seit langem schon beschäftigte er sich mit diesem Thema und nie war er zu einem befriedigenden Ergebnis gekommen. Zahlreiche Philosophen, Soziologen und selbst Theologen hatten im 19. und 20. Jahrhundert das Ende der Religion verkündet, erwartet, erhofft. Gott existiere nicht, sei zu schwach oder längst tot... Manches ließ sich mit der Vernunft begründen. Bewiesen wurden diese Thesen nicht. Aber auch nicht ihr Gegenteil.

»Fatma, ich habe immer und immer wieder versucht, mit Gott zu reden. Aber er hat mir nie geantwortet. Inzwischen habe ich es aufgegeben zu beten. Theologen sagen, Gott begegnet den Menschen allein im Wort der Offenbarung. Gottes Offenbarung in Bibel und Koran genügt mir aber nicht. Ich brauche Antworten auf meine alltäglichen Fragen. Trage meine Probleme in meiner Sprache vor. Doch Gott versteht anscheinend meine Sprache nicht. Ihr Muslime und wir Christen nennen ihn einen Gott der Liebe, der unsere Sorgen und Nöte ernst nimmt. Warum aber bleibt er stumm? Vielleicht kennt er mich gar nicht oder hat mich vergessen. Möglicherweise bin ich ihm egal und er hört mir nicht einmal zu. Und was ist, wenn es Gott gar nicht gibt?«

»Ach Robert«, entgegnete Fatma, »natürlich gibt es ihn. Aber man darf ihn nicht allein mit dem Verstand suchen, sondern muss vor allem sein Herz für ihn öffnen und ihm vertrauen. Wahrscheinlich nehmen wir uns zu wenig Zeit dafür. Wir Muslime sollen mindestens fünf Mal am Tag beten. Das sind in der Regel nicht mehr als zehn bis fünfzehn Minuten. Robert, überlege doch mal! Eine Viertelstunde am Tag. Das kann doch niemals ausreichen, um ein Vertrauensverhältnis aufzubauen.«

»Fatma, warum kann ich in diesem Punkt nicht so sein wie du?«

»Weil du im Gegensatz zu mir studiert hast und gebildet bist.«

Robert stellte klar, dass sie ihn total missverstanden habe. Sie setze beim Glauben auch auf Hoffnung und Liebe, vertraue ganz dem Koran. Er hingegen benütze dabei zu sehr den Kopf, wünsche sich mehr ihren Zugang zu Gott. Aber er schaffe das nicht.

Fatma meinte abschließend, ob sie irgendwann wieder mit ihm über religiöse Themen sprechen könne und er ihr dann die Sichtweise der Bibel und sie ihm die des Koran darlegte. Robert war mit dem Vorschlag einverstanden. Doch jetzt wollte er ihr unbedingt im Englischen Garten etwas zeigen, was er seit seiner Kindheit bis auf den heutigen Tag sehr liebte.

»Die Sonne scheint. Heute ist ein wunderbarer Karusselltag«, rief er spontan.

»Das verstehe ich jetzt nicht. Was meinst du damit?«, fragte Fatma leicht irritiert.

»Komm mit!«

Robert nahm sie an der Hand und forcierte die Schritte.

»Siehst du da drüben den Rundbau?«, fuhr er fort, »das ist mein Karussell. Es gibt für mich nichts Schöneres im Englischen Garten.«

Aus der Ferne schaute es recht unscheinbar aus, erweckte den Eindruck, als sei es bescheiden oder vielleicht schüchtern, stand es doch geduckt unter alten Buchen in einer Ecke und keiner der vielen Biergartengäste schien es zu beachten. Möglicherweise hatte dieses kleine Karussell gar Minderwertigkeitsgefühle, denn es befand sich nur ein paar Meter neben dem berühmten Chinesischen Turm, der wegen seiner Größe und Pracht den Platz dominierte.

Robert musste schmunzeln. Immer, wenn er hier vorbei kam, wurden diese Erinnerungen in ihm wach, Gedanken eines Kindes, das Mitleid mit seinem geliebten Karussell empfand.

»Fatma, du hast mir vorhin Geschichten aus deiner Kindheit erzählt. Jetzt erzähle ich dir aus meiner. Sehr gerne denke ich zum Beispiel an dieses Karussell zurück. Für mich ist es auch heute noch etwas ganz Besonderes; allein schon weil es immer an derselben Stelle steht. Fast hundert Jahre steht es schon da, wird niemals abgebaut, muss nicht von einem Dorf ins andere ziehen, um Kindern auf zahlreichen Jahrmärkten Freude zu bereiten. Es geht auch nicht zur Oktoberfestzeit auf die Wies'n hinüber. Nein, es steht wie angewurzelt, steht fest an diesem Ort mitten im Englischen Garten. Und es fährt nur bei schönem Wetter wie heute und grundsätzlich erst ab Mittag. Bei schlechtem Wetter arbeitet dieses Karussell nicht. Das hat es nicht nötig.«

Fatma überraschten Roberts schwärmerische Worte. Zum einen war sie das von ihm nicht gewohnt, zum anderen schien ihr dieser einfache Holzbau keiner besonderen Würdigung wert. Doch sie änderte ihre Meinung sofort, als sie am Ziel angekommen waren und in das Innere blickten.

Kommt man aus dem grellen Sonnenlicht, müssen sich die Augen erst an die gedimmte warme Helligkeit des hölzernen Rondells gewöhnen. Zuallererst betören dich die sanften, lieblich und leiern klingenden Melodien der Drehorgel, dann siehst du dieses Karussell. Es will Kinder, sich im Kreise drehend, entführen in seine Zauberwelt aus Bildern, die an die Holzwände gemalt sind: Die Stadt München ist Anfang und Ende der Rundreise. Man bestaunt berühmte Attraktionen aller Erdteile, entdeckt Wüsten, besucht einen Zoo, bewundert noch andere faszinierende Sehenswürdigkeiten.

Eine Reise geht zu Ende und es dauert nicht lange, bis eine neue beginnt. Du kannst als Kind eine Kutsche oder den Schlitten besteigen. Die meisten der kleinen Fahrgäste suchen sich jedoch eines der geschnitzten Holztiere aus, setzen sich auf ihren Rücken und los geht's in eine Welt, in der die kindliche Fantasie Runde um Runde Sehnsüchte und Träume wahr werden lässt, und jeder von ihnen ist beseelt von dem Wunsch, dass dieses Abenteuer ewig anhalten möge.

Fatma wies Robert auf die glücklichen Kindergesichter und das Leuchten in ihren Augen hin und machte ihn dann auf sein Lächeln aufmerksam, das ähnlich wie bei den Kindern auch seine Freude im Gesicht spiegelte. Mit einem Mal kam ihm Rilkes Karussell-Gedicht in den Sinn und er begann spontan zu rezitieren:

> *»Und manchesmal ein Lächeln, hergewendet,*
> *ein seliges, das blendet und verschwendet*
> *an dieses atemlose blinde Spiel ...«*

Irgendwann bricht die Drehorgelmusik ab und die Holztiere weigern sich weiterzulaufen, weil sie auch noch andere Kinder, die voller Ungeduld am Eingang warten, mitnehmen wollen in ferne Länder. Doch welches Tier ist dafür geeignet? Die Auswahl ist groß. Vorne links steht das Steinbockpaar bereit. Es gibt durchaus einen guten Grund, sich eines der beiden Tiere zum Reiten auszusuchen, denn an den langen, geschwungenen Hörnern kann man sich gut festhalten.

Robert gingen diese Gedanken durch den Kopf, als er mit Fatma am Absperrgitter stand und in verklärte Kinderaugen schaute. Irgendwann nahm er seine Begleiterin wieder bewusst neben sich wahr und ließ sie teilhaben an den schönen Stunden im Karussellhaus während seiner Kindheit:

»Siehst du den Rappen dort drüben. Auf dem bin ich als Kind oft geritten. Eigentlich heißt er Ludwig. Ich aber habe ihn Nero genannt, weil mein Opa einmal einen Hund mit diesem Namen hatte. Schau mal, wie er vorne hochsteigt, ein feuriges Pferd mit glühenden Augen! Hab mir dabei immer vorgestellt, ständig die anderen Tiere in der Runde zu überholen, ihm in die Ohren geschrien, noch schneller zu galoppieren.«

»Typisch Junge!«, entgegnete Fatma, »ihr wollt immer die schnellsten, die besten, die größten sein, egal ob Türke oder Deutscher.«

Robert zuckte mit den Schultern und überlegte, wie am besten darauf zu reagieren sei. Fragte dann scheinbar interessiert:

»Fatma, womit wärst du denn am liebsten gefahren?«

»Der Schwan und der Storch gefallen mir sehr. Sie haben beide ein fein geschnitztes, elegantes Federkleid und so einen stolzen Blick. Die Vögel wissen, dass sie sehr schön sind mit dem herrlich geschwungenen Hals und dem langen roten Schnabel.«

»Stimmt, diese beiden Vögel sehen durchaus prächtig und edel aus. Und sie sind sehr eitel. So wie ihr Frauen.«

»Meinst du damit auch mich?«

»Ja natürlich!«

»Vielleicht, weil ich jemandem gefallen möchte.«

»Und wer ist das?«

»Das muss derjenige schon selbst herausfinden.«

»Aber doch nicht vor den Kindern! Was hältst du davon, wenn wir dort drüben etwas essen?«

Fatma war einverstanden.

Als sie das Restaurant neben dem Chinesischen Turm wieder verließen, ging die Sonne bereits unter. An den beleuchteten Tischen saßen immer noch viele fröhliche Menschen beim Bier. Das kleine Karussell in der Ecke neben den Bäumen aber hatte den Betrieb eingestellt. Um diese Zeit lagen bestimmt schon einige Kinder im Bett und träumten vom Storch und der Giraffe, vom Flamingo, den Pferden oder den Hirschen – von den herrlichen Holztieren im kleinen Karussell am Chinesischen Turm im Englischen Garten, die ihnen die Reise ins Zauberland ermöglicht hatten.

Fatma und Robert steuerten die U-Bahn-Haltestelle an. Sie spazierten am Eisbach entlang in Richtung Odeonsplatz. Auf halbem Weg durch den Hofgarten wurden sie von einem heftigen Regenguss überrascht. Doch dieser konnte ihre gute Laune nicht trüben.

»Komm, machen wir einen Wettlauf«, rief Fatma und rannte los. Robert brauchte einen kurzen Moment, um die Situation zu erfassen. Doch er hatte das Mädchen schnell eingeholt. Keuchend und völlig durchnässt erreichten sie die Feldherrnhalle.

Fatma schaute die beiden Steinlöwen an und machte ihren Begleiter darauf aufmerksam, dass der eine das Maul geschlossen hielt, während der andere das seine weit aufriss. Robert wollte ihr erklären, dass so mancher Münchner diesen Unterschied als Metapher interpretiere: Der eine Löwe nämlich symbolisiere die Bayern, der andere die Preußen. Er machte sich aber schnell bewusst, dass seine Freundin die Ironie einer solchen Bemerkung nicht verstehen konnte. Deshalb stimmte er ihr beiläufig zu und schlug vor, die Theatinerkirche gleich nebenan aufzusuchen. Fatma hatte nichts dagegen einzuwenden. Es war nicht das erste Mal, dass sie mit Robert und Harun in eine Kirche ging, und der Deutsche begleitete die beiden ab und zu auch in die Moschee zum Freitagsgebet.

Sie schlossen die schwere Tür hinter sich und betraten den majestätischen Innenraum des Gotteshauses, der weitgehend im Dämmer lag. Nur im Kuppelbereich in der Mitte des Langhauses verströmte das sterbende Tageslicht, das durch die zahlreichen Oberfenster fiel, eine letzte milchige Helligkeit, die dem Auge Stuckstatuen, Säulen und Gewölbe andeutete. Wenn man in der Lage war, seine Alltagsgedanken auszuschalten, konnte man glauben, dass dieses dünne asketische Licht eine übernatürliche, transzendentale Erscheinung sei. Die kleinen Lampen, die über den Beichtstühlen glimmten und die flackernden Kerzen auf dem schmiedeeisernen Ständer vor dem Bild des heiligen Dominikus verliehen der Gebetshalle eine sakrale Mystik, die durch die absolute Stille des dunklen Raumes überhöht wurde.

Robert und Fatma nahmen in einer Bank Platz, fassten sich an den Händen und schwiegen. Fatma ließ ihre Blicke durch das Kirchenschiff schweifen. Wieder einmal saß sie, eine Muslimin neben einem Katholiken in seiner Kirche. Und wieder einmal beschäftigte sie die Frage, ob es ihre Religion überhaupt gestatte, sich in einem christlichen Gotteshaus an Allah zu wenden und noch dazu an der Seite eines Mannes. Das Letztere war in einer Moschee in der Regel nicht erlaubt. Nach dem Koran mussten Männer und

Frauen getrennt voneinander beten. Doch der Mann, der neben ihr saß und ihre Hand hielt, war Robert. Er war der Ansicht, sein Gott höre ihm nicht zu, wenn er das Gespräch suchte. Aber vielleicht tat er es gerade heute und jetzt! Fatma war davon überzeugt, dass es in Ordnung sei, hier neben Robert in seiner Kirche zu sitzen und zu beten. Deshalb flehte sie Allah an, er möge ihre Beziehung zu diesem Mann segnen. Und auch sein Gott sollte das tun. Ja, beide sollten sie segnen und beschützen, ihr muslimischer Allah und sein christlicher Gott, die bestimmt ein und derselbe waren. Denn sowohl im Koran als auch in der Bibel steht doch geschrieben, dass es nur den einen Gott gibt.

Nach einiger Zeit gingen sie hinüber zu den Seitenaltären, vorbei an den kannelierten Halbsäulenpaaren, die dem Raum ein herrschaftliches Gepräge verliehen. Fatma stellte im Flüsterton Fragen zu einzelnen Statuen, die Robert nur zum Teil beantworten konnte. Sie blieben kurz vor dem Hochaltar stehen und wandten sich dann den kleinen Altären auf der anderen Seite des Kirchenschiffes zu. Wenige Meter entfernt stieg eine alte Frau aus dem Gestühl und dabei fiel ihr Gebetbuch zu Boden. Fatma und Robert erschraken, schauten der Frau nach, als sie die Kirche verließ, und stellten fest, dass sie beide wahrscheinlich die einzigen Personen waren, die noch im Gotteshaus verweilten. Fatma wandte sich Robert zu:

»Ich muss dir jetzt etwas sagen. Genau an diesem heiligen Ort will ich es dir sagen, damit du erkennst, wie ernst es mir damit ist.«

Ihn überraschte diese Vorrede und er unterbrach sie deshalb:

»Fatma, sag, was ist denn los?«

»Robert, ich kenne dich schon so lange und wir waren immer gute Freunde. Aber jetzt …«

Fatma zögerte weiterzureden.

»Was ist jetzt?«, wollte Robert wissen. Sie standen ganz nahe nebeneinander und er blickte sie abwartend an. Fatma rang immer noch um die passenden Worte. Fuhr dann fort:

»Robert, es ist etwas passiert. Ich weiß nicht, wie ich es dir erklären soll. Es hat mit dir zu tun.«

Erneut hielt sie inne und Robert forderte ungeduldig:

»Sprich endlich aus, was du loswerden musst!«

»Ich will den Satz vermeiden, den man in der Regel in meiner augenblicklichen Situation benützt. Aber mir fällt nichts Besseres ein.«

»Was willst du mir denn mitteilen?«

»Robert, ich liebe dich.«

Diese Worte trafen ihn wie ein Blitzschlag. Es dauerte ein paar Sekunden, bis ihre Liebeserklärung in seinem Herzen ankam und er glücklich antwortete:

»Ich kann mir nichts Schöneres vorstellen.«

Robert nahm die Frau an der Hand und zog sie hinüber an die Wand neben dem Taufbecken, um sie zu küssen. Fatma ließ es geschehen, spürte die Wärme seiner Lippen und eine übermütige Zunge, die sich anschickte, die ihre zu suchen. Sie erwiderte ihrerseits dieses sinnenhafte Zugehen auf das geliebte Du, wiederholte so das aufregende Spiel der Lippen und Zungen, das noch eine Ewigkeit zu dauern schien. Irgendwann löste sie sich von ihm, bat damit aufzuhören, weil sich das im Hause Gottes nicht geziemte. Er akzeptierte ihren Wunsch, küsste sie jetzt sanft auf den Mund und flüsterte ihr liebevoll ins Ohr:

»Du weißt längst, dass auch ich dich liebe.« Nach einer kurzen Pause fügte er hinzu: »Deine Liebe ist für mich wie ein Geschenk des Himmels.«

»Das klingt romantisch. Soll es wohl auch, oder?«, erwiderte Fatma.

»Nein. Ich meine es ganz anders. Liebe kannst du nicht kaufen. Sie wird dir von einem anderen geschenkt. Einfach so. Und sie ist ein sehr wertvolles Gut, ist ein Geschenk des Himmels.«

Ja, der Himmel, dachte Fatma, dachte an ihr Gebet. Mein Gott und sein Gott. Das ist unser gemeinsamer Gott. Unser Gott hat mich gehört und verstanden.

Sie blickten sich an, wie das nur Liebende können, verließen die Kirche, um anschließend mit der U-Bahn nach Hause zu fahren.

Später im Bett flüsterte sie zärtlich den Namen des Geliebten, berührte mit den Fingern ihre Lippen und machte sich bewusst, von jetzt an nicht mehr allein zu sein. Sie war überzeugt, dass mit dem heutigen Tag die grausame Dunkelheit der letzten Jahre aus ihrer Seele verbannt war.

14

Es war das Spiel des Jahres. Als sich am 25. Juni 2008 in Basel die deutsche und die türkische Nationalmannschaft im Halbfinale der Fußball-Europameisterschaft gegenüberstanden, war auch in München die große Fußball-Euphorie ausgebrochen.

In Biergärten und Lokalen wurden sie geschwenkt. Sie flatterten an den Autos und von den Balkonen: Fähnchen in Schwarz-Rot-Gold und in Rot mit einem sichelförmigen Mond und weißem Stern. Eine Stadt feierte ihre zwei Nationalmannschaften – schließlich stellen die Türken mit mehr als 43000 Bewohnern neben den Deutschen die stärkste Bevölkerungsgruppe in der Landeshauptstadt dar.

Nirgendwo ist Türkiye präsenter als in der Bahnhofsgegend, weil dort sehr viele Münchner Türken arbeiten. Heute jedoch war nicht das Geschäft das zentrale Tagesthema, sondern das Fußballereignis am Abend in der Schweiz. Kein Wunder, dass Journalisten der Boulevardzeitungen im bayerischen Klein-Istanbul auftauchten, um Stimmungen zum Spiel der Spiele einzufangen. Gemüseverkäufer Bülent Yalcin zum Beispiel machte aus seinem Herzen keine Mördergrube:

»Wenn i heit beim Divan Kebab nebenan mit zwanz'g, dreiß'g Leit des Spui anschau, schlägt mei Herz fürs Vaterland.«

Wer das sei, wurde er gefragt.

»Die Türkei natürlich. Als Türke müsst' i ja eigentlich sag'n fürs Mutterland. A wenn i scho sechsunddreißig Jahr in Deutschland leb, in Bad Reichenhall geboren bin und vui deitsche Freind hab.«

Natürlich hätte er nichts gegen die deutsche Nationalmannschaft. Aber Daumen drücken?

»Naa, wirklich ned«, sagte der Händler aus der Goethestraße lachend, »würd' ja eh nix helf'n, weil mir g'winna zwoa zu oans.«

Hülja Krug ein paar Häuser weiter sah das gelassener. Vor knapp dreißig Jahren verliebte sich die Exportmanagerin eines türkischen Konzerns in Ankara in einen Deutschen. Jahre später heiratete sie ihn und zog nach München. Heute sitzt sie im eigenen Elektrogeschäft in der Schwanthalerstraße zwischen Handys, Fernsehern, Laptops und anderen technischen Geräten. Das Spiel verfolge sie mit ihrem Mann daheim im Fernsehen. Was denn ihr Tipp sei, wollte der Reporter wissen. Sie sei eine stolze Türkin, entgegnete die Frau, zögerte einen Moment und fuhr dann fort:

»Ben asla kaybedemem – aber eigentlich kann ich gar nicht verlieren.«

Das hatte sie auch optisch verdeutlicht. Am Wohnzimmerfenster über dem Laden hingen zwei Fahnen, die deutsche und die türkische.

Selim Soyöz, Besitzer eines Elektronikgeschäfts in der Landwehrstraße, möchte die Türken im Olympiastadion anfeuern, wo das Spiel auf einer Großleinwand gezeigt wird. Er besaß zwar einen deutschen Pass, aber heute Abend ginge es ums Vaterland. Daher hatte er vor seinem Laden die türkische Fahne gehisst.

»Aber nur, weil die Deutschen so verdammt siegessicher sind.«

Auch die Tükelis wollten sich dieses Fußballspiel anschauen und sie fanden Göktans Idee gut. Alle zusammen sollten sie das tun: ihre Großfamilie und Fatma, Karin und Tobias sowie Robert mit seinen Eltern. Aber man hielt nichts davon, sich zu Hause vor den Fernseher zu setzen. Dieses Ereignis musste man in einem öffentlichen Lokal miterleben. Vor allem wegen der Stimmung. Aber wo?

Eine Möglichkeit war der Club »Layla« in der Leopoldstraße. Das ehemalige »Big Apple« hatte sich während der Europameisterschaft zum Zentrum türkischer Ausgelassenheit auf der Party-Meile gemausert. Um die hundert türkische Fans versammelten sich bei den TV-Übertragungen im Innenraum und auf der Terrasse. Danach amüsierte man sich ausgelassen zum »Turkish Pop«.

Das »Layla« kam für die Tükelis jedoch nicht in Betracht, weil dort ausschließlich Türken ihre Fußball-Feste feierten. Ebenso schied der Bachmann Hofbräu aus, gegenwärtig ein Fußballzentrum, in dem überwiegend schwarz-rot-goldene Fahnen zu sehen waren. Dieses Lokal liegt dem Layla-Club direkt gegenüber auf der anderen Seite der Straße. Es war klar, dass sich die sportliche Rivalität am Abend auf Schwabings Boulevard optisch und akustisch ausdrücken würde, je nachdem, welche Mannschaft gerade ein Tor schoss. Dagegen gab es an sich nichts einzuwenden, solange keine nationalistischen Stimmungen hochschwappten. Zwar war diese Gefahr gering, aber man wollte das Risiko vermeiden, dass der Abend von ein paar Idioten auf welcher Seite auch immer negativ beeinträchtigt würde.

Harun schlug vor, den Fußballabend im »Voilà« zu verbringen. Er kannte den Wirt gut. Serhat Fafal, in München aufgewachsen, betrieb das Lokal seit vierzehn Jahren mit seinen Brüdern, und es war ihm von Anfang an ein großes Anliegen, dass seine Wirtschaft ein Ort der Verständigung und des Miteinander wurde. Bei ihm schotteten sich seine Landsleute nicht ab wie in manchen türkischen Cafés der Stadt. Hier pflegten Türken den Kontakt mit den Deutschen, und es war keine leere Floskel, wenn der Wirt voller Stolz kundtat, dass bei ihm die deutsch-türkische Freundschaft groß geschrieben werde.

»Hamit Altintop kommt auch oft zum Essen ins »Voilà«, zusammen mit Lahm und Schweinsteiger«, ergänzte Harun.

»Was sind das für Leute?«, wollte Fatma wissen.

»Fußballspieler vom FC Bayern«, erklärte Harun und stellte abschließend seinen Familienangehörigen die Frage: »Also, was haltet ihr vom »Voilà«?«

»Orada kutlama var! – Dort feiern wir!", war die einstimmige Antwort.

Am späten Nachmittag traf man sich bei den Tükeli-Eltern zum Mokka. Und auch hier gab es nur ein Thema. Man war sich einig, dass dieses Spiel, das Deutschland und die Türkei am

Abend in Basel austrugen, vom Charakter her einem Lokalderby glich. Ein bisschen erinnerte es an FC Bayern gegen 1860 München. Auch hier trat ein Favorit gegen einen Außenseiter an, ein Großer gegen einen Kleinen, der dem Großen durchaus Respekt einflößte. Da gab es eine Mannschaft ziemlich weit unten. Trotzdem erkämpfte sie sich immer wieder den Sieg in letzter Minute, steckte alle Blessuren weg. Dreimal hintereinander schienen sie schon ausgeschieden, dreimal kamen sie wieder zurück, drehten die Partien durch schier unglaubliche Energieleistungen um. Nun stand für die meisten Spieler die wichtigste Begegnung ihrer Karriere an. Für die Tükeli-Brüder bot dies einen trefflichen Anlass, ein Streitgespräch mit ihrem deutschen Freund zu führen.

»Bis jetzt galten unsere Gegner immer als Favoriten. Dennoch haben wir sie alle besiegt. Deutschland kann sich also ruhig noch ein paar Stunden über die Favoritenrolle freuen.«

»Ihr Türken habt wohl Blut geleckt; aber diesmal ist Schluss. Wir schicken euch heute Abend heim.«

»Es gibt schon ein Problem. Wir haben nur dreizehn oder vierzehn gesunde Spieler, die gegen Deutschland auflaufen können. Aber ich bin mir sicher: Die reichen aus, um euch zu schlagen.«

»Göktan, ich dachte immer, du verstehst etwas von Fußball. Da habe ich mich ganz schön getäuscht.« Robert klopfte ihm auf die Schulter und fuhr fort: »Bist wohl froh, dass du deinen türkischen Pass abgegeben hast. Das erspart dir jetzt den ganzen Fußballfrust!«

Nun aber ergriff Harun Partei für seine Landsleute:

»Unsere Mission ist noch nicht zu Ende. Diesmal werden wir Wien endgültig erobern.«

»Was soll denn das heißen?«, wandte seine Mutter entrüstet ein.

»Nein, Mama, ich will keineswegs eine militärische Revanche für unsere Niederlage am Kahlenberg. Diese Schlacht vor den

Toren Wiens liegt ja schon mehr als dreihundert Jahre zurück. Aber ich will durchaus einen Sieg; nämlich einen Sieg unserer Fußballmannschaft, heute und im Endspiel. Und das findet nun mal in Wien statt.«

Alle lachten. Nur Fatma verstand von all dem nichts trotz ständiger Nachhilfe in Sachen Fußball. Dennoch fand sie die ganze Angelegenheit irgendwie amüsant.

Herr Tükeli senior interessierte sich eigentlich nicht für Sport, aber dieses Spiel hatte auch für ihn einen besonderen Stellenwert. Nach seiner Ansicht spiegelte sich in der Partie ein aktuelles gesellschaftliches Phänomen. Der Fußball öffnete den Türken in Deutschland für eine einzige Nacht das Tor zu einer anderen Wirklichkeit, in der sie sich mit den Deutschen gleich und gleichwertig fühlten. In dieses Ereignis legten die Deutschtürken alle ihre Träume und Sehnsüchte. Und jeder wisse doch – so Haruns Vater – dass es sich dabei nur um ein Spiel handle und die Realität im Alltag nach einer solchen Fußballnacht eine ganz andere war. Von Gleichwertigkeit und Gleichberechtigung zwischen Deutschen und Türken im täglichen Leben könne wahrlich nicht gesprochen werden.

»Der heutige Abend fördert immerhin die Identitätsfindung vieler Deutschtürken«, warf Roberts Vater ein.

»Durchaus, aber es ist doch die Rückkehr zu den Wurzeln nur für eine Nacht«, meinte Tükeli senior. Selma darauf:

»Papa, sieh das nicht so negativ. Ich les' dir mal vor, was der türkische Nationalspieler Semhi Sentürk zu dem Thema gesagt hat: ›Wir wollen Europameister werden und diesen Sieg allen Türken auf der ganzen Welt widmen. Meine Landsleute haben es im Ausland oft nicht leicht gehabt. Wir wollen für sie siegen und ihnen beweisen, dass sie stolz auf das Land sein können, aus dem sie kommen.‹«

»Ich befürchte, daraus wird nichts«, stichelte Robert.

»Egal«, stellte Haruns Vater abschließend fest, »dann feiern wir eben den deutschen Sieg.«

Allmählich wurde es Zeit aufzubrechen. Sie fuhren mit der U-Bahn nach Haidhausen, um im »Voilà« das Spiel der Spiele anzuschauen. Als sie in der Wörthstraße ankamen, war das Lokal bereits überfüllt. Hier feierten in der Tat Türken und Deutsche zusammen. Harun begrüßte seinen Freund Serhat. Dieser trug ein Deutschland-Trikot und darunter das der Türkei. Die meisten Landsleute des Wirts bezogen jedoch eine eindeutige Position. Sie hatten sich die türkische Flagge ins Gesicht gemalt, Fahnen umgehängt und Tröten mitgebracht. Die Frage war: Wer gewinnt heute?

»Türkiye, Türkiye« – »Deutschland, Deutschland« riefen sich die Freunde gegenseitig zu und schwangen ihre Nationalflaggen.

Pünktlich 20 Uhr 45 war Anpfiff. In der ersten Viertelstunde dominierten die Türken, drückten die Deutschen ständig in ihren Strafraum. Flanken, Dribblings, ein Lattenknaller.

21 Uhr 09: Boral schießt die Türkei in Führung. Die roten Fans liegen sich in den Armen, hupen, tröten und singen. »Wenn wir so weitermachen, hält uns keiner mehr auf«, erklärt Harun euphorisch. Robert schweigt und ist entsetzt; kann die Passivität der deutschen Spieler nicht nachvollziehen.

Die Türken setzen immer wieder geschickte Konter. »Kirmize, kirmize – Rot, rot!« rufen die einen. »Beyaz – weiß«, ergänzen die anderen überglücklich. »Türkiye sizinle gurur duyuyor – die Türkei ist stolz auf euch«, plärrt ein Junge aus der hinteren Reihe.

21 Uhr 13: Wieder wird im Lokal gejubelt. Jetzt aber in Schwarz-Rot-Gold – 1:1. Die Roten sind still. Und die Deutschen werden immer besser.

»Ibne hakim – schwuler Schiri«, ruft Harun wütend.

»Junge, benimm dich!«, weist ihn der Vater zurecht.

»Ach ist doch wahr. Es war Hand. Eindeutig Hand!«

22 Uhr 22: Deutschland geht in Führung. Noch 11 Minuten. Göktan: »Diese Chance bekommt unser Land nie wieder!«

22 Uhr 29: Der Ausgleich kurz vor Schluss. Die Türken toben vor Begeisterung. »Was hier los ist, was in der Türkei los ist – das ist Wahnsinn«, schreit einer aus der Menge. Als der türkische

Torwart einen einfachen Ball fängt, skandieren die Fans seinen Namen: »Rüstü, Rüstü.«

22 Uhr 33: Philipp Lahm trifft zum 3:2. Drei Minuten Nachspielzeit. Jetzt glaubt keiner, der ein Halbmond-Trikot trägt, noch an den Ausgleich oder gar an einen Sieg.

22 Uhr 36: Abpfiff in Basel.

Die Türken verlassen den Platz als Verlierer. Trotzdem suchen die Tükelis mit ihren deutschen Freunden die Fan-Meile in der Leopoldstraße auf. Man ist sich einig: Die Türkei hat ein großes Spiel gezeigt.

Stundenlang feierten in Schwabing die türkischen Fans, obwohl ihre Mannschaft das Spiel verloren hatte. Vor dem Layla-Club schwenkte ein junger Mann im rot-weißen Trikot zu türkischer Musik die Fahnen beider Nationen.

»Sehen Sie das«, rief Tükeli senior Roberts Vater zu, »etwas hat sich verändert im Land.«

Eine junge Frau streckte den Kopf aus einem vorbeifahrenden Auto:

»Almanya, Ihr könnt doch allein gar nicht feiern, drum feiern wir mit euch.«

Als Karin verständnislos mit dem Kopf schüttelte, weil sie diese Haltung der Türken nach einer Niederlage nicht erwartet hatte, klärte sie ein fremder Mann auf:

»Wir sind schon vierzig Jahre hier, wir stehen ebenfalls im Finale, auch wenn ihr Deutschen gewonnen habt«, und er fuhr auf Türkisch fort: »Size bunulayik görüyoruz.«

Göktan übersetzte lächelnd:

»Wir gönnen es euch.«

Einige Minuten später wurde Harun von Fatma am Ärmel gezogen und er bemerkte sofort die Angst in ihren Augen.

»Um Gottes willen, was ist denn los mit dir?«

»Gürgün. Mein großer Bruder Gürgün. Ich habe ihn gerade auf der anderen Seite der Straße gesehen«, keuchte sie. »Ich habe solche Angst. Entsetzliche Angst.«

»Ach Fatma. Da laufen so viele Türken herum. Und es ist dunkel. Du hast dich bestimmt geirrt.«

»Er ist gekommen, um mich zu töten.«

»Fatma, das ist unmöglich. Das würde er nie wagen. Er weiß, dass er dafür in Deutschland nicht ungeschoren davonkommt.«

»Nichts kann ihn davon abhalten. Es ist die verlorene Ehre, die die Männer in unserer Familie dazu antreibt. Deshalb riskieren sie ihre Freiheit und notfalls sogar ihr eigenes Leben.«

»Bleib ruhig, Fatma, das redest du dir nur ein. Ich kann ja durchaus verstehen, dass du ...«

»Ich habe ihn doch gerade gesehen ... Habe ihn erkannt. Er ist es. Er ist gekommen ...«

»Also, wo ist er? Zeig ihn mir! Dann knöpf ich ihn mir vor, deinen lieben Bruder.«

Fatma drehte sich wieder zur anderen Straßenseite hin. Ihre Augen richteten sich konzentriert auf die Menschentraube und wanderten von einer Person zur anderen. Doch er war verschwunden.

»Ich weiß, dass er da ist. Das spüre ich. Er beobachtet mich. Ich kann ihn nur gerade nicht entdecken.«

»Natürlich nicht«, entgegnete Harun, »weil da nichts zu entdecken ist. Du hast ein Trugbild gesehen. Wahrscheinlich liegt es am Alkohol. Zum ersten Mal in deinem Leben hast du Alkohol getrunken. Und Alkohol verwirrt die Sinne.«

»Harun, ich erkenne doch meinen Bruder. Er will mich töten. Ich weiß es. Und du weißt es auch.«

»Normalerweise macht Sekt die Menschen fröhlich. Bei dir erreicht er offensichtlich genau das Gegenteil.«

Fatma ärgerte sich über diese Bemerkung. Sie machte keinen Sinn, denn er wusste genau, dass sie nur am Sektglas genippt hatte. Doch allein Haruns Tonfall und die entsprechende Mimik zeigten ihr, dass er sie nicht ernst nahm; sich sogar über sie amüsierte. Dabei hatte sie Angst. Sollte sich ihr Schicksal doch noch erfüllen? Ließ Allah das zu? Aber warum hatte er sie dann erst nach Deutschland geführt? Vielleicht war es gar nicht Gürgün. Möglicherweise hatte sie sich wirklich geirrt. Sie versuchte, ihre Angst zu unterdrücken, erwähnte den Bruder nicht mehr; schon deshalb, um den anderen den schönen Fußballabend nicht zu verderben.

Harun schwieg ebenfalls. Aber die herrlichen Stunden, die der Fußball bereitet hatte, waren auch für ihn abrupt beendet. Kurze Zeit später verabschiedeten sich die Freunde voneinander und jeder ging nach Hause.

Fatma verzichtete auf einen nächtlichen Imbiss, gab Selma und Göktan gegenüber vor, müde zu sein, und zog sich in ihr Zimmer zurück. Einen Augenblick lang hatte sie zwar das Bedürfnis, den jungen Tükelis mitzuteilen, dass ihr großer Bruder in München sei. Doch sie behielt es dann lieber für sich, wollte nicht noch einmal eine ironische Reaktion riskieren.

Im Bett versuchte sie, sich die schreckliche Szene nochmals genau vor Augen zu führen. Mit den Freunden tanzte sie fröhlich auf dem Boulevard, als ein Auto in ihrer unmittelbaren Nähe vorbeifuhr und plötzlich ein lang anhaltendes schrilles Hupen ertönte. Sie schreckte zusammen, sah hinüber zu diesem Wagen, in dem der Beifahrer aufrecht stand und die deutsche Flagge im offenen Auto schwenkte. Im selben Moment erblickte sie den Bruder. Er befand sich in einer Gruppe von Türken auf der anderen Seite der Straße, fast genau in der Verlängerung der Fahnenstange, die der junge Mann im Cabrio in der Hand hielt.

Es war Gürgün. Er schaute zu ihr herüber. Nahm wahr, dass sie ihn entdeckt hatte und hob kurz die Hand, als wolle er sie begrüßen. Oder versuchte er, ihr damit mitzuteilen, dass sie sich vorbereiten solle auf den Augenblick, dem sie sich niemals entziehen könne? Vermutlich war er gerade jetzt zur Europameisterschaft nach München gekommen, weil Billigflüge für die türkischen Fans auch in die bayerische Metropole angeboten wurden. Des Fußballs wegen war Gürgün mit Sicherheit nicht hier, denn für diese Sportart hatte er noch nie großes Interesse gezeigt.

Sekunden nur sah sie ihn, dann verdeckten ihn schwarzhaarige Köpfe. Erneut tauchte sein Gesicht auf, und wieder verschwand er in der Menge, war später nicht mehr zu sehen. Es war Gürgün, ganz bestimmt. Oder doch nicht? Vielleicht ähnelte ihm der Mann nur. Wahrscheinlich hatte sie sich alles nur eingebildet; sah sie doch bisweilen in türkischen Männern auf der Straße einen ihrer Brüder, möglicherweise eine Folge der Albträume, die sie zwar nicht mehr so oft, aber dennoch immer wieder heimsuchten.

Nein, das durfte sie sich nicht einreden! Sie kannte doch ihre Brüder. Jeden von ihnen kannte sie ganz genau: die Augen, die Nasen, ihr Lachen, ihre Haare… Gürgün war Gürgün und auf keinen Fall zu verwechseln mit irgendeinem fremden Türken, der auch schwarze Haare, einen Schnurrbart und ein kräftiges Kinn besaß. Fatma versuchte, sich sein Gesicht genau vorzustellen, und mit diesem Gesicht schlief sie ein.

Der nächste Vormittag lief ab wie meist bei den jungen Tükelis: Göktan fuhr zum Dienst ins Krankenhaus, Selma arbeitete bis Mittag in der Apotheke und Fatma besuchte die Sprachenschule. Der Deutschlehrer hatte heute der Klasse die Kurzgeschichte »Draußen vor der Tür« von Borchert vorgelegt und dieser Text bereitete einigen Schülern große Schwierigkeiten. Für Fatma traf das nicht zu. Sie musste lediglich drei ihr unbekannte Wörter im Lexikon nachschlagen. Es stellte für sie kein Problem dar, den Inhalt zu erschließen, und diese Geschichte ging ihr sehr nahe.

Doch es dauerte nicht lange, bis sie sich wieder mit ihrem eigenen Schicksal auseinandersetzen musste. Denn als der Unterricht zu Ende war und sie unten auf dem Gehsteig ankam, entdeckte sie Gürgün. Er stand vor dem Schaufenster des Nachbarhauses. Sie sah sein Profil, doch er übersah sie, weil er die Männerbekleidung in der Auslage betrachtete; wartete wohl dort, bis sie aus ihrem Deutschunterricht vom ersten Stock auf die Straße herunterkäme.

Fatma blieb wie angewurzelt stehen, versuchte ihn mit den Augen festzunageln und zur gleichen Zeit ihre Umgebung abzutasten, entdeckte seitlich am Straßenrand ein freies Taxi, eilte hin und fand dort Schutz. Der Bruder hatte die Flüchtende zu spät wahrgenommen; war ihr zwar schnell gefolgt, doch er kam zu spät. Der Wagen fuhr bereits los.

Erregt schilderte sie zu Hause den Vorfall und konnte nicht verstehen, dass die Tükelis sich zunächst recht bedeckt hielten.

»Harun hat uns schon erzählt, dass du gestern in Schwabing nach dem Fußballspiel deinen Bruder Gürgün gesehen haben willst«, sagte Selma.

»Was heißt hier ›willst‹, ich habe ihn gesehen und jetzt schon wieder. Er stand nur ein paar Meter entfernt von mir.«

»Und du hast ihn mit Sicherheit erkannt?«, fragte Göktan nach.

»Ja glaubst du denn, ich erkenne inzwischen meinen Bruder nicht mehr?«

»Das war also heute das zweite Mal, noch dazu mitten am Tag. Das dürfen wir nicht auf die leichte Schulter nehmen. Am besten gehe ich morgen zur Polizei.«

»Nein, bitte nicht. Mir wäre es lieber, wenn wir damit noch warten«, bat Fatma.

Selma und Göktan mussten inzwischen ins Bett gegangen sein. Im Wohnzimmer war die Musik verstummt und auch das Wasser im Badezimmer rauschte nicht mehr. Fatma lag im Dunkeln, verfolgte vom Bett aus den gespenstischen Lichtkegel an der Zimmerdecke, der immer dann über dem Vorhang erschien und an einer der Längswände ihres Zimmers entlang bis über den Türrahmen huschte, wenn draußen auf der Straße ein Auto vorbeifuhr. Irgendwann störte sie dieses helle Scheinwerferlicht. Deshalb erhob sie sich, um die Vorhänge zuzuziehen. Sie blickte dabei kurz aus dem Fenster. Ein Mann stand auf der anderen Seite der Straße neben dem Baum. Die Straßenlaterne warf ihr Licht auf sein Gesicht und Fatma erschauderte. Es war Gürgün. Er winkte zu ihr herauf. Vermutlich war ihm aufgefallen, dass sich der Vorhang bewegte.

Sie legte sich wieder hin, da sie am ganzen Körper zitterte und versuchte bewusst, tief und langsam zu atmen. Und dennoch ließen sich die Bilder von damals nicht verdrängen. Sie sah das Gesicht ihres jüngsten Bruders vor sich, das immer mehr Gürgüns Züge annahm …

Nach einer Weile suchte sie die Küche auf, um eine Tasse Milch zu trinken. Plötzlich kam Selma herein.

»Fatma, wie schaust du denn aus? Und wie du schwitzt. Ist es wegen Gürgün?«

Sie nahm die junge Frau in den Arm, führte sie in ihr Zimmer zurück und setzte sich mit ihr auf die Couch. Fatma nickte in einem fort und sagte dann:

»Er wartet unten auf der Straße neben dem Baum und schaut zu meinem Fenster herauf.«

Selma sprang hoch, lief ans Fenster und rief:

»Da unten ist aber niemand.«

Fatma trat hinzu und musste ihr recht geben. Gürgün war inzwischen verschwunden. Sie nahm Selmas zweifelnde Miene zur Kenntnis und schwieg. Die ältere Freundin wollte sie beruhigen. Sie sei niemals allein, alles werde gut. Anschließend wünschte sie ihr noch eine angenehme Nacht und beide gingen wieder ins Bett. Doch Fatma konnte lange nicht einschlafen.

Am nächsten Morgen schaute sie zuallererst aus dem Fenster. Der Platz neben dem Baum war leer und in der Wohnung hielt sich außer ihr auch niemand mehr auf. Göktan musste arbeiten und Selma hatte einen Arzttermin. Sie war ganz allein und fragte sich, ob sie denn in diesen vier Wänden sicher sei. Erneut wurde sie von der Angst überwältigt. Sie beschloss, die Wohnung, die ihr mit einem Mal unheimlich erschien, zu verlassen und sich draußen unter die Leute zu mischen.

Ohne zu frühstücken rannte sie aus dem Haus und blickte sich nach allen Seiten um. Zwei Autos und ein Radler fuhren an ihr vorbei. Sonst war im Augenblick niemand in der Tizianstraße zu sehen. Doch das bedeutete nichts. Verstecke gab es genug. Bäume, parkende Autos, die Telefonzelle... Sie wollte möglichst schnell an einen Ort, wo sich viele Leute aufhielten, denn nur in einer Menschenmenge erlangte sie eine gewisse Sicherheit vor dem Bruder.

Der Rotkreuzplatz war dafür am besten geeignet. Dort gab es zahlreiche Geschäfte und dort war immer viel los. Zu Fuß zum Rotkreuzplatz. An sich war das überhaupt kein Problem. So oft schon war sie diesen Weg gegangen. Man musste nur die Waisenhausstraße Richtung Innenstadt entlang und es dauerte etwa zehn Minuten, um das Ziel zu erreichen. Heute schien ihr der Weg erheblich zu lang und damit zu gefährlich. Zwar war dort der Verkehr wesentlich dichter als in ihrer Straße. Aber Fatma war davon überzeugt, dass trotz der Fußgänger auf dem Gehsteig Gürgün auch jetzt genügend Möglichkeiten fände, ihr aufzulauern. Deshalb wollte sie die U-Bahn benutzen, die wenig später unten in der Haltestelle Gern einfuhr.

Der Wagen, der vor ihr hielt, war voll besetzt, und sie stellte zufrieden fest, dass sich unmittelbar nach ihrem Einsteigen die Tür schloss. Niemand konnte mehr folgen. Zum ersten Mal war sie froh, dass sie auf engstem Raum von fremden Menschen umgeben war. Normalerweise mied sie diese anonymen Körperkontakte, aber im Augenblick kam es ihr vor, als wären die Fremden in unmittelbarer Nähe als ihre Leibwächter tätig, um die Mordabsicht ihres Bruders zu vereiteln.

Keine Minute dauerte die Fahrt, weil Fatma an der nächsten Station schon wieder aussteigen musste. Die Rolltreppe lief ihr heute viel zu langsam, deshalb nahm sie zusätzlich die Stufen zu Fuß. Plötzlich hörte sie hinter sich ihren Namen und erkannte sofort die Stimme; eine Stimme, die diesen Namen wie ein Messer in ihren Rücken zu stoßen schien.

Fatma drehte sich reflexartig um, sah Gürgün einige Meter weiter unten auf der Rolltreppe stehen und wollte schreien. Aber ihre Kehle war wie zugeschnürt. Endlich hatte sie den Ausgang erreicht. Vor ihr erhob sich das Krankenhaus, hinter ihr lag der Rotkreuzplatz, auf der Nymphenburger Straße zu ihrer Rechten reihte sich Auto an Auto. Sie entschied sich, links abzubiegen, rannte um ihr Leben, wusste, dass Gürgün viel schneller war als sie, sah die Eisdiele Venezia als letzte Chance, flüchtete durch die offene Tür und schrie laut um Hilfe.

Der Bruder war ihr nicht gefolgt, sondern zunächst am U-Bahn-Ausgang stehen geblieben, weil ihm klar wurde, dass seine Schwester in panischer Angst vor ihm geflohen war. Fatmas Reaktion konnte er gut nachvollziehen, aber er musste unbedingt Kontakt mit ihr aufnehmen. Der Schwester in die Eisdiele zu folgen, machte jedoch keinen Sinn. Deshalb überquerte er den Platz und setzte sich in der Nähe des Kaufhofs auf eine Bank. Hier konnte er in Ruhe darüber nachdenken, wie er an sie herankäme, ohne großes Aufsehen zu erregen. Außerdem hatte er von seinem Sitzplatz die Eingangstür der Eisdiele im Blickfeld.

In der Venezia wussten inzwischen die wenigen Gäste und das Personal Bescheid. Sie sicherten Fatma ihren Schutz zu, doch konnte das nicht von Dauer sein. Der Chef des Hauses schlug deshalb vor, die Polizei zu verständigen. Fatma lehnte das aber strikt ab. Vergeblich versuchte sie, Selma telefonisch zu erreichen. Göktan meldete sich ebenfalls nicht. Von der Krankenhausverwaltung erfuhr sie, dass er gerade bei einer Operation assistierte. Harun war für sie gegenwärtig kein Thema. Der würde sie bestimmt wieder nicht ernst nehmen und sie nur schwach anreden.

Blieb noch Robert. Diesen Gedanken wollte sie eigentlich sofort wieder verwerfen. Schließlich unterrichtete er am Vormittag und war somit unabkömmlich. Was sollte sie nur tun? Dann tippte sie im Adressbuch ihres Handys doch seine Nummer an und er meldete sich sofort, weil er Pause hatte. Robert war schockiert über Fatmas Nachricht und versprach, angesichts dieser gefährlichen Lage den Rektor um Unterrichtsbefreiung zu bitten und sobald als möglich zu kommen.

Fatma atmete erleichtert auf, als ihr Freund endlich erschien. Sie beschlossen, von jetzt an selbst die Initiative zu ergreifen. Das konnte nur heißen, dem Bruder entgegenzugehen, um ihn zu stellen. Die beiden bedankten sich bei den Anwesenden, verließen die Eisdiele und sahen sich um.

Fatma entdeckte Gürgün nach wenigen Minuten und machte Robert darauf aufmerksam. Dieser blickte zur Bank und erinnerte sich sofort an Haruns Schilderung. Der Freund war damals in diesem anatolischen Nest mitten in der Nacht zu Fatmas Haus geschlichen, auf eine Mauer geklettert, um in das Fenster schauen zu können. Im Schein der flackernden Kerze sah er dann die Männer stehen. Die Söhne mit ihren Gesichtern wie Masken und Augen, die den Vater ehrfürchtig und ergeben anstarrten. Hasan, der Jüngste am Eck, den sie zum Morden ausgewählt hatten, und Gürgün, der Erstgeborene auf der anderen Seite.

In diesem Sinne hatte sich Harun am Morgen nach jenem Nachtausflug geäußert. Gürgün der Älteste. Persönlich hatte er diesen Türken vorher niemals gesehen, nur auf einem Foto, das ihm Sevim ein paar Tage nach dem Mordanschlag gezeigt hatte.

Der Vater hatte also seinen Ältesten und Erfahrensten geschickt und er verließ sich auf ihn. Warum erscheint dieser Feigling nicht persönlich, ging es Robert durch den Kopf, schickt wieder einen Sohn zum Töten. Redet sich wohl ein, den Mord auf keinen Fall begehen zu können, damit er als Ernährer der Familie nicht ausfällt, wenn man ihn hier erwischt und verurteilt. Robert spürte, wie die Wut in ihm hochstieg. Er nahm Fatma an die Hand, zog sie hinüber zu Gürgün und war darum bemüht sich zurückzuhalten.

Der Bruder versicherte seiner Schwester, dass sie vor ihm keine Angst zu haben brauche, er müsse aber dringend mit ihr reden. Das Mädchen war misstrauisch, äußerte, dass dieses Reden nur ein Vorwand, eine Falle sei, damit er sie töten könne.

»Das kommt überhaupt nicht in Frage. Hau ab, du Scheißkerl!«, schrie Robert aufgebracht dazwischen.

»Er versteht doch kein Wort Deutsch«, warf Fatma ein.

»Dann übersetze nicht nur für mich, sondern auch für ihn, was ich sage! Und übersetze bitte genau, du kannst das. Ich will, dass dieser Typ erfährt, wie ich über ihn denke. Du musst exakt rüberbringen, was ich ihm zu sagen habe. Er soll wissen, dass ich voll an deiner Seite stehe und dich beschütze. Sonst wird er nämlich alles daran setzen, dich zu überlisten.«

Fatma hatte verstanden und übersetzte so gut es ging, auch wenn ihr Roberts Schimpfkanonaden eigentlich nicht gefielen.

»Ich schwöre beim Propheten, dass ich ihr nichts tun werde. Bin schließlich ihr Bruder und ich liebe sie«, antwortete Gürgün.

»Ein feiner Bruder bist du, ein Schwesternmörder. Drecksbrüder seid ihr allesamt! Wenn du nicht sofort verschwindest, bist du ein toter Mann.«

»Fatma, ich bitte dich. Hör mich, deinen Bruder, an!« flehte Gürgün.

Robert zog das Handy aus der Tasche und drohte mit der Polizei. Doch Fatma konnte ihn daran hindern und wandte sich an Gürgün:

»Gerade weil du mein Bruder bist, habe ich Angst vor dir. Du musst doch tun, was zu tun ist nach dem alten, ungeschriebenen Gesetz.«

»Bitte, vertrau mir, Schwester. Ich muss unbedingt mit dir reden.«

»Niemals!«, fuhr Robert ihn an.

»Ich bitte euch! Gebt mir wenigstens fünf Minuten!«

Robert antwortete barsch:

»Mann, verschwinde jetzt und komm heute Abend zu uns. Weißt ja inzwischen, wo du hin musst. Hast doch deiner Schwester bereits vor ihrem Haus aufgelauert.«

Fatma hielt den Bruder zurück.

»Halt Gürgün, warte. Ich muss dich noch etwas fragen. Wie konntest du mich überhaupt finden? Du kennst dich doch in München gar nicht aus.«

Dieser erwiderte:

»Onkel Ilyas kümmerte sich darum, dass ich hier bei einem Bekannten von ihm wohnen kann. Der hat von Leuten im Kulturverein deine Adresse erhalten und ist mit mir zu euerem Haus gefahren. Ich beobachte dich ja schon seit zwei Tagen, laufe ständig hinter dir her, weil ich dir unbedingt etwas sagen muss. Aber ich traf dich so gut wie nie allein an. Fast immer war jemand von deinen Freunden dabei.«

Er drehte sich um und wollte gehen, ergänzte aber noch schnell:

»Alles andere werde ich heute Abend erzählen.«

Und damit verschwand er in Richtung U-Bahn.

Sie saßen angespannt im Wohnzimmer und warteten. Gesprochen wurde wenig, und jeder war bemüht, sich angemessen auf diesen ungewöhnlichen Besuch einzustellen. Die alten und die jungen Tükeli waren anwesend, Fatma, die hier ein Zuhause gefunden hatte und Robert. Der wollte unbedingt seinen Zorn im Zaum halten und sich nicht in die Auseinandersetzung einmischen. Schließlich war er Deutscher, und hier handelte es sich um ein Problem der Türken, das nur sie allein lösen konnten. Trotzdem sollte ihm Harun das Gespräch übersetzen.

Endlich läutete die Türglocke und die Hausherrin bat Gürgün herein. Man begrüßte den Gast betont reserviert. Gürgün spürte die Verachtung und Kälte, die ihm entgegenschlug. Eigentlich hatte er sich darauf eingestellt und vorher genau überlegt, wie er das Gespräch beginnen sollte. Doch es gelang ihm nicht, die

Sätze so zu formulieren wie sie geplant waren, weil sich viele Augenpaare, Giftpfeilen gleich, auf ihn richteten.

Er fing an Banales zu erzählen, verhaspelte sich und wischte den Schweiß von der Stirn. Frau Tükeli senior empfand Mitleid, wollte ihm die Unsicherheit nehmen, indem sie fragte, ob er die Niederlage der türkischen Nationalmannschaft gegen die Deutschen schon verkraftet habe. Gürgün versuchte höflich zu antworten, sprach über Fußball und jeder im Zimmer merkte schnell, dass er davon nicht die geringste Ahnung hatte.

Inzwischen war Selma erschienen und goss allen Anwesenden Tee ein. Plötzlich sprang Harun auf, riss Gürgün die Tasse aus der Hand und rief empört:

»Nein, so läuft das nicht. Mit jemandem, der als potenzieller Mörder seiner Schwester zu uns kommt, trinken wir keinen Tee.«

Er sah sich um und merkte, dass er sich soeben einen schweren Fauxpas geleistet hatte. Es folgte betretenes Schweigen und sein Vater wies ihn zurecht:

»Harun, du solltest dich schämen. Deine Unbeherrschtheit ist mir ein Ärgernis. Gürgün ist jetzt unser Gast. Doch du hast die Gastfreundschaft mit Füßen getreten.«

Dann wandte er sich an Fatmas ältesten Bruder, entschuldigte sich für das Benehmen seines Sohnes und übernahm die Gesprächsführung. Gürgün gab bereitwillig Auskunft: Der Vater habe ihn geschickt und beauftragt, die Sache mit Fatma zu Ende zu bringen. Er könne im Dorf die Erniedrigung nicht mehr länger ertragen, und seit Fatmas Flucht nennen ihn die Männer in der Teestube Kelebik – Schlappschwanz. Er liege am Boden, weil seine Ehre am Boden liege.

»Und wie siehst du das?«, wollte Selma wissen.

»Ich habe das ganz genauso gesehen.«

»Das heißt also, dass dein Vater nach deiner Überzeugung ein Nichts geworden ist und nur durch einen Sühnemord neu zum Mann erschaffen werden kann.«

»Dieser Meinung war ich. Doch sie trifft nicht mehr zu.«

»Mann, hältst du uns für dämlich. Die Wahrheit ist doch: Du bist der Große unter euch Brüdern; kommst jetzt hierher, weil euer Kleiner versagt hat«, stellte Göktan vorwurfsvoll fest.

»Nein! Inzwischen lehne ich einen Ehrenmord strikt ab.«

»Ach, plötzlich so ein Sinneswandel! Das glauben wir dir nicht.«

»Ich hätte das vor Wochen auch nicht für möglich gehalten. Jetzt ist das aber so und ich schwöre: Niemals werde ich meine Schwester der Ehre wegen umbringen. Auf keinen Fall führe ich den Auftrag meines Vaters aus.«

Fragende Blicke und betretenes Schweigen, bis Gürgün fortfuhr und erklärte, dass er diese Entscheidung während seiner Anreise nach Deutschland getroffen habe, genau gesagt in Ankara bei seinen Verwandten, wo er einige Tage blieb, bevor er das Flugzeug nach München nahm. Onkel Ilyas, der Bruder seines Vaters, habe ihm das Vorhaben ausgeredet. Als Dreißigjähriger sei dieser aus seinem anatolischen Dorf weggezogen und lebe seitdem in der Hauptstadt. Er hasse die unmenschlichen Traditionen im hintersten Osten des Vaterlandes und habe ihm dringend geraten, zusammen mit seinen Geschwistern in eine der türkischen Großstädte im Westen zu ziehen. Nur dort würden sie befähigt, sich von diesen archaischen Gesetzen zu befreien, die Kopf und Herz der Alten in diesen Dörfern längst zerstört haben.

Gürgün sprach zum Schluss das Hauptargument des Onkels an:

»Niemals darfst du deine Schwester töten. Das ist eine Freveltat, die Allah dir auf keinen Fall verzeiht.«

Fatma erklärte daraufhin, dass das Morden im Islam keinen Platz habe und der Prophet die Liebe zu Gott und zu den Mitmenschen fordere. Dann brachte sie den Suffi-Meister Mevlana ins Spiel, trug den Anwesenden aus innerer Überzeugung dessen Grundthesen vor und machte den heiligen Mann zum Anwalt ihres Herzens. Seine Theologie hatte ihr der Großvater seit ihrer Kindheit vermittelt. Aber doch nicht nur ihr. Er hatte die warmherzige islamische Lehre jenes Mystikers ebenso ihre Schwester und ihre Brüder gelehrt und sie auch vorgelebt. Und dieser Großvater war doch der Vater ihres Vaters; er war dessen Erzieher. Wie konnte es sein, dass diese Erziehung zur Menschlichkeit seit dem Tode des Großvaters in der Familie nichts mehr galt?

Gürgün hatte verstanden.

»Fatma, meine Schwester, weil ich dich liebe, widersetze ich mich dem Willen des Vaters und lass dir dein Leben. Aber es gibt ein großes Problem, über das ich unbedingt sprechen muss.«

»Schon klar,« warf Göktan ein. »Du musst deinem Vater beweisen, dass du alles getan hast, um die Ehre der Familie wiederherzustellen. Wirklich alles! Doch Fatma soll am Leben bleiben.«

»Genau deswegen bin ich hier und ich habe mir auch eine Lösung ausgedacht. Aber die basiert auf einer Lüge und kann nur Erfolg haben, wenn man mich dabei unterstützt.«

Dann trug er den Zuhörern seine Überlegung vor: Nach der Rückkehr in sein Dorf wolle er erklären, in München vergeblich nach Fatma gesucht zu haben. Landsleute hätten ihm nach ein paar Tagen mitgeteilt, dass sie seine Schwester regelmäßig in der Moschee angetroffen hätten. Seit einigen Wochen tauche sie jedoch nicht mehr dort auf. Inzwischen sei bekannt, dass die junge Frau in die USA gereist war. Dort lebe sie sicherer als in Deutschland, wo sich viele Türken aus Ostanatolien aufhielten und sie damit rechnen müsse, irgendwann verraten zu werden.

Mit Amerika gäben sich die Männer daheim im Dorf wohl zufrieden, fuhr Gürgün fort. Dieses Land sei für einen Ehrenmord außerhalb unserer Reichweite; Kismet eben, kein Mensch könne sich dagegenstellen. Damit würde man die verlorene Ehre bestimmt zurückbekommen.

»Die Idee ist nicht schlecht, aber dir fehlt ein Beweis«, warf Harun ein.

Gürgün entgegnete, dass es ihm ganz genau darum ginge, und erkundigte sich, ob denn nicht ein Freund oder Bekannter der

Familie in nächster Zeit in die USA flöge. Fatma könnte Grüße zum Beispiel von New York auf eine entsprechende Ansichtskarte schreiben, die an Sevim adressiert sei. Dann bräuchte er sie drüben nach der Landung am Flughafen nur noch in den Briefkasten werfen.

Dieser Vorschlag hörte sich nach allgemeiner Überzeugung recht dünn an. Haruns Mutter beispielsweise meinte, dass man durchaus in diese Richtung denken könne, nur genüge so eine Postkarte nicht. Nötig sei eine Aktion, die keinen Zweifel erlaube. Fatma müsse ein für allemal für die Männer aus ihrer Familie unauffindbar sein. Amerika komme als Scheinziel aber nicht in Frage. Auch in Anatolien wisse man, wie streng seit dem 11. September 2001 die Einreisebedingungen für Ausländer seien. Auf jeden Fall brauche Fatma eine sichere Adresse, bevor der nächste Bruder zum Morden geschickt werde.

Robert hatte bisher geschwiegen, weil er der Ansicht war, dass er nicht das Recht habe, sich bei diesem türkischen Thema einzumischen. Im Laufe der Unterredung änderte er jedoch seine Meinung. Diese primitive Eitelkeit anatolischer Männer hatte um ein Haar das Leben Fatmas ausgelöscht. Deshalb ging ihn das Problem und die damit verbundene aktuelle Diskussion hier in Selmas und Göktans Wohnung sehr wohl etwas an. Also erhob er sich aus dem Sessel in der Leseecke, trat vor an den Tisch, um den die Tükelis und der Gast saßen und miteinander um eine Lösung rangen und sagte:

»Freunde, hört mich an! Ihr arrangiert euch mit einer Notlüge. Fatma schickt angeblich eine Ansichtskarte von irgendwo auf der Welt nach Maryanik. Ich weiß, dass ihr es gut mit ihr meint. Aber das hat sie nicht verdient. Sie soll ihre Zukunft nicht auf einer Lüge aufbauen, sondern auf der Wahrheit. Und die Wahrheit ist, dass Fatma und ich zusammengehören, jetzt und in der Zukunft.«

»Ja, wir lieben uns, deshalb gehören wir zusammen«, fügte Fatma hinzu.

Alle klatschten, nur Gürgün nicht. Dieser wirkte sehr betroffen, und er merkte, dass man auf seine Reaktion wartete.

»Das ändert die Lage völlig«, meinte er. »Kleine Schwester, du hast also einen Mann gefunden; liebst diesen Deutschen, der neben dir steht. Das ist ein Ungläubiger. Weißt du genau, was du tust?«

Fatma suchte nach den treffenden Worten und beantwortete dann die Frage ihres Bruders mit ernster Miene:

»Es handelt sich bei Robert um einen Andersgläubigen, und ich weiß sehr wohl, was ich tue. Ich habe mein Herz für ihn geöffnet. Jeder von uns beiden steht zu seinem Gott, der nur der eine und damit derselbe sein kann. Ich bin mir ganz sicher, dass Großvater deshalb unsere Liebe segnen würde.«

»Unser Vater macht das bestimmt nicht«, antwortete Gürgün, »aber darauf kommt es nicht an. Ich will keine Notlüge, will keine Ansichtskarte aus New York mehr für ihn. Es geht um dich, meine Schwester. Ich erkenne jetzt, dass du deinen Weg gefunden hast. Du brauchst vor mir keine Angst mehr zu haben, denn ich stehe auf deiner Seite und bitte dich um Verzeihung, was wir dir angetan haben. Genau das werde ich unserem Vater sagen. Wenn er mich nicht verstehen kann, ziehe ich weg aus unserem Dorf.«

Dann wünschte er seiner Schwester das Beste für die Zukunft und verabschiedete sich.

In der Nacht lag Fatma noch lange wach und dachte über die Ereignisse des Tages nach. Ihr ältester Bruder wurde vom Vater geschickt, um sie zu töten. Doch Gürgün widersetzte sich seinem Befehl und bat sie um Verzeihung. Onkel Ilyas hatte ihn überzeugt, und sie hoffte, dass ihm das auch bei ihrem Vater gelänge. Die beiden Brüder wurden doch von ihrem Großvater im Geiste Mevlanas erzogen? Vielleicht war sein Gebot der Liebe die Brücke, die die Familie wieder mit der Tochter verbinden könnte.

Außerdem gab es Robert. Er und sie gehörten zusammen. Es machte sie glücklich, wie er sich heute Abend vor allen zu ihr bekannte und damit letztlich ein zweites Mal ihr Leben zu retten versuchte. Denn falls diese Liebe für die Zukunft Bestand hatte und ihr Vater einmal den Männern im Dorf erklären konnte, dass seine Tochter Fatma verheiratet sei, war ihm seine Ehre zurückgegeben.

Fatma aber wünschte sich mehr. Sie wünschte sich, dass der Vater ihre Liebe zu Robert bejahte, obwohl er kein Moslem war. Vielleicht erschien der Großvater nicht nur ihr in München, sondern auch ihrem Vater in Maryanik im Traum und erinnerte ihn, dass für den heiligen Suffi-Meister Liebe viel mehr war als nur ein Wort.

***

Nevzat Makal, Fatmas Vater, schlug erregt die Haustür hinter sich zu. Er hastete über den Hof, lehnte sich mit dem Rücken an die Mauer des Hühnerstalls, schloss für einen Moment die Augen und rang um Fassung. Was sein Bruder schrieb, ärgerte ihn ungemein. Andererseits machte er sich bewusst, dass dessen Vorwürfe nicht ganz unberechtigt waren.

Nevzat wollte jetzt allein sein. Seine Schafweide in der Nähe der Schlucht schien ihm dafür recht geeignet zu sein. Allerdings müsste er dann ein gutes Stück die Dorfstraße entlanggehen. Das wollte er am liebsten vermeiden, doch ihm blieb keine andere Wahl. Bestimmt würde ihn wieder einer der Nachbarn darauf hinweisen, dass immer noch Schande über seinem Haus lag. Und er konnte in so manchem Gesicht lesen, dass man ihn wegen seiner zögerlichen Haltung verachtete. Deshalb versuchte er den meisten Leuten aus dem Weg zu gehen. Es gab aber auch ein paar, die ihn nicht angriffen. Nigar und Hediye gehörten dazu. Die beiden Frauen waren gerade damit beschäftigt, Fladenbrot zu backen, als Nevzat sich ihnen näherte.

Sie standen am Straßenrand neben ihrem Tandir, der offenen Feuerstelle, die aus groben, aufeinander geschichteten Steinen errichtet war. Nigar nahm immer wieder eine Handvoll Teig aus einer Blechschüssel, würzte die weiche Masse aus Mehl, Wasser, Butter, Öl und Hefe mit einer Prise Salz und Zucker und knetete sie auf einem breiten Holzbrett sorgfältig durch. Danach formte die Frau jedes einzelne Stück geschickt zu einem kleinen Laib. Auf der anderen Seite des Arbeitstisches rollte Hediye mit einem spindelförmigen Nudelholz den Teig zu dünnen runden Fladen aus, streute Sesam und Schwarzkümmel darauf und legte sie vor dem Ofen ab, wo sie »gehen« sollten. Ihre Tochter Fadime stocherte mit einem Eisenhaken in den Kohlen, um das Feuer stärker zu entfachen. Ihre Augen begannen zu tränen, weil der Wind trotz einer schützenden Bretterwand den beißenden Rauch in die Tiefe der Feuerstelle drückte.

Inzwischen war der Mann bei Nigar und Hediye angekommen. Man begrüßte sich und plauderte über belanglose Dinge wie das Wetter, das Fladenbrot, die Schafe. Die verlorene Ehre eines Mannes galt für Frauen in der Öffentlichkeit jedoch als Tabu, und deshalb sprach man jetzt auch nicht darüber. Aber der freundliche, warme Gesichtsausdruck und das unbefangene Lachen der beiden im Tandir zeigten Nevzat an, dass sie im Gegensatz zur Mehrheit der Dorfgemeinschaft auf seiner Seite standen. Das tat ihm gut. Er blieb noch ein paar Minuten bei ihnen, probierte ein frisches Brot und nahm dann Abschied. Bevor er sich wieder auf den Weg machte, blickte er sich um und stellte erleichtert fest, dass die Straße bis zum Dorfende im Augenblick menschenleer war.

Auf einem Feld unweit des Ginsterwäldchens jäteten zwei Frauen Unkraut. Sie bearbeiteten mit einer Hacke den Boden, sodass nur ihre gebeugten Rücken zu sehen waren. Bei dieser Körperhaltung konnte Nevzat nicht erkennen, um wen es sich auf dem Acker handelte. Er bedauerte das aber keineswegs, war vielmehr froh, dass auch sie ihn nicht bemerkten.

Der Mann bog nun seitlich in Richtung seines Schafpferches ab. Als ihn eines der Tiere am Zaun entdeckt hatte, lief es auf ihn zu, und sofort trottete die gesamte Herde hinterher. Die Schafe, die unmittelbar am Gatter standen, streckten dem Bauern ihre Köpfe entgegen, schauten ihn an und begrüßten ihn mit zufriedenem Blöken. Er streichelte mehrere der Vierbeiner liebevoll an Nase und Stirn, freute sich, dass sie diese Berührung mochten und redete sie mit sanfter Stimme an.

Nach einer Weile wandten sie sich wieder von ihm ab, um zu fressen. Nevzat blickte ihnen nach und sah, dass ein Bock am Hinterfuß lahmte. Er folgte ihm und untersuchte die Innenseite des Hufes. Das Tier hatte sich einen Dorn zwischen Zehen und Fußballen eingetreten. Geschickt wurde das Problem mit dem Taschenmesser gelöst. Dann verließ er den Schafpferch und setzte sich auf einen Steinquader, um noch einmal über den Brief nachzudenken.

Ilyas machte ihm schwere Vorwürfe wegen des versuchten Ehrenmordes an Fatma. Gürgün hatte ihm alles berichtet. Das Vorhaben, die Tochter töten zu lassen, nur um seine anatolische Dorfehre zurückzuerlangen, sei schon ein Frevel gewesen, den Allah schwerlich verzieh, schrieb der Bruder. Dass er zunächst seinen Jüngsten zum Morden auserwählt habe, müsse er als weitere schwere Sünde verbuchen. Zwar wurde die Schwester nicht getötet, aber allein durch den Mordversuch, zu dem er von ihm, seinem Vater, gezwungen worden war, sei die Seele des Jungen schwer verletzt worden.

»Möglicherweise hast du sie sogar für immer beschädigt.«

Genau diesen Wortlaut hatte der Bruder in seinem Brief verwendet. Nun wolle er auch noch Gürgün für seine Eitelkeit missbrauchen und habe ihn zum Töten nach München geschickt. Sein Ältester reise zwar nach Deutschland, aber er werde der Schwester nichts antun. Vielmehr bitte er sie um Vergebung für das, was der Vater ihr angetan hatte. Ob er sich denn nicht schäme, hieß es weiter im Brief, der in seiner Jackentasche steckte.

Ilyas, sein älterer Bruder, der in den Kinder- und Jugendjahren immer an seiner Seite gestanden und zu ihm gehalten hatte, urteilte in diesem Schreiben hart. In einem Punkt aber musste er ihm recht geben. Niemals hätte er Hasan beauftragen dürfen, die Schwester zu töten, auch wenn er als Minderjähriger vom Richter verschont worden wäre. Er war einfach noch zu jung, um eine solche Tat seelisch zu verkraften. Seit Monaten trug der Jüngste stets ein Foto von Fatma bei sich, und wenn er es hervorholte und seine Schwester anschaute, schüttelte er stumm den Kopf. Inzwischen redete Hasan kaum mehr mit jemandem, weder mit seinen Familienangehörigen noch mit den Leuten im Dorf. Und er ging ihm, seinem Vater, gezielt aus dem Weg. Vor ein paar Tagen stellte er den Sohn und erzwang ein Gespräch. Das, was er dabei zu hören bekam, traf ihn sehr:

»Vater, du hast mir befohlen, sie zu töten, damit wir unsere Ehre zurückgewinnen. Ich habe dir gehorcht und keine Sekunde daran gezweifelt, das Richtige zu tun. ›Töte sie nicht im Haus, sondern überrasche sie im Freien an einem Ort, der dir ein gutes Versteck bietet und dir ermöglicht, sie zu überfallen!‹, hast du gesagt. Als Fatma im Garten Wäsche aufhing, habe ich mich hinter den Sträuchern an sie herangepirscht und zugestochen.«

»Ja, genauso war es«, gestand sich Nevzat ein. Außerdem hatte er dem Jungen damals aufgetragen, dass er seiner Schwester vor der Tat empfehlen solle, das shahada, das islamische Glaubensbekenntnis zu beten, das von Gläubigen stets vor dem Tod rezitiert wird.

Auch das war Thema ihres letzten Gespräches und plötzlich fing Hasan an zu weinen. Er versuchte als Vater dem Sohn klar zu machen, dass seine Schwester doch noch am Leben sei, man ihn also nicht als Mörder bezichtigen könne. Die Polizei sähe das ähnlich. Der Junge aber beurteilte die Situation ganz anders.

»Es war meine volle Absicht, Fatma zu töten. Du hast mich ja in diesem Sinne erzogen. Mein Wille zielte auf ihren Tod. Darum habe ich zweimal zugestochen. Ich bin ein Mörder, auch wenn Allah ihren Tod verhindert hat. Was er nach meinem Tod mit mir machen wird, weiß nur er. Wahrscheinlich droht mir die Hölle.«

Nevzat stand auf, machte sich bedrückt auf den Heimweg und redete mit sich, so wie er es seit einiger Zeit in seiner Einsamkeit und Verzweiflung öfters tat. Erneut holte er den Brief des Bruders aus der Tasche, um genau diese Textstelle nochmals nachzulesen:

»Hast du vergessen, was unser Vater einst über den Ehrenmord immer wieder gesagt hat? Ich will es dir hiermit nochmals in seinem Namen ins Gedächtnis rufen: Die Vorurteile der Menschen legen fest, was als Verbrechen gegen Gott gilt. Die Männer sind es, die ihre Ehre zum Gesetz Allahs erheben. Aber es geht dabei gar nicht um Allah, es geht nur um sie selbst. Sie töten doch nur, um vor den anderen als Männer zu gelten.«

Nevzat hielt inne. Der Bruder hatte ja nicht Unrecht. Solche schönen Sätze ließen sich jedoch in der Stadt leicht schreiben. Er aber musste hier im Dorf leben und den Spott und die Demütigungen der Männer ertragen. Wieder einmal stellte er sich die Frage, wie es für ihn in Zukunft weitergehen sollte.

15

Robert hatte seinen Schülern geraten, sich in Schale zu werfen, also eine Kleidung auszuwählen, die dem besonderen Anlass entsprach. Schließlich fand am heutigen Abend die Abschlussfeier der beiden neunten Klassen statt. Dieser Termin stellte für die Jugendlichen eine Zäsur dar. Sie verließen die Hauptschule, die Klassengemeinschaft löste sich auf und für jeden einzelnen begann nun ein neuer Lebensabschnitt.

Den Schülern war die Bedeutung dieses Tages durchaus bewusst, und sie hatten verstanden, was ihr Lehrer mit seinem Hinweis von ihnen erwartete. Entsprechend waren sie erschienen: die Jungen im weißen Hemd und dunklem Jacket oder Anzug, einige sogar mit Krawatte, die Mädchen in festlichen Kleidern und Kostümen. Man sah sogar ihren Gesichtern an, dass heute ihr Tag war; ein Tag, der für sie einen besonderen Stellenwert hatte. Schließlich bekamen sie ihr Entlasszeugnis ausgehändigt.

Zwei Drittel der Klasse hatte sich zum sogenannten Qualifizierenden Abschluss gemeldet, und außer zwei Schülern waren alle in der Prüfung erfolgreich. Ein Ergebnis, das einer kleinen Sensation glich, denn die 9a genoss bis zu jener Projektwoche in den Bergen bei ihren Lehrern nicht den besten Ruf.

Es war vor allem das Verdienst des Klassenlehrers Lochner, dass die meisten seiner Schüler doch noch rechtzeitig begriffen hatten, worum es in der neunten Jahrgangsstufe geht. An einem Nachmittag in der Woche bot er ihnen seit Ende der Osterferien Nachhilfeunterricht an und der Großteil der Klasse nahm daran teil. Darüber hinaus waren sie mehrmals am Samstagvormittag in der Schule zusammengekommen, um für den »Quali« zu pauken. Und es hatte sich gelohnt.

Nun saßen sie angespannt und ein bisschen aufgeregt auf den Ehrenplätzen in den ersten Sitzreihen, hinter ihnen die Eltern, dann folgten die Lehrer. Nur wenige Stühle in der Aula blieben unbesetzt, weil auch noch Schüler aus den anderen Klassen, die der Rektor eingeladen hatte, zur Abschlussfeier erschienen waren.

Der Schulchor hatte die Veranstaltung mit einem Lied eröffnet, anschließend hielt der Rektor eine Rede. Sie enthielt ernste Gedanken, aber auch humorvolle Passagen, die immer wieder Schmunzeln und Lachen bei den Zuhörern hervorriefen. Entschieden mehr gelacht wurde jedoch beim nächsten Programmpunkt, als die Theatergruppe den Schulalltag am Beispiel einer Mathematikstunde parodierte.

Nach einer gelungenen Tanzeinlage stand die Rede des Schulsprechers an, der gleichzeitig der Klassensprecher der 9a war. Fernandez sprach über Höhen und Tiefen der Schüler, die sie im Laufe ihres Schullebens erfahren hatten; er sprach davon, dass es sie als Schulabgänger einerseits glücklich und stolz mache, endlich am Ziel angelangt zu sein, sie aber andererseits auch ein wenig Unsicherheit verspürten angesichts der neuen Herausforderungen. Dann richtete Fernandez das Wort an Herrn Lochner, seinen Klassenlehrer. Er würdigte dessen Engagement und Gerechtigkeitssinn, zeigte Verständnis für manch strenge Reaktion und betonte, dass ihr Lehrer stets seine Schüler ernst genommen habe. Die Laudatio des Klassensprechers der 9a auf seinen Lehrer gipfelte in folgender Bemerkung:

»Herr Lochner, Sie sind wie ein Schutzengel gewesen, der jedem einzelnen von uns hinterhergelaufen ist und sorgfältig darauf geachtet hat, dass er nicht strauchelt oder vom rechten Weg abkommt. Und wenn einmal einer seitlich in den Straßengraben fiel, zogen Sie ihn wieder heraus, den einen behutsam, den anderen mit härterem Griff; eben so, wie Sie es für angebracht hielten. Doch das genügte unserem Lehrer nicht. Vielmehr erinnerte er jeden, der hingefallen war oder ausscheren wollte, an unser Ziel, markierte erneut den Weg dorthin und machte uns Mut.«

Treffender konnte man den Einsatz des Klassenlehrers nicht beschreiben. Entsprechend laut und lang fiel der Beifall aus, und

Fatma gingen diese Worte besonders nahe. Sie war von Robert zu dieser Feier eingeladen worden, der jetzt sichtlich gerührt schien.

Dieser wandte sich nach dem Flötenspiel einer Schülergruppe in einer kurzen Ansprache an seine Klasse und verteilte anschließend die Zeugnisse.

Nach der offiziellen Feier trafen sich die Schulabgänger mit ihren Eltern und den Lehrern am Buffet, das der Elternbeirat vorbereitet hatte. Lochner unterhielt sich mit seinen Schülern und deren Eltern, schüttelte Hände und vernahm Worte des Dankes für sein pädagogisches Engagement. Bald verabschiedeten sich die meisten. Robert und Fatma brachen ebenfalls auf.

Plötzlich sprach hinter ihnen jemand seinen Namen aus; eine vertraute Stimme, die er dennoch nicht sofort identifizieren konnte. Er drehte sich um und rief überrascht:

»Das ist doch Yasemin! Du hast mir ja in einer E-Mail geschrieben, dass du zurückkommen willst. Ich freue mich, dich wieder zu sehen.«

Beide begrüßten sich herzlich. Robert stellte die beiden Frauen einander vor und lud sie in die Eisdiele ein, die um die Ecke lag. Nachdem sie Platz genommen hatten, eröffnete Yasemin die Gesprächsrunde, indem sie erklärte:

»Herr Lochner, ich habe gehört, was Ihr Klassensprecher vorhin über Sie gesagt hat. Das Bild mit dem Schutzengel, der seinen Schülern stets zur Seite steht, fand ich sehr treffend. In meiner Klasse haben Sie es damals auch so gemacht.«

»Ja, das ist ein großes Lob und es ist mir sehr nahe gegangen. Jetzt aber Schluss mit dem Thema! Reden wir über dich, Yasemin. Was gibt es Neues bei dir?«

Yasemin berichtete, dass sie von einer Freundin den Termin der heutigen Schulfeier erfahren und sofort beschlossen habe, an diesem Abend ihren ehemaligen Lehrer zu besuchen. Sie erzählte von ihrem Leben in Izmir, von ihrer Familie und von den neuen Freunden in der Türkei. Plötzlich griff sie in ihre Handtasche und hob schweigend ein dunkelrotes Dokument in die Höhe.

»Das ist ein deutscher Pass«, stellte Fatma fest. »Du hast dich wie Harun und Göktan für die deutsche Staatsangehörigkeit entschieden, obwohl ihr Türken seid.«

»Vom Blut her bin ich zwar Türkin, doch München ist meine Heimat«, antwortete Yasemin.

»Mich überrascht das nicht. Aber wie haben deine Eltern auf deine Entscheidung reagiert, nach Deutschland zurückzukehren«, wollte Herr Lochner wissen.

»Sie waren zwar ziemlich traurig darüber, aber verstehen können sie mich schon; wollen mich auch regelmäßig in München besuchen.«

»Und was machst du nun beruflich?«

Yasemin berichtete, dass sie in Izmir ein halbes Jahr lang Praktikantin bei einem ambulanten Pflegedienst gewesen sei. Diese Tätigkeit habe ihr gut gefallen und deshalb wolle sie Altenpflegerin werden. Gerade als Türkin sehe sie für diesen Beruf in Deutschland ihre große Chance.

Fatma wurde neugierig:

»Warum das? Unsere Landsleute in der Stadt gehen doch kaum in ein deutsches Altenheim. Die wollen zu Hause versorgt werden, wie es unserer Tradition entspricht.«

Yasemin wies darauf hin, dass sich das ändern werde, und ihre Argumente dafür klangen einleuchtend. Seit Jahren nahm in Deutschland die Zahl der alten Menschen zu. Dabei handelte es sich nicht nur um Deutsche. Inzwischen lebten auch viele türkische Rentner in diesem Land und ein Großteil von ihnen war auf Pflege angewiesen. Ihre Familienangehörigen schienen damit aber oft überfordert, wenn Mann und Frau einen Beruf ausübten. Deshalb machten es immer mehr Türken wie die Deutschen und schickten die Alten ins Heim. Dies belege die Statistik.

Fatma sah das durchaus ein, doch sie äußerte Bedenken:

»Problematisch wird das für unsere Senioren, die niemals richtig Deutsch gelernt haben. Wie sollen die sich in so einem

Heim wohlfühlen? Jetzt werden sie doch nochmals, aber noch deutlicher zu Fremden in diesem Land.«

Yasemin machte ihr klar, dass genau dies der zentrale Aspekt für ihre Berufswahl darstellte. Sie kannte die türkischen Traditionen und sprach die Sprache ihrer Landsleute.

Fatma hatte noch vieles nachzufragen. Robert bemerkte ihr großes Interesse an diesem Beruf und hörte deshalb geduldig zu.

Die Frauen trafen sich wenige Tage danach wieder. Zuerst musste Fatma über ihr Schicksal berichten und das beanspruchte viel Zeit. Nun schien Yasemin der Moment geeignet herauszufinden, ob es zutraf, was die Freundinnen ihr erzählt hatten.

»Fatma, kann ich dich etwas Persönliches fragen?«
»Klar, warum nicht?«
»Stimmt es, dass du und Herr Lochner …?«
»Was meinst du genau?«
»Na ja, dass ihr beide zusammen seid.«
Fatma zögerte und sagte dann:
»Was heißt das, ›zusammen seid‹?«
»Das ist so eine deutsche Redewendung und bedeutet: Man ist ein Paar und liebt sich.«
»Also ein Paar sind wir nicht.«
»Aber ihr liebt euch?«

Wieder zögerte Fatma, weil ihr die Neugier der Tischnachbarin missfiel. Was ging sie das an? Schließlich kannten sie sich kaum. Sie wollte vom Thema ablenken, indem sie sich noch einen Cappuccino und ein Stück Erdbeerkuchen bestellte und erklärte, dass sie noch mehr von dieser Köstlichkeit verschlingen könnte, wenn es die Figur zuließe. Redete noch ein paar nebensächliche Sätze und rang sich dann doch durch, ehrlich zu antworten. Schließlich war sie das Robert schuldig.

»Yasemin zu deiner Frage – Ja, wir lieben uns.«
Ihre neue Bekannte beglückwünschte sie und riet ihr, Allah dafür dankbar zu sein; schließlich habe sie einen wertvollen

Menschen gefunden. Als dessen ehemalige Schülerin erlaube sie sich dieses Urteil.

Nun wurde sie von der anderen sehr persönlich angesprochen:

»Du hast neulich gesagt, vom Blut her bin ich zwar Türkin, doch München ist meine Heimat. Wie kann das sein, zumal deine Familie in Izmir lebt?«

»Aber ich lebe seit meiner Kindheit hier. Bin froh, für immer in Deutschland, in München zu sein. Ja, in dieser Stadt bin ich daheim, und das sage ich als Türkin. Bin jetzt eine echte Deutsch-Türkin!«

»Was ist dann die Türkei für dich?«

»Fast ein fremdes Land, in das ich regelmäßig fahren werde, um dort meine Familie zu besuchen. Ja, so verhält es sich bei mir. Bei dir, Fatma, ist das vermutlich genau umgekehrt.«

»Ich bin Türkin wie du. Aber meine Heimat ist und bleibt die Türkei.«

»Das kann ich gut verstehen. Und für dich ist wohl Deutschland noch ein fremdes Land. Oder? Lebst ja noch nicht so lange hier.«

»Ach Yasemin! Am Anfang habe ich mich überhaupt nicht wohl gefühlt. Wurde oft von Heimweh geplagt. Dieses Land war mir zunächst wirklich sehr fremd. Ich habe geglaubt, dass dies für immer so sein wird. Aber allmählich ist es besser geworden. Für immer fremd – nein, so kann ich das nicht stehen lassen. Eigentlich geht es mir jetzt gut.«

Yasemin fand das erfreulich und machte ihr Mut für die Zukunft; war überzeugt, dass sie sich im Laufe der Zeit mehr und mehr an dieses Deutschland gewöhnte; wünschte ihr, dass es irgendwann auch einmal so etwas wie eine Heimat werde. Schließlich sei sie von deutschen Freunden und einem Mann umgeben, der sie liebte.

Fatma ließ sich am Abend noch einmal die Unterhaltung mit Yasemin durch den Kopf gehen. »Eigentlich geht es mir jetzt gut«, hatte sie selbst wörtlich gesagt. Und das entsprach der Wahrheit. Sie erinnerte sich, was sie vor vielen Monaten in ihr Tagebuch geschrieben hatte, und las die Textstelle nach:

Die Fremde ist Dunkelheit, ist wie eine Nacht ohne Mond, wie eine Nacht ohne Sterne. Ich erkenne weder einen Weg noch ein Ziel, habe Angst, mich in dieser Dunkelheit zu verlaufen.

Inzwischen bin ich mir selbst fremd geworden. Mir scheint, als würde Feuer meine Seele verbrennen, und oft fühle ich mich einsam. Nirgendwo finde ich Halt und bin ohne Heimat.

Nein, all das traf jetzt nicht mehr zu, gehörte der Vergangenheit an. Sie dachte daran, was vor einer Woche geschehen war und sie jubeln ließ: Zum ersten Mal hatte sie auf Deutsch geträumt. Von Robert hatte sie geträumt, mit ihm Deutsch gesprochen; und in diesem Traum hatten auch ihre Gedanken die deutsche Sprache benutzt. War das nicht der Beweis dafür, dass inzwischen auch ihre Seele in Deutschland angekommen war?

16

Während der Ferien- und Urlaubszeit im August verbrachte Fatma viele schöne Stunden mit ihren Freunden. Am schönsten war es jedoch, wenn sie mit Robert allein sein konnte. Sie fuhren zum Baden hinaus an einen der großen Seen vor den Toren Münchens, machten Wanderungen und besuchten an Regentagen Museen und Ausstellungen. Oder sie trafen sich, ohne etwas Besonderes geplant zu haben. Einfach so. Entscheidend war doch, dass sie in seiner Nähe sein konnte. Sie mochte seine Stimme, sein Lachen, seine Augen, seine Hände. Eigentlich mochte sie alles an ihm. Es war ein wunderbares Gefühl, verliebt zu sein. Und es war wunderbar, dass sie beide das Gleiche fühlten.

Fatma fand, dass die Stunden mit Robert immer viel zu schnell vergingen. Es kam ihr vor, als ob die Zeit gegenwärtig im Eiltempo dahinraste. Die Zeit. Man konnte sie mit einer Uhr objektiv messen und sie in Minuten, Tage und Jahre einteilen. Und doch nahm jeder Mensch die Zeit auf seine ganz besondere Weise wahr. Das hatte wesentlich mit der Stimmungslage einer Person zu tun. Wenn also die letzten Wochen für sie schnell, viel zu schnell vergingen, hing das offensichtlich damit zusammen, dass sie in dieser Zeit viel Schönes erlebte und sich gerne daran erinnerte. Sie hatte sich in den Stunden, in denen sie mit Robert beisammen und glücklich war, stets gewünscht, dass die Zeit stehen bliebe oder sich zumindest verzögerte. Wenn man sie anhalten könnte, würde man doch auch entsprechend länger über Freude und Glück verfügen. Doch die Zeit tat ihr den Gefallen nicht, sondern lief einfach davon.

Ganz anders jedoch verhält es sich mit der Zeit, wenn es einem schlecht geht. Und das war vor diesem Sommer häufig der Fall gewesen. Es passierte, wenn sie beispielsweise das Heimweh plagte oder Kummer und Ängste auszuhalten hatte. Immer dann, wenn das Leben unerträglich wurde, schien die Zeit stehenzubleiben. Sie fühlte sich manchmal an wie die Ewigkeit. In der Hölle wurde die Zeit wohl derart empfunden, unendlich lang, unendlich grausam.

Die Hölle aber konnte ein Mensch auch im diesseitigen Leben erfahren. Einsamkeit hieß eine dieser Höllenqualen. Sie selbst war in den letzten Jahren oft sehr einsam gewesen, glaubte manchmal, der einsamste Mensch der Welt zu sein. Dabei sehnte sie sich so sehr nach dem Glück. Alle Menschen wollen nichts anderes, als glücklich sein. Oft schon hatte sie darüber nachgedacht, was damit eigentlich gemeint sei. Verschiedene Suren im Koran ließen darauf schließen, dass der Himmel im jenseitigen Leben ein ewiger Zustand seligen Glücks sei.

Robert hielt das im Gegensatz zu ihr für eine Utopie, bezeichnete den Himmel als Wunschdenken und Sehnsucht des Menschen, weil er sich im Diesseits als unvollkommen, abhängig und schwach erfahre.

In der Tat war der Alltag oft grau und stellte ein ständiges Auf und Ab dar. Kürzlich hatte sie über das Glück gelesen, es sei unbeständig, komme und gehe, wann es wolle, verhalte sich eben wie die launische Göttin Fortuna.

Lässt sich überhaupt beschreiben, was Glücklichsein bedeutet? Das Glück begegnet dem Menschen auf verschiedene Art und Weise. Kommt einmal groß daher, ein andermal klein. Bei den Mitmenschen konnte man oft in ihren Augen lesen, dass sie glücklich waren. Sie erinnerte sich an den kleinen Bruder, als er zum ersten Mal mit einem selbst erlegten Schneehasen von der Jagd nach Hause kam. Bei sich selbst spürte man das wohlige Gefühl in seinem Inneren, es berührte das Herz. Beispielsweise war sie als Kind glücklich, wenn ein Muli ihr mit seiner Zunge die Hände abschleckte oder der Großvater sie in die Arme nahm und eine Geschichte erzählte.

Doch alle diese Erfahrungen lagen auf einer anderen Ebene, waren nicht mit dem Glück zu vergleichen, das sie als Frau empfand: Sie war glücklich, weil sie liebte.

Es läutete an der Tür. Robert betätigte die Taste der Sprechanlage und fragte:

»Hallo! Wer ist da?« Doch niemand antwortete.

Er zuckte mit den Schultern und ging mit einem gleichgültigen »Dann eben nicht!« zurück in das Wohnzimmer. Gleich darauf klingelte es wieder und erneut meldete sich die Person nicht, die unten an der Haustür mehrmals auf den Knopf gedrückt hatte. Als er kurze Zeit später abermals belästigt wurde, lief er wütend zum Türöffner, trat dann ins Treppenhaus und überlegte, wie er den Störenfried am wirkungsvollsten loswerden könnte. Aber niemand stieg die Treppe hoch.

»Kannst du nicht lesen? Läute gefälligst da, wo du auch hinwillst!«, rief Robert verärgert nach unten und knallte die Wohnungstür hinter sich zu.

Minuten später hörte er draußen auf dem Treppenabsatz Schritte und wiederum läutete es. Er riss die Tür auf und war verblüfft. Vor ihm stand Fatma. Sie sah ihm sofort an, dass er sich geärgert hatte, auch wenn sich sein Gesichtsausdruck blitzartig aufhellte.

»Robert, es tut mir leid. Ich wollte dich einfach überraschen. Und ich wollte es spannend machen.«

Er begann zu lachen und antwortete.

»Madame, das ist voll gelungen. Ach Fatma, du bist ja auch nicht irgendein Besuch für mich. Jemand wie du muss sich sehr wohl mit Pauken und Trompeten ankündigen, zumal … aber bitte, komm erst einmal rein!« Er schloss die Wohnungstür und hängte Fatmas Jacke an die Garderobe. Bezaubernd sah sie aus in ihrem roten Kleid. »Du hier? Wollten wir uns nicht in einer Stunde im Hirschgarten treffen?«

»Hab' eben umdisponiert.«

Das überraschte ihn. Zum ersten Mal besuchte sie ihn allein in seiner Wohnung, besuchte ihn ganz ohne Begleitung. Doch er durfte sich nichts vormachen. Vermutlich …

Sie sah sein verdutztes Gesicht und fragte scheinheilig:

»Soll ich wieder gehen?«

»Um Gottes willen – nein! Aber du kommst ganz allein zu mir. Einfach so? Und es gibt keinen bestimmten Anlass, kein aktuelles Problem?«

»Wenn ich ehrlich bin – doch«, antwortete sie und sah sofort die Enttäuschung in seinem Gesicht. Sie ließ es für einen Moment zu, dass er ein wenig litt, befreite ihn dann aber von seinen trüben Gedanken, indem sie ergänzte: »Also, es gab ein Problem, um es präzise zu sagen. Habe den ganzen Vormittag fast nur an dich gedacht. Und auch an mich.«

»Also an uns beide.«

Fatma nickte zustimmend.

»Aber wo lag nun dein Problem?«, wollte er wissen.

»Ich hatte große Sehnsucht nach dir.«

Robert umarmte sie und flüsterte ihr ins Ohr, dass es ihm immer so ginge.

Fatma nahm das Kopftuch ab, zog die Nadeln aus den hochgesteckten Haaren und löste ihre strenge Frisur, indem sie kräftig den Kopf schüttelte. Die langen dunklen Haare öffneten sich, wirbelten zunächst wie befreit in voller Länge um den Kopf und fielen dann locker auf die Schultern. Er war irritiert. Offene Haare hier und jetzt! Für eine gläubige Muslimin geziemte sich das nicht. Andererseits wusste sie, dass er ihre Haare so am liebsten mochte.

Was sie von einem Kaffee hielte, fragte er sie später, und Fatma bestand darauf, dass sie ihn kochte. Er schaute ihr dabei zu und wunderte sich, wie sie Geschirr und Kaffeelöffel aus Schrank und Schublade holte, ohne lange suchen zu müssen. Sie wusste genau, wo die Filtertüten aufbewahrt wurden, und musste auch nicht fragen, wo die Zuckerdose zu finden sei.

»Du kennst dich in meiner Küche wirklich gut aus.«

»Ich war ja auch schon mit Karin, Harun und Selma hier bei dir.«

»Fatma, mir kam es gerade so vor, als wärst du in dieser Wohnung zu Hause.«

Sie hielt kurz inne, blickte zu ihm hinüber und überlegte, aber ihr fiel so schnell keine passende Antwort ein. Sie wusste einfach nicht, wie sie darauf reagieren sollte. Robert bemerkte ihre Verunsicherung und wechselte das Thema.

»Was ich dir schon lange einmal sagen wollte: Ich träume oft von dir.«

»Hoffentlich etwas Schönes!«

»Ja durchaus. Aber nicht alles, was ich so träume, möchte ich dir verraten.«

»Robert, das ist gemein. Bitte erzähle, was du das letzte Mal von mir geträumt hast!«

Er erfüllte ihren Wunsch: Beide lagen sie nebeneinander im Gras und schauten in den blauen Himmel. Um sie herum der Duft von Blumen und das Summen der Bienen. Er schloss die Augen und sie küsste ihn, ergriff plötzlich seine Hand, zog ihn hoch und rannte mit ihm über die Wiese. Auf einmal kam es ihm vor, als würden sie fliegen, und dabei hielten sie sich an der Hand.

Dieser Traum gefiel ihr sehr und er hörte sich an wie ein Märchen. Dann sagte sie, dass sie inzwischen auch schöne Träume habe, kürzlich sogar zum ersten Mal in seiner Sprache träumte.

»Etwa von einem deutschen Lehrer, der kein Türkisch verstehen und sprechen kann?«, fragte er neugierig.

»Herr Lehrer, gut geraten.«

»Kommt das öfter vor?«

»Wenn man das weiterträumt, woran man beim Einschlafen denkt, dann habe ich in den letzten Wochen oft von dir geträumt.«

Diese Worte taten ihm gut, und er nahm sich vor, sie niemals zu vergessen.

Sie beschlossen, den Kaffee auf dem Balkon zu trinken. Es dauerte nicht lange, bis Robert von Jürgen angeredet wurde. Der Junge, der unten im Garten mit einem Schulkameraden Fußball spielte, wohnte mit seiner Mutter einen Stock tiefer, und Robert gab ihm öfters Nachhilfeunterricht in Mathematik. Er sollte nämlich nächstes Schuljahr auf das Gymnasium gehen.

Nein, heute könne er nicht mitspielen, rief Robert hinunter. Er habe Besuch und ein Gentleman ließ eine Dame nicht allein auf dem Balkon zurück.

»Robert, sag, ist das deine Freundin?«, wollte der Bub wissen.

»Hör mal, junger Mann! Bist ganz schön neugierig.«

»Entschuldige, aber es wäre doch toll, wenn du eine so schöne Freundin hättest.«

»Jürgen, es ehrt dich, dass du so um mich besorgt bist. Im Übrigen stimme ich dir voll zu. Die Frau neben mir ist wirklich schön. Aber nicht nur das. Sie ist auch ein prima Typ. Sie heißt Fatma und wir sind befreundet.«

Der Junge begrüßte sie und Fatma erwiderte amüsiert den Gruß. Anschließend unterhielt sie sich beim Kaffeetrinken mit Robert kurz über Jürgen und über die Nachbarn im Haus, die er näher kannte. Dann wollte Fatma noch eine Neuigkeit loswerden: Sie hatte nun endgültig den Entschluss gefasst, ihr Abitur in München nachzuholen. Das wäre für sie auf dem Privatgymnasium möglich. Mit Harun sei sie inzwischen dort vorstellig geworden und habe sich über die Bedingungen erkundigt. Die entsprechenden Dokumente von der türkischen Oberschule und ihre Zeugnisse müsse sie besorgen und auch verschiedene Prüfungen ablegen, damit man sie richtig einstufen könne. Robert freute sich über diese Nachricht. Dann verließen sie den Balkon, weil es inzwischen kühl geworden war.

»Was hältst du davon, wenn wir es uns im Wohnzimmer ein bisschen bequem machen?«, fragte er Fatma und sie stimmte zu.

Für die junge Frau drückte dieser deutsche Begriff eine Gewohnheit aus, die sie seit der Kindheit pflegte, und zwar sich im Schneidersitz auf einem Kissen am Boden niederzulassen. Robert wusste das. Deshalb rückte er Sessel und Tisch zur Seite, damit der Teppich ausreichend Platz bot.

Er zündete eine Kerze an und überlegte, welche Musik er auswählen sollte. Fatma mochte Klassik. Sie beobachtete ihn, wie er die CDs durchging und zögerte; bat ihn, Mozarts Symphonie Nr. 29 A-Dur einzulegen; sie kannte dieses Musikstück noch nicht und würde es gerne mal hören. Dann wünschte sie, ein Glas Wein mit ihm zu trinken.

Er fragte irritiert nach, doch sie wollte das so; sie, die gläubige Muslimin, die Alkohol generell ablehnte. Lediglich bei Familienfeiern stieß sie mit an und trank dann einen Schluck, um zu demonstrieren, dass sie sich nicht von der Festtagsgemeinschaft ausschließen wolle. Robert holte schweigend Wein und Gläser, und beide ließen sich auf dem Teppich nieder, um der Musik zu lauschen.

Der erste Satz beginnt in Piano, ist zweitaktik angelegt, ein Oktavsprung abwärts, dann eine Überleitung mit den Violinen. Es folgt die Wiederholung des Themas durch das Orchester; kurze Zeit später das Streichertremolo, die gehaltenen Akkorde der Bläser ...

Robert ertappte sich dabei, dass er die Symphonie zu »lesen« begann. Aber dafür war jetzt der falsche Zeitpunkt. Er nahm sich vor, die Musik einfach auf sich wirken zu lassen und zu genießen, wie Fatma es tat. Sie hatte die Augen geschlossen und schien entrückt.

Nach etwa dreißig Minuten ging das Musikstück mit dem vierten Satz »Allegro con spirito« zu Ende. In den Ohren der Zuhörer klangen die Violinen und Oboen, die Hörner und der Kontrabass noch eine Weile nach. Doch allmählich lösten sich die brillanten Töne mehr und mehr auf und wurden ersetzt von einer erhabenen Stille, die auf geheimnisvolle Weise mit dem Dämmerlicht im Zimmer zu verschmelzen schien und eine mystische Stimmung erzeugte, nachdem die Frau und der Mann sich unabhängig voneinander entschlossen hatten, ihr Schweigen aufrecht zu erhalten. Die Flamme der Kerze warf ein weiches Licht auf ihre Gesichter.

Sie schaute den Mann an, den sie so gern hatte, und entdeckte an seiner Wange eine kleine Wunde. Wahrscheinlich stammte sie vom Rasieren.

Im Dunkeln konnte sie seine Augenfarbe nicht erkennen. Aber sie wusste, dass die Iris blau war. Diese Augen waren ihr in Maryanik sofort aufgefallen. Zum ersten Mal in ihrem Leben hatte sie einen Mann mit blauen Augen gesehen; Augen, die sie inzwischen in ihren Bann zogen.

Er blickte die Frau an, die ihm so viel bedeutete. Ihr Gesicht kannte er auswendig, würde es porträtieren können, ohne dass sie Modell stand, wenn er die nötige Begabung zum Malen hätte. Ihm fiel auf, dass sie wieder geschminkt war; zwar dezent, doch äußerst geschickt. Selma musste ihr das beigebracht haben. Sie schminkte sich erst seit Kurzem und nur dann, wenn sie ihn allein traf. Mit ziemlicher Sicherheit tat sie das seinetwegen, weil sie ihm gefallen wollte. Das schmeichelte ihm. Aber eigentlich brauchte sie kein Rouge und keinen Lippenstift, denn sie war von Natur aus eine sehr schöne Frau.

Sie saß etwa einen Meter von ihm entfernt. Er wirkte im Schneidersitz völlig entspannt und rührte sich nicht von der Stelle. Sie wunderte sich, dass seine Hände und sein Mund sich nicht auf die Suche nach ihr machten. Warum nur tut er nichts? Warum umarmt er mich jetzt nicht? Ich möchte seine Wärme spüren. Ist das Begehren? Ja, es war nichts anderes, und sie versuchte es ihm über die Augen mitzuteilen.

Er bemerkte ihre leicht erröteten Wangen, nahm den Glanz in ihren Augen wahr und überlegte, ob dieser vom Wein herrührte oder ob es einfach nur an der Kerze lag. Möglicherweise war sie ein wenig aufgeregt. Könnte es denn nicht auch noch mehr sein, Erregung vielleicht, Ausdruck dafür, dass sie ihn begehrte? Er wünschte, dass ihre Lippen sich nach den seinen sehnten; blickte auf den weichen Ansatz ihrer Brüste im Ausschnitt des Kleides; sah wie sich die verdeckten Rundungen unter dem roten Stoff abhoben. Er begehrte diese Frau, aber meinte damit keineswegs nur ihren schönen Körper. Begehrte ihr gesamtes »Ich«, weil er sie als Person liebte.

Sie sah ihm an, was ihn bewegte, und war fest entschlossen, ihm deutlich zu machen, dass sie sein Begehren bejahte. Aber er will, dass ich auf ihn zugehe, mich frei für ihn entscheide. Mein Kopf will das auch und meine Seele ist längst bei ihm, doch mein Körper zögert noch. Vielleicht, weil ich mich unsicher fühle... Dann sprach sie ihn an:

»Robert, ich weiß, du wünschst dir meine Nähe; wünschst sie dir ganz und gar. Das möchte ich auch. Hab' das Bedürfnis, eins mit dir zu werden. Pass auf! Ich lege jetzt meine Handfläche an die deine. Handfläche an Handfläche, Finger an Finger. Fühlst du die Wärme, die von meinen Fingern ausgeht? Spürst du mein Blut an deinen Fingerspitzen pulsieren? Merkst du jetzt, wie sich meine Wärme in deinen Fingern ausbreitet, wie unsere Hände verschmelzen zu einer Einheit? Es fühlt sich mehr und mehr an, als fließe unser Blut in beiden Händen zusammen, gleich einem einzigen warmen Strom.«

Sie sahen sich an und spürten, dass sie sich jetzt ganz nahe waren und dass sie beide zusammengehörten.

Fatma erhob sich vom Teppich und erklärte Robert, dass sie ein Geschenk für ihn mitgebracht habe. Ursprünglich hatte sie Bedenken, ob sie das richtige gewählt habe. Doch jetzt gäbe es für sie keinen Zweifel mehr.

Das Mädchen ging zu ihrer Handtasche, holte ein Kuvert heraus, eingepackt in Geschenkpapier mit samtener Schleife. Sie gab es Robert. Er wickelte das Präsent aus und fand eine Karte mit einem Gedicht.

> *Wie unsinnig ist es, von mir und von dir zu sprechen!*
> *Im Ursprung waren meine Seele und deine vereint.*
> *Sie waren meine Erscheinung und mein Geheimnis.*
> *Und sie waren deine Erscheinung und dein Geheimnis.*
> *Es gibt kein Ich und kein Du zwischen mir und dir.*

»Es ist von Mevlana Rumi«, sagte Fatma, nachdem Robert den Text gelesen hatte. »Er war nicht nur ein Theologe, sondern auch ein Dichter, der viel von der Liebe verstanden hat. Was du hier liest, drückt meine Liebe zu dir aus. Meine Handschrift soll dich stets daran erinnern, dass ich dir gehöre. Und ich werde mich dir ganz schenken. Aber lass mir bitte noch ein wenig Zeit.«

Spontan umarmten, küssten und streichelten sie sich. Fatma schloss ihre Augen und kuschelte sich an Robert. Sie fühlten, dass sich ihre Seelen gesucht und gefunden hatten. Begehren war zuallererst eine Angelegenheit der Seelen, wenn es um Liebe ging.

Inzwischen war es recht spät geworden und Robert fuhr Fatma mit seinem Wagen nach Hause.

An der Südseite des Kakteenhauses schließt sich der Trakt mit den Orchideen an. Feuchtheiß ist die Luft, weil ein Großteil der hier im künstlichen Schonraum lebenden, farbenprächtigen Pflanzen in solchen Klimaregionen beheimatet ist. Viele andere tropische Sträucher mit üppigem Wuchs sind unter mächtigen Baumstämmen zu sehen.

Fatma bewunderte die unterschiedlichen Blütenstauden an den Ästen der Bäume und wollte Genaueres darüber erfahren. Doch das ungewohnte Tropenklima machte ihr zu schaffen. Darum bat sie Robert, dieses Glashaus möglichst bald wieder zu verlassen. Sie verbrachten bereits mehr als zwei Stunden in den Gewächshäusern des Botanischen Gartens in der Parkanlage des Schlosses Nymphenburg, und Fatma war fasziniert, was es auf so einem Areal alles zu entdecken gab.

Den anderen Urwald wollte sie noch kennenlernen. Deshalb gingen die beiden ins Palmenhaus. Hier war das Klima angenehm und lud zum Verweilen ein. Die Palmen wurden teilweise von saftig grünen Aronstabgewächsen überwuchert. Mit ihren schlanken Stämmen betonten sie die Höhe des Gewächshauses und vermittelten dadurch einen Eindruck von der Mächtigkeit tropischer Regenwälder.

Unten in Bodennähe gedieh mit dunkelgefärbten, dem Stamm entspringenden Blüten die »Herrania nitida«, deren rote Früchte an Stachelbeeren mit langen Stielen erinnern. Daneben präsentierte die »Typistra macrostigma« ihre Blüten den Pilzmücken, die einen Eiablageplatz suchten. All das war zu erfahren, wenn man vor bestimmten Pflanzen stehen blieb und die entsprechende Informationstafel studierte.

Fatma tat dies wieder und wieder, weil sie sich zu Roberts Leidwesen für die meisten der ausgestellten Gewächse interessierte. Irgendwann war dessen Geduld aufgebraucht, und deshalb machte er den Vorschlag, jetzt endlich zu gehen und ein andermal wieder herzukommen. Doch Fatma wollte unbedingt noch die Pflanzen sehen, die angeblich Tiere fressen. So jedenfalls stand es im Katalog. Robert willigte ein und ließ sich von ihr ins Karnivorenhaus führen.

Aufregend boten sich diese fleischfressenden Pflanzen mit ihren exotischen Formen und leuchtenden Farben dar. Aber sie trugen nicht nur ein attraktives Kleid, manche waren sogar parfümiert, um ihre Opfer anzulocken. Allesamt verwendeten sie raffinierte, teuflische Fallen, um die kleinen Insekten festzuhalten, zu töten und anschließend auszusaugen. Fatma fand es hinterhältig und bestialisch, was die verschiedenen Kannenpflanzen und Fettkräuter mit den Tieren anstellten. Aufgebracht urteilte sie:

»Es ist grausam, wenn Pflanzen Tiere fressen. Ich mag mir gar nicht vorstellen, was die Tiere verspüren, wenn sie von einer Pflanze getötet werden.«

»Aber für die Menschen ist es durchaus normal, wenn Tiere Pflanzen fressen«, entgegnete Robert. »Warum fragen wir uns nicht, was Pflanzen fühlen, wenn sie von Tieren angebissen und zermalmt werden?«

»Ach Robert, Pflanzen haben doch keine Nerven. Darum können sie nichts spüren.«

Robert hielt dagegen. Schließlich handelte es sich bei ihnen auch um Lebewesen, die Gefühle haben könnten. Seine Oma in Murnau sei fest davon überzeugt und glaube sogar, dass Pflanzen eine Art Seele hätten wie die Tiere. Sie rede mit ihnen beim Gießen, kümmere sich liebevoll um sie, streichle sie oft und sei der Ansicht, dass ihre Blumen sich darüber freuen.

Fatma bezweifelte nicht, dass seine Großmutter sich mit Pflanzen gut auskenne, man brauche sich ja nur in ihrem Garten umzuschauen. Aber das mit der Seele schien ihr doch etwas übertrieben. Sie wollte wissen, wie er das beurteile. Robert erklärte, von Botanik nicht viel zu verstehen. Aber er wies darauf hin, dass es durchaus wissenschaftliche Untersuchungen gebe, die die Auffassung der alten Dame zu bestätigen schienen. Dieses Argument verunsicherte Fatma, denn sie sagte:

»Es mag ja sein, dass sie recht hat. Mit Sicherheit steht fest, dass Pflanzen und Tiere wie wir Menschen Allahs Geschöpfe sind. Und das sagt genug über sie aus. Ich möchte mir aber jetzt nicht länger den Kopf zerbrechen, ob Pflanzen Gefühle zeigen, ob sie Schmerzen und Freude empfinden können. Bin froh, wenn ich mit meinen eigenen Gefühlen klarkomme.«

»Und was fühlst du gerade?«

»Dass ich dich sehr lieb habe.«

Robert nahm sie in den Arm, gab ihr einen Kuss und meinte:

»Und was machen wir jetzt?«

»Gehen wir zu dir nach Hause!«

Dagegen hatte er nichts einzuwenden.

Robert sperrte die Haustür auf und beide veranstalteten wieder ihr Wettrennen. Gewonnen hatte, wer zuerst über die Treppe im Hausflur hinauf an Roberts Wohnungstür gelangte. Heute war er es, der siegte und wollte dafür einen Kuss. Doch Fatma war dazu erst in seiner Wohnung bereit. Robert sagte danach zu ihr:

»Wenn wir ganz allein sind, küsst du viel besser. Gut, dass wir endlich meine Wohnung erreicht haben.«

»Ja, das ist gut. Wenn wir allein sind, macht mir das Küssen auch viel mehr Spaß«, entgegnete Fatma.

Nachdem sie zu Abend gegessen hatten, suchten sie das Wohnzimmer auf. Der Teppich war schnell freigeräumt. Doch sie hatte heute keine Lust auf klassische Musik, verlangte weder nach Beethoven noch nach Mozart, sondern nahm eine CD aus ihrer Handtasche und bat ihn, diese abzuspielen.

Fatma trat in die Mitte des Zimmers, blieb regungslos stehen und konzentrierte sich auf den Rhythmus der türkischen Musik. Dann begann sie zu tanzen, führte auf Bauchhöhe ihre Hände zusammen, ohne dass sie sich berührten, hob beide Arme langsam in die Höhe, senkte sie seitlich wieder, versetzte gleichzeitig ihren gesamten Körper in eine Art Vibration und rührte sich dabei nicht von der Stelle. Die Beine gaben ihre feste Bodenhaftung keineswegs auf, jedoch deuteten die Hüften den Wunsch an, der Musik zu folgen; zunächst verhalten, aber fortwährend mutiger, bis das weibliche Becken mit stakkatoartigen Bewegungen sich im Rhythmus der Musik aufreizend im Kreis drehte. Die Arme verstärkten die Bewegungen des Körpers, deren Tempo sich inzwischen gesteigert hatte.

Fatma streckte nun ihre Arme nach vorne in die Waagrechte, dann hinter den Rücken, legte die Hände für einen Moment an die Taille, führte sie anschließend wieder seitlich hoch, spreizte dabei die eng aneinanderliegenden Finger auseinander und klappte sie unmittelbar danach in die Handflächen zurück. Sie wiederholte nun mehrmals diese Fingerbewegungen, sodass beide Hände den Eindruck erweckten, als ahmten sie Flügel eines Vogels nach, der in eine Frau verwandelt worden war. Es schien, als habe sich diese Frau soeben derart in Trance getanzt, dass ihr schöner Körper seine Schwerkraft verlor und in die Höhe emporstieg, um einem Vogel gleich in den Lüften zu schweben.

Irgendwann kehrte die Frau auf die Erde zurück, wandte dem Mann den Rücken zu, verharrte kurz in dieser Stellung, als wolle sie ihn auffordern, ihre überaus weibliche Figur gebührend zu bewundern. Plötzlich drehte sie sich wieder zu ihm um und forcierte die Bewegungen des Bauchtanzes in der Absicht, deren Sinnlichkeit zu verstärken. Die Frau fixierte mit den Augen den Mann, für den allein sie tanzte. Sie sah, dass er mit seinen Blicken das Kleid von ihrem Körper streifte, und es gefiel ihr, von ihm begehrt zu werden. Fatmas Tanzbewegungen verlangsamten sich wieder, der Radius der Kreisbewegungen ihres Beckens wurde stetig kleiner, bis dieses Kreisen in ein Zittern und Vibrieren wie zu Beginn des Tanzes überging.

Robert hatte dieser erotische Tanz fasziniert. Erregt näherte er sich der schönen Frau, legte die Hände um ihre Taille, schmiegte seinen Körper an den ihren und liebkoste ihr Gesicht, nahm dann ihre Hand und legte sie auf sein Gesicht.

Fatma trat einen Schritt zurück und senkte dabei geschickt eine Schulter. Ein Träger ihres Kleides rutschte seitlich nach unten und machte so die Wölbung ihres Brustansatzes sichtbar. Dann ließ sie den anderen Träger über die Schulter gleiten, öffnete den Reißverschluss am Rücken, sodass ihr Kleid auf den Boden fiel. Sie streckte ihm eine Hand entgegen, und er zog sie behutsam zu sich her, glaubte für einen Moment ein wenig Schüchternheit in ihren Augen zu entdecken, die er zu überbrücken suchte, indem er sie sanft küsste. Abrupt löste sie sich aus seiner Umarmung. Robert erschrak über diese Reaktion und fragte:

»Was ist los mit dir? Habe ich etwas falsch gemacht?«

»Aber nein! Robert, es ist nur so, dass ich ... Ich weiß nicht, ob ... Ich habe Angst, dass du mich dann nicht mehr magst.«

»Fatma, ich verstehe dich nicht.«

»Ich habe so etwas noch nie mit einem Mann gemacht. Habe überhaupt keine Erfahrung. Ich weiß gar nicht, ob dir das gefällt, was ich tue. Ich glaube, ich kann das nicht gut. Vielleicht lachst du mich danach sogar aus.«

»Meine Liebe, ganz bestimmt nicht. Vergiss deine Sorgen und Zweifel! Du hast mir kürzlich ein Gedicht geschenkt und mir damit verdeutlicht, dass deine und meine Seele vereint sind; dass es kein Ich und kein Du zwischen dir und mir gibt. Genauso ist es. Folge deshalb deinen Gefühlen und lass dich einfach nur treiben. Wenn zwei Menschen sich lieben, suchen und finden sich auch ihre Körper; und das ganz allein.«

Fatma lächelte beruhigt und kuschelte sich in seine Arme. Er küsste sie zärtlich und öffnete den Büstenhalter.

Jetzt wird er gleich meinen Busen berühren, ihn streicheln, ihn dann küssen. Wie wird er ihn küssen? Und was macht er dann?

Robert tat von all dem nichts, sondern sagte:

»Gib mir bitte deine Hände!«

Sie streckt sie ihm entgegen und er hält sie fest. Legt dann das Mädchen behutsam auf den Rücken, streichelt verspielt ihren weißen Slip. Er lässt die Hand langsam über den seidenen, dünnen Stoff gleiten, spürt, dass ihr Becken zittert. Blickt in ihr Gesicht und entdeckt mit einemmal ganz andere Augen. Behutsam streift er ihr das Höschen herunter, richtet sich auf und sagt:

»Fatma, wie schön du bist! So oft schon habe ich dich in Gedanken ausgezogen und mir deinen nackten Körper vorgestellt. Und jetzt liegst du nackt neben mir. Ich bin so froh, hier und jetzt mit dir zusammen zu sein.«

Sie antwortet ihm nicht, aber er sieht ihr an, dass sie diese Worte gerne hört. Und er bemerkt ihre neugierigen Blicke, während er sich auszieht. Sie trinken Wein, suchen Musik aus und küssen sich. Dann berührt er ihre Finger, gleitet über ihre Arme und hat den Eindruck, als würden sich dort die feinen Härchen aufstellen. Er streichelt zärtlich ihre samtweiche Haut, ihre Schultern, ihren Bauch. Küsst den Nabel, riecht ihre feuchte Haut. Seine Finger gleiten zärtlich dahin, wandern zum linken Oberschenkel, verweilen nur kurz an der zarten Innenseite, streicheln Beine und die Füße; dann steigen sie auf der anderen Seite wieder nach oben, bewegen sich einmal langsam, dann wieder schneller. Männerhände, die im Kreis streicheln und Linien ziehen, federleicht auf weiblicher Haut, die kurze Zeit später Druck ausüben und dabei schmale Furchen ins Fleisch graben.

Sie hat ihre Augen geschlossen und konzentriert sich auf seine Hände, ist überrascht, wie sensibel Männerhände sein können. Was sie mit ihrer Haut anstellen, fühlt sich wohlig an und ab und zu prickelnd. Sie ertappt sich dabei, leicht zu stöhnen, und geniert sich ein bisschen. Mehr und mehr spürt sie Hitze und Feuchtigkeit zwischen den Oberschenkeln, spürt, dass alles um sie herum zu versinken droht.

Schließlich nimmt er ihre Hand, führt sie kurz über seinen Körper und lässt sie wieder los. Die Frau erkennt sofort seinen

Wunsch und sie tut jetzt das Gleiche mit ihm. Sie entdeckt mit all ihren Sinnen jede Stelle seines Körpers, entdeckt zum ersten Mal bewusst den männlichen Körper. Er genießt ihre sanften Hände und Lippen und kommt sich vor wie im Paradies.

Er schaut sie an, schaut immer wieder ihren wunderschönen Körper an, kann sich an ihrer Schönheit nicht sattsehen. Sie beobachtet, was er tut, freut sich, dass sie ihm gefällt, und ein bisschen schämt sie sich auch, dass sie es zulässt, wie Männeraugen kritisch ihre Nacktheit bewundern. Doch es sind ja nicht irgendwelche Männeraugen. Es sind Roberts Augen, und das macht den großen Unterschied. Erleichtert streichelt sie mit den Fingerrücken seine Wangen.

»Ich möchte dich jetzt ganz nahe spüren«, flüstert er ihr ins Ohr, »aber nur, wenn du das auch wünschst. Ich will dich nicht besitzen und ich will dir nicht weh tun.«

Er sieht ihr stummes Nicken, bemerkt den Glanz in ihren Augen und dringt in sie ein. Sie stößt einen kurzen hellen Seufzer aus, und es dauert nur wenige Sekunden, bis der weibliche Körper sich dem Rhythmus des männlichen anpasst. Er beschleunigt seine Bewegungen und verlangsamt sie wieder, nimmt wahr, wie schnell und selbstverständlich sie sich auf seine rhythmischen Veränderungen einstellt. Irgendwann werden sie vollkommen eins, die Welt um sie existiert nicht mehr, und jeder der beiden wünscht, dass die Zeit stehen bliebe ...

Danach liegen sie nebeneinander und fassen sich an der Hand. Ihre Körper sind nass geschwitzt, und es dauerte eine Weile, bis sie sich beruhigt haben.

»Robert, du schaust mich so prüfend an. Wie sehe ich aus?«

»Wie eine Frau, die soeben mit einem Mann geschlafen hat, und ich glaube, ihr hat das gefallen.«

Fatma lächelte und küsste seine Finger.

Ich habe einen Geschlechtsakt noch nie so intensiv empfunden wie diesen, dachte Robert. Er richtete sich auf, um Fatma zu küssen. Dann sah er, dass sie weinte und erschrak.

»Um Gottes willen, was ist denn los?«

»Robert, das sind Tränen, die aus meinem Herzen kommen. Die einen zeigen dir, dass ich überglücklich bin, die anderen, dass ich mich vor dir schäme.«

»Das musst du mir jetzt erklären!«

»Ja, ich bin so glücklich. Wir lieben uns, und was wir soeben getan haben, war wunderschön. Du hast mich wieder zur Frau gemacht, hast mich dazu gebracht, dass ich wieder ›ja‹ zu meinem Körper sagen kann. Und mein Körper ist in der Lage, einem Mann Liebe zu schenken. Und trotzdem ...«

»Was ist denn los? Was meinst du mit ›trotzdem‹?«

»Du weißt, was mit mir passiert ist, und trotzdem akzeptierst du mich als Frau, sagst, dass du mich liebst.«

»Ja, ich liebe dich wie du bist.«

»Es tut mir unendlich leid. Ich wollte so sehr, dass du mich blütenrein nimmst; jungfräulich rein wollte ich dir begegnen.«

»Fatma, begreif doch! Was für mich zählt, ist dein Herz.«

»Du bist wirklich nicht sehr traurig, nur ein bisschen, weil du nicht der erste Mann warst, der ...«

Fatma zögerte weiterzusprechen.

»Sag, warum quälst du dich so? Kein bisschen bin ich traurig, wenn du es genau wissen willst, und im Übrigen ...«

»Was ist im Übrigen?«, fragte sie mit ängstlichen Augen.

»Ich bin der erste Mann, den du liebst und auch du bist meine erste wirkliche Liebe. Weil wir uns beide gegenseitig lieben, haben wir soeben zum ersten Mal miteinander geschlafen. Nur das zählt für mich.«

Sie lächelte verlegen und nahm sein Gesicht in ihre Hände. Er zog sie an sich und sie küssten sich eine Ewigkeit lang.

Dann verschwand er in der Küche und sie im Bad. Und kurze Zeit später fragte sie, ob er noch ein bisschen zu ihr in die Wanne käme. Robert fand ihre Idee gut. Danach bat sie darum, seinen Bademantel anziehen zu dürfen, und er half ihr die Ärmel zurückzustülpen, die viel zu lang für sie waren.

»Irgendwann werde ich hierbleiben, bis du mich fortschickst«, erklärte sie.

»Warum sollte ich das tun? Ich liebe dich und du liebst mich.«

»Robert, du weißt so gut wie ich, dass Liebe vergänglich sein kann.«

Er erwiderte, dass sie auch ein Leben lang anhalten könne wie bei seinen Großeltern. Sie feierten in einigen Monaten in Murnau ihr fünfzigjähriges Hochzeitsjubiläum.

Fatma fand das großartig, aber die beiden ließen sich doch nicht mit ihnen vergleichen. Schließlich habe er und sie sehr lange, vielleicht zu lange in verschiedenen Welten gelebt. Sie machte eine kurze Pause und fragte dann mit besorgtem Blick:

»Robert, kann das denn mit uns gut gehen nach allem, was hinter uns liegt?«

»Jetzt geht es in einer gemeinsamen Welt um unsere Zukunft, und es liegt an uns beiden, ob sie Bestand hat«.

Er schlug ihr vor, diese Nacht bei ihm zu bleiben, und sie willigte ein.

18

Die goldene Hochzeit ist für Eheleute ein ganz besonderes Jubiläum, und es kommt nicht von ungefähr, dass dieser Hochzeitstag mit eben diesem Adjektiv ausgezeichnet wird. Gold ist ein edles Metall, ist kostbar, glänzend und von festem Bestand wie fünfzig Ehejahre. Gemeinsam erlebte man Freud und Leid. Man respektierte den Partner als Person, war füreinander da und bereit, Kompromisse zu schließen. Fünf Jahrzehnte gemeinsam mit jemandem glücklich zusammen zu leben, erforderte oft auch einen starken Willen und Geduld. Vor allem aber war das nur möglich, wenn man sich liebte.

Auf ihre goldene Hochzeit waren die beiden Jubilare aus Murnau sehr stolz und hatten deshalb das Bedürfnis, diesen Festtag gebührend zu begehen. Zahlreiche Gäste aus der Verwandtschaft und aus dem Freundeskreis wurden eingeladen. Harun und seine Eltern gehörten dazu, Göktan kam mit seiner Frau Selma und Karin mit ihrem Freund Tobias. Selbstverständlich durfte Fatma ihre neue Freundin Yasemin mitbringen.

Man begann den Tag mit einem Gottesdienst in der Pfarrkirche, bei dem das Paar öffentlich das Sakrament der Ehe bekräftigte. Obwohl die kirchliche Feier an einem Werktag stattfand, war das Gotteshaus gut gefüllt. Das überraschte nicht, denn Roberts Großeltern waren im Ort beliebt und über viele Jahre hinweg in verschiedenen sozialen Ehrenämtern tätig. Der Dank der Einwohner äußerte sich auch darin, dass ein Chor und eine Bläsergruppe die Messe festlich gestalteten. Danach erinnerten Böllerschüsse, abgefeuert von Freunden aus dem Schützenverein, an die gemeinsamen Jahre des Zusammenlebens der Eheleute.

Beim anschließenden Mittagessen bediente sich Roberts Vater in seiner Festrede der griechischen Mythologie, um die Jubilare entsprechend zu würdigen. Er verglich seine Eltern mit Philemon und Baucis. Das griechische Ehepaar gewährte einst dem Göttervater Zeus ihre Gastfreundschaft und zum Dank dafür wollte er sie belohnen. Die Alten äußerten den Wunsch nach einem möglichst langen gemeinsamen Erdenleben und baten, sich niemals trennen zu müssen. Zeus beeindruckte zutiefst, dass die zwei schon so viele Jahre zusammenlebten und immer noch in tiefer Liebe verbunden waren. Deshalb erfüllte er ihren Wunsch.

Der Redner erklärte, dass er wie Zeus von der Herzenswärme seiner Eltern zueinander sehr angetan sei, nur könne er nicht wie ein Gott über menschliches Leben verfügen. Doch wünsche er beiden noch eine lange gemeinsame Zeit.

Nach dem Essen meldete sich Robert zu Wort. Er erklärte, der heutige Tag mache ihm auf besondere Weise bewusst, dass er seit vielen Jahren von zwei wunderbaren Menschen begleitet werde, die er seine Großeltern nennen durfte. Der Enkel bedankte sich für all ihre liebevolle Zuwendung und bat sie darum, ein paar außergewöhnliche Ereignisse aus ihrem Zusammensein anzusprechen.

Zwei Augenpaare, die sich suchten, kurz miteinander kommunizierten und Zustimmung signalisierten; dann sagte die Großmutter:

»Unsere Ehe stand am Anfang unter keinem guten Stern. Meinem Schwiegervater, ein erzkonservativer Katholik, war ich als Schwiegertochter nicht willkommen, weil ich evangelisch getauft bin. Deshalb hatte er auch nicht an unserer Hochzeit teilgenommen.«

Der Großvater ergänzte:

»Das hat mich ziemlich getroffen, denn wir beide standen uns sehr nahe.«

»Ich habe meinen Schwiegervater erst drei Jahre später wieder gesehen, als er uns zur Taufe unserer Tochter besuchte. Erst von da an wurde ich akzeptiert.«

Dann folgte ein Zwiegespräch zwischen dem Mann und der Frau, das Erinnerungen wachrief an schöne und wertvolle Lebensphasen: die Geburten ihrer Kinder, die sich tief in beider Gedächtnis einprägten, die Rücksichtnahme des Ehepartners während der letzten schweren Schwangerschaft, die Geduld der Gattin in der heißen Phase seiner Doktorarbeit. Sie kamen ins Schwärmen, als ihnen ihre Urlaubsreisen mit dem T2-VW-Bus einfielen. Wie Hippies seien sie damals herumgezogen.

Wie bei allen Menschen gab es auch bei ihnen so manch leidvolle Tage im Laufe ihrer Ehe. Die Großmutter zählte einige auf und stellte abschließend fest, dass sie diese stets gemeinsam ertragen hätten und dass gerade schwere Schicksalsschläge sie besonders zusammenschweißten.

Als man sich später voneinander verabschiedete, fragte Fatma die Großeltern, ob sie und Robert übers Wochenende bleiben und bei ihnen übernachten dürften, weil sie mit ihm nochmals auf den Kramer wollte. Die alten Lochners freuten sich darüber und nahmen die beiden mit nach Hause.

Fatma bat die Jubilarin, ihr den Garten zu zeigen. Auch in diesem Jahr blühten weiße Margeriten, gelbe Ringelblumen und blauer Rittersporn, gemischt mit dunkelroten Solidastern.

»Oma Lochner, ich hätte so gern deinen Rat. Es geht um Robert und mich.«

»Ja, mein Enkel und du; wir wissen schon, dass ihr euch sehr gern habt.«

»Oma, du bist jetzt fünfzig Jahre verheiratet. Sag, siehst du für Robert und mich eine Zukunftschance? Wir werden es bestimmt nicht einfach haben. Du weißt, was ich meine.«

Die alte Dame legte Wert auf die Vorbemerkung, sie wolle ganz ehrlich zu ihr sein. Sie glaubte nämlich dadurch ihren Worten mehr Gewicht zu verleihen.

Sehr besorgt sei sie damals gewesen, als sich ihr Robert in eine Türkin aus dem hintersten Anatolien verliebt habe. Mehrmals versuchte sie ihm vor Augen zu führen, dass so eine Beziehung nur Probleme heraufbeschwöre und niemals funktionieren könne. Eine Großmutter möchte nun einmal nicht, dass sich ihr Enkel ins Unglück stürzt. Als sie dann im Laufe der Zeit diese junge Türkin näher kennenlernte, habe sie ihr dummes Vorurteil revidieren müssen. Bei diesem Mädchen handle es sich nämlich um einen liebenswerten Menschen, der sehr gut zu ihrem Robert passe.

»Aber ich bin Muslimin«, gab Fatma zu bedenken.

»Immerhin bist du es, die ihn wieder auf den Weg zu seinem Herrgott geführt hat«, antwortete die Großmutter.

»Ja, wir reden oft über den Glauben. Aber es gibt so manches, was uns trennt. Ich habe Angst, irgendwann wieder ganz allein zu sein.«

»Ach Fatma, Türkin oder Deutscher, Muslimin oder Christ! Natürlich gibt es Unterschiede. Aber es gibt doch auch viel Gemeinsames. Ihr könnt voneinander lernen. Liebe schaut nicht auf die Nationalität, auf die Ethnie oder die Religionszugehörigkeit. Die Liebe sieht im Du zuallererst den Menschen.«

Fatma hatte noch ein Anliegen. Sie wollte unbedingt wissen, wie man am besten vermeiden könne, dem Partner weh zu tun.

Die Großmutter lächelte, schloss die Frau in die Arme und antwortete, dass diese Frage sie ehre. Aber sie bräuchte dazu keine Ratschläge, denn sie werde im Ernstfall den richtigen Weg suchen und finden.

Dann zeigte sie ihr ein neuangelegtes Blumenbeet im Garten, und beide unterhielten sich noch ein wenig über das Gefühlsleben der Pflanzen, während sie auf dem gesandeten Weg zurück Richtung Haus spazierten.

Am nächsten Morgen machten sich die beiden Verliebten in aller Frühe über den Grasberg auf zum Kramer. Sie passierten die Eiserne Kanzel und gingen danach die steilen Latschenhänge hinauf. Ein paar Stunden später erreichten sie ihr Ziel. Fatma führte Robert zu einem markanten Steinbrocken in der Nähe des Gipfelkreuzes und schlug vor, sich an dieser Stelle ein wenig auszuruhen.

»Schau mal, da drüben sind wieder Bergschafe. Ich wollte sie damals streicheln, und als sie davongelaufen sind, hast du gesagt, sie hätten vor türkischen Mädchen Angst.«

Er entgegnete schmunzelnd:

»Es sind halt dumme Schafe.«

Vor ihnen lag das Alpenpanorama. Robert begann, die Namen der Berge aufzuzählen, und erklärte, dass ihn diese Aussicht immer wieder von Neuem fasziniere. Fatma stimmte ihm zu, erinnerte daran, dass sie schon einmal hier im Gras gelegen seien. Als er darauf nicht reagierte, fragte sie ihn, ob er diesen Tag vergessen habe.

»Wie könnte ich«, antwortete er, »leider war das ... «

Sie brachte ihn zum Schweigen, indem sie ihre Hand auf seinen Mund legte und ihn aufforderte:

»Sag noch einmal, was du mir damals ins Ohr geflüstert hast!«

»Das weißt du doch ganz genau.«

»Dann gib mir bitte einen Kuss.«

»An diesem Ort soll ich dich küssen?«

»Ja.«

»Dich küssen?«, erklärte er verschmitzt. »Hier oben riskier' ich das lieber nicht noch einmal!«

Da beugte sie sich über sein Gesicht und küsste ihn.

Ein paar Bergdohlen ließen sich in ihrer Nähe nieder, tippelten unruhig umher, erhoben sich kurz und kehrten wieder auf den Boden zurück. Robert öffnete seinen Rucksack und warf ihnen ein paar Brocken Brot hin. Die beiden schauten den Vögeln beim Fressen zu, dann wandte er sich wieder an die Frau neben ihm und fragte, warum sie unbedingt noch einmal mit ihm auf diesen Berg steigen wollte.

Ob er das wirklich nicht wisse, fragte sie zurück.

Er nahm ihre Hand und sie hielt die seine fest. Es tat gut, mit dem Menschen unter einem Gipfelkreuz zu sitzen, der einem sehr viel bedeutete.

Als die Sonne im Westen stand, beschlossen sie, den Rückweg anzutreten, und zogen los. Während des Abstiegs unterhielten sie sich über das gestrige Familienfest. Man war sich einig, dass ein so langer gemeinsamer Lebensweg wie der der Großeltern nur auf der Basis gegenseitigen Respekts und Vertrauens möglich war.

»Wir beide können sie uns zum Vorbild nehmen«, schlug er vor.

»Wenn das so leicht wäre. Wir zwei müssen unseren Weg schon selber suchen«, war ihre Antwort.

Später stiegen sie über die Stepbergalm ab. Rundum an den Grashängen weideten Rinder und Schafe, und Fatma freute sich über das lustige Bimmeln der Kuhglocken und das monotone Blöken der Schafe. Sie sagte voller Wehmut, dass sie ihm vielleicht auch irgendwann einmal ihre Berge in Ostanatolien zeigen könne. Er bemerkte den melancholischen Klang ihrer Stimme und erinnerte sie an ihre regelmäßige Beteuerung, dass man Allah seine Bitten vortragen und ihm dann vertrauen müsse.

Fatma nickte, doch blieben ihr Zweifel, was die Zukunft betraf. Sie war überzeugt, dass sie noch schwierige Barrieren auf ihrem gemeinsamen Weg zu überwinden hatten. Vielleicht gab es überhaupt keine Zukunft für sie. Doch diesen Gedanken sprach sie nicht aus, weil sie Robert nicht wieder die Kramerbesteigung verderben wollte.

Ein paar Jahre später, am 17. Februar 2014, entdeckte Robert in der Zeitung »Die Welt« folgenden Artikel:

Panorama Türkei
Ehrenmorde unter den Augen des Staates

Die Polizei in Ankara hat erneut alarmierende Zahlen zur Situation der Frauen in der Türkei veröffentlicht. Im vergangenen Jahr sind 28 000 Frauen Opfer von meist häuslicher Gewalt geworden, mindestens 62 Frauen wurden umgebracht …
Seit in der Türkei die islamisch orientierte Partei AKP regiert, steigt die Zahl der Frauenmorde. Dabei muss man anerkennen, dass die AKP rechtlich mehr getan hat als jede andere Regie-

rung, um Gewalt gegen Frauen zu verhindern. Die Strafen für Ehrenmorde wurden verschärft, oft wird nun die ganze Familie bestraft, wenn der Mord auf Beschluss eines traditionellen »Familienrats« erfolgte. Dennoch mag die islamische Rhetorik der AKP jenen Kreisen in der Türkei Auftrieb geben, die Mord an »unzüchtigen« Frauen als »gottgefällig« betrachten ...
Aus Sicht vieler Männer ist es die Frau, die ihren Mann und ihre Familie »entehrt«, wenn sie sich etwa von ihrem Gatten trennt, einen neuen Freund hat oder wenn eine Tochter sich »unsittlich« benimmt ...
Bei einem Ehrenmord tötet der Täter ... aus seiner Sicht nicht für sich selbst, sondern für alle, für den Clan. Wenn er es nicht schafft, wird ein anderer Mann oder ein männlicher Jugendlicher aus der Familie die Tat vollbringen. Und wenn die Frau sich auch noch so sehr versteckt, ihre Identität ändert und ihr Aussehen: Der Clan wirkt wie ein Nachrichtendienst. Nicht ein Täter sucht nach dem Opfer, sondern eine ganze Täterschar.

Robert fand den Zeitungsartikel deprimierend, schließlich hatte sich in der Türkei in dieser Frage immer noch nichts geändert. Was Fatma betraf, erübrigte es sich aber, dass ein Täter oder eine ganze Täterschar aus ihrem Clan nach ihr suchte, weil sie beide inzwischen verheiratet und offiziell ein Paar waren.

DANK
meiner Familie (Hannelore, Christina,
Michael, Emanuel) und meinem Bruder Bruno
für die kritische Begleitung.